Der Kuss des Panthers

BRITTA BENDIXEN

DER KUSS DES PANTHERS

EIN OSTSEE-KRIMI

BOYENS

ISBN 978-3-8042-1454-5

Titelbild: Ingo Lau (www.ingolau.de)
Druck: CPI – Clausen & Bosse, Leck
Printed in Germany

Januar 1987

Der gusseiserne, auf den ersten Blick filigran wirkende Kerzenständer traf mit Schwung seinen Hinterkopf und erzeugte dabei einen dumpfen Laut. Und ein leises Knacken.

Er sagte nichts mehr, stöhnte nur kurz auf.

Seine Beine knickten ein, als hätte der Schlag auf magische Weise sämtliche Knochen aus seinen Gliedmaßen entfernt. Lautlos sackte er in sich zusammen und landete auf dem Perserteppich.

War endlich still.

Der Kerzenständer glitt aus der kraftlos gewordenen Hand. Er landete nicht weit entfernt von dem leblosen Körper auf dem Teppich, der auch diesen zweiten Aufprall dämpfte.

Ein dicker, teurer Teppich. Ein leiser Tod.

Aus der Wunde am Kopf sickerte ein wenig Blut. Es verschmolz mit dem roten Muster, war im schummrigen Schein der Stehlampe kaum zu erkennen.

Wenig später erlosch das Licht. Die Wohnungstür öffnete sich einen Spalt breit. Im finsteren Treppenhaus war es ruhig. Aus der Wohnung nebenan war eine Melodie zu hören. Der Fernseher. Die Sesamstraße war zu Ende.

Schüchtern klackte die Tür ins Schloss. Schritte eilten lautlos die Stufen hinunter und verharrten wenige Herzschläge später draußen auf dem Eingangspodest. Das Geräusch der von allein zufallenden Haustür klang in der Stille lauter, als es eigentlich war.

Kleine, hastige Atemwölkchen erschienen und lösten sich in Sekunden auf, als hätte es sie nie gegeben. Ein kurzer Blick in beide Richtungen, erleichtertes Aufatmen. Kaum jemand war unterwegs bei dieser Kälte. Nur an der Straßenecke, rechts vom Haus, führte ein Mann seinen Rauhaardackel spazieren.

Der kleine Hund hob sein Bein an einem Parkverbots-schild. Sein Herrchen bemerkte nicht, dass jemand aus dem Haus trat, mit gesenktem Kopf in die andere Richtung ging und mit der Schwärze des sterbenden Tages ver-schmolz.

Kapitel 1

Kriminaloberkommissar Carsten Andresen sah von den Unterlagen auf, die vor ihm auf dem Schreibtisch lagen, als sein junger Kollege „Na, das ist ja super" brummte und seinen Becher mit Ingwertee abstellte.

„Was denn?", fragte er, mehr pflichtschuldig als neugierig.

Kriminalkommissar Lutz Weichert schlug mit der flachen Hand auf den Bericht der Toxikologie. „Auf den Weingläsern befinden sich DNA-Spuren, doch in der Datenbank gibt es keine Übereinstimmung."

„Alles andere wäre ja auch zu schön gewesen. Welcher Fall?"

„Alexander Hoffmann, 1987."

Andresen sah auf die Uhr. In einer knappen halben Stunde war er mit seiner Tochter Desirée in dem italienischen Restaurant „San Marco" in der Flensburger Innenstadt verabredet. Sie hatte große Neuigkeiten angekündigt.

Er lehnte sich zurück. „Alexander Hoffmann? Sagt mir nichts, erzählen Sie mal. Aber fassen Sie sich kurz, ich hab noch was vor."

Weichert nickte. „Verstehe. Also, der Mann wurde am sechzehnten Januar in seiner eigenen Wohnung von hinten mit einem gusseisernen Kerzenleuchter erschlagen. Die Nachbarn haben nichts gesehen oder gehört, es gab weder Streit noch Kampfgeräusche. In der Wohnung wurden auch kaum Spuren gefunden. Bis auf die beiden Weingläser. Auf beiden waren ausschließlich die Fingerabdrücke des Opfers, auf einem jedoch waren sie verwischt und nur schwer zu identifizieren. Ich habe die Gläser aus der Asservatenkammer holen und toxikologisch untersuchen lassen. Die Kollegen fanden auch tatsächlich DNA-Spuren. Sie konnten aber, wie gesagt, nicht zugeordnet werden."

Andresen runzelte nachdenklich die hohe Stirn. „Gab es Verdächtige?"

Weichert schüttelte den Kopf. „Das war das größte Problem. Der Mann war friedlich geschieden, allseits beliebt, und auch mit seinen Kollegen verstand er sich ausgezeichnet. Mit einer Dame aus seinem Betrieb war er seit einiger Zeit liiert, laut ihrer Aussage gab es zwischen ihr und dem Opfer keinerlei Probleme. Das wurde von den anderen Kollegen bestätigt. Auch mit den Nachbarn kam er offenbar gut aus. Dennoch muss er seinen Mörder gekannt haben, denn Hoffmann hat ihn nach derzeitigem Kenntnisstand selbst in die Wohnung gelassen." Weichert lehnte sich ausatmend in seinem Sessel zurück und verschränkte die schlaksigen Arme. „Der Fall ist eine verdammte Sackgasse."

„Hoppla, ich wusste gar nicht, dass Sie fluchen können", amüsierte sich Andresen, dann wurde er wieder ernst und beugte sich vor. „Er war geschieden? Was ist mit der Exfrau?"

Weichert schüttelte den Kopf. „Sie hatte ein Alibi und kein Motiv. Die Scheidung war einvernehmlich, bereits mehrere Monate her, und zwischen den beiden war die Stimmung freundschaftlich. Das wurde ebenfalls von mehreren Kollegen des Opfers bestätigt."

„Sie können vielleicht erwirken, dass die Personen, mit denen dieser ..."

„Alexander Hoffmann."

„Richtig. Also, dass alle Kollegen, Nachbarn, Freunde und so weiter aufgefordert werden, eine Speichelprobe abzugeben. Möglicherweise ist der Mörder doch unter ihnen."

Weichert schnalzte mit der Zunge. „Ich habe so meine Zweifel, dass das bewilligt wird."

„Sie können die Untersuchung ja auf diejenigen beschränken, die kein hundertprozentiges Alibi hatten", schlug Andresen vor.

„Versuchen kann ich es." Sein Kollege nahm sich ein Blatt Papier und einen Stift. „Danke für den Rat."

„Nicht dafür."

Auf Weicherts Schreibtisch klingelte das Telefon. Er legte den Stift wieder zur Seite und hob den Hörer ans Ohr. „Kriminalpolizei Flensburg, Weichert. Ach, du bist es. Morgen Abend? Ja, das passt mir. Ich koche uns etwas Schönes. Gegen acht? … Schatz, sei mir nicht böse, aber ich habe zu tun. Du kannst mir alle Neuigkeiten aus dem Reitstall doch auch morgen erzählen. Was wir machen? Ach, wir überprüfen alte, ungelöste Fälle darauf, ob die seinerzeit gefunden Spuren aufgrund der fortgeschrittenen Technik auf DNA-Rückstände geprüft und entsprechend neu ausgewertet werden können … Wie bitte? Was heißt hier geschwollenes Polizistengebrabbel? Entschuldige, aber du hast schließlich gefragt. Ja, bis morgen. Tschüs." Er legte auf. „Das war Verena."

„Um das zu kombinieren, muss ich nicht einmal Kommissar sein", brummte Andresen.

Er schaltete seinen Computer aus und stand auf. „Ich mache dann mal Feierabend. Bei mir gibt's heute italienisch."

„Mal wieder ein kulinarisches Zusammensein mit dem Töchterchen?"

„Richtig geraten. Schönen Abend noch!" Andresen schnappte sich seine Jacke vom Garderobenhaken und verließ das Büro.

Er beschloss, die kurze Strecke zu Fuß zurückzulegen, schließlich zeigte sich das Wetter derzeit von seiner schönsten Seite, obwohl bereits der September vor der Tür stand. Abgesehen davon war es fast unmöglich, in der Nähe des Restaurants einen kostenfreien Parkplatz zu ergattern. Eine entsprechende Suche würde mindestens so lange dauern wie der kurze Spaziergang.

Die Polizeidirektion lag an den Norderhofenden. Von der Frontseite aus konnte man direkt zur Hafenspitze hinübersehen, die um diese Jahreszeit meist bevölkert war. Kinder tobten auf dem Spielplatz, junge Leute saßen in oft ausgelassener Stimmung auf den Treppen direkt am Wasser, die etwas älteren bummelten an der Uferpromenade entlang oder genossen ein maritimes Abendessen auf den Sonnenterassen der dort befindlichen Restaurants.

Andresen hätte auch gern dort gegessen, doch Desirée bevorzugte italienische Küche. Also bog er bei dem vor kurzem eröffneten Hotel ‚Alte Post' rechts ab in die Rathausstraße. Genau hier, an dieser Ecke und in luftiger Höhe im ersten Stock erinnerte eine Hermes-Statue, so wusste Andresen, an den ursprünglichen Zweck dieses herrschaftlichen und imposanten Gebäudes. Der Götterbote war als Briefträger ausgestattet, samt Umhängetasche und zuzustellenden Päckchen.

Eigentlich müsste er umgekleidet werden, dachte Andresen schmunzelnd. Er bräuchte nun die Livree eines Hotelpagen.

Auf dem groben Kopfsteinpflaster rumpelten die Autos an Andresen vorbei. Beim traditionsreichen Spielzeuggeschäft Brüning bog er rechts in die Große Straße ein, wo es gleich etwas ruhiger war. Dieser Teil der Flensburger Einkaufsstraße kam bisher ohne große Kaufhäuser oder Passagen aus. Es dominierten kleine Läden, Fachgeschäfte und Bistros, was die Große Straße gemütlicher und weniger hektisch erscheinen ließ als den stärker frequentierten Holm, der links von der Rathausstraße abging.

Das von Desirée ausgesuchte Restaurant befand sich nicht weit entfernt vom Nordermarkt, der in der warmen Jahreszeit beinahe südeuropäisches Flair ausstrahlte. Das sommerliche Wetter lockte die Menschen in die umliegenden Staßencafés, um bei einem Bier oder einem Glas Wein den Tag ausklingen zu lassen und die letzten Sonnenstrahlen zu genießen.

Sein erstes Bier hatte Andresen bereits fast ausgetrunken, als Desirée endlich in der Tür des „San Marco" erschien und auf ihn zukam. Andresen stand auf, nahm sie in den Arm und ließ sich einen schnellen Kuss auf die Wange hauchen.

„Boah, du kratzt ja heute wieder mächtig, Paps. Rasier dich bloß mal."

„Bei Gelegenheit."

Sie hängte ihre knallrote dünne Jacke über die Stuhllehne und setzte sich. „Hast du mir schon was zu Trinken bestellt?"

„Ich wusste doch nicht, was du möchtest."

„Na hör mal, ich nehme doch jedes Mal Cola, wenn wir hier sind."

„Wirklich? War es nicht letztes Mal eine Spezi?"

„Bestimmt nicht." Desirée griff nach der Karte und ließ ihren Blick über die Menüauswahl schweifen. „Ich glaube, heute nehme ich eine Hawaii-Pizza."

Andresen winkte nach dem Kellner, der Sekunden später mit gezücktem Block neben ihrem Tisch stand.

„Wir hätten gern eine Hawaii-Pizza für die junge Dame und eine Funghi für mich. Außerdem noch ein großes Bier und eine Co…"

„Und eine Spezi", unterbrach ihn Desirée.

Andresen hob eine Augenbraue. „Ach was!"

Seine Tochter grinste nur.

Als sie wieder allein waren, lehnte Andresen sich bequem zurück. „Also, was gibt es für Neuigkeiten?"

„Versprich mir erst, dass du nicht ausflippst, Papa."

Alarmiert sah er sie an. „Bist du etwa schwanger?"

„Nein, Blödsinn!" Sie schüttelte den Kopf. „Es ist was anderes."

Er schwieg und wartete ab. Desirée holte tief Luft, dann verkündete sie entschlossen: „Ich mach Schluss mit der Schule."

Andresens Stirn runzelte sich. „Was meinst du damit?"

„Ich will abgehen. Ende, aus, Mickymaus."

Abrupt setzte er sich auf. „Jetzt? Bist du verrückt geworden? Das Schuljahr hat gerade angefangen. Du hast ja noch nicht mal die mittlere Reife."

„Das weiß ich auch. Dieses Jahr mache ich vielleicht noch zu Ende, dann hab ich meinen Abschluss. Aber danach ist finito."

Andresen atmete erst auf, doch dann wurden seine Augen schmal, und er fixierte das hübsche, blondgelockte Mädchen, das ihm gegenübersaß und dessen Finger mit einem Bierdeckel spielten. „Du machst das Jahr *vielleicht* noch zu Ende? Was soll das heißen?"

„Ich habe ein tolles Angebot für eine Ausbildung", berichtete Desirée stolz. „Wenn ich will, kann ich bereits im Januar anfangen. Oder eben im nächsten Sommer, wenn mir das lieber ist. Aber sie würde mich auch mit Hauptschulabschluss nehmen."

Der Kellner brachte das frische Bier und die Spezi. Andresen führte das fast leere erste Glas zum Mund und trank es aus. Anschließend nahm er das neue und trank noch einen Schluck.

„Nochmal langsam und zum Mitschreiben", sagte er und wischte sich den Schaum von den Lippen. „Was ist das für eine Lehrstelle und wer ist ‚Sie'?"

„*Sie* heißt Andrea und hat einen eigenen Friseursalon. Dort kann ich eine Ausbildung und anschließend meinen Meister machen. Wenn ich das geschafft habe, nimmt sie mich vielleicht – halt dich fest! – als Teilhaberin." Desirée strahlte und wartete gespannt auf die Reaktion ihres Vaters.

Der sagte erst einmal gar nichts, sondern verdaute das eben Gehörte.

„Und? Was sagst du dazu? Ist doch irre, oder?"

Er nickte langsam. „Ja, das Wort passt ganz gut. Was sagt deine Mutter dazu?"

„Die ist natürlich dagegen", maulte Desirée. „Ich soll das Abi machen, sagt sie, sonst würde ich das ewig bereuen. Bla bla bla." Sie beugte sich nach vorn und sah ihren Vater mit großen blauen Kulleraugen an. „Ich habe keinen Bock mehr auf Schule, Paps. Das Abi schaffe ich sowieso nicht. Außerdem habe ich total Lust, Friseurin zu werden."

Sie setzte den Blick auf, mit dem sie ihren Vater während der letzten sechzehn Jahre regelmäßig um den Finger gewickelt hatte. „Kannst du nicht mal mit Mama reden? Du bist doch viel cooler als sie."

Er unterdrückte ein Schmunzeln. Desirée zog wahrlich alle Register – jedoch ohne das von ihr gewünschte Ergebnis. Andresen holte tief Luft. „Ich weiß, das willst du jetzt nicht hören, Schätzchen, aber deine Mutter hat völlig recht."

Empört setzte Desirée sich gerade hin. „Hat sie nicht!"

„Weißt du eigentlich, was für einen Job du dir da ausgesucht hast? Acht Stunden täglich auf den Beinen, die Hände ständig im Kontakt mit chemischen Substanzen, Kunden mit fettigen Haaren, denen du den Kopf waschen und deren Probleme oder Beschwerden du dir dann auch noch anhören darfst …"

„Papa, ich …"

Er hob gebieterisch eine Hand. „Moment, ich war noch nicht fertig. Abgesehen von den anstrengenden Arbeitsbedingungen musst du auch für diesen Beruf büffeln, und das nicht zu knapp. Da wirst du noch mit den Ohren schlackern, glaub mir. Doch mit Abitur stehen dir ganz andere Möglichkeiten offen. Wenn Friseurin dein Traumjob ist, kannst du ihn dir auch nach dem Abi erfüllen. Nur hast du dann noch einen Trumpf in der Hinterhand, falls du deine Meinung ändern solltest. Mit der mittleren Reife oder gar dem Hauptschulabschluss findest du dich unter Umständen an der Fleischtheke im Supermarkt wieder, als Putzfrau oder Kellnerin."

In diesem Moment trat der Kellner mit den Pizzen an ihren Tisch und stellte die Teller vor ihnen ab, eine Augenbraue süffisant angehoben.

Andresen wäre am liebsten im Boden versunken.

„Einmal Hawaii, einmal Funghi. Guten Appetit, die Herrschaften."

Dem Tonfall nach klang es wie: ‚Möge euch die Pizza im Halse stecken bleiben!'

Andresen lächelte gequält. „Vielen Dank."

Kaum war der Kellner weitergegangen, nahm Desirée ihr Besteck auf und wisperte mit einem frechen Grinsen: „Ich fürchte, du musst das Trinkgeld erhöhen, Paps."

****

Klirrend fielen Prof. Dr. Harald Christen Messer und Gabel aus der Hand. Das Besteck landete auf dem Teller neben Filet Mignon und Zucchini-Kartoffel-Auflauf. Mit unheilvoll zusammengezogenen Augenbrauen fixierte er seine Tochter.

„Wie war das?", erkundigte er sich mit gefährlich ruhiger Stimme. „Was hast du gesagt?"

Verena schluckte. „Na ja, es ist ein tolles Angebot, und Tessa ist nicht mehr die Jüngste, also dachte ich …"

„Vergiss es!", donnerte ihr Vater. Seine Hände hatten sich zu Fäusten geballt. „Das kommt überhaupt nicht in Frage! Verdien gefälligst endlich dein eigenes Geld, mein Fräulein, dann kannst du es von mir aus für einen weiteren

Gaul ausgeben. Ich hab die Nase voll davon, dass du immer nur die Hand aufhältst."

„Aber …"

„Nichts aber! Du bist sechsundzwanzig und hast absolut nichts vorzuweisen bis auf ein im zweiten Semester abgebrochenes Medizinstudium. Du kannst doch nicht erwarten, dass wir für den Rest deines Lebens für dein Pferd und alles andere aufkommen, während du die Zeit damit zubringst, durch die Gegend zu reiten, shoppen zu gehen oder dich beim Yoga zu verbiegen." Sein Ton klang verächtlich.

„So oft gehe ich gar nicht shoppen …", wagte Verena einzuwenden, doch ihr Vater fiel ihr ins Wort. „Jetzt ist jedenfalls Schluss damit! Du wirst mir bis morgen Abend einen detaillierten Plan darüber vorlegen, wie du dir deine Zukunft vorstellst. Und nur, wenn mir dieser Plan zusagt, werde ich dich weiterhin so lange unterstützen, bis du allein für dich sorgen kannst. Hast du verstanden?"

Verena presste die Lippen zusammen und schwieg. Am liebsten wäre sie aufgesprungen und türenknallend nach oben verschwunden, doch ein solches Verhalten war im Hause Christen verpönt. Einmal, erinnerte sich Verena, hatte sie dagegen verstoßen. Mit sechzehn. Den Grund wusste sie nicht mehr, aber die Strafe war ihr im Gedächtnis geblieben: Eine Woche Hausarrest und Taschengeldentzug. Seitdem hatte sie nicht mehr gewagt, die Mahlzeit auf diese Weise vorzeitig zu beenden.

Verstohlen musterte sie ihren Vater. Was war bloß mit dem Alten los? Es war so ungerecht, dass sie seine schlechte Laune ausbaden musste. Als ob es ihn schmerzen würde, wenn sie noch ein Pferd bekam. Seine Leidenschaft für Golf war bestimmt teurer. Mitgliedsbeitrag im exklusiven Glücksburger Club, Golfausrüstung, Urlaube an der Algarve in Portugal oder in der Karibik … Immer nur das Beste, das war doch das Motto des Herrn Chefarztes.

Wahrscheinlich wollte er ein Exempel statuieren. Ihr klarmachen, dass alles so geschah, wie er es für richtig hielt. Als wäre er der liebe Gott.

Verena sah hilfesuchend zu ihrer Mutter, doch Amelie Christen deutete nur ein bedauerndes Schulterzucken an. *‚Tut mir leid, da kann ich nichts machen‘*, sollte das wohl heißen.

Verena war zutiefst enttäuscht. Mit gesenktem Kopf stocherte sie in ihrem Essen herum. Der Appetit war ihr so was von vergangen. Als das Essen beendet war, stand sie sofort auf.

„Gute Nacht!", sagte sie in einem ‚Fahrt-zur-Hölle!‘-Tonfall.

„Gute Nacht, mein Schatz", erwiderte Amelie Christen und lächelte ihr zu. „Schlaf gut."

Ihr Vater lächelte nicht.

„Du brauchst gar nicht so bockig zu sein, meine Liebe", Harald Christen tupfte sich den Mund mit einer gestärkten Stoffserviette ab. „Irgendwann wirst du mir dankbar sein, glaub mir. Und vergiss nicht: Morgen Abend erwarte ich eine Antwort."

Verena antwortete nicht, sondern verließ stocksauer den Raum und stürmte die Treppe hinauf in ihr Zimmer. Krachend fiel hinter ihr die Tür zu.

Dankbar? Sie schnaubte. Eher fror die Hölle zu.

„Schultern weg von den Ohren", ordnete eine kräftige weibliche Stimme an. „Beckenboden aktivieren, Bauchdecke nach innen ziehen. Achtet auf eure Atmung. Noch vier!"

Verenas Körper befolgte automatisch die Anweisungen der Pilates-Trainerin. Sie hatte daher Gelegenheit, ihre Gedanken schweifen zu lassen. Der Tag war fast um. Wenn sie nach Hause kam, erwartete ihr Vater eine Entscheidung.

Das Problem war: Sie hatte null Ahnung, was sie beruflich tun sollte. Im Grunde mochte sie ihr Leben so, wie es war.

Sie seufzte und begann noch einmal, die Möglichkeiten zu überdenken.

Studieren fiel flach. Sie hatte absolut keine Lust, erneut jahrelang die Schulbank zu drücken und sich die Nächte mit Lernen um die Ohren zu schlagen. Ob sie Marita, die Inhaberin des Fitness-Studios, fragen sollte, ob sie bei ihr als Trainerin anfangen könnte?

Verena verwarf den Gedanken sofort wieder, denn sie ahnte, wie ihr Vater darauf reagieren würde. (*„Fitness-Trainerin??* Weißt du, was du da verdienst? Peanuts! Das kann man nebenbei als Job machen, aber doch nicht als Hauptberuf. Und schon gar nicht bis zur Rente.")

Dasselbe würde er sagen, wenn sie sich entschließen würde, Pferdewirtin zu werden und Reitstunden zu geben. Aber etwas anderes konnte sie nun einmal nicht.

„Und jetzt die ‚Hundred'!", rief die Trainerin.

„Boah, die hasse ich!", stöhnte Rebecca auf der Matte neben Verena. Sie trafen sich jeden Freitag zum gemeinsamen Training und gingen hinterher manchmal eine Kleinigkeit essen.

„Also, ich mag die Übung." Während Verena die Beine gerade nach oben streckte, mit angespannten Bauchmuskeln den Kopf anhob und mit den langen Armen Pumpbewegungen machte, ging sie weitere Berufe durch. Bürojob? Langweilig! Einzelhandel? Stupide. Beides wurde obendrein grottenschlecht bezahlt, kam also schon deshalb nicht in Frage.

Krankenschwester? Nee, danke! Kein Job im Krankenhaus. Ihr Vater lebte dafür, aber sie war nun einmal anders. Die zwei Semester Medizin hatten ihr das ausreichend klargemacht. Nur ihm zuliebe hatte sie es überhaupt versucht.

Was gab es denn noch? Vielleicht eine Bankausbildung? Dafür war sie in Mathe immer viel zu schlecht gewesen. Abgesehen davon reizte sie auch dieser Beruf nicht.

Kindergärtnerin? Dutzende kreischende Kleinkinder mit laufenden Nasen, mit denen sie Osterhasen aus Pappe bastelte und Kinderlieder trällerte? Verena schnaubte. Niemals!

Reisebüro? Das war doch im Grunde ein Bürojob mit Palmenpostern im Hintergrund. Als Kind hatte sie Stewardess werden wollen, fiel Verena ein. Das klang so hübsch, und man kam in der Welt herum. Inzwischen hieß es ‚Flugbegleiterin‘ und bedeutete nichts anderes, als in zehntausend Meter Höhe und auf engstem Raum Tomatensaft an schlecht gelaunte Passagiere auszuschenken. Viel mehr als verschiedene Flughäfen und Hotels sah man auch nicht. Als Bonus gab es regelmäßigen Jetlag. Nein, das war definitiv nicht das, was sie unter einem befriedigenden Beruf verstand.

Was Handwerkliches? Himmel, nur das nicht! Sie bekam nicht mal einen Nagel gerade in die Wand, um ein Bild aufzuhängen.

„Uuuund lockern. Single leg stretch! Beim Einatmen Powerhouse aktivieren, beim Ausatmen schön dehnen. Und eins …“

Verena hielt ihr rechtes gestrecktes Bein am Knöchel fest, ließ das andere knapp über dem Boden schweben, genoss die Dehnung und wechselte dann mit dem Ausatmen. Linkes Bein hoch, rechtes runter. Die Bauchspannung halten.

Vielleicht sollte sie zur Polizei gehen. Lutz könnte ihr dabei helfen. Verena lächelte. Das wäre doch eine ausbaufähige Idee! Sie würden gemeinsam auf Verbrecherjagd gehen. Dagegen konnte selbst ihr Vater nichts einwenden.

Der Gedanke beflügelte Verena bis zum Ende der Pilatesstunde.

Unter der Dusche dachte sie allerdings darüber nach, was eine Polizei-Ausbildung vermutlich bedeutete: Schichtdienst, Knöllchen schreiben, Protokolle aufnehmen, von Besoffenen beleidigt und von Demonstranten bespuckt werden ... Lutz hatte ihr wahre Schauermärchen erzählt, und sie zweifelte nicht daran, dass es für Frauen noch um einiges härter war.

Während das Wasser ihr den Duschschaum vom Körper spülte und das Rauschen, das von den gekachelten Wänden widerhallte, in ihren Ohren dröhnte, verabschiedete sie sich von einer polizeilichen Karriere.

„Trinken wir gleich noch was zusammen?", fragte Rebecca, die neben Verena ihre langen schwarzen Haare einschäumte.

Verena nickte ihr zu und drehte die Dusche ab. „Gern. Ich gehe mich schon mal anziehen."

„Okay, bis gleich." Rebecca zwinkerte ihr zu und hielt dann mit geschlossenen Augen ihren schaumigen Kopf unter den Wasserstrahl.

Während Verena auf ihre Freundin wartete, trank sie einen Eiweißdrink und blätterte in dem Programm der Flensburger Volkshochschule, das auf dem Tisch lag. Vielleicht fand sie darin eine Idee. Sie überflog die verschiedenen Angebote: Töpfern, Acrylmalerei – kam nicht in Frage, sie konnte bestenfalls Strichmännchen zeichnen –, EDV-Kurse, Dänisch für Anfänger, Spanisch für Fortgeschrittene, Business-Englisch, Orientalischer Tanz, Nähkurse ...

Nähen? Verena überlegte. Vielleicht konnte sie irgendwas mit Mode machen. Mit Klamotten kannte sie sich zumindest aus. Gab Guido Maria Kretschmer Kurse für Modedesign? Sie dachte an ihre Zeichenkünste, grinste schief und blätterte weiter. Aber eine Schneiderlehre könnte sie im Hinterkopf behalten.

„Autoren-Workshop-Woche, Schwerpunkt Regional-Krimi", las sie.

Das klang interessant. Sie spüre ihr Herz plötzlich schneller schlagen. Die wenigen Worte brachten eine verstaubte Saite in ihr zum Klingen. Während der Schulzeit hatten ihre Lehrer ihre Phantasie gelobt und die Art, wie sie sich ausdrücken konnte. Damals schrieb sie heimlich kleine Geschichten und verewigte schmalzige Gedichte in ihrem Tagebuch. Das Schreiben war ihr damals sehr wichtig gewesen. Warum hatte sie überhaupt damit aufgehört?

Möglicherweise, überlegte Verena, war es an der Zeit, wieder anzufangen.

Aufgeregt vertiefte sie sich in die Kursbeschreibung.

„Regionalkrimis erfreuen sich seit Jahren großer Beliebtheit. Machen Sie Ihr Hobby zum Beruf. Lernen Sie in einer intensiven Woche alles Wichtige über das Schreiben mit Schwerpunkt auf dem Genre Krimi: Spannungsbogen, Perspektiven, Erzählzeiten, Dialoge, Charaktergestaltung, Story-Plot. Dieser Crash-Kurs hilft Ihnen, die grundlegenden Kenntnisse des Schreibens zu erlernen, zu erweitern und anzuwenden."

Verenas Augen leuchteten. Das war es! Schriftstellerin war der Beruf, der für sie in Frage kam. Dagegen konnte ihr Vater nichts sagen. Sicher war es ein Wink des Schicksals, dass sie ausgerechnet heute von diesem Kurs erfuhr.

Schon entwickelte sich die Idee für eine Kriminalgeschichte in Verenas Kopf. Ein Mord auf dem Reiterhof. Der attraktive Reitlehrer wird tot in einer Box aufgefunden, neben sich das wildeste Pferd im Stall, das aufgeregt wiehernd, verschwitzt und mit den Augen rollend die Hufe gegen die Boxenwand krachen lässt und ...

„Verena? Hallo-ho!"

Sie sah hoch. Rebecca stand vor ihr und musterte sie besorgt. „Ist alles okay mit dir? Du warst ja völlig weggetreten."

Verena blinzelte. „Danke, es geht mir super."

„Na, dann bin ich ja beruhigt." Rebecca ließ sich auf den Stuhl ihr gegenüber fallen, sah das aufgeschlagen Programmheft vor ihrer Freundin liegen und zog es zu sich heran. „Was gibt es denn da so Interessantes?" Sie überflog die Angebote.

„Das hier klingt ganz gut." Verenas Zeigefinger tippte auf den Absatz mit dem Krimi-Crashkurs.

„Leitung: Thomas Kuhl", las Rebecca. „Was für ein witziger Name. Echt cool!" Sie zog das Wort in die Länge, so dass auch Verena der gleiche Klang auffiel.

„Klingt, als wäre er ein cooler Lehrer", grinste sie. „Ich glaube, ich melde mich dort an."

„Echt?! Ich wusste gar nicht, dass du schreibst."

„Hab ich auch lange nicht mehr gemacht. Aber jetzt hätte ich Lust, wieder damit anzufangen. Wann beginnt der Kurs?"

Rebecca sah nach. „Am siebten September."

„Ui, das ist ja schon in ein paar Tagen. Hoffentlich ist noch ein Platz frei."

Rebecca zog ihr iPad aus der Trainingstasche, schaltete es ein und schob es zu Verena hinüber. „Sieh nach. Ich hole mir inzwischen einen Drink."

Wenig später kam sie mit einem rosafarbenen Eiweißgetränk zurück. „Und?"

„Es sind noch zwei Plätze frei. Willst du vielleicht mitmachen?"

„Ich? Ich kann nicht schreiben. Und ich will auch nicht. Nee, nee, das mach man hübsch alleine. Ich wünsche dir viel Spaß."

Verena zuckte mit den Schultern. „Na gut." Sie öffnete ein Anmeldeformular, gab ihre Daten ein und drückte schließlich auf Enter.

„Das war's", sagte sie, sah Rebecca mit leuchtenden Augen an und hob ihr Glas. „Nun ist es offiziell. Ich werde Krimi-Autorin."

Rebecca stieß lachend mit ihr an. „Das ist ja echt wahnsinnig cooooool!"

„*Krimi-Autorin?*" Harald Christen starrte Verena entsetzt an. „Was Verrückteres ist dir nicht eingefallen?"

Kaum zurück von ihrer Pilates-Stunde und noch völlig elektrisiert von ihrer Idee, war sie in das Arbeitszimmer ihres Vaters geplatzt, der an dem wuchtigen alten Schreibtisch vor seinem Computer saß. Sie hatte geahnt, dass ihre Entscheidung Überraschung hervorrufen würde, doch diese verletzende väterliche Reaktion enttäuschte sie schon.

Sie hob das Kinn und hielt seinem Blick stand. „Ich weiß, dass es das Richtige für mich ist."

„Ach wirklich? Weißt du denn auch, wie viele Schriftsteller von dem leben können, was sie mit dem Schreiben verdienen?"

Verena schluckte. „Nein, keine Ahnung", gab sie zu.

„Die wenigsten. Ein verschwindend geringer Bruchteil. Du weißt doch nicht einmal, ob du das Zeug dazu hast."

„Das werde ich während der Kurswoche schon herausfinden."

„Und diesen Kurs soll ich finanzieren, ja? Was kostet der Spaß überhaupt?"

Verena sagte es ihm.

„Geht ja noch", brummte Harald. „Aber vermutlich ist diese Investition so sinnvoll wie das Ausfüllen eines Lottoscheins am Freitag, dem 13."

„Danke fürs Mut machen, Papa." Verena verschränkte trotzig die Arme vor der Brust.

„Ich versuche nur, dich mit der Realität vertraut zu machen."

„Das ist nett von dir, ändert aber nichts daran, dass ich es versuchen möchte. Unterstützt du mich nun dabei oder nicht?"

Ihr Vater ging zum Fenster, sah eine Weile nachdenklich hinaus in den gepflegten Garten, drehte sich um und kam zurück. Dann wies er mit dem ausgestreckten Zeigefinger auf seine Tochter. „Also schön. Immerhin machst du dann zur Abwechslung mal etwas Sinnvolles. Aber wenn du vorzeitig abbrichst oder den Berufswunsch wieder fallen lässt, wirst du dir innerhalb eines Monats etwas Reelles suchen und mir von deinem ersten Gehalt den ausgelegten Betrag zurückzahlen."

Nun zögerte Verena. Dann nickte sie. „Einverstanden. Das ist fair."

„Und für den unwahrscheinlichen Fall, dass du tatsächlich ein Buch veröffentlichst", fuhr ihr Vater mit einem angedeuteten Schmunzeln fort, „möchte ich, dass du es mir widmest. Als dem Menschen, ohne dessen Hilfe das Werk niemals entstanden wäre."

Ungläubig sah sie ihn an. „Ist das dein Ernst?"

„Aber natürlich."

Sie seufzte. „Also gut."

Sie besiegelten die Abmachung mit einem Händedruck.

Wenig später machte sich Verena auf den Weg zu Lutz. Sie war gespannt, wie er auf die Neuigkeit, dass sie Schriftstellerin werden wollte, reagieren würde. Weil sie zu lange hin und her überlegt hatte, was sie anziehen sollte und ihre Haare nicht so wollten wie sie, klingelte Verena erst zehn Minuten nach der vereinbarten Zeit an Lutz' Wohnungstür.

Die Tür ging auf. „Hi!", sagte er mit einem zärtlichen Lächeln.

Sie trat auf ihn zu und legte die Arme um seinen Hals. „Hi. Ich hab dich vermisst."

„Ich dich auch." Er gab ihr einen langen Kuss, dann zog er sie in die Wohnung. „Komm, das Essen ist in fünf Minuten fertig. Ich ahnte ja schon, dass du etwas später kommst."

Sie funkelte ihn an. „Wieso?"

„Du bist doch nie pünktlich." Er grinste. „Guck nicht so grimmig. Was wahr ist, muss wahr bleiben. Möchtest du ein Glas Wein?"

Sie war zu gut gelaunt, um weiter zu schmollen. „Gern."

„Kommt sofort. Geh schon mal ins Wohnzimmer."

Mit diesen Worten verschwand Lutz in der Küche. Verena ging weiter und setzte sich an den gedeckten Esstisch. Da kam Lutz auch schon und reichte ihr ein mit Weißwein gefülltes Glas. Sie stießen an.

„Danke für die Einladung", sagte Verena lächelnd.

„Gern. Auf uns." Sie tranken, dann stellte Lutz sein Glas ab. „Ich hole eben das Essen, und dann erzählst du mir die spannenden Neuigkeiten aus dem Reitstall."

„Höre ich da Ironie?"

Er lachte nur und verschwand Richtung Küche.

Als er zurückkam, servierte er Tortellini mit Käsesauce und Feldsalat.

„Guten Appetit."

„Danke". Verena probierte und verdrehte genüsslich die Augen. „Lecker. Die Soße ist fantastisch."

„Der Koch dankt. Also, was gibt es Neues?"

Sie schluckte den Bissen hinunter, ließ die Gabel sinken und holte tief Luft. „Ich habe mich zu einem Schreibkurs angemeldet", sagte sie feierlich. „Ab kommenden Montag werde ich lernen, wie man Krimis schreibt."

Lutz' Augenbrauen rutschten ein Stück nach oben, sein Mund verzog sich zu einem breiten Grinsen. „Echt? Wieso das denn?"

„Zum einen, weil ich glaube, dass mir das liegt. Und zum anderen, weil mein reizender Vater mir ein Ultimatum gesetzt hat."

„Was für ein Ultimatum?" Lutz schob sich eine Gabel voll Feldsalat in den Mund.

Genervt winkte Verena ab. „Ich solle endlich konkrete Pläne bezüglich meiner Zukunft machen, meinte er. Er hat ein Riesenfass aufgemacht, nur weil ich ihn gefragt habe, ob ich noch ein Pferd kaufen könne. Es war ein Super-Angebot. Evita ist erst zwei Jahre alt und ihre Eltern sind …"

„Warte mal!" Lutz, der gerade einen Tortellino aufgespießt hatte, hielt inne. „Du willst dir *noch* ein Pferd kaufen? Mal abgesehen von der Zeit, die dafür draufgeht – sowas kostet doch ein Vermögen."

„Quatsch, ich sagte doch, das Angebot war der Hammer. Außerdem …"

„Ich meinte nicht die Anschaffung, meine Süße, sondern die laufenden Unterhaltungskosten. Stallmiete, Futter, Tierarzt … Das geht ganz hübsch ins Geld. Wovon willst du das denn bezahlen?"

Verena griff nach ihrem Weinglas und trank schweigend.

Lutz nickte verstehend. „Schon klar, der liebe Herr Papa soll es richten. Na, da wundert es mich nicht, dass sich seine Begeisterung in Grenzen hielt."

„Ist ja gut, ich habe verstanden", schmollte Verena. „Kein zweites Pferd."

„Jedenfalls wohl nicht zur Zeit", bestätigte Lutz. „Aber wenn du erst einen Bestseller geschrieben hast, kannst du dir von deinem eigenen Geld eines kaufen."

Sie musterte ihn mit schmalen Augen. „Du machst dich lustig über mich, hm?"

„Ehrlich gesagt, ein bisschen schon." Er hob eine Hand und strich ihr sanft über die Wange.

Sie bog den Kopf zurück. „Das kann ich jetzt echt nicht brauchen." Sie schob ihren Stuhl zurück und stand auf. „Ich glaube, ich fahre nach Hause. Vielen Dank fürs Essen."

„Verena, warte." Zerknirscht griff er nach ihrer Hand. „Bleib hier, bitte. Es tut mir leid. Du hast nie erwähnt, dass du schreiben willst. Ich war einfach überrascht."

Sie schwieg, setzte sich aber wieder hin.

Lutz fuhr fort. „Wenn es dir wirklich ernst ist, bin ich neugierig, was bei dieser Autoren-Sache herauskommt. Sollte das dein Plan für die Zukunft sein, werde ich mich nicht mehr darüber lustig machen, sondern dich unterstützen. Versprochen."

Prüfend sah sie ihn an und gab schließlich nach. „Also schön, ich vergebe dir", sagte sie großmütig.

Er grinste und trank einen Schluck Wein.

„Und ich zähle auf dich", fügte sie hinzu und griff wieder zur Gabel. „Bestimmt werde ich dich mit Fragen bombardieren, was die Polizeiarbeit betrifft. Ich meine, mit dir an meiner Seite habe ich den anderen Schreiberlingen gegenüber doch einen Riesenvorteil."

„Frag was und so viel du willst."

„Gern – wenn es soweit ist. Jetzt fällt mir gerade nichts ein. Und nach dem Essen …", sie warf ihm ein zärtliches Lächeln zu, „… gibt es erst einmal Dessert."

Lutz grinste, nahm die Serviette und tupfte sich den Mund ab. „Das hättest du nicht sagen dürfen."

„Wieso nicht?"

„Weil ich nun keine Lust mehr aufs Hauptgericht habe." Er stand auf und zog die lachende Verena hinter sich her ins Schlafzimmer.

****

Marianne Andresen hatte zur Familienkonferenz geladen. Ort der Versammlung: Der Esstisch in ihrer Küche, auf dem frisches Brot, Butter, Käse, verschiedene Wurstsorten, Tomaten, Gurken und dampfendes Rührei mit Schnittlauch zu einer geselligen Mahlzeit einluden. Für ihren Exmann hatte sie ein Bier im Kühlschrank, sie selbst bevorzugte Tee zum Abendbrot.

Als Carsten Andresen eintraf, saß Desirée bereits mit langem Gesicht auf ihrem Platz.

Er ignorierte ihren zur Schau gestellten Widerstand und musterte stattdessen den liebevoll gedeckten Tisch. „Ah, das sieht ja köstlich aus. Da bekommt man richtig Appetit." Er lächelte seiner Exfrau zu. „Danke, dass ich mit euch essen darf."

„Gern. Ich weiß ja, dass du dich hauptsächlich von Dosengerichten und Currywurst ernährst. Und irgendwie fühle ich mich immer noch ein bisschen für dich verantwortlich. Setz dich."

Er gehorchte und wandte sich an seine bockende Tochter. „Hallo, Schätzchen. Alles klar?"

Als Antwort zog sie eine Grimasse. „Witzig!"

Marianne holte das Bier und füllte es in ein Glas. Dann goss sie ihrer Tochter Milch und sich selbst heißen Tee ein. Anschließend ließ sie sich auf dem dritten Stuhl nieder.

„Wollen wir erst essen?", fragte sie. „Oder sollen wir gleich zum Thema kommen?"

„Ich bin dafür, dass wir uns erst diesen Köstlichkeiten widmen", sagte Andresen. „Solange das Rührei heiß und die Stimmung relativ friedlich ist."

Seine Exfrau lächelte ihm zu und reichte ihm den Brotkorb. „Klingt vernünftig. Guten Appetit."

Andresen schmierte Butter auf die Scheibe Brot und häufte dann das Ei darauf. Genüsslich schob er sich einen Bissen in den Mund. Er liebte Rührei, bereitete sich selbst allerdings fast nie welches zu. Vermutlich, weil Marianne das viel besser konnte als er. Und weil er zu faul war, gab er sich selbst gegenüber zu.

„Schätzchen, möchtest du gar nichts essen?", fragte Marianne mit einem Seitenblick auf Desirée, die sich mit verschränkten Armen zurückgelehnt und eine Mauer des Schweigens um sich herum aufgebaut hatte.

„Kein Hunger."

Ihre Mutter hob die Schultern. „Dann eben nicht. Erzähl mal, Carsten, gibt es Neuigkeiten bei dir?"

„Meinst du privat? Nein, eigentlich nicht."

„Du arbeitest immer noch so viel, hm?"

Seine unkonventionellen Arbeitszeiten waren der Hauptgrund für ihre Scheidung gewesen. Marianne hatte irgendwann beschlossen, dass das Leben mehr zu bieten haben musste, als die Ehe mit einem Mann, der praktisch nie da war – weder für sie noch für die gemeinsame Tochter.

„Ist halt viel zu tun", brummte er unwillig, obwohl das gar nicht stimmte. Er hielt sich lieber in seinem Büro als in der ruhigen Wohnung auf. Doch das musste er seiner Exfrau ja nicht unbedingt auf die Nase binden.

„Ich frage mich, ob du kein Privatleben hast, weil du so viel arbeitest, oder ob du so viel arbeitest, weil du kein Privatleben hast", sinnierte Marianne treffsicher, während sie Schinken auf ihrem Brot drapierte. „Ist ja schließlich ein Unterschied."

„Hab noch nicht darüber nachgedacht", muffelte Andresen mit vollem Mund. Das Thema behagte ihm nicht. „Was ist mit dir? Ein neuer Mann am Horizont?"

„Nein, niemand Bestimmtes. Ich arbeite in einer Damenboutique, wie du weißt. Die einzigen Männer, die mir dort über den Weg laufen, sind entweder schlecht gelaunte Lieferanten oder Tüten tragende Ehemänner."

Andresen trank einen Schluck Bier und grinste schadenfroh. „Du Ärmste!"

„Vielleicht ändert sich das ja nächste Woche." Marianne biss von ihrem Schinkenbrot ab, registrierte den verwunderten Blick ihres Exmannes und fragte, sobald sie den Bissen hinuntergeschluckt hatte: „Du hast doch noch auf dem Plan, dass Desirée demnächst für zwei Wochen bei dir wohnt, weil ich mit meiner Freundin nach Mallorca fliege?"

Andresen erstarrte für eine Schrecksekunde, hatte sich aber sofort wieder im Griff. „Natürlich weiß ich das noch", versicherte er. „Ab Sonntag, richtig?"

„Samstagabend", berichtigte Marianne.

„Da geh ich auf eine Party und penne bei Sophie", widersprach Desirée und griff in den Brotkorb. Offenbar musste sie ihrem knurrenden Magen zuliebe ihren Hungerstreik vorerst aufgeben.

„Das ist noch nicht entschieden", erinnerte Marianne sie streng. „Dein Verhalten in den letzten Tagen spricht eindeutig dagegen."

„Jetzt halt mal die Luft an!", zickte Desirée. „Ich bin sechzehneinhalb und nicht mehr neun. Du behandelst mich immer wie ein Wickelbaby."

„Achte auf deine Wortwahl, junge Dame!" Andresens tiefe Stimme klang bedrohlich. „So redest du nicht mit deiner Mutter, verstanden?"

„Wenn du wüsstest", seufzte Marianne und nippte an ihrem Tee.

„Ihr könnt mich mal!" Desirée schmiss ihr Brot auf den Teller und machte Anstalten, aufzuspringen und aus dem Raum zu stürmen, doch Andresens gewaltige Pranke legte sich um ihren Unterarm und hielt ihn fest.

„Du bleibst hier. Wir haben noch gar nicht das eigentliche Thema angeschnitten, nämlich deinen bescheuerten Plan, die Schule abzubrechen."

Desirée biss die Zähne zusammen und funkelte ihn an. „Ich hab keinen Bock mehr auf die Scheiß-Schule!", zischte sie.

„Und ich bin sicher, die Schule hat keinen Bock mehr auf dich", konterte Andresen. „Dein Benehmen ist unter aller Sau. Doch solange du nicht volljährig bist, sind wir für dich verantwortlich und darum wirst du weiterhin zur Schule gehen. Friseurjob hin oder her."

„Paps, die Ausbildung ist die perfekte Chance für mich!", rief Desirée aufgebracht. „Meine Noten sind total im Keller. Damit kriege ich weder einen Studienplatz noch eine Lehrstelle."

An dieser Stelle nickte Marianne mit düsterem Blick.

„Andrea nimmt mich trotzdem", fuhr Desirée fort. „Und ich habe viel mehr Lust, zu arbeiten und Geld zu verdienen, als weiter zu büffeln. Das Abi wird sowieso überbewertet."

Andresen runzelte die Stirn. „Wo hast du denn den Blödsinn her?"

Sie winkte ab. „Ist doch egal."

Während der nächsten halben Stunde redeten sie sich die Köpfe heiß. Doch Andresen und Marianne blieben stur. Erst ein vernünftiger Abschluss, dann eine Ausbildung. Und die Party am Samstag könne sie vergessen, so wie sie sich aufführe.

Heulend verschwand Desirée in ihrem Zimmer.

Marianne sah ihr bedrückt hinterher. „Tun wir das Richtige, Carsten?"

„Ganz bestimmt. Jetzt ist sie stinksauer und hasst uns wie der Teufel, doch irgendwann wird sie einsehen, dass wir recht hatten, und uns dankbar sein."

„Dein Wort in Gottes Gehörgang." Seufzend stand Marianne auf und begann, den Tisch abzuräumen. „Möchtest du noch ein Bier?"

„Gern." Er erhob sich und half ihr beim Abräumen. „War irgendwie ganz schön, mal wieder ein Team mit dir zu bilden."

Marianne räumte Salz- und Pfefferstreuer in den Küchenschrank. Dabei lachte sie leise. „Stimmt. Ist lange her, dass wir uns so einig waren." Sie drehte sich um und plötzlich standen sie sich gegenüber, nur wenige Zentimeter voneinander entfernt.

Marianne sah ihn an, und Andresens Herz schlug unvermittelt schneller. Er fühlte sich an früher erinnert, als sie frisch verliebt gewesen waren und kaum die Hände voneinander lassen konnten. Dieser Moment war ein knisterndes Déjà-vu.

Mariannes große Augen schauten zu ihm auf. Ihre blonden Locken kringelten sich widerspenstig in ihrer Stirn. Sie schien nervös, fuhr sich mit der Zunge über die Lippen und schluckte. Andresen überlegte, ob er sie küssen sollte. Ob sie es von ihm erwartete. Und ob er es überhaupt wollte.

Ja, dachte er. *Ja, ich möchte sie küssen. Sie ist trotz Scheidung nach wie vor meine Frau, die Mutter meiner Tochter, die einzige Person auf der Welt, die mich oft besser zu kennen scheint, als ich mich selbst kenne.*

Außerdem war sie noch immer verdammt hübsch, trotz der etwas runderen Hüften und der leichten Krähenfüße um ihre Augen. Ja, er würde sie küssen, sie in den Armen halten und … wer konnte wissen, wie es sich dann entwickeln würde? Er war für alles offen. Zu lange schon lebte er allein und sehnte sich danach, mal wieder menschliche Wärme zu spüren, einen weichen, weiblichen, sinnlichen Körper, der wunderbar duftete und sich an ihn schmiegte …

Er wollte gerade seine Arme um ihre Taille legen und sich zu ihr hinunter beugen, da wandte sie sich ab und begann, das schmutzige Geschirr in die Spülmaschine zu räumen.

„Ich bringe dir Desirée dann am späten Samstagnachmittag", sagte sie, als wäre gar nichts gewesen.

Andresen stand da wie ein begossener Pudel. „Ist gut", murmelte er und ging zur Küchentür. „Ich ... ich gehe dann jetzt."

„Ich dachte, du wolltest noch ein Bier?"

Er antwortete nicht, sondern verließ ohne ein weiteres Wort die Wohnung.

Kapitel 2

Der Golden Retriever-Labrador-Mix ließ sein jämmer-lichstes Jaulen ertönen, setzte sich neben den Schreib-tischstuhl und schlug seinen wedelnden Schwanz rhyth-misch auf den Dielenboden. Thomas Kuhl, der dabei war, den Unterricht für den Krimi-Workshop vorzubereiten, re-agierte ungeduldig. „Wir gehen ja gleich. Gib mir noch zwanzig Minuten, Hexe, ja?"

Das Jaulen, das auf diese Bitte folgte, war lang gezogen und tieftraurig.

Thomas registrierte den flehenden Blick aus warmen braunen Augen, seufzte und schob seinen Stuhl zurück. „Also gut, aber nur eine kleine Runde."

Hexe bellte zufrieden, sprang auf und eilte zur Tür. Als Thomas ihr nachfolgte, kam er an dem leeren Zimmer vor-bei. Er vermisste Max schon jetzt, obwohl der erst vor we-nigen Tagen ausgezogen war. Nun lebte er mit seiner Freundin zusammen.

Thomas verstand seinen Kumpel, doch die Tatsache machte ihn auch traurig. Er würde Max in Zukunft deut-lich seltener sehen. *Zu* selten.

Ob der neue Mitbewohner ebenfalls gern Action-Filme a là James Bond sah und die Augen morgens erst nach der zweiten Tasse Kaffee aufbekam, so wie Max und er selbst?

Thomas und Hexe gingen die Dorotheenstraße hinauf und überquerten wenig später die Flurstraße Richtung Ma-rienhölzungsweg. Hier befand sich eine alte Villengegend mit vielen Bäumen, was Hexe gut gefiel. Sie passierten den Peter-Christian-Hansen-Weg, ließen den Tennis-Ver-ein des DGF hinter sich und erreichten schließlich die kleine Brücke, die die B 200 überspannte. Am anderen Ende der Brücke lag die Marienhölzung, ein Waldgebiet mit Restaurant, Wildschweingatter und kleinen Seen. Thomas schloss den Reißverschluss seiner Windjacke. Der Sommer schien sich endgültig verabschiedet zu haben. Ein scharfer Ostwind wehte ihm ins Gesicht. Er sah zum Himmel hinauf. Dort türmten sich Wolkenberge. Von Regen hatte er nichts gehört, doch man konnte ja nie wissen. Die Wetterfritzen wussten auch nicht alles und irrten sich schließlich immer wieder. „Hexe, komm, wir drehen um", rief er. Die Hündin sah auf, spitzte die Ohren und kam zurück.

Auf dem Rückweg sah Thomas auf die Uhr. Fast fünf. In einer guten halben Stunde kam der erste Bewerber für das Zimmer. Insgesamt hatten sich drei potentielle Mitbewohner angemeldet, zwei Männer und eine Frau. Am Telefon hatten sie allesamt sympathisch geklungen, doch das musste nichts heißen. Zumindest hatte keiner von ihnen ein Problem mit Hexe. Das wäre auch ein sofortiges Ausschluss-Kriterium. Allergiker oder Hundegegner gingen gar nicht. Thomas tendierte gefühlsmäßig mehr zu einem männlichen Mitbewohner. Mit einer Frau zusammenzuleben bedeutete Hormonschwankungen, lange Haare im Waschbecken, endlose Telefonate mit kichernden Freundinnen und und und. Aber er wollte dieser Nina zumindest eine Chance geben.

Um Punkt halb sechs klingelte es. Thomas registrierte das zufrieden. Pünktlich hieß meist auch zuverlässig. Ein Pluspunkt. Er betätigte den Summer und öffnete die Wohnungstür. Ein junger, schlaksiger Kerl kam die Treppe herauf gerannt, er nahm immer gleich drei Stufen auf einmal.

„Hallo, ich bin Felix", sagte er, nur leicht außer Atem, und reichte Thomas die Hand.

„Thomas. Komm rein. Das Zimmer ist das zweite auf der linken Seite."

Felix betrat die Wohnung, sah sich flüchtig um und steuerte dann den angegebenen Raum an. „Groß ist das Zimmer ja", sagte er und warf einen Blick aus dem Fenster. „Schön, dass es nicht zur Straße rausgeht. Ich habs gern ruhig, wenn ich arbeite."

„Was machst du beruflich?"

„Ich studiere im vierten Semester Biologie und Sport auf Lehramt. Um was zu verdienen, arbeite ich nebenbei als Personal Trainer. Und du?"

„Hauptsächlich bin ich Werbetexter, außerdem schreibe ich, fast ausschließlich Krimis und Liebesgeschichten für Zeitschriften. Ach ja, und ich gebe Schreibkurse."

„Oh, ein Kreativer! Cool!"

Thomas grinste. „Ja, das ist mein Name."

Felix stutzte kurz, dann lachte er auf. „Stimmt ja!"

„Eine Frage noch: Warum musst du aus deiner jetzigen Bude raus?"

„Mein Mitbewohner zieht nach Hamburg", erklärte Felix. „Ich habe erst überlegt, mir einen neuen zu suchen, aber umzuziehen gefällt mir besser. Die Busverbindung bei meiner Bude ist nämlich ätzend, außerdem sind die Wände so dünn, dass ich jeden Toilettengang meiner Nachbarn hören kann. Solche Sachen nerven auf Dauer."

„Hier ist die Busverbindung gut, und die Wände sind auch nicht aus Papier", beruhigte Thomas ihn.

„Prima." Der sportliche Student sah sich noch die anderen Räume an, streichelte Hexe und fand alles klasse. „Ja, von mir aus ginge das klar", sagte er auf dem Weg nach draußen. „Das Zimmer gefällt mir. Aber ich würde es in einer anderen Farbe streichen. Weiß ist doch öde."

„Das ginge klar", sagte Thomas. „Du hast aber nichts Extravagantes im Sinn, oder? Schwarz oder rosa?"

Felix lachte. „Keine Panik. Bin weder der deprimierte noch der feminine Typ."

„Dann bin ich ja beruhigt." Thomas öffnete die Wohnungstür. „Deine Chancen stehen gut, aber heute kommen noch zwei andere Bewerber. Ich rufe dich morgen an und sage dir Bescheid. Okay?"

Felix nickte. „Geht klar. Bis morgen dann." Er hob verabschiedend die Hand und sprintete die Treppe hinab.

Der nächste Bewerber war das komplette Gegenteil des agilen Felix. Der junge Mann kämpfte sein Übergewicht mühsam die Stufen hinauf. Seine bleiche, ungesunde Gesichtsfarbe zeugte davon, dass er kein Freund von frischer Luft und Bewegung war, sondern eher seine Zeit am Computer verbrachte. Die kurze Unterhaltung bestätigte diesen Eindruck. Obendrein schien dem Stubenhocker Hexe unheimlich zu sein. Thomas war froh, als er ging.

Als Letztes kam Nina Bender.

Der Name kam ihm vage bekannt vor, das hatte er schon bei dem Telefonat mit ihr gedacht, doch er war ziemlich sicher, sie noch nie gesehen zu haben. Das hätte er gewiss nicht vergessen, denn Nina Bender war hinreißend. Sie hatte einen leicht exotischen Teint, große, fast schwarze Augen und volle Lippen. Wenn sie lächelte, blitzten Grübchen in ihren Wangen auf. Die langen dunklen Haare waren dick und seidig. Bei dem Anblick verspürte Thomas den Wunsch, eine Hand auszustrecken und eine Strähne dieser Haare langsam durch seine Hand gleiten zu lassen.

Als Hexe auf die junge Frau zulief und freundlich mit dem Schwanz wedelte, ging Nina in die Hocke, kraulte die Hündin und sprach gut gelaunt mit ihr. Hexe war begeistert.

Thomas auch. Er war regelrecht hingerissen und betete, dass ihr das Zimmer gefiel.

Das tat es. Er hatte sogar das Gefühl, dass *er* ihr gefiel. Deutete er ihre Blicke und ihr Lächeln richtig? Auf jeden Fall schlug sein Herz schneller, als sie sich gründlich umsah und meinte, sie könne sich sehr gut vorstellen, hier zu wohnen.

Er musterte ihre Rückansicht und konnte nicht verhindern, dass er darüber nachdachte, wie sie wohl nackt aussah. Offenbar hatte er zu lange keinen Sex mehr gehabt. Sechs Wochen war es mindestens her. Kein Wunder, dass seine Phantasie mit ihm durchging.

„Meinst du, im Bad könnte ich noch ein kleines Regal mehr aufstellen? Ich fürchte, sonst reicht der Platz nicht für meinen ganzen Kram."

Rasch schob Thomas den Gedanken daran, wie Nina sich nackt auf seinem Bett rekelte, zur Seite und räusperte sich. „Natürlich! Kein Problem!"

„Prima, danke."

„Wo wohnst du denn jetzt? Ich meine, im Moment."

„Ganz in der Nähe, in der Flurstraße. Ich glaube, ich habe dich und deinen Hund auch schon mal gesehen."

„Echt? Das ist ja ein Zufall. Ich hab dich noch nie gesehen."

„Na ja, ich habe ja auch keinen Hund, mit dem ich spazieren gehen muss", erwiderte sie lächelnd. „Vielleicht liegt es daran. Ich bin entweder an der Uni oder in meiner Wohnung. Höchstens mal in der Stadt, für einen Kaffee oder so."

„Und warum willst du aus deiner Wohnung raus?"

„Ich will nicht, ich muss. Der Vermieter hat Eigenbedarf angemeldet. Zum ersten Oktober muss ich raus. Meine Mitbewohnerin hat beschlossen, zu ihrem Freund zu ziehen und … tja, ich muss sehen, wo ich nun bleibe. Ach ja, ich wollte noch betonen, dass ich ein ordentlicher Mensch bin und nicht beabsichtige, ständig Partys zu schmeißen."

„Alles klar, du hast das Zimmer", entschied Thomas spontan und streckte ihr die Hand hin. „Einverstanden?"

Mit einem ungläubigen, etwas misstrauischen Lächeln musterte sie ihn. „Bist du sicher?"

Er nickte. „Tausendprozentig."

Sie schlug ein. „Na dann: Auf friedliches Zusammen-wohnen!"

****

Carsten Andresen sah ungewohnt abenteuerlich aus. Er trug eine Jeans, die irgendwann mal modern gewesen war und die im rechten Oberschenkel ein Riss zierte, ein zer-knittertes, blutrotes T-Shirt mit einer Comicfigur darauf und eine dunkelgrüne Schirmmütze, deren Schirm nach hinten gedreht war. Sowohl die Kleidung als auch er selbst waren voller roter und weißer Farbspritzer. Er stand in dem kleinen Raum seiner Wohnung, den er als Arbeitszimmer bezeichnete und als Rumpelkammer benutzte.

Im Flur vor dem Zimmer standen mehrere vollgepackte Kartons mit Akten, Büchern und Fotoalben sowie zwei Kisten, vollgestopft mit Dingen, die in den Müll wandern sollten. Der Schreibtisch samt Stuhl und die Schlafcouch im Raum waren mit Folie abgedeckt, auf dem Teppichbo-den lagen zu dessen Schutz graue, buntbekleckste Maler-decken. Akustisch untermalt wurde das Szenario von den Toten Hosen im Radio, deren Song ‚Tage wie dieser‘ von Andresen laut und schief mitgegrölt wurde.

Er war stolz, dass er es geschafft hatte, sich nach Feier-abend noch aufzuraffen, um das Zimmer zu streichen. Die Farbe hatte er voller guter Vorsätze bereits vor Wochen be-sorgt, aber seitdem immer eine gute Ausrede gefunden, um die Arbeit um einen weiteren Tag zu verschieben; Müdig-keit, ein spannendes Fußballspiel im Fernsehen, Überstun-den, Müdigkeit, ein interessanter Film …

Nun aber war Schluss mit dem ewigen Hinauszögern. In wenigen Tagen würde Desirée vor der Tür stehen, um zwei Wochen lang bei ihm zu wohnen. Er konnte ihr nicht zumuten, zwischen dem ganzen Gerümpel zu schlafen. Außerdem wollte er, dass sie sich bei ihm wohlfühlte.

Übernachtet hatte seine Tochter schon seit mindestens einem Jahr nicht mehr bei ihm. Seine sparsam dosierte Freizeit und ihre großzügig dosierten Wochenendaktivitäten hatten sie irgendwann nicht mehr in Einklang bringen können. Für beide war das im Grunde völlig in Ordnung. Sie trafen sich einmal wöchentlich zum Essen, und wenn Desirée etwas auf dem Herzen hatte, war er für sie da. Es war ihm wichtig, ein guter Vater zu sein, auch wenn sie sich nicht täglich sehen konnten.

Das würde ab der kommenden Woche anders sein. Andresen hoffte inständig, dass sie beide diese Situation unbeschadet überstanden. Er lebte seit Jahren allein – nicht immer gern, das musste er zugeben – aber er war unsicher, ob er noch zum Zusammenleben mit einem anderen Menschen taugte, selbst wenn es sich dabei um sein eigenes Fleisch und Blut handelte.

Er sah auf seine Armbanduhr, die ebenfalls ein paar Spritzer Farbe aufwies. Es war fast halb zehn. Nur noch diese eine Wand, dann war er mit dem Streichen fertig. Das Auf- und Einräumen würde er am nächsten Tag erledigen. Er sehnte sich danach, endlich die Füße hochzulegen.

Die Toten Hosen wurden von den Nachrichten abgelöst, und Andresen, der vom Singen eine trockene Kehle bekommen hatte, trank einen großen Schluck Bier direkt aus der Flasche.

Abgesehen von der Stimme aus dem Radio hörte er plötzlich die Hymne seiner Lieblings-Handballmannschaft SG Flensburg-Handewitt – seinen Handyklingelton.

Das Telefon lag auf dem Couchtisch im Wohnzimmer. Andresen kämpfte sich an den Kartons vorbei und ließ sich schließlich samt Bier auf das Sofa fallen – ein Fehler, wie ihm sofort klar wurde. Er würde eine gewaltige Willensstärke aufbringen müssen, um sich wieder hoch zu zwingen und weiterzumachen.

„Andresen."

„Ich bin es. Hallo, Carsten."

Er brauchte einige Sekunden, um seine Stimme wiederzufinden. „Marianne?"

„Richtig geraten."

Die Szene in ihrer Küche am Abend zuvor stand sofort wieder vor seinem geistigen Auge. Sie hatte ihn wie einen dummen Jungen stehen lassen.

„Was gibt es?", fragte er kühl. „Ist was mit Desirée?"

„Nein, ihr geht es gut. Ich ... ich wollte mich bei dir entschuldigen."

„Wofür?"

„Das weißt du genau. Es tut mir leid. Ich wollte dich nicht verletzen."

„*Verarschen* trifft es besser, finde ich."

„Bitte, Carsten ..."

„Was sollten die Signale, die du ausgesendet hast? Wolltest du nur sehen, ob der alte Fisch noch anbeißt, damit du ihn dann vom Haken lassen und blutend zurück ins Meer schmeißen kannst?"

„Ich sagte doch, es tut mir leid. Ich weiß auch nicht, was genau ich eigentlich wollte. Im Grunde gefiel es mir ja, wie es gestern zwischen uns geknistert hat, aber ..."

„Aber, was? Wenn es dir gefiel, warum warst du dann plötzlich so abweisend?"

Am anderen Ende der Leitung herrschte Stille. Andresen wollte gerade etwas sagen, etwas Gemeines, Kränkendes, wollte ihr wehtun, wie sie ihm wehgetan hatte. Doch seine Exfrau kam ihm zuvor.

„Ich bekam Angst, Carsten", gab sie mit leiser Stimme zu. „Angst, dass wir es noch einmal miteinander versuchen und es genauso endet wie beim letzten Mal. Das würde ich einfach nicht verkraften." Sie machte eine kurze Pause. „Verstehst du das? Wenigstens ein bisschen?"

Er schwieg. Natürlich wusste er, dass Marianne in ihrer Ehe mit jedem gemeinsamen Jahr unglücklicher geworden war. Und er war nicht in der Lage gewesen, etwas dagegen zu tun, hatte es schlicht total verbockt. Er räusperte sich. „Ja. Ich verstehe."

„Bist du mir noch böse?", fragte sie kleinlaut.

Er schloss die Augen und würgte den Kloß in seiner Kehle mühsam hinunter. „Nein, bin ich nicht."

„Danke."

Er hörte die Erleichterung in ihrer Stimme. Dieser Anruf war ihr sicher nicht leicht gefallen.

„Hör mal, ich habe noch einiges vorzubereiten für Desirée", sagte er und setzte sich aufrecht hin. „Wir … wir sehen uns am Samstag."

„Ja. Tschüs, Carsten. Bis Samstag. Und … danke."

„Tschüs." Er beendete das Gespräch, legte das Telefon auf den Couchtisch zurück und rieb sich mit beiden Händen über sein müdes Gesicht.

Er hatte sie belogen, bemerkte er, denn entgegen seiner Behauptung war er sehr wohl noch immer wütend auf sie. Weil sie ihm Hoffnungen gemacht und diese im nächsten Moment wieder zerstört hatte. Weil sie feige gewesen war. Vielleicht lohnte es sich ja doch, es noch einmal miteinander zu versuchen. Vielleicht fanden sie Kompromisse, die ein Zusammenleben erleichterten. Vielleicht …

Er stieß einen tiefen Seufzer aus. Vielleicht machte er sich mit diesen Gedanken nur etwas vor.

Er leerte die Bierflasche und kämpfte sich von der Couch. Noch ein Bier, ein paar weitere Pinselstriche, und dann würde er ins Bett fallen, sich vom Fernseher berieseln lassen und bei irgendeiner schwachsinnigen Sendung einschlafen.

Wenn er Pech hatte, würde der Rest seines Lebens genauso trostlos ablaufen. Ein verdammt deprimierender Gedanke.

Am nächsten Tag ging es ihm etwas besser. Er hatte sich klar gemacht, dass es klug gewesen war von Marianne, ihre Beziehung nicht noch einmal aufzuwärmen. Sie war schon immer die Weitsichtigere von ihnen beiden gewesen.

Er hatte seine Arbeit, die ihm Spaß machte, konnte seine Freizeit so gestalten, wie er wollte, und musste auf niemanden Rücksicht nehmen. Abgesehen davon war er im besten Alter. Bestimmt lernte er irgendwann eine Frau kennen, die besser zu ihm passte, als Marianne es getan hatte.

Nach Feierabend war er im Supermarkt gewesen und trug nun zwei volle Einkaufstüten über die Türschwelle. Wenn Desirée einzog, sollte der Kühlschrank etwas mehr hergeben als Dosenbier, ein paar Eier und Currywurst-Fertiggerichte.

Im Flur standen noch immer drei Kisten. Andresen seufzte. Die würde er heute noch auspacken, aber vorher musste er unbedingt etwas essen. Etwas Richtiges. Also räumte er seine Einkäufe in die Schränke und schälte anschließend Kartoffeln. Während die kochten, schnitt er eine Zwiebel klein, verrührte die letzten vier Eier – verflixt, er hatte vergessen, neue zu besorgen –, trank eine Dose Bier, stellte Speckwürfel und Margarine bereit und leerte dann die Kiste mit den Aktenordnern.

Als er den letzten Ordner, den mit den Unterlagen über seinen geliebten alten Mercedes, ins Regal geräumt hatte, klingelte es an der Tür. Gleichzeitig kam aus der Küche ein unheilvolles Zischen. Offenbar sprudelte Wasser auf die heiße Herdplatte. Andresen kam sich vor wie in einem schlechten Film und musste einen Augenblick überlegen, worum er sich zuerst kümmern sollte.

Er sprintete zur Wohnungstür, drückte kurz die Klinke nach unten, rief „Einen Mome-hent!" und flitzte dann weiter in die Küche. Dort schob er den Topf von der Herdplatte und drosselte die Temperatur.

Eine helle Stimme rief: „Äh, hallo?"

Andresen lugte aus der Küchentür. Eine Frau stand in seiner Wohnung. Sie war etwa Anfang Vierzig und trug eine schmutzige Jeans und eine rotkarierte Bluse mit aufgekrempelten Ärmeln. Ihr blondes Haar hatte sie zu einem lockeren Dutt hochgebunden. Die linke Wange zierte ein Schmutzfleck.

Neugierig trat er näher. „Hallo."

„Guten Abend." Sie streckte ihm ihre Hand entgegen. „Ich bin Daniela Mücke und seit heute Ihre Nachbarin."

Andresen ergriff die dargebotene Hand und schüttelte sie. „Aha, na dann: herzlich willkommen."

„Danke. Wie gesagt, ich bin heute eingezogen und wollte zur Feier des Tages ein paar Spiegeleier in die Pfanne hauen. Da fiel mir auf, dass ich vergessen habe, Eier einzukaufen. Auch sonst habe ich nicht viel im Haus." Bittend sah sie ihn an. „Könnten Sie mir vielleicht aushelfen?"

Er schnalzte bedauernd mit der Zunge. „Das tut mir aber leid! Meine letzten paar Eier habe ich gerade aufgeschlagen. Ich mache mir nämlich ein Bauernfrühstück."

Daniela Mücke entdeckte die Kartons, die im Flur standen, und nickte verstehend. „Sind Sie auch gerade eingezogen?"

„Was? Nein, ich wohne schon länger hier. Bin nur am Renovieren. Tut mir leid, dass ich Ihnen nicht weiterhelfen kann."

Sie zuckte mit den Achseln. „Ach, was soll's? Bestelle ich eben Pizza. Trotzdem vielen Dank." Sie lächelte und wandte sich zur Tür.

Irgendwie tat sie ihm leid. „Möchten Sie vielleicht mitessen?", fragte er zögernd. „Ich bin sicher, es reicht für uns beide."

Mit großen Augen sah Daniela Mücke ihn an. „Das ist sehr freundlich von Ihnen, aber ich bin nicht allein. Für drei wird es wohl kaum reichen."

Pause.

„Ach so. Ich verstehe." Andresen nickte höflich. „Dann auf gute ..."

„Mama! Wo bleibst du? Ich hab' Hunger."

Daniela drehte sich um. „Toni, bitte brüll nicht so", bat sie. „Ich komme ja schon."

Ein Mädchen von vielleicht acht Jahren trat neben sie und sah neugierig zu Andresen hinauf. „Du bist aber groß", bemerkte sie.

„Bitte entschuldigen Sie", sagte Daniela verlegen, die Carsten Andresen nur bis zur Schulter reichte, und legte einen Arm um die schmalen Schultern des Kindes. „Das ist meine Tochter Antonia. Sie ist, sagen wir mal, nicht gerade schüchtern."

Andresens Gesicht spiegelte Erleichterung. „Hallo, Antonia", lächelte er.

„Hallo. Du hast doch Eier, oder?"

„Wie bitte?", fragte er perplex.

„Nein, er hat leider keine, ich habe bereits gefragt", ergriff Daniela eilig das Wort. „Geh bitte wieder in die Wohnung, ich komme gleich nach."

Antonia machte ein unzufriedenes Gesicht, trollte sich jedoch.

Carsten Andresen traf eine Entscheidung. „Vielleicht reicht das Essen doch für drei", sagte er, „wenn ich uns zum Nachtisch einen Obstsalat mache. Ich habe reichlich Obst eingekauft."

Daniela Mücke und ihre Tochter erwiesen sich als unterhaltsame Gesellschaft. Andresen erfuhr, dass seine neue Nachbarin sich gerade von ihrem Lebensgefährten getrennt hatte und als Sekretärin bei einer Maklerfirma arbeitete.

„Was arbeitest du denn?", fragte Antonia, bevor sie sich eine Gabel voller Ei und Kartoffeln in den Mund stopfte.

„Ich bin Polizist."

„So ein richtiger, mit Pistole?"

„Ja, genau. Aber die ist weggeschlossen."

„Und deine Uniform?"

„Eine Uniform hab ich nicht, tut mir leid."

Antonia zog die Nase kraus. „Aber Polizisten tragen doch immer eine Uniform."

„Nun, es gibt auch welche, die keine tragen. Und so einer bin ich."

Antonia hatte bereits wieder das Interesse verloren und widmete sich ihrem Teller.

Ihre Mutter betrachtete sie zärtlich. „Haben Sie auch Kinder?", fragte sie.

„Eine Tochter, genau wie Sie." Er hob sein Bierglas. „Wollen wir nicht Du sagen? Ich bin Carsten."

Sie strahlte. „Gern. Ich bin die Dany. Prost!" Ihre Gläser klirrten aneinander.

„Desirée – meine Tochter – wohnt bei ihrer Mutter", berichtete Andresen, als er das Glas wieder abgesetzt hatte. „Aber am Wochenende kommt sie für zwei Wochen zu mir, weil ihre Mutter verreist. Es ist lange her, dass wir zusammengelebt haben. Ich bin gespannt, wie es wird."

„Wie alt ist sie?"

„Sechzehn."

„Na, da machen Sie sich – ich meine, da mach dich auf was gefasst", unkte Dany mit einer unheilvoll wedelnden Handbewegung. „Sechzehnjährige Mädchen sind eine echte Herausforderung. Das weiß ich aus Erfahrung, ich war selbst mal eins."

Nachdem sie auch den Obstsalat bis zum letzten Bananenstückchen verzehrt hatten, half Daniela Carsten beim Aufräumen in der Küche. So viel Spaß hatte die Hausarbeit ihm schon lange nicht mehr gemacht. Für Antonia hatte er den Fernseher eingeschaltet. Es war beinahe wie früher mit Marianne und Desirée. Familienleben.

Daniela spülte die Teller ab und erzählte dabei von der Trennung, die sie gerade durchgemacht hatte.

„Zwischen uns lief es schon eine ganze Weile nicht mehr rund. Dann nahm er sich ein möbliertes Zimmer in der Nähe seines Büros und erzählte mir, er bräuchte mehr Zeit für sich, er müsse über seine Lebenssituation nachdenken. Ich war so naiv und hab ihm geglaubt. Inzwischen weiß ich, dass er nichts weiter brauchte, als einen diskreten Rückzugsort, wo er hemmungslos … ich meine, wo er mit seiner neuen Kollegin … Ach, du weißt schon."

Danielas gerade noch so sanfte Stimme klang nun ein bisschen wie das Knurren eines Hundes. „Sie war mir von Anfang an ein Dorn im Auge, weil sie ständig in kurzen Röcken vor ihm mit dem Hintern wackelte. Wie in einem schlechten Film."

Carsten räumte die abgespülten Teller und Gläser in den Geschirrspüler. „Wie hast du denn rausgekriegt, dass die zwei … ich meine, dass er dich …"

Sie zuckte mit den Schultern und nahm sich die Pfanne vor. „Ganz klassisch. Ich wollte mit ihm reden und tauchte eines Abends unangemeldet bei ihm auf." Sie zog eine Grimasse, während sie ein paar Tropfen Geschirrspülmittel in die Pfanne gab. „Die ganze Szene, die dann folgte, war so klischeehaft, dass es zum Kotzen war. Er öffnete die Tür nur in Boxershorts, fing an zu stottern, als er mich sah, und versuchte mir einzureden, er hätte bereits geschlafen und wäre viel zu müde und zu kaputt für eine ernsthafte Unterhaltung. Um halb neun! Sonst ging er nie vor elf Uhr ins Bett. Eher später."

Sie ließ heißes Wasser in die Pfanne laufen und begann, sie rabiat mit einem Schwamm zu bearbeiten.

„Wie hast du reagiert?", fragte Andresen vorsichtig.

„Anfangs wollte ich nachgeben, wie immer. Doch dann sah ich eine Damenjacke an der Garderobe hängen und mir wurde klar, warum er mich nicht rein lassen wollte. Also habe ich mich umgedreht und bin gegangen. Und das war dann das Ende unserer Beziehung. Es war nur hart, Toni das zu erklären." Sie legte die saubere, tropfende Pfanne auf der Spüle ab.

Andresen nickte und griff nach einem Geschirrhandtuch. „Ich weiß. Desirée war nicht viel älter als Antonia, als meine Frau sich von mir trennte."

Aufmerksam sah Daniela ihn an. „Hast du sie auch betrogen?"

Carsten ließ sich Zeit mit der Antwort. Die direkte Art seiner neuen Nachbarin brachte ihn in Verlegenheit. Andererseits machte ihre entwaffnende Art es ihm leichter, ebenfalls aufrichtig zu sein. Er nahm die Pfanne und begann, sie abzutrocknen.

„Nein, ich habe sie nie betrogen", beantwortete er schließlich Danielas Frage. „Ich war beruflich einfach zu sehr eingespannt, um einen passablen Ehemann abzugeben. Wir haben uns kaum gesehen, sie stand mit allem allein da. In meinem Job darf man nie davon ausgehen, dass man das Wochenende frei oder um sechs Uhr Feierabend hat. Ich kann gut verstehen, dass ihr das irgendwann gegen

den Strich ging. Sie hatte sich mehr Familienleben gewünscht, das konnte ich ihr leider nicht bieten."

„Oh, ein einsichtiger Ex-Mann. Ich dachte, die wären
ausgestorben", sagte Daniela spöttisch.

Andresen lächelte. „Es hat eine Weile gedauert, bis ich
einsah, wie viel ich falsch gemacht habe", gab er zu, warf
das Handtuch auf den Küchentisch und räumte die Pfanne
in den Schrank. „Zuerst war ich verletzt und gekränkt.
Fühlte mich unverstanden und von meiner Frau ungerecht
behandelt. So nach und nach konnte ich sie aber auch verstehen. Wir Ex-Männer brauchen eben manchmal etwas
länger."

„Ja, vermutlich." Daniela trocknete sich die Hände an
dem feuchten Geschirrtuch ab und sah sich um. „Alles
wieder sauber. Jetzt wird es aber Zeit, dass meine Kleine
ins Bett kommt."

Carsten nickte. „Danke für deine Hilfe."

„Ich habe zu danken. Für das köstliche Abendessen."

„Jederzeit wieder. Es war schön, nicht allein essen zu
müssen."

„Mir hat es auch gefallen."

Sie sahen sich an. Genau wie vor zwei Tagen bei Marianne stand er einer Frau gegenüber und hatte dieses gewisse Kribbeln in der Magengegend. Er fand es sehr schade,
dass der Abend schon zu Ende sein sollte.

„Was hältst du davon", fragte Daniela, „wenn du morgen Abend zu mir zum Essen kommst? So um sieben?"

Andresens Herz schlug vor Freude schneller. „Das …
das würde ich sehr gern."

„Gut, dann ist das abgemacht. Magst du Pasta?"

Er lächelte ihr zu. „Ich liebe Pasta."

Kapitel 3

Kurz vor Feierabend kam Lutz Weichert ins Kommissariat zurück und ließ sich erschöpft auf seinen Bürostuhl fallen.

„Und?", fragte Andresen knapp, während er in einer Akte blätterte, „Erfolg gehabt?"

„Das wird sich herausstellen, wenn die Ergebnisse vorliegen." Weichert zog einige Plastikröhrchen aus der Innentasche seiner Jacke und legte sie auf seinen Schreibtisch. Es klackerte leise, als sie gegeneinanderstießen.

Andresen sah auf. „Vom wem sind die Proben?"

„Von der Kollegin von Alexander Hoffmann, die mit ihm seinerzeit eine Beziehung hatte, der Inhaberin des Juwelierladens, in dem er gearbeitet hat – die Dame ist inzwischen 81 – und zwei weiteren Arbeitskollegen. Eine weitere ist von einer Nachbarin, mit der Hoffmann ungefähr drei Monate vor seinem Tod eine kurze Affäre hatte. Der Ehemann der Nachbarin, der angeblich erst im Zuge der damaligen Ermittlungen von der Affäre seiner Frau erfahren hat, ist vor vier Jahren verstorben."

„Falls er doch davon wusste, hätte er auf jeden Fall ein Motiv gehabt."

„Seine Frau hatte noch eine alte Pfeife von ihm, die sie mir überlassen hat."

„Prächtig! Was ist mit der Exfrau des Opfers?"

„Die hatte doch ein Alibi für die Tatzeit", erinnerte Weichert seinen Kollegen. „Sie meinten, ich solle diejenigen überprüfen, die keines hätten."

„Wie lautete es gleich?"

Weichert griff nach der Akte, blätterte eine Weile und las dann aus der Aussage von Frau Hoffmann vor: „Hier steht's: *,Ich hatte um 17.30 Uhr Feierabend, habe das Geschäft ungefähr um zwanzig vor sechs verlassen. Dann war ich einkaufen und gegen halb sieben zu Hause. Wenig später, etwa*

um viertel vor sieben, klingelte meine Nachbarin bei mir,
weil sie Zucker brauchte für einen Kuchen, den sie backen
wollte. Wir tranken ein Glas Wein zusammen und unterhiel-
ten uns. So gegen halb acht ist sie wieder gegangen.'"

Weichert hob den Kopf. „Die Nachbarin hat die Aussage
bestätigt, und die Kollegen sagten einstimmig aus, dass
Frau Hoffmann nicht gleich um halb sechs gegangen ist,
weil sie noch die Kasse abgerechnet hat. So wie jeden Tag."

„Wann wurde der Mann ermordet?"

„Laut Obduktion zwischen sechs und acht Uhr abends."

„Was ist mit dem angeblichen Einkauf? Wurde das
überprüft?"

„Einen Kassenbon hatte sie nicht, wenn Sie das meinen.
Sie sagte aus, dass sie die nie mitnehmen würde."

„Was ist mit den Angestellten in dem Supermarkt?"

Weichert suchte in der Akte, blätterte hin und wieder zurück und schüttelte schließlich den Kopf. „Darüber steht
hier nichts. Ich nehme an, dass sich keiner von ihnen daran
erinnern konnte, ob und wann eine bestimmte Kundin dort
eingekauft hat. Schließlich sehen sie täglich eine Menge
Menschen. Außerdem war es kurz vor Feierabend, und
man war vermutlich bereits gedanklich zu Hause. Damals
schlossen ja alle Geschäfte noch pünktlich um sechs."

„Und die Kunden bezahlten bar", fügte Andresen hinzu.
„Heute wäre es einfacher, so ein Alibi zu überprüfen. Da
viele Kunden mit Karte zahlen, könnte man auf die Minute
genau nachvollziehen, wann sie wo ihre Besorgungen gemacht haben."

„Stimmt. Ich glaube aber ohnehin nicht, dass sie ihren
Exmann erschlagen hat. Die beiden hatten bereits Monate
vor seinem Tod keinen Kontakt mehr. Die Scheidung ver-
lief ohne Schwierigkeiten, die Beziehung war friedlich
auseinandergegangen, auch finanziell war alles in Ordnung, er zahlte einen großzügigen Unterhalt. Sie hatte also

kein Motiv. Im Gegenteil, die Unterhaltszahlungen wären dann weggefallen."

„Ja, sie müsste schon einen wirklich guten Grund gehabt haben, um den Ast abzusägen, auf dem sie sitzt", stimmte Andresen zu. „Wurde überprüft, ob der Supermarkt dreißig Minuten von ihrer Wohnung entfernt ist?"

Wieder vertiefte sich Weichert in die Unterlagen. „Der Supermarkt lag in der Nähe ihres Arbeitsplatzes und die Busfahrt von dort zu ihrer Wohnung dauerte etwa zwanzig Minuten. Von der Haltestelle brauchte sie noch einmal knapp fünf Minuten."

Andresen stand auf und ging zu der Karte von Flensburg, die an der Wand hing. Weichert nannte ihm die Adressen der Arbeitsstätte und des Supermarktes, außerdem die Anschrift von Frau Hoffmann und die Straße, in der der Mord geschah. Andresen markierte die Punkte mit Nadeln und musterte die Karte mit schräg gelegtem Kopf. „Wenn sie die Wahrheit gesagt hat, klingt tatsächlich alles schlüssig. Wenn sie aber in irgendeinem Punkt gelogen hat, sieht die Sache schon wieder anders aus."

„Wie meinen Sie das?"

„Nun, angenommen, sie hat bereits in der Mittagspause die Einkäufe erledigt und war nicht mit dem Bus, sondern mit dem Auto unterwegs, dann könnte sie direkt nach Feierabend zu ihrem Exmann gefahren sein, ihm den Schädel eingeschlagen haben und um kurz nach halb sieben zu Hause angekommen sein. Kurz bevor die Alibi-Nachbarin nach Zucker fragte."

„So viel ich weiß, besaß Frau Hoffmann kein Auto. Aber das kann ich noch einmal überprüfen."

„Sie könnte sich auch eines geliehen haben."

Weichert winkte ab. „Das ist doch Zeitverschwendung. Wie gesagt, sie hatte kein Motiv. Also wird sie wohl die Wahrheit gesagt haben."

„Vermutlich haben Sie recht." Andresen seufzte und wies auf die Plastikröhrchen mit den Speichelproben. „Hat jemand Schwierigkeiten gemacht?"

„Begeistert war kaum jemand, doch da ich die richterliche Anordnung vorlegen konnte, haben schließlich alle eingewilligt. Nur die ehemalige Besitzerin, die alte Dame, fand die Prozedur unheimlich spannend. Sie schien regelrecht aufgeregt. ‚Das kenne ich nur aus dem Fernsehen‘, hat sie gesagt. Und dass sie hofft, dass nun endlich herauskommt, wer der Schuldige ist."

„Hatte sie einen Verdacht?"

Weichert schüttelte den Kopf. „Ihren Angestellten traute sie es keinesfalls zu, und von Hoffmanns Privatleben wusste sie nicht viel."

Andresen sah auf die Uhr. „Ich schlage vor, wir machen Schluss für heute." Er schaltete seinen Computer aus und erhob sich.

„Gern. Ich schicke nur noch die Proben an die Gerichtsmedizin. Schönen Feierabend."

„Ihnen auch."

Hand in Hand schlenderten Lutz und Verena durch die Innenstadt und betraten von dort den Holmhof. Dort angekommen lag das Grisou gleich rechts, dahinter befand sich das traditionsreiche Restaurant ‚Die Senfmühle‘ und gegenüber der Wintergarten des ‚Vertigo‘, das für seine köstlichen Tapas bekannt war. Verena warf einen sehnsüchtigen Blick durch die Glasscheiben. Sie liebte dieses Restaurant, doch da Lutz nicht allzu viel verdiente und obendrein nicht der Typ war, der mehr als nötig für ein Essen ausgab, sagte sie nichts. Das ‚Grisou‘ war günstiger und das Essen schmeckte dort ebenfalls sehr lecker.

Sie wollte gerade den Kopf wenden, als ihr Blick auf eine Frau fiel, die sie sehr an ihre Mutter erinnerte. Verena sah genauer hin, und ihre Augen wurden schmal. Das *war* ihre Mutter! Aber der Mann, mit dem sie im ‚Vertigo‘ saß, war definitiv nicht ihr Vater.

Verena hielt Lutz am Arm fest, so dass er neben ihr stehenblieb. „Sieh mal", sagte sie und wies mit dem Kinn zum Wintergarten hinüber. Amelie Christen lachte vergnügt, hob ihr Weinglas und stieß mit dem Fremden an. Er war groß, elegant gekleidet und so braun gebrannt, als wäre er gerade im Urlaub auf den Seychellen gewesen.

Lutz folgte ihrem Blick. „Ist das nicht deine Mutter? Wer ist der Mann bei ihr?"

„Ich habe keine Ahnung."

Der Mann legte gerade seine Hand auf die von Verenas Mutter, beugte sich leicht vor und sagte etwas. Amelie Christen lächelte geschmeichelt. Als er begann, ihre Hand zu streicheln, schnappte Verena empört nach Luft.

„Das darf doch nicht wahr sein! Ich muss da hin – ich muss …"

„Du musst gar nichts", widersprach Lutz energisch und zog seine Freundin weiter. „Du kannst sie unter vier Augen darauf ansprechen, aber auf keinen Fall lasse ich zu, dass du in das Restaurant stürmst wie ein wilder Stier und ihr eine Szene machst."

„Aber …"

„Nichts aber. Nun komm, wir wollten essen gehen, und genau das machen wir auch." Er hielt ihr die Tür zum ‚Grisou‘ auf. „Nach Ihnen, gnädige Frau."

Mit finsterer Miene trat sie an ihm vorbei. Sie fanden einen Tisch in dem gewölbeartigen Raum, der rechts vom Eingangsbereich abging. Während sie die Karte studierten, schüttelte Verena immer wieder fassungslos den Kopf.

„Ich kann es einfach nicht glauben. Meine Mutter trifft sich mit einem anderen Mann und lässt sich von ihm in aller Öffentlichkeit betatschen."

„Vielleicht gibt es eine ganz harmlose Erklärung", versuchte Lutz sie zu beruhigen und wechselte das Thema. „Hast du dir schon etwas ausgesucht?"

Sie klappte die Karte zu. „Die Tagliatelle mit Huhn und Pesto. Aber irgendwie ist mir der Appetit vergangen."

„Der kommt sicher wieder."

Verena holte ihr Handy aus dem Seitenfach ihrer Handtasche. Sie wählte eine Nummer und hob das Telefon ans Ohr.

„Was hast du vor? Du rufst doch wohl nicht deinen Vater an?", fragte Lutz entgeistert. „Das kannst du nicht machen, er …"

Verena schüttelte den Kopf und legte einen Finger auf ihre Lippen, um Lutz zu bedeuten, dass er still sein sollte. „Hallo Mama. Ich wollte nur Bescheid sagen, dass ich noch bis morgen bei Lutz bleiben werde. Ist das okay? Prima. Wo bist du? Es ist so laut bei dir. Ach, tatsächlich. Wie nett! Und mit wem? Ach, mit Elisabeth." Verena warf Lutz einen vielsagenden Blick zu. „Das ist schön, ihr habt euch ja auch lange nicht mehr gesehen, oder? Wie geht es ihrem fußballverrückten Freund? Ja, richte ihr bitte meine Grüße aus. Einen schönen Abend noch euch beiden! Bis morgen. Tschüss!"

Sie beendete das Gespräch und legte das Handy auf den Tisch. „Was sagt man dazu? Sie lügt mich einfach an! Das beweist doch, dass dieses Rendezvous alles andere als harmlos ist."

Der Kellner kam mit den Getränken und nahm ihre Bestellungen auf.

Als er fort war, legte Verena ihre Hand auf die von Lutz. „Schatz, ich kann heute nicht bei dir schlafen, tut mir leid. Ich muss nach Hause und mit meiner Mutter reden. Vorher finde ich keine Ruhe."

Lutz war alles andere als begeistert von Verenas Entschluss. „Was willst du dich da einmischen?", fragte er.

„Das ist eine Sache zwischen deinen Eltern. Du hast damit nicht das Geringste zu tun."

Verena sah das völlig anders und ließ sich auch nicht von ihrem Vorhaben abbringen. Als sie sich nach dem Essen voneinander verabschiedeten, war Lutz noch immer missgestimmt, doch das bereitete ihr keine Kopfschmerzen. Er würde sich schon wieder beruhigen.

Als sie nach Hause kam, war ihre Mutter noch nicht zurück. Auch ihr Vater glänzte durch Abwesenheit. Vermutlich war er in der Klinik. Verena setzte sich im Wohnzimmer vor den Fernseher. Sie zappte von einem Programm zum anderen, ohne etwas zu finden, das sie wirklich interessierte. Erst eine Dreiviertelstunde später hörte sie, dass die Haustür geöffnet und wieder geschlossen wurde.

Sie schaltete den Fernseher aus und verließ das Wohnzimmer. Ihre Mutter zog sich gerade ihre Jacke aus hängte sie an die Garderobe.

„Du kommst spät", bemerkte Verena kühl.

Amelie Christen drehte sich zu ihrer Tochter um. „Du hier? Ich denke, du schläfst bei deinem Polizisten?"

„Ich hab es mir anders überlegt, weil ich etwas mit dir besprechen muss. Kommst du mit in die Küche?" Ohne eine Antwort abzuwarten, ging sie voraus.

Sie schaltete das warme Licht über dem Esstisch ein und bat ihre Mutter, sich zu setzen. Dann ließ sie sich auf den Stuhl ihr gegenüber sinken.

Amelie runzelte besorgt die Stirn. „Du bist so blass, Schätzchen. Ist es etwas Ernstes? Hast du Streit mit deinem Polizisten?"

Verena seufzte. „Er heißt Lutz, und wir haben uns nicht gestritten, Mama. Es geht auch nicht um ihn oder um mich, sondern um dich. Wir haben dich gesehen. Heute Abend im Holmhof."

Verena registrierte, dass ihre Mutter errötete, und senkte die Stimme. „Du warst nicht mit deiner Freundin essen, sondern mit einem anderen Mann. Du hast mich belogen und Papa hintergangen."

Amelie holte tief Luft. „Du hast recht. Dieses Abendessen sollte eigentlich mein Geheimnis bleiben, doch das hat wohl nicht ganz geklappt."

„Wer ist der Typ? Hast du was mit ihm?"

Amelie lachte. Es klang etwas aufgesetzt, fand Verena.

„Ob ich etwas mit ihm habe? Ach, Kleines, du machst dir viel zu viele Gedanken. Der ‚Typ' ist Jesper Jörgensen, ein dänischer Galerist. Elisabeth hat uns bekannt gemacht."

„Aber was will dieser dänische Lagerist von dir?"

Amelie schmunzelte. „Nicht Lagerist, Schätzchen. Galerist. Elisabeth weiß etwas von mir, von dem du bisher keine Ahnung hattest. Aber wenn du willst, sage ich es dir."

Verena machte eine auffordernde Handbewegung. „Nur zu."

„Bevor du geboren wurdest, habe ich viel gemalt. Hauptsächlich Landschaftsbilder." Sie zeigte unsicher auf das Bild, das über einer Kommode hing. Es zeigte ein Rapsfeld bei Sonnenuntergang. So lange Verena denken konnte, hing dieses stimmungsvolle Gemälde dort. Sie hatte es immer sehr gemocht, sich aber nie viele Gedanken darüber gemacht.

Amelie lächelte. „Das ist von mir."

„Wirklich?" Verena staunte. „Ich liebe dieses Bild. Warum hast du mir das nie erzählt?"

Ihre Mutter zuckte mit den Achseln. „Ich weiß es nicht. Das Malen hatte mit meinem Leben nichts mehr zu tun, nachdem du da warst. Als wäre es Teil eines früheren Daseins. Aber seit einiger Zeit überlege ich, wieder damit anzufangen. Ich habe mit Elisabeth darüber gesprochen, und sie hat mich überredet, meine Bilder Jesper Jörgensen zu zeigen. Also habe ich sie wieder hervorgekramt."

„Wo waren sie denn all die Jahre?"

„Im Keller, irgendwo ganz hinten, eingewickelt in alte Decken."

„Und was hat dieser Jörgensen dazu gesagt?"

Mit vor Aufregung zitternder Stimme berichtete Amelie, dass der Galerist begeistert gewesen war und gern eine Ausstellung organisieren würde. „Aber er möchte dafür mehr Bilder. Also muss ich bis zum Frühjahr noch einige malen. Und ehrlich gesagt, ich habe große Lust dazu."

Verena strahlte. „Das ist super, Mama! Ich gratuliere dir." Im nächsten Moment verschwand das Lächeln. „Aber warum habt ihr im Restaurant Händchen gehalten?"

Amelie senkte verlegen den Blick. „Jesper mag mich offenbar. Er hat ziemlich heftig mit mir geflirtet, das stimmt."

„Mama!"

„Ach, Kind, ich habe nichts Schlimmes getan. Er hat mit *mir* geflirtet, nicht ich mit ihm. Das ist ein Unterschied."

Verena erinnerte sich an das vergnügte Lachen ihrer Mutter in dem Restaurant, an die Blicke, die sie diesem Jörgensen geschenkt hatte.

„Aber du magst ihn gern, richtig?", hakte sie nach.

Amelie lächelte. „Er ist sehr charmant und ziemlich attraktiv. Mehr aber auch nicht. Im Grunde ist er ein neureicher Angeber – und übrigens ebenfalls verheiratet."

Verena atmete erleichtert aus. „Also läuft nichts zwischen euch?"

„Wo denkst du hin?" Amelie warf einen Blick auf die Küchenuhr. „Es ist schon spät. Ich denke, wir sollten langsam schlafen gehen, meinst du nicht auch?"

Erst jetzt wurde Verena bewusst, wie müde sie war. „Eine gute Idee", sagte sie. „Obwohl ich nicht weiß, ob ich nach diesen ganzen Infos gut schlafen kann."

„Infos sind doch besser als Ungewissheit", bemerkte Amelie treffend. Sie stand auf und gab ihrer Tochter einen Kuss auf die Wange. „Schlaf gut, Schätzchen."

Verena lächelte. „Du auch."

Sie sah Amelie nach, als diese die Treppe hinaufging. Noch völlig überwältigt von den Neuigkeiten, die ihre Mutter ihr offenbart hatte, betrachtete Verena das schöne Gemälde mit dem Rapsfeld. Doch vor ihr inneres Auge schob sich ein anderes Bild; das ihrer Mutter, die mit einem fremden Mann Händchen hielt und ihn verliebt anlächelte.

Verena war sich nicht sicher, ob ihre Mutter ihr die ganze Wahrheit gesagt hatte. Dafür hatte sie die Frage, ob sie mit diesem Jörgensen eine Affäre habe, etwas zu ausweichend beantwortet.

****

Für diesen Abend erwartete Andresen seine Nachbarin und deren Tochter erneut zu sich zum Essen. Am Mittwoch hatte Daniela wie versprochen ein Nudelgericht gekocht, mit Lachs und Sahnesauce.

„Fettucini alla panna con salmone", hatte die kleine Antonia in perfektem Italienisch erklärt und sich über Andresens verblüfftes Gesicht kringelig gelacht.

Dazu gab es Rucolasalat mit Pinienkernen. Andresen schlemmte wie lange nicht mehr, und nach zwei Gläsern Weißwein kündigte er an, dass er für das nächste Abendessen sorgen würde. „Ich koche aber nicht so fantastisch wie du", fügte er warnend hinzu.

Daniela lachte, und als er sich verabschiedete, hatte sie ihn umarmt und ihm einen Kuss auf die Wange gedrückt.

Er hatte danach noch eine ganze Weile wach gelegen und an Daniela gedacht. Sie gefiel ihm. Sehr sogar. Er konnte sich gut vorstellen, dass ihre Freundschaft sich irgendwann in eine feste Beziehung wandeln würde.

Nun stand sie dicht neben ihm und schielte in den Kochtopf, während Antonia am Küchentisch saß und malte.

„Das duftet herrlich", sagte Daniela.

„Freut mich. Es gibt Putencurry mit Reis und Salat", erwiderte er nicht ohne Stolz. Das Rezept hatte er aus dem Internet. Es hatte sich lecker und nicht allzu schwer angehört.

„Ich finde Männer, die kochen können, sehr anziehend", bemerkte Daniela mit ruhiger Stimme.

Andresen grinste verlegen. „Ob ich es kann, muss sich erst noch herausstellen."

„Ich bin nicht sehr anspruchsvoll", versicherte sie und zwinkerte ihm zu. „Soll ich schon mal den Tisch decken?"

Das Wasser für den Reis begann zu kochen. Andresen gab zwei Beutel hinein. „Das wäre prima, danke."

Sie hatte sich offenbar gemerkt, wo er sein Geschirr aufbewahrte, und brachte es ins Wohnzimmer, wo ein Esstisch für vier Personen stand, den Andresen normalerweise als Ablagefläche benutzte.

„Guck mal, Carsten", rief Antonia und hielt ein bunt bemaltes Blatt hoch.

Er versuchte, zu erkennen, was darauf abgebildet war, und gleichzeitig im Putencurry zu rühren. „Toll, was ist das? Ein Hund?"

„Nein, ein Pferd! Ein Hund hat doch viel kürzere Beine."

„Stimmt, du hast recht. Sieht sehr schön aus. Und richtig freundlich."

Antonia nickte. „Das ist es auch. So eins wünsche ich mir zu Weihnachten. Es soll Benny heißen."

„Für so ein großes Geschenk muss man aber ziemlich artig sein."

„Bin ich", entgegnete sie selbstbewusst. „Immer."

Als sie mit dem Essen fast fertig waren, klingelte es an der Tür. Andresen entschuldigte sich verwundert, stand auf und öffnete. Vor ihm standen seine Exfrau, seine Tochter, ein überdimensionaler Koffer und eine prall gefüllte Reisetasche.

Verdutzt starrte er Marianne und Desirée an. „Was macht ihr denn hier? Ihr wolltet doch erst morgen kommen."

Marianne schob Desirée über die Schwelle. „Ich habe auf deine Mailbox gesprochen", erklärte sie entschuldigend. „Mein Flug geht früher, wir fahren noch heute Abend nach Hamburg."

„Ich hab Mama gesagt, dass ich bis morgen auch allein klarkommen würde", mischte sich Desirée in bockigem Tonfall ein. Es war offensichtlich, dass sie auf ihre Mutter nicht gut zu sprechen war. Andresen stieß einen tiefen Seufzer aus.

„Na, dann kommt rein. Wir sind ohnehin fast fertig mit dem Essen."

Marianne sah ihn überrascht an. „*Wir*?"

„Du hast richtig gehört." Andresen führte seine Familie ins Wohnzimmer, wo Daniela und Antonia saßen. „Das ist Daniela Mücke, meine Nachbarin. Dany, das sind meine Exfrau Marianne und meine Tochter Desirée."

Daniela stand auf. Die Frauen schüttelten sich die Hand und taxierten sich gegenseitig.

„Und das ist Antonia", fuhr er fort. „Danys Tochter."

„Hallo, Antonia", murmelte Marianne. Ihr Lächeln wirkte bemüht. Sie war ganz offensichtlich konsterniert, was Andresen zufrieden zur Kenntnis nahm.

„Ich bring mal den Koffer in mein Zimmer", murmelte Desirée, nachdem sie die Gäste ihres Vaters begrüßt hatte, und verschwand.

„Es ist wohl besser, wenn wir uns verabschieden", sagte Dany. „Vielen Dank für das leckere Essen, Carsten."

Entsetzt sah er sie an. „Nein, bitte bleibt noch."

„Du hast *gekocht?*", warf Marianne ein.

Sein Kopf fuhr zu ihr herum. „Stell dir vor", zischte er wütend, „inzwischen kann ich etwas mehr als nur Büchseninhalte aufwärmen."

„Wir wollen wirklich nicht länger stören", murmelte Daniela. Ihr war die Situation sichtlich unangenehm.

„Offenbar sind *wir* hier die Störenfriede", entgegnete Marianne kühl. „Ich konnte ja nicht ahnen …"

„Wie sieht es denn hier aus?", rief Desireé aus dem noch unfertigen Gästezimmer. „Soll ich etwa in dieser Bruchbude schlafen?"

„Das wollte ich morgen früh aufräumen", brüllte Andresen zurück. „Ich hab ja noch nicht mit dir gerechnet."

Desirée erschien mit finsterer Miene im Türrahmen. „Wo soll ich überhaupt meine Sachen unterbringen, hm?"

„Das besprechen wir später, okay?"

„Wann, später?"

Andresen holte tief Luft und zählte im Geiste bis zehn.

Daniela nickte ihm lächelnd zu. „Wir verschwinden jetzt. Bis bald, Carsten."

„Nein, warte, wir könnten doch …"

„Lieber ein anderes Mal. Wir sind doch jetzt nur im Weg. Toni, komm."

„Aber ich bin noch nicht fertig", protestierte die Kleine.

„Keine Widerrede, junge Dame!"

Mürrisch stand Antonia auf. „Das ist gemein."

Andresen brachte die zwei zur Tür, fuhr Antonia entschuldigend über den Kopf und flüsterte Daniela ein ehrlich gemeintes „Tut mir leid" zu.

Sie drückte seine Hand. „Schon gut. Wir holen das nach." Nach einem Seitenblick auf Marianne fügte sie mit einem feinen Lächeln hinzu: „Übrigens, das Essen war köstlich."

Dann waren sie fort.

„Du hast dich ja schnell getröstet", bemerkte Marianne zynisch, kaum dass die Tür ins Schloss gefallen war.

Er hob das Kinn. „Hast du damit ein Problem?"

„Nicht im geringsten. Ich wünsche dir und deiner … Dany alles Glück der Welt."

„Und ich dir einen tollen Urlaub. Amüsier dich gut."

„Das werde ich, verlass dich drauf."

Wütend sahen sie sich an.

„Ich gehe lieber", zischte Marianne und wandte sich an ihre Tochter, die gerade aus dem Wohnzimmer kam. „Tschüss, Kleine! Wir telefonieren, ja?"

Desirée nickte ihrer Mutter zu. „Okay. Viel Spaß!"

Andresen sah die Enttäuschung in Mariannes Gesicht. Sie hatte sich zumindest von ihrer Tochter einen herzlicheren Abschied gewünscht, da war er sicher.

Augenblicklich war seine Wut verraucht und er selbst versöhnlich gestimmt. Langsam öffnete er die Tür. „Mach dir keine Gedanken, sie wird dich bestimmt vermissen", sagte er. „Immerhin muss sie bei *mir* leben."

Marianne rang sich ein Lächeln ab. „Meinst du wirklich? Ich meine, dass ich ihr fehlen werde?"

„Natürlich. Spätestens übermorgen wird sie sich zu dir zurücksehnen."

„Lieb von dir, aber das glaube ich nicht. Allerdings hoffe ich, dass uns beiden diese Auszeit gut tut."

„Davon bin ich überzeugt."

Marianne trat an ihm vorbei in den Hausflur. „Na, dann. Habt es schön, ihr beiden." Sie sah zur gegenüber liegenden Wohnungstür. „Ich glaube, ich war nicht gerade freundlich zu deiner Bekannten. Das tut mir leid."

Er nickte. „Ich werde ihr deine Entschuldigung ausrichten."

Marianne öffnete den Mund, als wolle sie etwas sagen, doch dann überlegte sie es sich anders. Sie ging zur Treppe. „Tschüs, Carsten."

„Erhol dich gut." Er hob verabschiedend eine Hand und hatte das merkwürdige Gefühl, dass dieser Abschied bedeutsamer war, als er zu sein schien. Als wäre das letzte Band, das ihn mit seiner Exfrau vereinte, zerschnitten worden. Das Verwirrende daran war, dass diesmal er die Schere in der Hand hielt.

Er räusperte sich. „Ich wünsche dir ganz viel Sonne, gutes Essen und jede Menge Spaß."

Sie sagte nichts, warf ihm nur eine Kusshand zu und lief die Treppe hinunter. So schnell, als wäre sie auf der Flucht.

Andresen seufzte, schloss die Tür und sah zu Desirée, die noch immer kritisch ihr Reich für die kommende Woche betrachtete. „Das kann ja heiter werden", murmelte sie düster.

In Gedanken stimmte er ihr zu.

*****

Endlich begann der Schreibkurs. Verena freute sich und war neugierig darauf, was sie erwartete und wie die anderen Teilnehmer des Kurses so waren. Sie hoffte, es würden mehrere in ihrem Alter dabei sein. Womöglich saßen dort außer ihr nur ein paar Rentner, die ihre Freizeit irgendwie ausfüllen wollten, weil es ihnen nicht reichte, Unkraut aus dem Vorgarten zu zupfen, die Enkelkinder zu hüten oder ihre Wellensittiche zu füttern.

Unternehmungslustig sprang Verena mit ihrer Umhängetasche die Treppe hinunter. Ihre Mutter saß in der Küche und notierte etwas auf einen Zettel.

Wie so oft in den letzten zwei Tagen wunderte sich Verena, dass ihre Mutter so viele Jahre kein Wort über ihre frühere große Leidenschaft verloren hatte. Und nur wegen ihr, Verena, hatte sie den Malerkittel an den Nagel gehängt und mehr als ein Vierteljahrhundert lang keinen Pinsel mehr in die Hand genommen. Es war erstaunlich, dass ihr das so leicht gefallen war. Jedenfalls ahnte Verena nun, dass sie den Hang zur Kreativität von ihrer Mutter geerbt hatte. Der Gedanke bestärkte sie in ihrer Absicht, Schriftstellerin zu werden.

„Ich muss los", sagte sie. „Wenn das ein Einkaufszettel ist, schreibst du bitte Duschgel auf? Meins ist fast leer."

„Das ist ein etwas anderer Einkaufszettel", erwiderte Amelie mit einem kleinen Lächeln.

Verena trat näher und sah ihr über die Schulter. „Ah, verstehe. Staffelei, Leinwände, Ölfarben, Pinsel … Es wird ernst, hm?"

„Ja, ich denke schon. Hast du gefrühstückt?"

„Schon vor einer Stunde." Verena küsste ihre Mutter auf die Wange. „Ich melde mich. Gut möglich, dass ich heute Abend bei Lutz schlafe."

Am Samstagabend war sie bei ihm gewesen, um ihm die Neuigkeit über ihre Mutter zu erzählen und sich für ihre Sturheit zu entschuldigen. Wie üblich war er ihr nicht lange böse geblieben und inzwischen waren sie wieder ein Herz und eine Seele.

Amelie lächelte. „Ich wünsche dir viel Spaß."

Verena nahm sich eine Banane sowie eine Flasche Mineralwasser aus dem Kühlschrank und stopfte beides in ihre Tasche. „Danke, ich dir auch. Bis dann."

Auf dem Weg in die Flensburger Innenstadt sah sie, als sie Kielseng ansteuerte, über den Hafen zur anderen Seite der Stadt. Sie liebte diesen Anblick. Es war – zumindest bei gutem Wetter – ein Postkartenidyll. Heute war so ein Tag. Es war zwar relativ kühl, doch der Himmel strahlte in einem kräftigen Blau, die Morgensonne tanzte über die kleinen Dächer der Häuser, die die Schiffbrücke säumten, und darüber thronten das Alte Gymnasium, das Städtische Museum und die Auguste-Victoria-Schule. Diese großen, historischen Gebäude wirkten hinter den alten Kaufmannshäusern beinahe wie Hennen, die ihre Küken beschützten.

Verena ging vom Gas. Die Strecke lud eigentlich dazu ein, zügig zu fahren, doch auf dieser Hafenseite stand oft einer der verhassten Blitzer, also hielt Verena sich lieber an die Geschwindigkeitsbegrenzung.

Sie hatte fast den Innenstadtbereich erreicht und beschloss, die Parkhäuser zu meiden und stattdessen oben auf dem Museumsberg zu parken. Dort stand ihr grüner Mini-Cooper umsonst, während sie für den Parkplatz in der Galerie oder in der Holmpassage ein kleines Vermögen würde bezahlen müssen. Schließlich endete der Kurs erst am späten Nachmittag. Außerdem, überlegte sie, war ein Spaziergang bei diesem Wetter eine hübsche Idee.

Sie ratterte das Kopfsteinpflaster der Rathausstraße und des Nordergrabens hinauf, bog dann links ab und hatte wenig später die Reepschlägerbahn erreicht. Dort, am Rande des Alten Friedhofs, fand sie ohne Schwierigkeiten einen freien Parkplatz.

Sie sah auf die Uhr. Noch zwanzig Minuten bis zum Kursbeginn. Für den restlichen Weg würde sie allerhöchstens zehn brauchen. Ein ungewohntes Gefühl, schließlich war sie sonst immer zu spät dran. Sie stellte den Motor ab.

Links neben ihr stieg gerade ein Mann aus einem in die Jahre gekommenen Ford und schlug die Autotür zu. Es war ruhig hier, so dass das Geräusch nachhallte. Er trug

unter einer braunen Fleecejacke ein cremefarbenes Langarmshirt und über der rechten Schulter eine Ledertasche,
wie ihre Lehrer sie früher immer herumgeschleppt hatten.

Trotz der dunklen Haare hatte er so leuchtend blaue
Augen, dass die Farbe sofort auffiel. Ein gepflegter Drei-
Tage-Bart gab dem kantigen Gesicht einen männlich-
verwegenen Touch. Verena schätzte ihn auf Anfang Dreißig.

Ohne die Augen von diesem Beau zu nehmen, angelte
sie ihre Umhängetasche vom Beifahrersitz und stieg ebenfalls aus. Dabei fiel ihr ein, dass so der Reitlehrer in ihrem
Krimi aussehen könnte.

Der Mann ging etwa fünf Meter vor ihr. Er hatte eine
sportliche Figur und einen kleinen, knackigen Hintern,
der, wie Verena schmunzelnd feststellte, in der lässig sit-
zenden Jeans perfekt zur Geltung kam. Sie folgte ihm
Richtung Museum, dann um das Gebäude herum und die
Treppe hinunter, die am Maskenbrunnen gegenüber vom
Stadttheater endete.

Er hatte offensichtlich denselben Weg wie sie, denn
auch er bog an der Ecke zum Holm rechts in Richtung Südermarkt ab.

Auf der Einkaufsstraße öffneten bereits hier und da die
Geschäfte. Die wenigen Passanten, die um diese Zeit un-
terwegs waren, hatten jedoch kaum einen Blick für die
Schaufenster der Boutiquen, Schuhgeschäfte, Bistros und
Geschenkartikelläden. Wer sich so früh morgens hier auf-
hielt, hatte ein festes Ziel und keine Zeit, um zu bummeln.
Genau wie Verena und der Typ vom Parkplatz, denn auch
er ging zügig weiter.

Als er die Galerie links liegen ließ und sich anschickte,
den Südermarkt zu überqueren, dämmerte Verena, dass er
ebenfalls auf dem Weg zum VHS-Gebäude sein könnte.

Vielleicht besuchte er sogar denselben Kurs! Sie grinste und nahm sich für den Fall vor, Rebecca so bald wie möglich zu erzählen, was sie verpasste.

Tatsächlich ging er an der Nikolaikirche vorbei und den schmalen, ziemlich steilen Weg hinauf, an dessen Ende das Gebäude stand, in dem der Kurs stattfinden würde.

Verena steigerte ihr Tempo, und als er die Treppenstufen zum Eingang hinaufstieg, hatte sie ihn beinahe erreicht. Perfekt! Er registrierte sie und hielt ihr die Tür auf.

„Guten Morgen."

„Danke, Ihnen auch." Sie strahlte ihn an und ging an ihm vorbei. Noch eine Treppe. Ein Bildschirm zeigte die stattfindenden Kurse an und die Räume, in denen sie unterrichtet wurden. Verena blieb stehen und studierte die Angaben.

„Wo möchten Sie denn hin?", erkundigte sich der Typ, der eine tiefe, angenehme Stimme hatte.

„Zum Krimi-Workshop."

„Ah, okay. In dem Fall haben wir denselben Weg. Kommen Sie."

Verena jubelte innerlich. Er war tatsächlich in ihrem Kurs! Sie erklommen eine weitere Treppe, gingen einen Gang entlang und blieben vor einer Tür stehen. Der Mann zog einen Schlüssel hervor und schloss die Tür auf.

Verena begriff. „Oh, Sie sind der Kursleiter?"

Er ließ ihr den Vortritt. „Thomas Kuhl, freut mich. Und Sie sind …?"

Sie drehte sich zu ihm um und reichte ihm die Hand. „Verena Christen."

„Ein schöner Name für eine Autorin", sagte Thomas Kuhl lächelnd, worauf Verena spürte, dass sie rot anlief.

„Suchen Sie sich einen Platz aus", forderte er sie mit einer einladenden Armbewegung auf. „Noch ist freie Auswahl. Die anderen kommen sicher gleich."

Er hatte recht, nach und nach tröpfelten die Teilnehmer in den Raum. Verena, die sich einen Platz in der ersten Reihe gesichert hatte – direkt vor dem Lehrertisch und so mit ungehinderter Sicht auf Thomas Kuhl –, kannte niemanden der Ankommenden, weder die ältere Blondine in den bunten Schlabberklamotten, noch den hoch aufgeschossenen Typ mit den schütteren, sandfarbenen Haaren und der Nickelbrille oder die freundlich wirkende Frau mit den dunklen Locken. Sie war klein, um die fünfzig und ihre Augen leuchteten vor Aufregung.

Weitere Teilnehmer stießen dazu und grüßten mit einem knappen „Moin" oder „Guten Morgen".

Schließlich kam niemand mehr. Thomas schloss die Tür, und die zukünftigen Autoren holten Schreibzeug und Collegemappen hervor oder musterten neugierig und möglichst unauffällig ihre Mitschüler.

Verena fand es merkwürdig, wieder auf einer Schulbank zu sitzen. Doch diesmal war sie freiwillig hier, damit war das Gefühl ein anderes, besseres.

Sie sah zur Seite. Am Tisch rechts von ihr saß ein großer, kräftiger Mann, ungefähr Anfang dreißig, mit Vollbart und Nerd-Brille. Seine Finger mit den abgekauten Nägeln spielten nervös mit einem Kugelschreiber.

Hinter ihm saß eine junge Frau, die ihre nougatfarbenen Haare zu einem langen Zopf gebunden hatte und sich schüchtern umsah. Sie war blass und wirkte im Gegensatz zu dem Hünen vor ihr so zierlich und zart, dass sie sich ohne weiteres hinter ihm verstecken könnte.

Auf der Bank hinter der Zopfträgerin fläzte sich ein Mann mit strubbeligen dunklen Haaren, die von einer Baseball-Kappe nur unzureichend gebändigt wurden. Er trug ein kariertes Hemd und eine schwarze Jeans, die ein Loch am Knie hatte. Der Strubbelkopf musterte die anderen mit einer offen zur Schau gestellten Hochnäsigkeit und war Verena vom ersten Moment an absolut unsympathisch. Sie musterte ihn kritisch. Der hielt sich wohl jetzt schon für den nächsten Jussi Adler-Olsen.

Ihre Blicke trafen sich. Seine Augenbraue hob sich kaum merklich, und Verena registrierte einen eiternden Pickel an seinem Mundwinkel. Angewidert wandte sie den Kopf wieder nach vorn.

Links hinter ihr knisterte es. Sie sah in die Richtung und nickte einem schlaksigen Blondkopf zu, der einen Kaugummi ausgepackt hatte und ihn sich gerade in den Mund schob, wobei er Verena zuzwinkerte. Er trug ein hellblaues T-Shirt, das die Farbe seiner Augen unterstrich, und über seiner Stuhllehne hing eine Jeansjacke.

Er wirkte sympathisch. Verena lächelte erleichtert und sah wieder nach vorn.

Thomas Kuhl wollte gerade die Teilnehmer begrüßen, als die Tür aufging und noch eine junge Frau hereinschlüpfte.

„Tschuldigung", hauchte sie, suchte mit den Augen nach einem freien Platz und wurde in der letzten Reihe fündig. Mit einer nochmaligen Entschuldigung nach links und rechts ließ sie sich auf den Stuhl fallen und sah nach vorn. Plötzlich stutzte sie und begann in der nächsten Sekunde zu lachen. „Ich fasse es nicht!"

„Was für eine angenehme Überraschung", sagte Thomas Kuhl. „Ich wusste doch, dass ich deinen Namen schon einmal gesehen habe. Hallo Nina."

Verena und die anderen sahen irritiert von Nina zu Thomas und wieder zurück.

Diese Nina war ausnehmend hübsch, wirkte obendrein sympathisch und natürlich. Sie lächelte Thomas ununterbrochen an, was, wie Verena bemerkte, seine Augen erfreut aufleuchten ließ.

„Entschuldigt bitte", sagte er lächelnd zur Klasse, ohne den Blick von der jungen Frau abzuwenden. „Nina und ich haben uns vor kurzem bereits kennengelernt."

Er machte eine kleine Pause, dann räusperte er sich. „Aber nun möchte ich euch erst einmal alle begrüßen. Willkommen zum ‚Regional-Krimi'-Autoren-Workshop."

Er ging zur Tafel und schrieb seinen Namen darauf. „Ich bin Thomas Kuhl. Wohlgemerkt: K-U-H-L und leider nicht C-O-O-L."

Die Schüler lachten leise.

„Ihr dürft mich gern Thomas nennen", fuhr er fort. „Ich höre auch auf Tommy, wenn es sich nicht vermeiden lässt. Wenn es euch recht ist, schlage ich vor, dass wir uns duzen. Ist das okay?"

Zustimmendes Gemurmel und vereinzeltes Nicken.

„Schön. Dann würde ich mich freuen, wenn ihr euch einzeln vorstellt. Mich interessieren euer Name, euer Beruf, eure Schreiberfahrung und der Grund, warum ihr euch hier angemeldet habt beziehungsweise was ihr euch von dem Kurs versprecht. Soll ich einfach mal anfangen?"

Die Schüler nickten zustimmend.

Verena hielt den Blick gesenkt. Was sollte sie sagen, wenn er ihren Beruf wissen wollte? Abgebrochene Studentin? Chefarzt-Tochter? Und Schreiberfahrung hatte sie eigentlich auch keine. Sie seufzte leise. Das fing ja gut an! Hatte ihr Vater etwa recht gehabt? Vielleicht war die Anmeldung zu diesem Kurs ein riesengroßer Fehler.

Bei dem Gedanken erwachte der Trotz in ihr. Auf keinen Fall durfte sie jetzt schon das Handtuch werfen. Was machte es schon, dass sie noch keine große Erfahrung hatte? Sie war ja hier, um zu lernen, wie man gut schrieb. Schließlich ging auch niemand in einen Töpferkurs, der bereits die schönsten Krüge und Vasen herstellen konnte. Dort gingen Leute hin, die es lernen wollten.

Verena hob ihr Kinn an. Sie würde es ihrem Vater schon zeigen!

Thomas ließ sich lässig auf der Kante des Pults nieder, sein linkes Bein blieb am Boden.

„Meinen Namen kennt ihr ja jetzt. Ich bin zweiunddreißig und arbeite hauptberuflich als Werbetexter. Nebenbei schreibe ich seit etwa acht Jahren. So ziemlich alles, vom Krimi über Lovestorys bis zu Dark Fantasy. Bisher habe ich einen Regionalkrimi veröffentlicht, nämlich diesen hier ...“ Thomas ging um das Pult herum, griff in seine abgewetzte Ledertasche und zog ein Taschenbuch hervor. Darauf war eine Jolle zu sehen, die unter einem düsteren Himmel an einem mit Schilf bewachsenen Strand lag. ‚Teuflisch tot‘ stand in großen Lettern darauf. Verena erinnerte sich, den Krimi schon einmal in einem Buchladen gesehen zu haben.

„Außerdem habe ich mehrere Kurzkrimis an Zeitschriften verkauft“, fuhr Thomas fort, „und bin mit verschiedenen Geschichten in Anthologien vertreten.“

Sein Blick fiel auf Verena, die ihn ratlos ansah. „Anthologien sind Bücher, in denen Kurzgeschichten von verschiedenen Autoren versammelt sind“, erläuterte er und schrieb das Wort an die Tafel. „Meist zu einem bestimmten Thema. Das ist nichts, womit man viel verdienen könnte, aber es ist ein gutes Schreibtraining und gut für eure Bibliographie.“

Verena runzelte die Stirn. Was war denn das schon wieder?

Thomas Blick fiel wieder auf sie. Offenbar konnte er ihr die Ahnungslosigkeit ohne Mühe ansehen. Peinlich berührt senkte sie den Blick.

„Eine Bibliographie ist die Auflistung eurer Veröffentlichungen“, erklärte er und notierte auch dieses Wort. „Je länger die Liste, desto besser, falls ihr Kontakt zu einem Verlag aufnehmt.“

Der Strubbelkopf mit dem Eiterpickel gab ein genervtes Stöhnen von sich. Verena wandte automatisch den Kopf in seine Richtung. Er verdrehte die Augen und machte keine Anstalten, sich eins der Worte aufzuschreiben, die an der Tafel standen. Vielmehr wirkte er gelangweilt. Was wollte der eigentlich hier, wenn er bereits über alles Bescheid wusste? Hatte er sich nur hier eingeschrieben, um mit seinen Kenntnissen zu protzen?

Thomas ging zurück zum Pult und nahm den Faden seiner Vorstellung wieder auf. „Diesen Kurs mache ich, weil ich hoffe, anderen Autoren hinsichtlich des Schreibhandwerks und vielleicht beim Veröffentlichen behilflich sein zu können." Er grinste. „Natürlich auch, weil ich damit ein bisschen was nebenbei verdiene."

Die Schüler schmunzelten.

Er sah erneut zu Verena. „Das war's von mir. Wie wäre es, möchtest du weitermachen?"

Erschrocken sah sie ihn an. „Also, wenn jemand anderes zuerst möchte, hätte ich nichts dagegen …"

Thomas ließ seinen Blick durch die Klasse schweifen. „Nö, tut mir leid, kein Freiwilliger in Sicht." Er zwinkerte ihr zu. „Keine Bange, es tut nicht weh."

„Dann bin ich ja beruhigt", murmelte sie mit heißen Wangen und wandte sich schüchtern zur Klasse. „Hi. Ich bin Verena Christen, sechsundzwanzig Jahre alt, wohne in Glücksburg und habe früher viel geschrieben, kleine Geschichten und ein paar Gedichte", begann sie und spürte, wie ihr der Schweiß ausbrach. Noch nie hatte sie jemandem davon erzählt, und nun beichtete sie ihre kindlichen Schreibereien wildfremden Leuten. Außerdem spürte sie Thomas' interessierten Blick in ihrem Rücken, was ihre Nervosität noch steigerte. Mit rotem Gesicht sprach sie weiter. „Als ich von diesem Kurs las, dachte ich, das wäre was für mich, also habe ich mich spontan angemeldet. Tja, und nun hoffe ich zu lernen, wie man Krimis schreibt." Sie verstummte.

Für einen Augenblick herrschte Stille im Raum.

Verena musste an einen Spruch ihrer Mutter denken, die immer sagte, in solchen Momenten fliege ein Engel durchs Zimmer. Diese Vorstellung hatte Verena immer sehr gefallen. Das Bild eines schwebenden Engels verwandelte die peinliche Ruhe für sie stets in eine friedliche Lautlosigkeit.

Heute klappte das nicht. Alle starrten sie an, als warteten sie darauf, dass sie weitersprach. Doch ihr fiel nichts mehr ein. Verenas Herz klopfte gegen ihre Brust, so heftig, als wolle es unbedingt heraus gelassen werden. Was sollte sie sagen? Krampfhaft überlege sie, doch dann nickte Thomas ihr zu. „Danke, Verena. Was ich tun kann, um dir dabei zu helfen, werde ich gern tun." Er schenkte ihr ein Lächeln, das ihren Puls in die Höhe trieb. Dieser Mann war einfach toll! Nun freute sie sich noch mehr auf die kommenden Tage.

„Wer möchte als Nächster?"

Der Pickelheini, der auf seinem Stuhl mehr lag als saß, meldete sich, indem er mit angewinkeltem Arm seinen Kuli in die Höhe hielt. Thomas zeigte auf ihn. „Du? Bitte, leg los."

„Yannick Nehlsen, dreißig Jahre", sagte Strubbelkopf in gelangweiltem Ton. „Ich bin Krankenpfleger und schreibe nebenbei Science-Fiction-Romane. Mein nächstes Werk soll ein Sci-Fi-Krimi werden, in dem ein außerirdischer Detektiv auf der Erde ermittelt."

Thomas grinste. „Das klingt interessant, davon musst du mir bei Gelegenheit mehr erzählen. Hast du bereits veröffentlicht?"

Yannick schüttelte den Kopf. „Noch nicht. Bisher habe ich nur Absagen kassiert. Wahrscheinlich sind meine Themen zu wenig Mainstream." Er zuckte in einer resignierenden Geste mit den Schultern und machte ein Gesicht, als wolle er sagen: ‚Die Verlage haben eben keine Ahnung, was ein richtig gutes Buch ist. ‘

„Dann wünsche ich dir für dein neues Projekt viel Erfolg." Thomas nickte ihm zu und sah zu Nina, die die Hand gehoben hatte. „Ja, bitte", sagte er lächelnd.

„Hi, ich bin Nina Bender", sagte sie mit ihrer leicht rauchigen Stimme. „Ich bin fünfundzwanzig. Studentin für Geschichte und Germanistik. Ich dachte, ich nutze die vorlesungsfreie Woche für etwas Sinnvolles, darum bin ich hier. Hauptsächlich schreibe ich Dark Fantasy. Jetzt möchte ich aber etwas Neues ausprobieren. Außerdem interessiert mich die Flensburger Geschichte. Ich würde gern historische Regional-Krimis schreiben."

„Danke, Nina. Eine faszinierende Idee." Thomas Kuhl räusperte sich und wies auf die in quietschbunte weite Gewänder gehüllte Mittsechzigerin. Verena gefielen das ungewöhnliche Outfit und der eigenwillige Blondschopf.

Sie stellte sich als Ruth-Maria Sturm vor und berichtete, dass sie bisher hauptsächlich Reiseberichte und autobiographische Texte geschrieben hätte. Nun aber wolle sie ihr handwerkliches Können vertiefen und bei der Gelegenheit in das Genre Krimi hinein schnuppern. „Schließlich ist man zum Lernen nie zu alt, nicht wahr?", fragte sie mit einem schelmischen Lächeln.

Verena musste grinsen. Ruth-Maria gefiel ihr, sie schien ein umgänglicher Typ zu sein.

„Da hast du recht, Ruth-Maria", sagte Thomas und nickte ihr freundlich zu.

Boris Franke, der schlaksige Mann mit den hellen Haaren und der Nickelbrille, erzählte, dass er sich neben dem Schreiben auch für Astrologie interessiere. Er könne aus gesundheitlichen Gründen nicht mehr in seinem Beruf als

Chemiker arbeiten, erzählte er, und bessere seine Frührente mit dem Erstellen von Horoskopen auf.

„Ich könnte mir vorstellen, Kriminalromane mit entsprechendem Bezug zu schreiben", sagte er, wobei seine warmen braunen Augen aufleuchteten. „Vielleicht mit einem Kommissar, dessen Freund, Sekretärin oder Tante mit Hilfe der Sterne beim Aufklären der Fälle hilft."

„Das klingt großartig." Thomas grinste vergnügt. „Die Tante gefiele mir am besten. Eine originelle Idee. Viel Erfolg, Boris."

„Danke."

Verena musterte den Hobbyastrologen. Er wirkte sympathisch und strahlte eine ruhige Zufriedenheit aus. Vielleicht verriet er ihr bei Gelegenheit, was die Sterne mit ihr vorhatten. Das wäre sicher ganz interessant.

Dann stellte sich die schüchterne junge Frau mit dem Zopf vor. „Ich heiße Jeanette Reichardts und bin vierundzwanzig. Am liebsten schreibe ich Liebesgeschichten, die in Paris spielen. Als ich von diesem Kurs erfuhr, bekam ich Lust, auch einmal einen Krimi in meiner Lieblingsstadt spielen zu lassen."

„Noch eine tolle Idee", lobte Thomas. „Daraus ließe sich wunderbar eine Serie machen, à la Maigret. Warst du schon oft in Paris?"

Sie nickte und ihre Augen strahlten plötzlich. „Oh ja, schon häufig. So oft ich es einrichten kann, fahre ich hin."

Verblüfft bemerkte Verena die Veränderung in Jeanettes Gesicht. Wenn sie von Paris sprach, strahlte sie, ihre Wangen wurden rosig, die ganze zarte Person schien plötzlich zu leuchten. Von dem farblosen Wesen, das mit gesenktem Kopf versucht hatte, sich möglichst unsichtbar zu machen, war nichts mehr übrig. Als hätte jemand einen Knopf gedrückt und das gerade noch schwarz-weiße Bild in Farbe getaucht. Es war faszinierend.

Als nächstes stellte sich Gisela Fischer vor, die sympathische Frau mit den braunen Locken. Sie war Mitte fünfzig und Krankenschwester. „Ich schreibe noch nicht sehr lange und wahrscheinlich auch noch nicht sehr gut. Aber ich hoffe, dass ich von der Teilnahme an diesem Kurs profilieren kann, damit es besser klappt."

Die anderen grinsten. Verena sah, dass Yannick drauf und dran war, Gisela auf das falsche Fremdwort hinzuweisen, doch Thomas sah ihn scharf an und schüttelte unmerklich den Kopf. Yannick rollte mit den Augen, schwieg aber.

„Am liebsten würde ich Kurzkrimis schreiben, für Zeitschriften. So wie du", fuhr Gisela an Thomas gewandt fort. „Bis jetzt habe ich bei zwei Schreibwettbewerben mitgemacht, es aber nicht in die Autologie geschafft." Sie lächelte Thomas an, der sich bemühte, seine Mimik in den Griff zu bekommen. Auch Verena hatte Mühe, nicht loszulachen.

„Ich bin sicher, dass du hier einiges lernen wirst, Gisela. Vielleicht kann ich dir, wenn du soweit bist, auch ein bisschen unter die Arme greifen, was die Krimis für die Zeitschriften angeht. Ich bin bei einer Agentur, die für so etwas immer wieder neue Autoren sucht."

Giselas Augen leuchteten. „Oh, danke! Das wäre super."

Nachdem sich auch die letzten Teilnehmer vorgestellt hatten – der Hüne neben Verena und der lässige Jeanstyp, der Kaugummi kaute, – begann endlich der eigentliche Kurs.

„Schreiben ist nicht in die Wiege gelegte Begabung", begann Thomas. „Talent ist wichtig, keine Frage. Doch in erster Linie ist kreatives Schreiben ein Handwerk, das eine solide Ausbildung benötigt, außerdem sehr viel Übung. Du kannst zwanzig Bücher über Fußball lesen, doch zielsichere Pässe spielen und geschickt dribbeln kannst du deshalb noch lange nicht. Es sei denn, du trainierst. Möglichst oft und möglichst intensiv. Beim Schreiben ist das genauso. Das Lesen von entsprechenden Ratgebern kann helfen, Fehler zu vermeiden und einen theoretisch vorzubereiten, doch macht euch klar: Gut zu schreiben lernt ihr nur, wenn ihr schreibt." Thomas ließ den Blick durch die Klasse schweifen. „Deshalb machen wir jetzt erst einmal eine kleine Übung. Stellt euch einen Charakter vor; vielleicht einen aus eurem derzeitigen Projekt. Oder euren Nachbarn, einen Freund, eine Verwandte – ganz egal. Beschreibt die Person in ein paar Sätzen. Wie sieht sie aus? Was macht sie aus? Was sind ihre guten Eigenschaften, was ihre schlechten? Lasst den Charakter vor den inneren Augen aller anderen lebendig werden."

Verena kaute auf dem Ende ihres Kugelschreibers herum, während alle um sie herum fleißig drauflos schrieben. Dann beschloss sie, den Reitlehrer darzustellen, der in ihrem Buch ermordet werden sollte. Sie sah zu Thomas. Dunkle Haare musste der Reitlehrer haben und blaue, leuchtende Augen. Allerdings würde sie ihm ein glatt rasiertes Kinn verpassen …

Ein Wort nach dem anderen fand den Weg in ihren College-Block. Sie konnte gar nicht alles so schnell niederschreiben, wie es ihr durch den Kopf schoss.

Als sämtliche Teilnehmer fertig waren, wurden die Charakterisierungen vorgelesen. Thomas gab noch hier und da Hilfestellung, dann kam gleich die nächste Aufgabe. Nun sollten sie sich einen Ort vorstellen. Einen, der mit der eben erdachten Figur absolut nichts zu tun hatte. Sie sollten sich vorstellen, wie dieser Ort aussah, wie er roch, wie sich etwas dort anfühlte.

Verena runzelte die Stirn. Der Reitstall kam also nicht in Betracht. Schade. Nach einiger Überlegung beschrieb sie schließlich das Innere einer großen Kirche. Den Altarraum, die hohen bunten Fenster, die vielen Bänke und das laute Spiel der Orgel. Wonach roch es dort eigentlich? Nach Holz? Nach Weihrauch?

Puh, dachte Verena. *Gar nicht so einfach.*

Wieder wurden die Texte vorgelesen. Thomas war zufrieden mit den Beschreibungen. „Sehr gut. Jetzt die letzte Übung. Verbindet beides. Stellt euch euren Charakter in der von euch erschaffenen Umgebung vor und versucht, beides sinnvoll zu verknüpfen. Begründet, warum eure Figur sich gerade dort aufhält."

„Ach, du Scheiße", murmelte Maik Sperling, der bärtige Hüne mit den abgekauten Nägeln. Verena grinste. Er hatte eine weibliche Figur erschaffen, die kalt und herrisch war, mit dunklen, sehr kurzen Haaren, langen, rot lackierten Fingernägeln und engen schwarzen Klamotten. Sein vorgestellter Ort war ein Kuhstall gewesen, mit muhenden Rindern, Stroh und Melkmaschine.

Die Ergebnisse dieser Übung sorgten für einige Lacher.

„Das war schon sehr gut", lobte Thomas anschließend. „Eine wichtige Lektion: Überrascht eure Leser. Sorgt so oft wie möglich dafür, dass genau das, was sie erwarten, *nicht* eintrifft."

Anschließend besprachen sie Begriffe wie Plot, auktoriale und personale Erzählperspektiven, Cliffhanger und einiges mehr. Verena schrieb so gut es ging mit. Zum Beginn der Mittagspause hatte sie das Gefühl, dass ihre Fingerspitzen qualmten.

Thomas verließ den Klassenraum mit der Bemerkung, dass der Kurs um halb drei weitergehen würde. Sie könnten bis dahin in die Stadt gehen oder auch einfach hier bleiben. Dann war er verschwunden.

„Wer kommt mit in die Stadt?", fragte Sascha Wolter, der lässige, kaugummikauende Jeanstyp. „Ich hab einen Bärenhunger. Am Südermarkt gibt es ein Restaurant, wo man eine Kleinigkeit essen könnte."

„Also, ich hätte Lust", sagte Verena und packte ihre Sachen ein.

„Ich komme auch mit", beschloss Ruth-Maria Sturm.

Jeannette, Boris und Gisela vervollständigten die Runde.

Nina, Yannick und Maik wollten offenbar bleiben. Maik wühlte in einer Tasche nach seinem mitgebrachten Imbiss, der aus Butterbroten, einem Joghurt und einer Banane bestand.

Yannick hatte die Füße auf den Tisch gelegt und tippte auf seinem Smartphone herum, während er in einen Apfel biss. Nina dagegen beugte sich über ihre Unterlagen und schien sich weitere Notizen zu machen oder an einem Text zu arbeiten.

„Willst du deine Tasche nicht mitnehmen?", fragte Verena, als sie sah, dass Gisela Anstalten machte, ohne ihre Habseligkeiten den Raum zu verlassen.

„Was? Oh, natürlich. Ich bin so ein Schussel!", lachte Gisela und fügte hinzu: „Bitte, nennt mich Gila. Kein Mensch sagt Gisela zu mir. Der Name ist auch wirklich gruselig."

„Geht klar, Gila", sagte Sascha von der Tür her. „Und nun schnapp dir dein Täschchen, wir haben nur etwas mehr als eine Stunde."

Das Lokal, die ‚Campus-Suite', war sehr nett. Das Essen schmeckte gut, und das Ambiente gefiel allen. Verena sah sich um und stieß plötzlich Boris, der neben ihr saß, in die Seite. „Sieh mal unauffällig nach links", flüsterte sie aufgeregt. Er tat es und zuckte mit den Schultern. „Was ist denn da?"

„Da sitzen Anders Eggert und Lasse Svan", quetschte sie hervor und sah selbst noch einmal hin. Die beiden Dänen unterhielten sich angeregt und wirkten sehr vergnügt.

„Und? Wer sind die?"

Fassungslos starrte Verena ihn an. „Ist das dein Ernst? Das sind die beiden Außenspieler von der SG."

Boris schüttelte den Kopf. „Kenn ich nicht."

„Sie sind häufiger hier", berichtete Sascha mit vollem Mund. „Manchmal auch einige der anderen Spieler. Ich glaube, der Laden ist ein Treffpunkt der SG."

Bevor Verena darauf eingehen konnte, sagte Gila: „Das war eine echt lustige Übung, oder? Ich hab mich kaputt gelacht, als Yannick den Außerirdischen im Saloon beschrieb."

„Ja, hat Spaß gemacht", stimmte Jeanette zu. „Hat einer von euch schon etwas veröffentlicht? Ich konnte mir das während der Vorstellung nicht alles merken."

„Ich habe drei Geschichten in Anthologien untergebracht", sagte Ruth-Maria zwischen zwei Bissen. „Und ein paar Artikel in Reisezeitschriften."

„Toll!" Verena war beeindruckt.

Boris nickte in Jeanettes Richtung. „Ich bin auch in Anthologien. Bei mir sind's aber nur zwei. Das eine war eine Liebesgeschichte, das andere eher eine Komödie."

„Was bekommt man denn für sowas?", wollte Verena wissen und schob sich ein paar Salatblätter in den Mund.

„Meistens ein Belegexemplar, vielleicht noch einen geringen Prozentsatz vom Nettoerlös, das war's", antwortete Boris. „In seltenen Fällen gibt es auch Geldpreise, aber nur für die besten drei oder so."

„Okay, ich bin noch ganz neu und unwissend", gab Verena zu. „Was bitte ist ein Belegexemplar?"

„Eine Ausgabe des fertigen Buches. Macht sich gut im Bücherregal und in der Bibliographie."

„Ha, das kenne ich zumindest schon", freute sich Verena. „Das ist die Auflistung aller bisherigen Veröffentlichungen."

„Bravo", sagte Ruth-Maria grinsend. „Schon was ge-lernt."

„Ich finde, wir haben bereits eine ganze Menge gelernt", stellte Verena fest.

„Und das ist erst der Anfang. Ich denke, da kommt noch einiges dazu." Sascha leerte sein Glas mit Cola.

Verena nickte, doch merkwürdigerweise fand sie es nicht schlimm, dass sie wieder büffelte und lernte. Im Gegenteil; sie war neugierig auf alles, was es in dieser für sie neuen Welt noch zu entdecken gab.

Kapitel 4

Hexes Schwanz wedelte freudig hin und her, als Thomas die Tür aufschloss. Sie begann, aufgeregt zu bellen und an ihm hochzuspringen.

„Ist ja gut, ich bin ja jetzt da", beruhigte er seine Hündin und schnappte sich die Leine, die griffbereit auf der Flurkommode lag. „Na los, dann lass uns gehen."

Hexe raste ungestüm die Treppen hinunter, so dass sie unten an der Haustür warten musste, bis ihr Herrchen kam. Ungeduldig kam sie ihm ein Stückchen entgegen und winselte.

Thomas lachte und öffnete die Tür. „Raus mit dir."

Das ließ Hexe sich nicht zweimal sagen. Wie der Wind raste sie hinaus und wandte sich wie üblich nach rechts. Thomas folgte ihr. Der Spätherbst ließ noch einmal ein Gefühl von Sommer aufkommen, wenn es auch nicht mehr sonderlich warm war. Höchstens fünfzehn Grad, schätzte Thomas. Doch die Sonne schien und am Himmel zeigten sich nach wie vor nur ein paar Wattewölkchen.

Während des Spaziergangs ging er seine neuen Schüler durch und versuchte, die unterschiedlichen Gesichter den Namen zuzuordnen. Bei Nina fiel ihm das nicht schwer. Er schmunzelte. Was für ein verrückter Zufall, dass ausgerechnet seine neue Mitbewohnerin seinen Kurs besuchte. Nina war eine tolle Frau: attraktiv, clever, selbstbewusst, humorvoll. Er war neugierig, wie sich ihre Beziehung entwickeln würde. Das Beste wäre es wohl auf der platonischen Schiene zu bleiben. Er wollte lieber nichts riskieren.

Die Kursgruppe gefiel ihm bisher ganz gut. Bis auf Käppi von Hochnäsig, wie er Yannick Nehrens für sich nannte, schienen alle ganz okay zu sein. Thomas kannte Typen wie Käppi. Sie hielten sich für schriftstellerische Genies, glaubten, die üblichen Regeln würden für sie nicht gelten und reagierten ausgesprochen empfindlich auf jede Art von Kritik. Das würde nicht einfach werden, denn Thomas hatte nach der ersten Schreibübung das sichere Gefühl, dass Yannick sich für wesentlich talentierter hielt, als er tatsächlich war.

Aus Maik Sperling – Goliath der Schweigsame – wurde Thomas noch nicht so ganz schlau. Er schien eher der introvertierte Typ zu sein, der nur schwer Zugang zu seinen Mitmenschen fand. Vielleicht öffnete er sich noch im Laufe der Woche.

Verena hatte er von Anfang an gemocht. Sie kam ihm ein wenig naiv vor, war aber durchaus sympathisch. Das gut situierte Elternhaus merkte man ihr auf den ersten Blick an. Bei ihrer Schreibübung hatte er registriert, dass sie detailgetreu und lebendig schildern konnte. Außerdem schien sie voller Ehrgeiz zu sein und so viel wie möglich lernen zu wollen. Das gefiel Thomas.

Das größte Schreibtalent glaubte er, bisher in Ruth-Maria Sturm entdeckt zu haben. Sie jonglierte mit Wörtern, Metaphern und Formulierungen, dass es eine wahre Freude war. Das Gegenteil war bei Gila der Fall. Sie hatte zwar eine blühende Phantasie, die Bilder in ihrem Kopf allerdings in Worte zu kleiden, fiel ihr offenbar recht schwer. Ihr Text war hölzern und sperrig. Thomas seufzte. Sie würde seine größte Herausforderung sein, das war ihm schon jetzt klar.

Seine Gedanken wanderten weiter zu Sascha „Jeans von Lässig" Wolter, als direkt vor ihm eine Autotür aufsprang und er beinahe dagegen gelaufen wäre.

„Oh, Entschuldigung, ich hab Sie gar nicht gesehen!", rief eine Frauenstimme und verstummte.

Thomas sah die Autofahrerin an und schluckte. „Hallo Wiebke."

„Thomas. Hi." Sie stieg aus und schloss den Wagen ab. „Das ist ja eine Überraschung."

Er rieb sich den Nasenrücken. „Finde ich auch."

Sie durchbrach das peinliche Schweigen zwischen ihnen. „Wie geht's?"

Dass sie nur aus Höflichkeit und nicht aus Interesse fragte, konnte Thomas ohne Schwierigkeiten heraushören.

„Ganz gut", antwortete er. „Was machst du hier in der Gegend?"

„Meine Tante wohnt hier. Sie hat heute Geburtstag."

Erneut entstand eine unangenehme Pause.

„Hör zu", begann Thomas, „ich wollte dir noch sagen, dass es mir leid tut, was …"

„Vergiss es", unterbrach sie ihn kühl. „Ich bin inzwischen drüber weg. Doch du solltest etwas wegen deines Problems unternehmen, Tommy."

Er seufzte. „Ja, ich weiß." Fast erleichtert bemerkte er, dass Hexe sich nach ihm umgedreht hatte. „Du, mein Hund wartet, ich muss weiter, also …"

„Ich auch. Mach's gut. Und wirklich – kümmere dich drum."

Er nickte. „Danke. Viel Spaß auf dem Geburtstag."

Sie verzog die Mundwinkel zu einem ironischen Lächeln. „Tschüss."

„Ja, tschüss." Eilig ging er weiter.

Nina stand vor dem VHS-Gebäude und saugte an etwas, als Thomas nach der Mittagspause zurückkam. Er war froh, sie ohne die anderen anzutreffen.

„Hi. Was machst du da?", erkundigte er sich neugierig.

„Ich dampfe", antwortete sie und stieß etwas Rauch aus.

„Ach, eine E-Zigarette", begriff Thomas. „Ich habe die Dinger noch nicht so oft gesehen."

„Eine praktische Alternative zu den stinkenden Glimmstängeln. Und deutlich billiger."

Sie zog noch einmal daran.

„Witzig, dass wir uns hier wieder begegnet sind, nicht wahr?" Thomas stellte seine Tasche auf dem Boden ab, zwischen seine Füße, damit sie nicht umkippte.

„Finde ich auch. Musstest du während der Mittagspause zu deinem Hund?"

Prompt erschien Wiebke wieder vor seinem inneren Auge. Ungeduldig verscheuchte er ihr Bild und lächelte Nina an. „Ja, Hexe braucht viel Auslauf. So habe ich immer Bewegung und frische Luft."

„Wenn ich bei dir eingezogen bin, kann ich dir das ja hin und wieder abnehmen. Ich mag Hexe, sie ist süß."

„Nach dem Unterricht muss ich noch einmal mit ihr raus", sagte er möglichst beiläufig. „Hast du vielleicht Lust, uns zu begleiten? Dann können wir uns über unsere zukünftige WG unterhalten, und ich zeige dir die übliche Laufrunde."

Sie nickte. „Warum nicht. Klingt gut."

„Prima. Bist du mit dem Wagen hier?"

„Nein, mit dem Bus."

Stimmen näherten sich. Die anderen kamen von ihrem Mittagsausflug zurück. „Dann nehme ich dich nach dem Unterricht mit, wenn du magst", bot er rasch an.

„Gern, danke." Nina strahlte. Für einen Moment versanken ihre Augen in seinen und Thomas spürte sein Blut rascher durch die Adern fließen. Die anderen waren inzwischen so nah heran gekommen, dass er den Blick abwandte und sich räusperte. „Wir gehen wohl besser wieder rauf."

Nina zog noch einmal an ihrer E-Zigarette, dann ging sie neben ihm die Stufen zur Eingangstür hinauf.

****

„Nanu, was bandelt sich denn da an?", murmelte Ruth-Maria und warf einen vielsagenden Blick zu Thomas und Nina, die gerade gemeinsam das Gebäude betraten.

„Was meinst du?", fragte Verena. „Die beiden haben sich unterhalten. Das ist doch nichts Besonderes."

„Hast du nicht gemerkt, wie sie sich im Unterricht angeschmachtet haben?" Ruth-Marias Ton hatte etwas Missbilligendes.

„Und wenn schon." Verena zuckte mit den Schultern. „Obwohl ‚anschmachten‘ vielleicht etwas übertrieben ist. Die beiden sind sich sympathisch, da ist doch nichts dabei."

„Ich weiß ja nicht, ob das erlaubt ist. Immerhin ist er sozusagen ihr Lehrer."

Verena musste lachen. „Na hör mal, wir sind doch nicht mehr sechzehn und pauken Bio und Mathe. Die beiden sind erwachsen."

„Trotzdem", beharrte Ruth-Maria. „Mir gefällt das nicht."

Mir irgendwie auch nicht, dachte Verena eifersüchtig, sprach es aber nicht aus.

Während der nächsten zwei Stunden erklärte Thomas ihnen, was es alles zu beachten gab, wenn man einen spannenden Krimi schreiben wollte.

„Das Wichtigste: Ihr müsst das Pferd von hinten aufzäumen. Die Tat, das Motiv, der oder die Verdächtigen, der Mörder – all das sollte möglichst bereits feststehen, bevor ihr anfang zu schreiben. Sonst geht euch mittendrin die Puste aus."

Verena schrieb eifrig mit und hatte dabei ihre Idee vom Mord auf dem Reiterhof im Hinterkopf. Mit den Tipps von Thomas würde es ihr hoffentlich gelingen, einen lesenswerten Krimi zu erschaffen. Die Vorstellung beflügelte sie und bis zum Ende des Unterrichts hing sie an Thomas'

Lippen. Sie hoffte, anschließend gemeinsam mit ihm in die Reepschlägerbahn zu ihren Autos gehen und sich bei der Gelegenheit mit ihm unterhalten zu können. Er war ein interessanter Mann, es war sicher toll, mit ihm übers Schreiben zu reden.

Ihre Hoffnung erfüllte sich allerdings nicht. Thomas blieb nach dem Unterricht noch an seinem Tisch sitzen und machte sich einige Notizen, während die Teilnehmer nach und nach plaudernd den Raum verließen. Nur Nina saß noch an ihrem Platz. Sie las sich offenbar ihre Aufzeichnungen durch. Verena ließ sich Zeit, doch als sie ihre Sachen gepackt hatte, gab es keinen Grund, den Aufbruch noch zu verzögern. Sie ging auf Thomas zu. „Wollen wir zusammen zum Parkplatz gehen?", fragte sie ein wenig nervös. „Dein Wagen steht doch auch an der Reepschlägerbahn, oder?"

Er sah auf und lächelte ihr zu. „Ja, das stimmt. Deiner auch?"

Sie nickte. „Ich hab dich heute Morgen dort aussteigen sehen."

Thomas wies mit bedauernder Miene auf seine Unterlagen. „Ich hab leider noch etwas zu tun, also …"

„Oh, schon gut, war ja nur ein Vorschlag. Bis morgen."

„Ja, bis morgen, Verena."

Sie ging zur Tür und sah noch einmal zurück. Thomas hatte den Kopf gebeugt und auch Nina wirkte hochkonzentriert. Sie machte sich eifrig Notizen. Verena seufzte enttäuscht, dann ging sie hinaus.

Als Thomas und Nina durch die Innenstadt gingen, unterhielten sie sich über Hunde, über das Schreiben, kamen von Büchern auf Filme und stellten wenig später fest, dass sie dieselben Rockbands mochten. Thomas genoss das Gespräch mit Nina sehr. Sie war klug, interessiert und hatte

Humor. Viel zu schnell waren sie beim Wagen und wenig später in der Flurstraße angelangt.

„Welche Hausnummer?", fragte Thomas.

„Siebzehn, gleich da vorne rechts." Sie zeigte auf ein vierstöckiges Mehrfamilienhaus, das für diese Gegend absolut typisch war.

Die Parkplätze am Straßenrand waren alle belegt, so dass Thomas in zweiter Reihe halten musste. Nina löste eilig den Sicherheitsgurt. „Vielen Dank fürs Nach-Hause-bringen", sagte sie und schenkte ihm ein kurzes Lächeln, bevor sie rasch aus dem Wagen ausstieg. Hinter ihnen stand bereits ein dicker Volvo, dessen Fahrer ungeduldig mit den Fingern auf dem Lenkrad herum trommelte, da der Gegenverkehr ein Überholen für ihn unmöglich machte.

„Wo treffen wir uns denn gleich?", fragte Nina.

„Vor der Fahrschule?", schlug Thomas vor. Diese lag in dem Eckgebäude, wo Dorotheen- und Flurstraße aufeinandertrafen. Der Volvofahrer hupte. Nina nickte dem Fahrer beruhigend zu und sah dann zu Thomas. „Perfekt, bis gleich!"

****

Thomas' Wagen stand bereits auf dem Parkplatz an der Grenze zum Alten Friedhof, als Verena am nächsten Morgen in der Reepschlägerbahn ankam. Von Thomas selbst war jedoch nichts zu sehen. Verena ärgerte sich über sich selbst. Sie war spät dran und hatte ihn deshalb verpasst. Am Vortag war sie nach dem Unterricht zum Stall gefahren. Tessa schien etwas beleidigt gewesen zu sein, weil sie erst so spät auftauchte. Beim Reiten in der Halle benahm sie sich bockig und flegelhaft, so dass Verena sich richtig anstrengen musste. Körperlich erschöpft und den Kopf voll mit all dem, was sie während des Tages gelernt hatte, setzte sie sich anschließend noch an den Schreibtisch, um die Hausaufgabe zu erledigen, die Thomas ihnen aufgegeben hatte. Danach war sie todmüde ins Bett gefallen und hatte prompt verschlafen.

Als sie schließlich abgehetzt im Klassenraum eintraf, winkte Nina ihr aus der letzten Reihe zu.

„Hey, willst du dich nicht lieber hierher setzen?" Sie zeigte grinsend auf den freien Stuhl rechts von ihr und zwinkerte ihr zu. „Oder bleibst du lieber auf dem Streberplatz?"

Jeannette, die nun links neben Nina saß, lachte. Sie fühlte sich weit hinten offenbar wohler als zwischen dem groß gewachsenen Maik und dem Großmaul Yannick.

Verena kam näher und setzte sich. „Ich bin alles andere als ein Streber, also gehöre ich da vorne wirklich nicht hin. So eine Mädelsecke gefällt mir deutlich besser."

„He!", kam es empört von rechts. Dort saß nun der kaugummikauende Sascha Wolter und machte ein Macho-Gesicht. „Von wegen Mädelsecke. Ihr seid der Hühnerhaufen und ich bin der Hahn."

„Dann pass mal auf, dass du dir keine Schnabelhiebe einfängst", konterte Nina keck.

Bevor Sascha darauf eingehen konnte, meldete sich Thomas zu Wort.

„Guten Morgen. Heute Vormittag besprechen wir die Texte, die ihr als Hausaufgabe geschrieben habt. Wer möchte anfangen? Boris? Prima, leg los."

Verena zog ihre Unterlagen aus der Tasche und suchte ihre Kurzgeschichte hervor. Sie hatten die Aufgabe erhalten, auf höchstens drei Seiten ein bekanntes Märchen aus einer veränderten Perspektive zu erzählen. Als Beispiele hatte Thomas die Geschichte von Aschenputtel aus der Sicht der Stiefschwester oder Rotkäppchen aus der Sicht der Großmutter angegeben. Sie durften das Märchen auch verändern oder das Ende anders gestalten, wenn sie wollten.

Verena überflog rasch noch einmal ihren Text. Sie hatte sich für ihr Lieblingsmärchen Rapunzel entschieden, erzählt von dem Prinzen.

Boris begann vorzulesen. Er schlüpfte in die Rolle der Hexe aus Hänsel und Gretel. Bei ihm war die Hexe eine freundliche Frau, und die Kinder waren echte Rotzgören, frech, unverschämt und vorlaut. Doch der Hexe gelang es, dass die Kinder als brave Engel nach Hause zurückkehrten.

„Das war schon sehr schön", lobte Thomas. „Es ist dir gelungen, dass ich die Hexe richtig sympathisch fand. Deine Dialoge waren sehr lebendig. Weiter so."

Der Vormittag verging wie im Flug. Verena bekam für ihren Text ein paar lobende Wort und einige hilfreiche Hinweise.

„Ich finde es toll, dass Thomas bei jedem Text auch auf das Positive achtet", flüsterte Nina ihr zu.

Verena stutzte. „Wie meinst du das? War meiner denn so schlecht?"

„Unsinn! Der war super. Ich meinte das allgemein. Er findet immer etwas Gutes." Nina gluckste und wies mit dem Kinn nach vorn. „Sogar bei Gila."

Verena kicherte mit. Gila war ihr sehr sympathisch, doch was das Schreiben anging, war sie eindeutig die Schwächste von allen. Nicht nur, dass sie oft falsche Fremdwörter benutzte, sie wechselte die Zeitform ebenso häufig wie die Perspektive, was immer wieder Verwirrung hervorrief. Thomas lobte jedoch ihre sprühende Phantasie und ihre originellen Ideen.

„Ja, er ist wirklich ein toller Lehrer", stimmte Verena zu. „Ich wünschte, er wäre früher mein Mathelehrer gewesen. Dann hätte ich bestimmt besser abgeschnitten beim Abi."

Nina antwortete nicht. Ihre Augen waren auf den Kursleiter gerichtet und um ihre Lippen spielte ein verträumtes Lächeln.

Die hat's aber ganz schön erwischt, dachte Verena amüsiert.

Während der Mittagspause spazierten sie, Nina, Jeannette, Sascha, Gila, Boris und Ruth-Maria wieder Richtung Südermarkt, um in der Campus-Suite eine Kleinigkeit zu essen. Gila und Ruth-Maria gingen vor, dahinter bummelten Boris und Sascha, Verena, Jeannette und Nina bildeten die Nachhut.

„Wollt ihr vielleicht heute Abend zu mir kommen?", fragte Nina plötzlich. „Ich hätte total Lust auf einen Mädelsabend."

„Das klingt prima", antwortete Verena. „Ich bin dabei."

Jeannette hob unsicher die Schultern. „Mal sehen. Ich muss erst mit meinem Freund sprechen."

„Musst du ihn etwa um Erlaubnis bitten?", fragte Nina mit einem spöttischen Lachen.

Jeannettes helle Haut färbte sich rötlich. „Natürlich nicht. Ich meinte, ich … Ach, ich rufe ihn nachher einfach an und sag Bescheid."

„Dann ist das fix", stellte Nina zufrieden fest. „Sagen wir um sieben?"

„Einverstanden. Ich bringe was zum Knabbern mit", versprach Verena.

Im Restaurant kamen sie auf das Thema Horoskope und machten sich einen Spaß daraus, Boris ihr Geburtsdatum zu nennen, der dann das richtige Sternzeichen nannte und einige typische Charaktereigenschaften.

„15. November", sagte Ruth-Maria.

„Skorpion", kam es wie aus der Pistole geschossen. „Du bist sehr loyal, treu und auch leidenschaftlich. Mit halben Sachen gibst du dich nicht zufrieden. Du bist erfinderisch, konsequent, aber auch nachtragend. Wer sich einmal deinen Unmut zugezogen hat, sollte sich besser warm anziehen."

Gespannt sahen die anderen Ruth-Maria an. Die trank einen Schluck von ihrem Orangensaft und nickte dann. „Ich denke, das kommt hin."

Boris lächelte zufrieden.

„Dann sollten wir uns wohl bemühen, nett zu dir zu sein", sagte Sascha und zwinkerte Ruth-Maria zu. „Ich glaube, Al Capone war auch Skorpion."

Sie lachten so laut, dass Gila fast überhört hätte, dass das runde Etwas piepte, das sie beim Bezahlen erhalten hatte. „Hoppla, mein Essen ist fertig", rief sie und stand auf, um es an der Theke abzuholen.

Als endlich jeder seine Mahlzeit vor sich stehen hatte, meldete sich Nina zu Wort.

„Jetzt ich!", rief sie Boris zu und griff nach ihrer Gabel. „Zehnter Oktober."

„Du bist natürlich Waage", sagte Boris kauend, schluckte und fuhr fort. „Das hatte ich mir ohnehin schon gedacht. Waage-Frauen sind häufig attraktiv, haben ein Gespür für schöne Dinge und schmücken sich gern mit Accessoires."

Die anderen lachten, während Nina schmunzelnd den linken Arm hob, an dem mehrere Armbänder baumelten. „Danke sehr. Was hast du noch für mich?"

„Hmm, du bist gefühlvoll und nur ungern allein. Und du bist ..." Er machte eine bedeutungsschwere Pause: „... eine gute Liebhaberin."

Erneutes Gelächter.

Sascha, der neben Nina saß, rutschte noch etwas näher an sie heran. „Interessant", murmelte er und schenkte ihr ein strahlendes Kaugummi-Lächeln.

Sie knuffte grinsend seinen Oberarm. „Geh weg von mir." Sie wandte sich an Boris. „Was ist dieser eingebildete Fatzke für ein Sternzeichen?"

„He!", protestierte Sascha. „Ich bin durch und durch liebenswert."

„Du bist durch und durch Löwe", widersprach Boris. „Oder etwa nicht? Wann hast du Geburtstag?"

Sascha verzog das Gesicht und schob sich ein Pommes Frites in den Mund. „14. August", nuschelte er und Boris sah triumphierend in die Runde. „Du bist so ein typischer Löwe, dich könnte man als Beispiel ins Lehrbuch aufnehmen. Löwen stehen gern im Mittelpunkt, sie wollen bewundert und beachtet werden. Sie sind selbstbewusst, leidenschaftlich und haben gern das letzte Wort." Boris zwinkerte Nina zu. „Und Löwen flirten gern."

„Wer tut das nicht?", konterte Sascha.

„Du hattest recht, Boris, er tut es schon wieder!", bemerkte Verena und zeigte auf Sascha. „Er hat das letzte Wort."

Alle lachten. Außer Sascha, der Verena gespielt empört anfunkelte. „Quatsch!"

„Schon wieder!", jauchzte Gila.

„Wann hast du Geburtstag?", fragte Boris sie.

Gila spießte eine Nudel auf. „Am achten Juli."

„Oh, ein gefühlvoller Krebs. Du bist sehr empfindsam, sehr sozial und kümmerst dich gern um andere."

„Das stimmt", nickte Gila zwischen zwei Bissen. „Ich bin Krankenschwester mit Leib und Seele und freue mich immer, wenn ich meine Enkelkinder hüten darf."

Boris fiel noch etwas ein. „Krebse sammeln oft irgendetwas."

„Stimmt auch", freute sich Gila. „Bei mir sind es Engel. Aus Porzellan, aus Holz, aus Glas, einfach in allen Vegetationen."

Verena und die anderen sahen rasch auf ihre Teller, damit Gila nicht merkte, dass sie sich mühsam das Lachen verkneifen mussten. Boris sprach schnell weiter. „Krebse sind ausgesprochene Bauchmenschen. Sie sind fürsorglich und verlieben sich gern und schnell. Und sie sind launisch."

„Niemals!" Gila grinste, bevor sie ein grimmiges Gesicht aufsetzte. „Launisch. Ich? Pah! So ein Unsinn! "

Die anderen prusteten los. Sascha verschluckte sich sogar an seiner Cola und bekam einen Hustenanfall. Nina schlug ihm beherzt auf den Rücken.

Vor Unterrichtsende bekamen sie erneut eine Schreibaufgabe mit nach Hause. Thomas ließ sich ständig etwas Neues einfallen, um seine Schützlinge herauszufordern. Diesmal verlangte er einen Text ohne jedes Adjektiv. Das Thema lautete ‚Ein Tag im Zoo'.

„Das geht doch gar nicht", jammerte die adjektivverliebte Gila. „Und gerade im Zoo! Der bunte Papagei, das lustige Erdmännchen, die gefährliche Raubkatze … und denkt nur an den Pavillon mit seinem rosa Hinterteil."

„Pavian! Nicht Pavillon", verbesserte Yannick und rollte mal wieder mit den Augen. Die anderen starrten ihn an, doch das schien er gar nicht zu bemerken.

Verena hörte ihn sogar leise ‚Wie kann man nur so blöd sein!' murmeln. Am liebsten wäre sie aufgestanden und hätte ihm kräftig gegen das Schienbein getreten. Besorgt sah sie zu Gila. Die hatte die Bemerkung offenbar auch gehört. Ihre Mundwinkel zuckten, und um die Nase herum war sie ein wenig blass geworden.

„Natürlich. Pavian, richtig", erwiderte sie tonlos. „Wie dumm von mir. Danke, Yannick."

Verena bewunderte sie in diesem Moment sehr. Sie selbst hätte bestimmt nicht so beherrscht reagiert. Ihre Blicke trafen sich und Verena hob einen Daumen. Dazu sagte sie lautlos: ‚Gut gemacht!'

Gila versuchte zu lächeln. Es fiel ihr sichtlich schwer, doch sie schien, froh über Verenas Unterstützung zu sein.

„Versucht es einfach", riet Thomas, der Yannick zwar einen finsteren Blick zugeworfen, ansonsten aber auf dessen Unverschämtheit nicht weiter reagiert hatte. „Arbeitet mit Umschreibungen, mit Mimik und Gestik. Glaubt mir, es funktioniert." Er nickte ihnen zu und packte seine Sachen ein. „Ich wünsche euch viel Spaß dabei. Bis morgen!"

„Viel Spaß", wiederholte Sascha zynisch, während er sein Heft zuklappte. „Da sitze ich die ganze Nacht dran."

„Du schaffst das schon", tröstete Boris und stand auf. „Mach den Text halt nicht so lang. Ciao!"

Verena schulterte ihre Tasche und folgte den anderen hinaus. Hinter Nina und Jeannette lief sie die Treppe hinunter. Nina war zuerst unten und öffnete den anderen die Glastür. Draußen stand ein kräftig gebauter Mann mit militärischer Frisur, ernstem Gesicht und verschränkten Armen. Er trug Jeans und ein enges rotes Langarmshirt, unter dem sich seine Muskeln abzeichneten. Jeannette ging auf ihn zu und gab ihm einen Kuss.

„Bis nachher!", rief Nina ihr zu und winkte. „Denk dran, Flurstraße 17!" Dann holte sie ihre E-Zigarette hervor und zog genüsslich daran.

„Was machst du jetzt?", fragte Verena. Sie standen noch immer am Fuße der Treppe, während die anderen sich in alle Richtungen zerstreuten. „Für mich wäre es albern, jetzt nach Hause zu fahren. Das lohnt sich einfach nicht. Wollen wir irgendwo was essen und dann zu dir fahren?"

Nina nickte. „Gute Idee, dann muss ich nicht den Bus nehmen."

Gemeinsam sahen sie zu Jeannette und ihrem Freund hinüber, der offensichtlich verärgert auf sie einsprach. Leider konnten sie ihn nicht verstehen.

„Er sieht nicht gerade begeistert aus", flüsterte Verena.

„Er sieht wie ein Macho-Arschloch aus", konstatierte Nina bissig und blies Dampf in die Spätsommerluft. „Ich wette, Jeanette kommt heute Abend nicht, weil er sie nicht lässt."

„Meinst du wirklich?"

Das Macho-Arschloch sah hoch und zu ihnen herüber. Sein finsterer Blick ließ Verena schaudern. „Der ist vielleicht unheimlich", flüsterte sie. „Was findet Jeanette nur an dem?"

Nina antwortete nicht. Sie erwiderte seinen Blick mit erhobenem Kinn, als wolle sie sagen: ‚Von dir lasse ich mich nicht einschüchtern, du halbe Portion.'

Er sah Nina hasserfüllt an, packte Jeanettes Ellenbogen und zog sie mit sich fort. Verena schüttelte verständnislos den Kopf. Warum ließ Jeanette sich das gefallen?

In diesem Moment kam Thomas die Treppe herunter und auf sie zu. „Na, wollt ihr gar nicht nach Hause?"

„Wir haben auf dich gewartet", antwortete Nina kokett. „Hast du Lust, mit uns eine Kleinigkeit essen zu gehen?"

„Eigentlich schon, aber mein Hund wartet, wie du weißt."

Verena trat ein paar Schritte zur Seite, zog ihr iPhone heraus und rief bei Lutz an, um ihm mitzuteilen, dass sie sich heute nicht mehr sehen könnten.

Während sie mit ihm sprach, beobachtete sie Nina und Thomas. Es war offensichtlich, dass die zwei sich sehr mochten. Ein bisschen eifersüchtig war Verena schon auf Nina. Doch das schob sie rasch zur Seite. Nina war witzig und sehr nett und obendrein solo, wie Verena heute erfahren hatte. Sie selbst hatte schließlich Lutz, der gerade maulte, weil er sich auf einen gemeinsamen Abend gefreut hatte.

„Wir sehen uns morgen", versuchte sie ihn zu besänftigen. „Dann kochen wir zusammen und sehen uns das SG-Spiel an, einverstanden?"

Sie hörte seinen enttäuschten Seufzer. „Also gut", gab er nach.

Obwohl Lutz eigentlich aus Kiel kam, der Stadt, die den überaus erfolgreichen THW Kiel hervorgebracht hatte, war er mittlerweile Fan der hiesigen Handball-Mannschaft, was Verena ihm hoch anrechnete. Schließlich waren die SG und der THW die Rivalen schlechthin. Spielten diese beiden Teams gegeneinander, schlug Lutz' Herz doch etwas mehr für den THW. Am nächsten Tag aber sollte der HSV Hamburg in die Flens-Arena kommen, da fieberte er mit der SG mit.

„Ich liebe dich", sagte Verena leise.

„Ich dich auch. Bis morgen."

Gegen viertel vor sieben kamen Verena und Nina in der Flurstraße an und hatten Glück: Nicht weit entfernt von dem Haus, in dem Nina wohnte, war ein freier Parkplatz.

Als Verena Ninas Wohnung betreten hatte, zuckte sie zusammen, denn hinter ihrem Rücken fiel die Tür mit einem so lauten Krachen ins Schloss, dass es wahrscheinlich im ganzen Haus zu hören war.

„Willst du was trinken?", fragte Nina ungerührt. „Ich hab Bier, Wasser, Cola oder Wein. Roten und weißen."

„Wein klingt gut, aber ich muss ja noch fahren."

„Du kannst auch hier pennen, wenn du willst. Ich hab ein ausziehbares Sofa und eine noch verpackte Gästezahnbürste."

„Ich überlege es mir, danke. Solange trinke ich eine Weißweinschorle, ok?"

„Klar. Geh schon mal durch, ich komme gleich nach."

Wenig später saßen sie gemütlich mit einem Glas Wein im Wohnzimmer, redeten und warteten auf Jeannette.

„Du hast dich schon ein bisschen in Thomas verknallt, oder?", fragte Verena neugierig.

Nina hob die Schultern. „Ich mag ihn, ja. Er ist ein toller Typ. Besonders klug wäre es allerdings nicht, was mit ihm anzufangen. Immerhin ziehe ich bald bei ihm ein."

Verena verschluckte sich fast an ihrer Schorle. „Du tust waaas?!"

Nina lachte, ihre dunklen Augen funkelten vergnügt. „Er sucht einen neuen Mitbewohner, und ich hab mich letzte Woche bei ihm vorgestellt", erklärte sie. „Daher kennen wir uns. Wir sind uns schnell einig geworden. Weißt du, seit meine Freundin ausgezogen ist, zahle ich für diese Wohnung allein, das ist mir auf Dauer zu teuer. Natürlich habe ich jetzt mehr Platz, doch bei Thomas muss ich deutlich weniger blechen." Sie hob ihr Glas an die Lippen und zwinkerte Verena zu. „Mal sehen, was sich daraus entwickelt."

Dann sprachen sie über die anderen. Sie regten sich über Yannicks gemeine Bemerkung auf, lästerten über Ruth-Marias Modegeschmack und lachten laut über Gilas lustige Versprecher.

„Hast du mitbekommen, was sie von ihrem Hautarzt gesagt hat?", fragte Nina. „Sie meinte, er wäre eine Konifere auf seinem Gebiet."

Sie schüttelten sich vor Lachen.

Um halb acht war Jeannette noch immer nicht da.

„Ich glaube nicht, dass sie noch kommt", meinte Verena mit einem Blick auf die Uhr. „Bestimmt hast du recht, was ihren Freund betrifft. Der Kerl ist mir unheimlich. Aber was soll's, fangen wir halt ohne sie an, diese adjektivlosen Texte zu schreiben."

Nina grinste. „Ist ‚adjektivlos‘ nicht auch ein Adjektiv?“

Jeannette kam tatsächlich nicht mehr. Bis gegen halb elf hatten Verena und Nina in bester Weinstimmung ihre kurzen Geschichten geschrieben, dann schauten sie sich noch eine Sitcom an, und Verena beschloss, Ninas Angebot anzunehmen und auf der Couch zu schlafen.

Am nächsten Morgen betraten sie um Punkt zehn den Klassenraum. Verena trug einen Pulli und sogar eine Unterhose von Nina. Ihre eigenen Sachen lagen in einer Plastiktüte auf dem Rücksitz ihres Autos.

Thomas saß an seinem Pult, schrieb etwas in ein Notizbuch und begrüßte sie freundlich. Heute trug er ein dünn gestreiftes, dunkelblaues Hemd, was ihm sehr gut stand. Es betonte seine Augen, bemerkte Verena. Sie leuchteten noch stärker als sonst.

Nina und sie erwiderten lächelnd seinen Gruß und gingen zu ihrem Platz. Jeannette war schon da. Sie wirkte blass und ernst.

„Wo warst du denn gestern?“, fragte Nina mit gedämpfter Stimme. „Wir haben auf dich gewartet.“

„Entschuldigt, es ging mir nicht so gut“, antwortete Jeannette leise und senkte den Blick. „Ich hatte grässliche Kopfschmerzen. Wenn ich deine Nummer gehabt hätte, hätte ich Bescheid gesagt.“

„Ich gebe sie dir nachher. Geht es dir denn wieder besser?“

„Es geht schon.“ Jeannette lächelte leicht gequält und vertiefte sich in ihre Unterlagen.

Nina und Verena warfen sich einen vielsagenden Blick zu, sagten aber nichts mehr.

Yannick Nehlsen betrat als Letzter den Raum. Mit gelangweilter Miene flegelte er sich auf seinen Platz und sah

sich um, die Nasenflügel gebläht, die Lippen leicht ge-
kräuselt.

*Er sieht so aus, als wäre er wütend auf jeden einzelnen,
der seinen Weg kreuzt,* dachte Verena unbehaglich.

Sascha zwinkerte ihr zu, fuhr sich durch die wider-
spenstigen blonden Haare und beugte sich vor. „Gehen wir
nachher wieder zusammen Mittag essen?"

„Sicher, warum nicht?"

„Guten Morgen, alle miteinander." Thomas stand auf.
„Bevor wir eure Texte durchgehen, wollen wir darüber
sprechen, was für einen Krimi wichtig ist. Was meint ihr?"

„Ein Mord", rief Sascha.

„Ein Kommissar", kam von Verena.

„Oder ein Detektiv", meinte Boris.

„Verdächtige", schlug Nina vor. Thomas notierte alle Vor-
schläge auf der Tafel, ohne vorerst näher darauf einzugehen.

„Ein Mordmotiv", sagte Ruth-Maria.

„Spannungsbogen", nuschelte Yannick.

Verena hatte das Gefühl, dass Thomas die gelangweilte
Hochnäsigkeit, die Yannick heraushängen ließ, gewaltig
gegen den Strich ging, doch er sagte nichts. Stattdessen
ging er die einzelnen Wörter durch, beschrieb die Wichtigkeit von Protagonist und Antagonist, also der heldenhaften
Hauptfigur, beispielsweise dem Kommissar, und dessen
Gegenspieler, den gesuchten Mörder. Dann beschrieb er
noch die Wichtigkeit eines Spannungsbogens und wie man
ihn am besten einhielt.

Verena schrieb fleißig mit. Jeanette tat sich mit dem
Schreiben schwer an diesem Morgen.

Als sie anfingen, ihre Hausaufgaben vorzulesen, hatte
Verena bereits drei Seiten gefüllt, Jeanette nur eine halbe.

„Tut dir die Hand weh?", fragte Verena, der aufgefallen
war, dass Jeanette nur sehr langsam und mit zusammenge-
kniffenen Lippen schrieb.

Unsicher sah die junge Frau hoch. Sie wirkte noch blasser als sonst. „Es geht schon", murmelte sie. „Ich hab mir gestern versehentlich die Hand in der Küchentür eingeklemmt."

Verena und Nina tauschten einen vielsagenden Blick.

In der Campus-Suite besetzten sie ihren üblichen großen Tisch.

„Was schreibst du eigentlich so?", fragte Sascha Verena.

„Oh, bis auf die Hausaufgaben seit Jahren gar nichts mehr", gab sie zu. „Aber jetzt möchte ich es mit einem Krimi versuchen. Und du?"

„Bisher habe ich einen Thriller in der Schublade. Und ein paar Science-Fiction-Kurzgeschichten."

„Na, dann kannst du dich ja mal mit Yannick austauschen", schlug Verena vor und grinste. „Der steht doch auch auf Sci-Fi."

Sascha zog eine Grimasse. „Och nö, lass man."

„Was hat der eigentlich für ein Problem?", mischte sich Boris ein. „Ich habe lange nicht mehr so einen arroganten Pinsel gesehen."

„Geht mir genauso", nickte Nina. „Aber abgesehen von ihm, finde ich unsere Gruppe ganz nett."

„Was haltet ihr davon, wenn wir uns auch nach dem Kurs regelmäßig treffen?", fragte Sascha. „Zum Erfahrungsaustausch, zum Quatschen …"

Die anderen waren begeistert. „Klingt gut", meinte Boris.

Gila strahlte. „Eine tolle Idee."

„Vielleicht hat ja auch Thomas Lust dazu", sagte Nina. „Ich werde ihn mal fragen."

„Darauf stoßen wir an", grinste Sascha und hob sein Glas mit Cola light.

Die anderen taten es ihm nach. „Abgemacht", rief Boris. „Was haltet ihr von einem monatlichen Brunch? Am ersten Samstag im Monat?"

Damit waren alle einverstanden.

„Um zehn?", schlug er vor.

„Gut." Sascha nickte. „Und wo? Vielleicht hier, dann könnten wir schon heute einen Tisch für den nächsten Monat bestellen."

„Perfekt." Boris beugte sich ein wenig vor. „Aber Yannick fragen wir nicht, ob er auch Lust hat, das sehe ich doch richtig?"

„Goldrichtig." Ruth-Maria schüttelte sich. „Den können wir nicht brauchen. Und was ist mit Maik?"

Sie sahen sich an. Maik hatte während der letzten Tage kaum etwas gesagt. Niemand konnte ihn so richtig einschätzen. Einzig mit Yannick schien er sich gut zu verstehen, und das sprach nicht gerade für ihn.

„Ehrlich gesagt, ich bin dagegen", sagte Nina und hob unbehaglich die Schultern. „Er starrt mich oft so merkwürdig an. Irgendwie finde ich ihn spooky."

„Mir ist auch schon aufgefallen, dass er eine Schwäche für dich hat", sagte Verena, zwinkerte Nina zu und hob die Hände. „Ich glaube, wir sind uns einig, dass die Treffen ohne Yannick und Maik wesentlich harmonischer sein würden."

„Das sehe ich auch so." Nina nickte erleichtert. „Um es ganz klar zu sagen: Wenn die beiden kommen, bleibe ich zu Hause."

„Ja, ich auch." Verena sah zu Jeanette, die durch ein kleines Lächeln und Nicken ihre Zustimmung deutlich machte.

„Allerdings werde ich wohl nur bei dem ersten Treffen dabei sein können", eröffnete Ruth-Maria den anderen.

Die sahen sie verwundert an. „Wieso denn das?", fragte Nina.

„Ich werde wegziehen aus Flensburg. In knapp sieben Wochen. Dann bin ich nämlich in Rente."

„Ach, das ist ja schade!", sagte Verena bedauernd. Sie mochte die quirlig-bunte Frau mit den außer Kontrolle geratenen Haaren inzwischen ganz gern. „Ich meine, ich freue mich natürlich für dich, dass du nicht mehr arbeiten musst, aber dass du wegziehst, ist schade."

„Und wohin?", fragte Sascha.

Ruth-Maria richtete sich ein wenig auf. Dann verkündete sie mit einem zufriedenen Lächeln: „Nach Palma de Mallorca."

„Oh, wie cool!", rief Verena. Auch die anderen klangen begeistert, einigen war der Neid deutlich anzusehen.

Während des Essens berichtete Ruth-Maria, dass ihr Sohn auf der Insel lebe und sie ihm bei der Betreibung eines Restaurants unter die Arme greifen wolle.

„Bist du derzeit auch in der Gastronomie?", fragte Nina und schob sich eine Gabel mit Salat in den Mund.

Ruth-Maria schüttelte den Kopf. „Ich arbeite in einem kleinen Dekorationsgeschäft. Wir verkaufen Leuchten, Kissen, Bilderrahmen, Kerzenständer und ähnliches."

„Dann hast du jetzt Urlaub?", fragte Verena. „Ich meine, sonst könntest du doch den Kurs nicht mitmachen."

„Ja, diese Woche habe ich frei. Anschließend muss ich noch sechs Wochen durchhalten und dann – ab in die Sonne!"

„Ach, jetzt weiß ich, woher ich dich kenne", fiel Jeanette ein. „Ich wusste doch, dass ich dich schon irgendwo gesehen habe. Die ganze Zeit habe ich mir den Kopf darüber zerbrochen. Der kleine Laden in Handewitt, bei dem Baumarkt, richtig?"

„Ja, genau. Kommst du von dort?"

Jeanette nickte und sah auf ihren Teller. „Aber ich ziehe bald nach Flensburg, zu meinem Freund."

Nina und Verena tauschten einen schnellen Blick. Ob das so eine gute Idee war?

„Was machst du eigentlich beruflich?", wollte Sascha von Jeannette wissen.

Sie sah ihn an. „Nichts Besonderes. Ich arbeite im Büro eines Reisebus-Unternehmens."

„Und du?", fragte Nina an Sascha gewandt.

„Ich schreibe Bestseller", sagte Sascha leichthin, worauf die anderen in Gelächter ausbrachen. „Okay, noch nicht", gab Sascha grinsend zu. „Aber bald. Bis dahin arbeite ich bei der Sparkasse. In der Kreditabteilung."

„Das hätte ich nicht gedacht", rutschte es Verena heraus ehe sie sich eine Gabel voll Tomaten-Pesto-Nudeln in den Mund steckte. Als Sascha sie fragend ansah, schluckte sie rasch den Bissen hinunter und fügte verlegen hinzu: „Na ja, Bankmitarbeiter tragen doch eher Hemd und Krawatte, nicht Jeans."

„Ja, bei der Arbeit. In meiner Freizeit ziehe ich an, wozu ich Lust habe. Und momentan habe ich Urlaub. Da laufe ich nur selten im Anzug herum." Er grinste.

Verena lachte. „Klingt logisch."

Ruth-Maria schob ihren fast leeren Teller zur Seite und erhob sich. „Leider muss ich euch jetzt allein lassen, ich hab noch etwas zu erledigen. Wir sehen uns später!"

Die anderen nickten.

„Bis nachher", sagte Nina und lächelte Ruth-Maria zu, bevor sie sich wieder ihrem Salat widmete.

Verena beobachtete, wie Ruth-Maria das Lokal verließ. Durch ihre auffällige Kleidung hob sie sich deutlich von den anderen Gästen ab.

„Studierst du eigentlich auch?", fragte Gila plötzlich.

Verena senkte verlegen den Blick. „Nicht mehr, ich hab abgebrochen."

Die anderen schienen darauf zu warten, dass sie weitersprach, also gab sie sich einen Ruck.

„Ich musste mir klar werden, was ich beruflich wirklich will. Lange Zeit wusste ich das einfach nicht. Doch inzwischen habe ich mich entschieden: Ich möchte mit dem Schreiben meinen Lebensunterhalt verdienen."

„Du weißt schon, dass das ziemlich schwer ist?", fragte Boris und bohrte einen Teelöffel in seine Ofenkartoffel mit Kräuterquark.

Sie nickte. „Ja, das weiß ich. Aber unmöglich ist es nicht, oder?"

„Natürlich nicht!" Sascha nickte bekräftigend in Verenas Richtung. „Dann schreiben wir eben beide Kassenschlager. Ich räume dir großzügig Platz zwei auf der Spiegel-Bestsellerliste ein."

Verena grinste. „Das ist aber edel von dir, herzlichen Dank!"

Kapitel 5

Als Carsten Andresen gegen sechs Uhr an diesem Abend nach Hause kam, voller Vorfreude auf das bevorstehende Handballspiel, das im Fernsehen übertragen wurde, stolperte er als erstes über Desireés nachlässig herum liegende Schuhe.

In der Küche stand benutztes Geschirr, auf den Tellern trockneten Essensreste. Er brauchte gar nicht in den Topf auf dem Herd zu schauen – die leere Ravioli-Dose daneben zeigte an, was seine Tochter sich warm gemacht hatte.

Desirée litt offenbar an einer Geschirrspüler-Allergie, die es ihr unmöglich machte, das schmutzige Geschirr dort zu verstauen. Und wo der Mülleimer stand, hatte sie offenbar vergessen. Als Andresen die Essensreste dort entsorgen wollte, wusste er, warum seine Tochter es nicht getan hatte: Der Eimer war so voll, dass kaum noch ein Staubkorn darin Platz finden würde. Den Müll nach unten zu bringen war offenbar zu schwierig für Prinzessin Desirée. Andresen knallte den Teller wieder auf die Ablagefläche und steuerte wutschnaubend das Zimmer seiner Tochter an, doch ein kurzer Blick ins Bad bremste ihn ab.

Auch dort hatte Desirée sich ausgebreitet. Als Andresen sich das Chaos genauer ansah, war er kurz davor, wie das legendäre HB-Männchen in die Luft zu gehen. Im Waschbecken lag zusammengeknüllt eins seiner hellblauen Handtücher, nur war es jetzt mit dunklen Flecken übersät. Auch das Waschbecken selbst starrte vor Schmutz, inklusive Wasserhahn. Die Seife im Spender war leer, das zum Abtrocknen gedachte Handtuch war von seinem Haken verschwunden und nirgendwo zu sehen.

Andresen holte Luft, langsam und ganz tief. „Eins", zählte er halblaut, „zwei, drei, vier, fünf, sechs …" Während er auf diese Art versuchte, sich zu beruhigen, ging er, das verschmutzte Handtuch in der Hand, gemessenen Schrittes zum Zimmer seiner Goldtochter. Die freie Hand auf der Klinke sammelte er Kraft für den Anblick, der sich ihm jeden Moment bieten würde.

Langsam drückte er die Klinke herunter und öffnete die Tür.

In dem kleinen Zimmer war vom Teppichboden nichts mehr zu sehen, da Desirée auf diesem Klamotten und Schulsachen verteilt hatte. Andresen konnte nur vermuten, dass sein Töchterchen die Gabe des Schwebens beherrschte, denn betreten konnte man den Raum nicht, ohne auf irgendetwas zu treten. Auf ihrem Nachttisch befand sich ein Sammelsurium aus halbvollen Gläsern, Tellern, Schüsseln und Joghurtbechern, in denen ein Löffel steckte. Es grenzte an ein Wunder, dass sich im Küchenschrank trotzdem noch etwas Geschirr befand.

Desirée saß im Schneidersitz auf der ungemachten Bettcouch und blätterte in einem Magazin. In der anderen Hand hielt sie ihr Smartphone. Auf dem Kopf trug sie einen Turban, der verdächtige Ähnlichkeit mit dem verschwundenen Handtuch aus dem Bad hatte.

Als sie ihren Vater bemerkte, sagte sie ins Telefon: „Mein Alter ist da. Ich ruf dich gleich wieder an, ja? Ciao!" Dann sah sie ihren ‚Alten' leicht gereizt an. „Was ist denn?"

„Wie wäre es mit ‚Hallo'?" Er hob pikiert das dreckige Handtuch hoch. „Kannst du mir erklären, was das hier ist?"

Sie hob die Schultern. „Ein Handtuch, oder?"

„Ich meine die Flecken."

„Ach das. Ich hab mir die Haare gefärbt."

Andresen erstarrte. „In kackbraun?"

Desirée kräuselte verärgert die hellen Augenbrauen. „Nein, in Mahagoni." Sie zog sich den Turban vom Kopf, der nun ebenfalls braune Flecken aufwies. Andresen bemerkte es kaum, denn seine Augen waren auf die ehemals hellblonden Locken seiner Tochter gerichtet, die nun aussahen, als hätten sie in den Hinterlassenschaften einer Hundemeute gebadet.

Er schluckte. „Hätte deine Mutter das erlaubt?"

„Keine Ahnung, wahrscheinlich nicht. Aber die ist ja nicht da – und nun ist es zu spät." Desirée grinste zufrieden.

Andresen wollte etwas sagen, doch ihm fehlten die Worte, daher öffnete und schloss er seinen Mund wie ein Fisch im Aquarium.

Rasch zog er die Tür zu Desireés Zimmer zu und schnappte sich seine Jacke. Ein Spaziergang an der frischen Luft würde ihm gut tun und hoffentlich wieder beruhigen. Während er die Wohnungstür hinter sich zuzog, atmete er tief durch, dann rannte er die Treppen hinunter.

In dem Moment, als er aus dem Haus stürmte, kamen ihm Daniela und Antonia entgegen. Eilig traten die zwei zur Seite.

„Oh, hallo Herr Nachbar. Wohin so eilig?"

„Ich muss hier weg." Er blinzelte. „Dringend."

„Ach herrje, ist etwas passiert?", fragte Dany erschrocken und fügte flüsternd hinzu: „Ein neuer Fall? Wurde jemand umgebracht?"

Er sah mordlüstern hinauf zu seiner Wohnung. „Nein. Noch nicht. Was genau hattest du gleich gesagt über sechzehnjährige Mädchen?"

Daniela verstand und verkniff sich ein Schmunzeln. „Ich glaube, ich sagte, sie seien eine Herausforderung. Hatte ich recht?"

„Du bist eine kluge Frau, Dany", murmelte Andresen. „Eine sehr kluge Frau."

„Warum kommst du nicht auf einen Kaffee mit rauf?", schlug sie vor. „Oder auf ein Bier."

„Das war das Zauberwort." Andresen hielt den beiden die Tür auf. „Ein Bier ist jetzt genau das Richtige."

Wenig später saßen Daniela und er am Küchentisch, vor sich eine Flasche Flensburger Pils. Antonia spielte in ihrem Zimmer und hörte dabei eine CD.

Ausführlich berichtete Andresen von dem Chaos, das in seiner Wohnung herrschte.

„… dabei hatte ich mich auf einen gemütlichen Abend gefreut", schloss er enttäuscht. „In knapp zwei Stunden spielt die SG. Doch Desirée hat aus meinen vier Wänden ein Katastrophengebiet gemacht."

„Das Spiel wollte ich auch sehen", sagte Daniela lächelnd. „Wenn du magst, könnten wir es uns gemeinsam anschauen, hier bei mir."

„Sehr gerne!" Andresen lächelte ihr dankbar zu und trank einen Schluck. Sein Magen knurrte leise und erinnerte ihn daran, dass er noch nicht viel gegessen hatte. „Was meinst du, soll ich uns Pizza besorgen?"

„Das klingt fantastisch."

Als er mit drei großen Pizzakartons die Treppe hinaufeilte, pfiff er fröhlich vor sich hin. Ein Abend mit Dany, Pizza und einem spannenden Handballspiel im TV; das war ein Feierabend nach seinem Geschmack.

Im ersten Stock sah er auf die Uhr – es war bereits viertel vor acht. Beim Italiener war sehr viel los gewesen. Er hatte fast eine halbe Stunde auf das Essen warten müssen.

An Danielas Tür klebte ein Post-it: *,Bitte nicht klingeln, Toni schläft. Ich bin drüben bei dir. Dany'.*

Andresen runzelte verwundert die Stirn. Etwas skeptisch schloss er die Tür zu seiner Wohnung auf und hörte fröhliches Gelächter aus der Küche. Als er zu Boden sah, staunte er nicht schlecht; Desirées Schuhe standen ordentlich aufgereiht unter der Garderobe.

Andresen legte die Pizzakartons auf der Kommode ab und ging Richtung Küche. Als er am Bad vorbeikam, blinzelte er verwundert. Das Waschbecken war blitzsauber, es lagen auch keine Handtücher herum.

In der Küche waren die beiden Frauen dabei, schmutzige Gläser, Teller und Schüsseln in den Geschirrspüler zu räumen. Er erkannte auch die Sachen, die vorhin noch bei Desirée im Zimmer gestanden hatten.

Daniela sah ihn zuerst. „Carsten, da bist du ja wieder. Perfekt, wir sind gerade fertig."

„Wir haben aufgeräumt, Papa", lächelte Desirée stolz und strich sich eine nun dunkle Locke hinter das Ohr. „Also, hauptsächlich ich, aber Dany hat mir prima geholfen."

Andresen war sprachlos, also nickte er nur und kratzte sich mit einem schiefen Grinsen den Hinterkopf. Daniela zwinkerte ihm zu und schloss mit einem zufriedenen Gesichtsausdruck die Spülmaschine.

„Wie hast du das gemacht?", fragte er zehn Minuten später, als sie mit der Pizza auf Danielas Couch vor dem Fernseher saßen. Die Sportmoderatoren diskutierten gerade darüber, welche Mannschaft die besseren Chancen auf einen Sieg hätten.

„Ich habe versucht, ihr zu erklären, wie Männer so ticken", antwortete Dany und biss von einem Stück Schinkenpizza ein großes Stück ab.

Andresen stellte seine Bierflasche ab und wandte den Kopf vom Fernsehgerät zu Daniela. „Was soll denn das heißen?", fragte er misstrauisch, doch in diesem Moment gellte der Anpfiff, das Spiel begann und Carsten sah wieder nach vorn.

„Das ist ein Frauengeheimnis", behauptete Dany mit funkelnden Augen. „Ich könnte es dir sagen, doch anschließend müsste ich dich erschießen."

„Schon gut, ich frage nicht mehr", gab er grinsend nach und fügte hinzu: „Jedenfalls danke ich dir. Sehr sogar."

Sie winkte ab. „Hab ich gern gemacht. Wie gesagt, ich war auch mal sechzehn."

Ihre Blicke trafen sich. Dany legte die Pizza zurück auf den Teller, ohne die Augen von ihm abzuwenden. Ihre Mundwinkel hoben sich leicht.

Andresen fühlte eine Welle der Zuneigung für diese Frau in sich aufsteigen. Er hob die Hand und schob eine ihrer blonden Strähnen zur Seite.

„Du bist eine tolle Frau, Dany", sagte er mit rauer Stimme.

„Und du bist der schüchternste Mann, den ich je getroffen habe", antwortete sie amüsiert und legte ihre Arme um seinen Hals. „Nun küss mich doch endlich."

Gehorsam und etwas verblüfft kam er ihrer Aufforderung nach und berührte sacht ihre Lippen mit seinen. Sie erwiderte seinen Kuss leidenschaftlich und schmiegte sich an ihn. Sein Herz raste. Diese Frau steckte einfach voller Überraschungen. Seine Hände fuhren zärtlich über ihren Rücken, suchten den Weg unter ihr T-Shirt.

„Wolltest du nicht das Spiel sehen?", murmelte sie mit einer Stimme, die wie das wohlige Schnurren einer Katze klang.

Er drückte sie sacht auf die Couch, so dass er über ihr war, und sah voller Verlangen auf sie herab. „Ach, weißt du", flüsterte er, „scheiß auf das Spiel. Es gibt Wichtigeres."

****

Gebannt und Chips knabbernd verfolgten Verena und Lutz Weichert das Handballspiel, jubelten über Tore oder schimpften über Schiedsrichterentscheidungen zugunsten des HSV.

Halbzeit. Lutz seufzte und stellte den Ton leiser. „Zwei Tore Rückstand zur Pause. Hoffentlich steigern die Jungs sich in der zweiten Hälfte."

„Bestimmt", war Verena überzeugt und lehnte sich zurück. „Die drehen das Spiel noch, du wirst sehen."

Lutz schenkte Wein nach und reichte seiner Freundin ihr Glas. „So, nun erzähl mal, was macht der Kurs? Wie sind die anderen Teilnehmer so?"

Verena nippte an dem kühlen Pinot Grigio. „Es macht richtig Spaß. Thomas, der Kursleiter, ist ein toller Typ. Er hat echt Ahnung und lustig ist er auch. Ich wusste ja gar nicht, was da alles so beachtet werden muss beim Schreiben. Wir haben schon richtig viel gelernt. Einer, Yannick heißt er, tut so, als ob er alles noch besser wüsste als Thomas. Seine Geschichten sind allerdings nicht so toll. Wenn Thomas irgendwas daran kritisiert, ist Yannick immer tödlich beleidigt."

„Solche Typen gibt es immer", meinte Lutz.

Verena nickte und erzählte von Maik, Jeanette und Sascha. „Dann gibt es noch den Boris", fuhr sie fort. „Der ist nett. Er hat ein Faible für Astrologie und will mir ein Horoskop erstellen."

Lutz schnaubte abfällig. „Humbug."

„Ich finde es interessant", widersprach Verena mit einem Anflug von Trotz in der Stimme.

Er ging nicht weiter darauf ein. „Ihr scheint ja ein recht bunter Haufen zu sein. Was für schräge Vögel gibt es noch?"

Sie grinste. „Mit bunt liegst du richtig. Ruth-Maria sieht immer aus wie ein explodierter Papagei. Sie trägt Farbzusammenstellungen, von denen man blind wird. Dazu knallroten Lippenstift und blauen Lidschatten. Und das, obwohl sie schon über sechzig ist."

„Frei nach dem Motto: Auffallen um jeden Preis?"

„Ja, sie ist das krasse Gegenteil von Jeannette. Die ist neben Ruth-Maria kaum zu sehen." Verena trank noch einen Schluck Wein und stellte das Glas ab. „Vor mir sitzt übrigens Gila. Die ist total lieb, aber sie verzweifelt gern an Thomas' Kritik an ihren Texten. Immer wieder meint sie, sie solle das Schreiben wohl doch lieber lassen. Dabei hat sie klasse Ideen und einen herrlichen Humor. Aber bei der Umsetzung tut sie sich manchmal schwer. Außerdem benutzt sie gern Fremdwörter – nur leider immer die falschen." Sie grinste. „Wir müssen uns oft das Lachen verkneifen."

„Was sagt der tolle Thomas denn über deine Texte?"

„Oh, einiges! Mal sind meine Charaktere zu blass, mal gibt es keinen Spannungsbogen oder meine Sätze sind zu verschachtelt. Aber er findet auch immer lobende Worte für jeden, so dass man nicht völlig deprimiert nach Hause geht. Besonders lobt er immer Nina. Sie ist eine exotische Schönheit mit einem Hang zu düsteren Storys. Thomas ist ganz vernarrt in sie."

Lutz hob den Kopf. „Höre ich da Eifersucht?"

Verena stieß ihm leicht ihren Ellenbogen in die Seite. „Quatsch! Er ist ein cooler Typ, aber nichts für mich. Ich glaube, die zwei würden ein tolles Paar abgeben. Sie mag ihn auch, das steht fest. Allerdings meinte sie, dass es wohl keine gute Idee wäre, wenn zwischen den beiden was laufen würde, weil sie bald bei ihm einzieht. Stell dir vor, was für ein ulkiger Zufall! Kurz, bevor der Kurs losging, haben sie –"

„Oh, das Spiel geht weiter!", unterbrach Lutz sie und stellte den Ton lauter.

Verena warf ihm einen beleidigten Blick zu. „Du hörst mir gar nicht richtig zu."

„Entschuldige. Erzähl es mir später nochmal, ja?"

Sie seufzte. „Vergiss es. Später muss ich noch etwas tun. Morgen sollen wir nämlich einen Kurzkrimi abliefern. Drei Seiten, und ich habe erst anderthalb."

Lutz grinste. „Na, dann viel Spaß. Wenn es dir wirklich ernst ist mit deiner Schriftstellerkarriere, musst du auch unter Zeitdruck abliefern können."

„Ich weiß. Gleich nach dem Spiel mache ich mich an die Arbeit."

Die SG siegte knapp mit einem Tor. Zufrieden zappte Lutz zu einer Dokumentation über die Tierwelt Neuseelands. „Das kann ich nach dem spannenden Spiel gut haben", erklärte er.

Verena gab ihm einen Kuss. „Ich gehe ins Schlafzimmer und schreibe. Bis später."

Als sie wenig später mit einigen Kissen im Rücken in Lutz' Bett lag, schaute sie rasch bei Facebook vorbei. Sie musste erst einmal den Kopf frei bekommen, redete sie sich ein.

Erfreut bemerkte sie die Freundschaftsanfragen von Sascha Wolter und Nina Bender. Lächelnd klickte Verena auf „Bestätigen". Schon sah sie einen Post von Nina.

,Kennt ihr das Gefühl‘, schrieb sie, *,von irgendwem verfolgt zu werden? Für den Fall, dass ich mir das NICHT einbilde: Hey, lass mich zufrieden und such dir ein anderes Hobby!‘*

Sascha hatte darunter geschrieben: *,Schließ bloß die Tür ab. Es gibt jede Menge verrückter Idioten.‘*

Verena konnte sehen, dass Nina noch online war. Auf Saschas Rat hatte sie bisher nicht geantwortet. Verena stellte sich vor, wie beunruhigend es sein musste, das Gefühl zu haben, verfolgt zu werden. Womöglich von irgendeinem Irren, der nur auf die richtige Gelegenheit wartete, um zuzuschlagen. Wenn Nina tatsächlich recht hatte …

Verena bekam eine Gänsehaut. Eilig öffnete sie das Word-Programm, um mit ihrem Krimi weiterzumachen. Doch so richtig konzentrieren konnte sie sich nicht.

Nach zwanzig Minuten sah sie nach, ob Nina sich noch einmal zu Wort gemeldet hatte, doch dem war nicht so. Nur der grüne Punkt, der anzeigte, dass sie sich nicht abgemeldet hatte, leuchtete immer noch.

****

Nina träumte. Sie war in einem Schulgebäude und es läutete zum Unterricht. Sie rannte los, suchte vergeblich den Weg zu dem Raum, in dem die Teilnehmer des Schreibkurses auf sie warteten. Sie wollte unbedingt zu Thomas. Er war so lieb, freundlich und warmherzig. Sie sehnt sich nach ihm. Die Glocke schrillte immer greller, ihr lief die Zeit davon! Gleich würde der Unterricht beginnen und ihre Chance wäre vertan. Ihre Panik wuchs. Wo war der Klassenraum? Wo war Thomas? Sie riss eine Tür nach der anderen auf. Fremde Gesichter sahen ihr entgegen, aber auch einige, die sie kannte. Einmal war es Dennis, ein anderes Mal Philip. Dann ihre Eltern, deren Gesichter von Brandwunden und Verletzungen gezeichnet waren. Nur Thomas fand sie nicht.

Ihr war zum Heulen zumute. Wieder gellte die Klingel.

Nina schrak auf und keuchte. Ihr Herz hämmerte. Was für ein intensiver Traum!

Es dauerte noch ein paar Sekunden, bis ihr klar wurde, dass jemand an ihrer Tür war. Sie sah auf die Uhr, es war kurz nach halb zehn. Wer konnte das sein? Sie schlug die

Wolldecke zur Seite, mit der sie es sich auf der Couch gemütlich gemacht hatte, und stand auf.

Nun wurde gegen die Tür gehämmert. Jemand rief aufgeregt ihren Namen.

„Wer ist da?", fragte Nina vorsichtig.

„Ich bin es, Thomas. Mach bitte auf."

Ihr Herz schlug schneller. Gerade hatte sie von ihm geträumt und nun stand er vor ihrer Tür. Das war ja verrückt! Sie schob sich die wirren Haare hinter die Ohren und öffnete. „Thomas? Was ist denn los?"

Aufatmend lehnte er sich gegen den Türrahmen. „Es geht dir gut. Gott sei Dank!"

„Warum sollte es mir denn nicht gutgehen?"

„Das fragst du noch? Ich habe deinen Post bei Facebook gelesen und dir eine persönliche Nachricht geschickt. Ich wollte wissen, ob alles in Ordnung ist. Aber du hast nicht geantwortet, obwohl du online warst. Da habe ich mir irgendwann Sorgen gemacht. Schließlich meintest du, du würdest verfolgt."

Nina frohlockte. Er hatte sich um sie gesorgt!

„Ach, wahrscheinlich hab ich mir das nur eingebildet", sagte sie abwinkend. „Meine Freundin Sophie rief an, nachdem ich das geschrieben hatte. Wir haben eine Weile gequatscht, sie hat mich beruhigt – dann bin ich auf der Couch eingeschlafen."

„Ach so." Er lächelte schief. „Bitte entschuldige, dass ich dich geweckt habe. Schlaf weiter, wir sehen uns morgen." Er ging langsam zur Treppe und stieg die Stufen hinunter.

Nina sah ihm unschlüssig nach. Warum wollte er denn schon wieder gehen? Sie spürte noch immer die Panik, die sie in dem Traum empfunden hatte. Nun war er hier und bereits fast wieder fort. Sie musste ihn aufhalten. Er sollte bei ihr bleiben. Sie trat hinaus in den Hausflur.

„Thomas?" Ihre Stimme hallte von den Korridorwänden.

Er sah zu ihr hoch. „Ja?"

Sie stand seitlich vom Treppenabsatz, nur wenige Meter von ihm entfernt. Ihre Hände umklammerten das Geländer. Aus der Wohnung über ihr war das wütende Weinen eines Babys zu hören.

Sie zögerte. „Danke, dass du vorbei gekommen bist. Das war sehr lieb."

„Gern geschehen. Ich wohne nicht weit weg, wie du weißt." Mit einem unbekümmerten Grinsen zwinkerte er ihr zu. Sie lächelte dankbar und hob verabschiedend die Hand. Er ging weiter die Treppe hinab.

Das Babygeschrei wurde weniger, ging in ein quengeliges Jammern über, verstummte schließlich.

Thomas hatte die Kurve erreicht, die das zweite vom dritten Geschoss trennte. Sie wollte nicht, dass er ging, verflucht! Plötzlich grauste ihr davor, den Rest des Abends allein zu verbringen. Noch einmal rief sie ihn zurück. „Thomas!"

„Ja?", hallte es von den Wänden.

„Möchtest du … vielleicht kurz reinkommen und – na ja – etwas trinken auf den Schreck?"

Gemächlich kam er die Stufen wieder hinauf. „Klar, wieso nicht. Hast du Bier da?"

„Ich glaube schon. Komm rein."

In der Küche fand sie zwei Flaschen Flensburger Goldbier. Sie zog sie aus dem Kühlschrank und reichte ihm eine davon. „Hier. Brauchst du ein Glas?"

„Danke. Nein, nicht nötig."

Ein doppeltes Ploppen ertönte. Sie stießen die Flaschen gegeneinander und sahen sich an, ohne zu trinken. Lächelnd. Schweigend. Der Kühlschrank brummte leise.

Thomas sah ihr tief in die Augen, was dafür sorgte, dass ihre Knie weich wurden. Sie räusperte sich und rieb sich kurz die Nase. „Na dann: Prost!"

„Zum Wohl."

Sie tranken. Noch immer war sein Blick auf sie gerichtet, als präge er sich ihr Gesicht, ihre Mimik, ihr Lächeln ein. So intensiv, als wolle er diesen Moment für die Ewigkeit konservieren. Nina wurde jäh bewusst, wie sie aussehen musste. Mit ungekämmten Haaren und nichts am Leib als einem verwaschenen Snoopy-T-Shirt und einer ausgebeulten Schlabberhose in Zementgrau. Ihre Füße waren nackt. Nicht einmal einen BH trug sie, fiel ihr ein.

Als hätte er ihre Gedanken erraten, glitt sein Blick tiefer. Starrte er wirklich ungeniert auf ihre Brust? Erstaunlicherweise störte es sie nicht. Im Gegenteil, sie fand es erregend.

„Süßes T-Shirt", sagte er leise.

„Ach, das habe ich schon ewig", murmelte sie, strich sich mit fahrigen Bewegungen erneut eine widerspenstige Haarsträhne hinters Ohr. „Hast du Hunger? Ich hab vielleicht noch irgendwo ein paar Chips oder …"

Er machte einen Schritt auf sie zu, blieb genau vor ihr stehen. Erstaunt schaute sie ihn an, sagte aber nichts. Sie genoss einfach dieses Kribbeln, das von ihrem Magen Richtung Unterleib kroch. Als er die linke Hand hob und sanft über ihre Wange strich, hielt sie ganz still und sah ihn mit großen Augen an.

„Ich hatte wirklich Angst, dir wäre was passiert", sagte er heiser. „Der Gedanke war … unerträglich."

„Tut mir leid, wenn ich dich beunruhigt habe", flüsterte sie. „Kommt nicht wieder vor."

„Schon gut. Hauptsache, du bist ok."

Er nahm ihr die Bierflasche ab und stellte sie und seine eigene auf die kleine Arbeitsplatte. Nina schluckte. Er würde sie küssen. Jetzt. War das eine gute Idee? Sie wollten zusammenzuziehen, als Freunde, WG-Partner. Obendrein war er sozusagen ihr Lehrer.

Und dennoch wollte sie es, sehnte sich so sehr danach. Von unten her sah sie zu ihm auf und wartete darauf, dass es geschah.

„Ich fürchte, es wäre ein Fehler", murmelte er, ohne näher zu erläutern, was er meinte. Das war auch nicht nötig.

„Scheiß drauf", wisperte sie und genoss das Prickeln, das seine Nähe bei ihr auslöste. „Fehler sind dazu da, um gemacht zu werden, oder?"

„Das stimmt." Seine Hände umfassten sanft ihre Taille. „Außerdem fehlt es mir definitiv an Widerstandskraft."

Sie hielt den Atem an. Er beugte sich zu ihr hinab, sah ihr noch einmal tief in die Augen und küsste sie. Nicht sanft oder vorsichtig, sondern wild, hart und begierig. Nina stöhnte auf, legte die Arme um seinen Hals und presste sich an ihn. Alles in ihr prickelte vor Verlangen.

Schon schoben sich seine Hände unter ihr T-Shirt und strichen über ihren Rücken, während seine Zunge mit ihrer spielte.

Als seine Finger ihren Busen berührten und über ihre Brustwarzen strichen, keuchte sie. Er drückte sie gegen die Arbeitsplatte, sein Unterleib drängte sich an sie. Augenblicklich konnte sie seine Erregung spüren und wurde selbst von einer gigantischen Welle der Lust überrollt. Schwer atmend löste sie ihre Lippen von seinen. „Lass uns ins Schlafzimmer gehen, hm?"

„Ja." Mehr sagte er nicht. Seine Augen glänzten, als er sie losließ.

Sie nahm seine Hand und zog ihn aus der Küche. Nach wenigen Schritten waren sie im Schlafzimmer. Nina stellte sich mit dem Rücken zum Bett und zog sich das T-Shirt mit Snoopy über den Kopf.

„Du bist so wunderschön", flüsterte Thomas, trat bedächtig auf sie zu und legte seine Hände auf ihre Brüste. „Ich hab geträumt von diesem Moment."

Ein Schaudern lief durch ihren Körper. Sie schloss die Augen und neigte den Kopf nach hinten, während er ihren Hals küsste und sanft ihre Brüste streichelte.

Seine Lippen wanderten tiefer. Mit der Zunge fuhr er über ihre harte Warze. Gleichzeitig packten seine Hände ihren Pobacken, griffen richtig fest zu. Ein erschrockener Laut kam aus ihrer Kehle, gefolgt von einem leisen Lachen. „Nicht so ungeduldig."

Er zog sich sein Shirt über den Kopf, drängte sie aufs Bett und ließ sich neben sie fallen. Sein heißer Atem streifte ihre Wange. „Ich halte mich schon zurück", behauptete er heiser.

„Es fällt mir schwer, das zu glauben", murmelte sie, denn gerade bahnte sich seine Hand den Weg in ihre Stoffhose.

„Wir sollten weniger reden", schlug er vor und verschloss ihr den Mund mit einem weiteren Kuss, dessen Intensität Nina den Atem nahm. Automatisch spreizte sie die Beine, so weit, wie die Hose es zuließ.

Er hob den Kopf, seine Augen glänzten, als er sie angrinste. „Du trägst keinen Slip? Das ist echt scharf." Schon während er sprach, schob er seinen Mittelfinger in sie, behielt sie dabei im Blick. Nina schnappte nach Luft und wölbte ihm ihren Schoß entgegen.

„Gefällt dir das?" Seine Stimme klang heiser.

„Ja. Hör nicht auf, bitte!"

Sein Finger stieß tiefer.

„Oh ja!" Sie zog seinen Kopf zu sich heran und ließ ihre Zunge in seinen Mund gleiten, während er sie weiterhin stimulierte und dabei immer schneller wurde. Ihr wurde heiß, so heiß, dass sie das Gefühl hatte, in Flammen zu stehen.

Abrupt zog er seine Hand zurück, wälzte sich auf sie. Ungeduldig, hektisch.

„Warte", flüsterte sie und legte ihre Hände auf seine breiten Schultern. „Leg dich auf den Rücken."

Nach kurzem Zögern tat er, was sie wollte. Mit wackeligen Beinen stand sie auf, drehte sich zu ihm um und sah, dass er jede ihrer Bewegungen verfolgte. Ihre Erregung steigerte sich. Mit angehaltenem Atem schlüpfte sie aus ihrer Jogginghose. Thomas fuhr sich über die Lippen, als er ihren nackten Körper von oben bis unten betrachtete. Er sagte nichts, rührte sich auch nicht. Nur sein Brustkorb hob und senkte sich und seine Augen flackerten erregt.

Langsam zog sie ihm die Schuhe und die Socken aus. Dann die Jeans. Ließ sie zu Boden fallen. Sie kniete sich neben ihn auf die Matratze und küsste seinen Bauch. Ließ ihre Zungenspitze in seinen Bauchnabel gleiten. Ihre rechte Hand legte sich auf seinen Oberschenkel.

„Komm her", bat er heiser, „ich will nicht mehr warten."

Sie schüttelte den Kopf. „Noch nicht. Hab Geduld." Ihre Hand glitt höher, legte sich auf sein pochendes Glied, das sich unter der Unterhose abzeichnete. Er stöhnte auf. „Du verlangst viel von mir."

Sie lächelte nur und begann, mit dem Nagel ihres Zeigefingers sanft an seinem Penis entlangzufahren. Bei dem Anblick, der sich ihr bot, wurde ihr ein wenig mulmig zumute. Noch nie hatte sie so etwas gesehen.

„Damit könntest du mich glatt umbringen", sagte sie trocken.

„Ich habe anderes mit dir vor", lächelte er und seine Augen blitzten übermütig.

Geschickt zog Nina ihm den Slip aus und schleuderte ihn weg.

Als sie begann, ihn mit Händen, Lippen und Zunge zu verwöhnen, erfüllte sein genussvolles Stöhnen den Raum. „Das halte ich nicht mehr lange aus", japste er.

Sie hob den Kopf und schob sich die Haare hinters Ohr. „Unter dem Kissen neben dir liegt ein Kondom. Gib es mir."

Er blinzelte. „Allzeit bereit, hm?" Seine Hand fuhr unter das Kissen, tastete und kam schließlich mit dem Gesuchten wieder hervor. Nina nahm es ihm ab, öffnete die Verpackung und rollte ihm mit geschickten Bewegungen das Kondom über.

Kaum war sie damit fertig, da zog er sie auch schon auf sich. Als er mit einem langgezogenen Stöhnen tief in sie eindrang, schrie Nina leise auf.

Sie wollte sich aufrichten, ihn reiten und so herausfinden, wie viel seines gewaltigen Glieds ihr Genuss verschaffte, doch er hielt sie fest umklammert. Sein Unterleib bewegte sich rhythmisch auf und ab. Plötzlich hielt er inne, holte tief Luft und drehte sie schwungvoll herum, so dass sie auf dem Bett lag und er über ihr war.

Sie keuchte erschrocken auf, als er sich noch ein Stückchen tiefer in sie hinein bohrte.

„Das tut gut, nicht wahr?"

Sie nickte unsicher. Eigentlich behielt sie lieber die Kontrolle, doch vielleicht wurde es auch so ganz schön. Sie beschloss, abzuwarten.

Er hob ihre Unterschenkel an, so dass ihre Beine angewinkelt waren. Dabei ließ er Nina nicht aus den Augen. Ein zufriedenes Lächeln umspielte seine Mundwinkel, als er langsam und behutsam immer wieder ein Stückchen in sie hinein- und wieder herausglitt. Nina schloss die Augen und genoss sein Liebesspiel. Ja, so war es wunderbar. Sie begann, sich ganz auf ihre Empfindungen zu konzentrieren. Ließ sich fallen und schloss die Augen, während Thomas' Stöße ihr unbeschreibliche Verzückung bereiteten.

„Oh Gott, ja", rief sie. „Ja! So ist es schön." Ihr Atem wurde schneller, sie spürte, dass die erlösende Explosion nicht mehr weit war, genoss die Vorfreude auf den heftigen Orgasmus, der sie bald schütteln würde.

In diesem süßen Augenblick rammte er seinen Unterleib hart nach vorn. Sie schrie auf und blitzte ihn wütend an. Das hatte verdammt weh getan! Bevor sie aber etwas sagen konnte, ließ er ihre Beine los, beugte sich zu ihr herab und schob besänftigend seine Zunge zwischen ihre Lippen. Bewegte sich wieder so in ihr, wie es ihr gefiel.

Nina versuchte erneut, sich zu entspannen. Als Thomas schneller wurde, stöhnte sie erst wohlig auf und passte sich ihm an, doch er übertrieb es erneut. Er stieß so tief in sie hinein, dass es für sie nicht länger angenehm, sondern im Gegenteil sehr schmerzhaft war.

Sie sah ihn an, registrierte seinen offen stehenden Mund, die fiebrig wirkenden blauen Augen, die gerötete Gesichtshaut. Als er das Tempo und die Intensität noch weiter steigerte, wurde sie wütend. „He!", protestierte sie, packte seine Oberarme und sah ihn vorwurfsvoll an. „Sei vorsichtig. Du tust mir weh."

Er antwortete nicht, machte weiter, als hätte sie gar nichts gesagt.

Sie boxte nun gegen seinen Arm. „Thomas, was soll das? Hör auf!"

Keine Reaktion, er hörte nicht auf. Verzweifelt versenkte sie ihre Fingernägel in seinen Oberarmen, doch er schien den Schmerz überhaupt nicht zu spüren.

Schwer atmend sah er sie an, das schweißbedeckte Gesicht vor Lust verzerrt. Die Wärme war aus seinen Augen verschwunden. Dort war nur noch unbändiges Verlangen zu sehen. Eine tierhafte, atavistische Wildheit.

Sie wand sich unter ihm, doch er war zu schwer, als dass sie sich hätte befreien können. „Geh ... runter ... von ... mir!", ächzte sie im Takt seiner Stöße.

Da packte er ihre Handgelenke und drückte sie links und rechts von ihrem Kopf auf die Matratze. „Genieß es einfach", riet er ihr, lächelte hinterhältig und machte weiter, gnadenlos und immer brutaler.

Nina schluchzte auf. Sie wollte gern schreien, doch ihr fehlten die Kraft und die Luft, die dafür nötig waren. Sie fühlte sich so hilflos und benutzt wie nie zuvor in ihrem Leben. Wie hatte sie sich so in Thomas täuschen können?

Noch einmal steigerte er das Tempo, sein Keuchen wurde lauter. Das Kopfende ihres Bettes knallte rhythmisch gegen die Wand und vermischte sich mit Thomas' unbeherrschtem Stöhnen, während sie selbst von rasenden Schmerzen gepeinigt wurde.

Nina presste die bebenden Lippen aufeinander und drängte die Tränen zurück. Tränen der Wut, der Qual und der abgrundtiefen Enttäuschung.

Kapitel 6

Verena hatte schlecht geschlafen und war recht spät aufgewacht. Lutz war zu dem Zeitpunkt längst weg gewesen, hatte ihr aber Frühstück vorbereitet und einen Zettel hinterlassen.

‚Guten Morgen, Schlafmütze. Ich wünsche dir einen schönen Tag und rufe dich nachher an. Fühl dich gedrückt. L.‘

Dazu hatte er ein Herzchen gemalt.

Beim Frühstück – Toast mit Erdbeermarmelade, einer Kiwi und schwarzem Kaffee – las sie noch einmal ihren Hausaufgabenkrimi durch und verbesserte die eine oder andere Formulierung. Während der Drucker die überarbeitete Version ausspuckte, sprang sie unter die Dusche. Unter dem heißen Wasserstrahl fiel ihr wieder Nina ein, die sich den Rest des Abends in Schweigen gehüllt hatte. Hoffentlich ging es ihr gut.

Um viertel vor zehn parkte Verena an ihrem üblichen Platz – Thomas' Wagen stand bereits da – und hetzte hinunter in die Stadt. Auf dem Holm traf sie Sascha, der mit einem Coffee-to-go aus einem Backshop trat.

Sie begrüßten sich erfreut und gingen gemeinsam weiter.

„Hast du noch was von Nina gehört gestern Abend?", fragte Verena.

„Keine Silbe. Vielleicht hat das reale Leben sie von dem virtuellen abgelenkt."

„Ja, gut möglich. Aber ich hab mir ziemliche Sorgen gemacht nach dieser ‚Ich-werde-verfolgt'-Aktion."

„Klang auch ganz schön spooky", stimmte Sascha zu.

Verena nickte ernst. „Kein Wunder, dass ich lauter wirres Zeug geträumt hab."

Sie überquerten den Südermarkt, stiegen die Anhöhe zum VHS-Gebäude hinauf und betraten wenig später den

Kursraum. Verena sah sofort zu Ninas Platz hinüber. Er war leer.

Sascha war ihrem Blick gefolgt. „Bestimmt kommt sie gleich. Es sind ja noch ein paar Minuten."

„Ja."

Sie setzten sich.

Die Minuten verstrichen. Thomas begrüßte die Anwesenden ungewöhnlich knapp und begann den Unterricht. Ninas Platz blieb leer. Verena hatte das Gefühl, als wäre ihr Magen verschwunden und stattdessen befände sich dort ein großes schwarzes Loch.

Thomas sah etwas übermüdet aus, bemerkte sie. Dunkle Schatten lagen unter seinen Augen, er war blasser als sonst und wirkte fahrig. Sein Blick fiel immer wieder auf den leeren Stuhl zwischen Verena und Jeanette.

Auch seine Laune war nicht so gut wie sonst. Als sie die Kurzkrimis durchgingen, hagelte es Kritik nach allen Seiten. Lob dagegen verteilte er nur sparsam.

„In deinem Text sind viel zu viele Wiederholungen, Gila", bemängelte er. „Du erzählst dem Leser ständig Dinge, die er bereits weiß. So langweilst du ihn."

Gila sah aus, als wäre sie den Tränen nahe.

„Warum drückst du dich so geschwollen aus, Yannick? Metaphern sind gut, aber zu viele davon überfordern den Leser. Willst du verwirren oder unterhalten? Und diese langen Schachtelsätze! Unterschätze nicht die Wirkung von kurzen, pointierten Aussagen."

Yannick verschränkte die Arme vor der Brust. Seine Lippen kräuselten sich beleidigt, aber er schwieg.

„Komm schon, Verena, das kannst du besser! Wir haben bereits darüber gesprochen, dass ihr nicht *sagen* sollt, wie sich euer Prota fühlt, sondern es *beschreibt*. Show, don't tell!"

Und so ging es weiter.

Verena sah auf die Uhr: Zwanzig Minuten nach zehn. Sie warf Sascha einen beunruhigten Blick zu. Der zuckte ratlos mit den Schultern.

Thomas kritisierte gerade fehlende Spannung in dem Übungstext von Boris. „Du hast am Anfang zu viel verraten. Besser wäre es gewesen –"

„Thomas?", rief Verena und hob die Hand.

Er wandte den Kopf, die Stirn war unwillig gerunzelt. „Ja?"

Sie ließ die Hand sinken. „Entschuldige, wenn ich dich unterbreche, aber ich mache mir Sorgen um Nina." Dann berichtete sie von Ninas Post und der Tatsache, dass sie anschließend kein Lebenszeichen mehr von sich gegeben hatte.

„Keine Angst, es geht ihr gut", beruhigte Thomas sie und die anderen. „Auch ich habe den Post gesehen und sie daraufhin angerufen. Sie war auf der Couch eingeschlafen, das ist alles."

„Aber warum ist sie dann nicht hier?", hakte Verena nach.

Thomas hob die Schultern. „Keine Ahnung. Möglicherweise fühlt sie sich nicht gut."

„Vielleicht hat sie nur verschlafen", sagte Ruth-Maria. „Sowas kommt doch vor."

„Dann sollten wir sie anrufen", schlug Sascha vor.

„Wenn ihr meint." Thomas nahm die Teilnehmerliste und reichte sie Verena. „Hier steht ihre Nummer."

„Danke, aber ich hab sie gespeichert." Verena wählte. Nachdem sie eine Weile gelauscht hatte, nahm sie das Telefon vom Ohr, trennte die Verbindung und schüttelte verwundert den Kopf. „Nur die Mailbox."

„Sicher gibt es eine ganz harmlose Erklärung", meinte Thomas. „Können wir weitermachen?" Verena nickte zögernd, und Sascha zog nachdenklich mit Daumen und Zeigefinger seinen Kaugummi lang.

****

Eine schmale junge Frau mit Nasenpiercing und einer engen lila Jeans betrat das Büro, sah sich kurz um und las dann einen Namen von dem Schnellhefter in ihrer Hand ab. „Kommissar Weichert?"

Lutz nickte. „Das bin ich."

Sie kam auf ihn zu und überreichte ihm die dünne Akte. „Das soll ich Ihnen geben. Ich bin Mirja Sommer, Praktikantin. In den nächsten zwei Monaten darf ich Ihnen bei der Arbeit über die Schulter sehen." Sie grinste schief und reichte Weichert zur Begrüßung ihre schmale Hand.

Andresen sah hoch. Seine Miene drückte alles andere als Begeisterung aus. „Tatsächlich? Hier ist doch gar kein Platz. Und viel zu tun ist derzeit auch nicht."

„Na, dann informiere ich mich eben über alte Fälle." Mirja Sommer schaute sich um und zeigte auf den kleinen Ablagetisch neben der Garderobe, auf dem sich diverse Akten stapelten. „Kann ich da sitzen?"

„Nein, das geht nicht", lehnte Andresen kategorisch ab. „Den brauchen wir für …"

Weichert unterbrach ihn. „Doch, das müsste gehen. Die Akten können auch auf dem Boden liegen. Oder da drüben." Er zeigte auf ein hüfthohes Bücherregal, auf dem zwei unwesentlich gefüllte Ablagekörbe standen. Kurzerhand stand er auf und machte sich ans Werk.

„Wenn wir die übereinanderstellen … so …, dann passen die Akten noch daneben." Triumphierend sah er Mirja an, die ihn dankbar anstrahlte, und ignorierte Andresens leicht genervten Blick. Irgendwie gefiel ihm diese Mirja. Ihre kurzen schwarzen Haare standen am Scheitel etwas in die Höhe, was ihr gemeinsam mit den hellgrünen Augen etwas Freches gab.

Gemeinsam stapelten sie die Akten auf das Regal, stellten einen Stuhl vor den Ablagetisch und betrachteten schließlich zufrieden das Ergebnis.

„Sie wollen also Kripobeamtin werden?", fragte Lutz und ließ sich wieder hinter seinem Schreibtisch nieder.

Mirja Sommer nickte. „Ja, ich mache ein duales Studium an der Polizeihochschule und durchlaufe ein halbes Jahr lang die verschiedenen Abteilungen. Streifendienst hatte ich bereits, und wenn ich hier fertig bin, schaue ich mich bei der Sitte um. Aber wenn ich durch bin, möchte ich auf jeden Fall zur Kripo."

„Das wissen Sie schon jetzt?", schmunzelte Lutz. „Sie fangen hier doch gerade erst an."

„Ich weiß es eben."

Andresen hatte sich den Schnellhefter geschnappt, dem Weichert bisher keine Aufmerksamkeit geschenkt hatte. Er überflog das Schreiben darin und schnalzte mit der Zunge. „Herr Kollege, schlechte Nachrichten."

„Um was geht es?"

„Die DNA-Analysen im Fall Hoffmann. Keine der genommenen Speichelproben stimmt mit den Spuren auf dem Weinglas überein."

„Großartig!", brummte Lutz. In diesem Moment klingelte sein Handy. Er sah aufs Display und nahm mit einem Lächeln den Anruf an. „Guten Morgen."

Das Lächeln verschwand. Eine ganze Weile hörte er nur zu. Dann sagte er: „Gut, ich werde veranlassen, dass jemand dort vorbeifährt. Wie ist die Adresse?"

Rasch nahm er einen Stift und einen Notizzettel zur Hand. „Ich melde mich, sobald ich etwas weiß", versprach er und senkte dann die Stimme. „Ich dich auch. Bis später."

Er drehte sich um und sah, dass Andresen ihn neugierig beobachtete. „Na, was wollte sie? Hat jemand ihr Pferdchen geklaut?"

Weichert las noch einmal die Adresse, dann steckte er sich den Zettel in die Hosentasche. „Mitnichten. Eine der Teilnehmerinnen in ihrem Kurs hat gestern den Verdacht geäußert, dass sie verfolgt wird, und nun ist sie nicht zum Kurs erschienen und auch telefonisch nicht zu erreichen. Verena macht sich Sorgen. Was meinen Sie, fahren wir da mal hin? Oder sollen wir nur eine Streife schicken?"

Andresen stand sofort auf und schnappte sich seine Jacke. „Ich hab die Nase voll von der Aktenwälzerei. Gehen wir."

Weichert grinste. Mit der Reaktion hatte er gerechnet. Er wandte sich noch kurz an Mirja. „Auf meinem Schreibtisch liegt die Akte Hoffmann aus dem Jahr 1987. Lesen Sie sie, vielleicht bemerken Sie ja den entscheidenden Hinweis, den bisher alle übersehen haben. Wir sehen uns später. Viel Erfolg!"

Eine Viertelstunde später standen die Kommissare mit zwei Streifenbeamten vor Nina Benders Wohnungstür. Anzeichen eines gewaltsamen Eindringens waren auf den ersten Blick nicht erkennbar. Andresen drückte auf den Klingelknopf.

Niemand öffnete. Nach einigen weiteren Versuchen wandte er sich an einen der Polizeibeamten. „Finden Sie heraus, wer hier der Hausmeister ist. Er soll mit dem Ersatzschlüssel kommen."

Weichert klingelte derweil an der Tür zur Nachbarwohnung. Es dauerte eine Weile, bis sich dahinter etwas rührte. Ein kleiner, dürrer Mann Ende Vierzig mit fettigen Haaren öffnete schließlich und musterte sein Gegenüber mit müden Augen. „Ja?"

Weichert räusperte sich, zückte seinen Ausweis und hielt ihn dem Nachbarn vor das schmale Gesicht. „Guten Morgen. Kriminalkommissar Weichert, Kripo Flensburg. Haben wir Sie geweckt?"

„Allerdings."

„Bitte entschuldigen Sie." Er wies auf Andresen, der neben ihn getreten war. „Das ist mein Kollege, Kriminaloberkommissar Andresen. Sie sind Herr …" Er sah noch einmal auf das Namenschild, das über der Klingel angebracht war, „… Herr Petersen?"

Der Mann nickte. Er trug eine Trainingshose, ein verwaschenes schwarzes T-Shirt und fadenscheinige graue Socken. Seine Unterarme waren mit mehreren Tattoos geschmückt.

„Herr Petersen, wissen Sie, wo sich Nina Bender aufhält?"

Er gähnte ungeniert. „Sie müsste eigentlich zuhause sein."

Lutz Weichert runzelte verwundert die Stirn. „Wie können Sie da so sicher sein?"

„Wenn sie rein- oder rausgeht, knallt ihre Tür jedes Mal so laut, dass es durchs ganze Haus hallt. Heute hat's noch nicht geknallt. Oder ich hab's nicht gehört, weil ich im Tiefschlaf war. Aber eigentlich kriegt sie mich damit immer wach. Das rumst ganz schön, das können Sie mir glauben. Aber wenn man ihr was sagt, wird sie pampig."

„Verstehe. Wie war das gestern Abend? Hatte sie Besuch? Gab es vielleicht Streit oder konnten sie etwas anderes hören?"

„Ein Mann war da. Erst dachte ich, er würde gleich wieder gehen, die beiden haben sich im Hausflur unterhalten. Dann sind sie doch in ihrer Wohnung verschwunden. Mehr weiß ich nicht, ich musste zur Nachtschicht."

„Haben Sie den Mann gesehen?", fragte Andresen interessiert.

Der Nachbar zögerte. „Ganz kurz, durch den Spion", gab er zu. „Aber nur von hinten. Da war gerade das Flurlicht aus, nur aus der Wohnung kam etwas Licht, viel konnte ich deshalb nicht erkennen."

„Und was haben Sie erkannt?", fragte Andresen.

„Die Haare waren kurz, sahen dunkel aus, aber bei dem Licht …" Er zuckte mit den Schultern. „Ich glaube, er hatte eine Jeansjacke an."

Weichert zückte seinen Notizblock und schrieb die Angaben auf. „Wann war das ungefähr?"

„Das müsste so zwischen halb zehn und viertel vor zehn gewesen sein. Eher halb. Ein paar Minuten später bin ich dann weg."

„Können Sie uns sagen, wie alt oder wie groß der Mann war?"

„Wie alt? Na, ich würde sagen, Ende Zwanzig oder Anfang Dreißig, so weit man das eben von hinten schätzen kann." Petersen musterte Weichert von oben bis unten. „Er war ungefähr so groß wie Sie, würde ich sagen. Plusminus zwei Zentimeter."

„Haben Sie seine Stimme gehört? Sprach er mit Dialekt oder Akzent?"

„Nö."

„Also, haben Sie ihn gehört? Ja oder Nein?"

„Das schon, aber Dialekt oder so hatte er nicht." Ninas Nachbar gähnte, ohne es für nötig zu erachten, sich eine Hand vor den Mund zu halten. Weichert sah rasch zur Seite. Die Mundhöhle dieses Mannes interessierte ihn nicht im Geringsten.

„Konnten Sie Teile des Gesprächs mitverfolgen?", erkundigte sich Andresen.

„Sie meinen, ob ich gelauscht hab?" Petersen grinste. „Klar. Im Fernsehen lief nur Mist, da war das eine nette Abwechslung."

Andresen lächelte verständnisvoll. „Und?", fragte er mit einem Augenzwinkern. „Hat es sich gelohnt?"

Petersen fummelte eine Schachtel Prince Denmark und ein Feuerzeug aus seiner Jogginghose, lehnte sich mit der

Schulter an den Türrahmen und zündete sich eine Zigarette an.

„Es war zum Schießen", nuschelte er. „Die zwei haben einen richtigen Balztanz aufgeführt."

„Wie meinen Sie das?"

Qualm waberte aus Petersens Mund, als er weitersprach. „Der Typ wollte wohl gern rein, hatte ich das Gefühl. Sie ließ ihn aber erst nicht, dann rief sie ihn doch zurück, nur um es sich wieder anders zu überlegen. Das ging hin und her. Ich glaube, für ihn war es wie ein Sechser im Lotto, als sie ihn doch über die Schwelle ließ."

„Aber es gab keinen Streit oder ähnliches?", vergewisserte sich Weichert und wedelte mit einer Grimasse den Rauch weg, der auf ihn zu schwebte. „Wurde dieser Mann in irgendeiner Form zudringlich?"

Petersen schüttelte den Kopf. „Nicht, solange ich da war. Im Gegenteil: die waren so nett zueinander, dass man eigentlich den Schmalz vom Boden wischen müsste." Er lachte grunzend.

Der Uniformierte kam mit einem untersetzten Mittsechziger mit mächtigem weißen Schnurrbart und vollem Haupthaar die Treppe hinauf. Beide schnauften.

Andresen und Weichert verabschiedeten sich dankend von Herrn Petersen, der grüßend einen Finger an die Stirn legte und in seiner Wohnung verschwand. Weichert war sicher, dass er sie durch den Spion hindurch beobachtete.

„Was ist denn passiert?", fragte der ältere Herr aufgeregt und mit hochrotem Kopf. Ob die Gesichtsfarbe von der Anstrengung herrührte oder daher, dass er aufgeregt war wegen des Polizeiaufgebots, war nicht erkennbar.

„Vielleicht gar nichts", beruhigte Andresen ihn. „Sind Sie der Hausmeister? Prächtig. Wir wollen nur sichergehen, dass es Frau Bender gut geht. Seien Sie bitte so nett und schließen Sie die Tür auf. Wie ist Ihr Name?"

„Alfred Brodersen. Ich wohne unten im Erdgeschoss."
Er klimperte mit einem gewaltigen Schlüsselbund. „Wo ist
er denn? Ah, hier. Weil ich den Posten übernommen habe,
brauche ich nicht die volle Miete zu zahlen. Heutzutage
muss man als Rentner ja sehen, wie man zurechtkommt,
nicht wahr? Ach nein, das ist er doch nicht. Aber das ist
schon ein aufwändiger Job, das sage ich Ihnen. Irgendwas
ist immer. Gestern eine verstopfte Toilette, das war eine
Sauerei, sag ich Ihnen, heute das hier … Und neulich
musste ich sogar … Ha, nun hab ich ihn!"

Weichert atmete auf, als die Tür ein Stückchen auf-
schwang.

„Vielen Dank, Herr Brodersen." Andresen drehte sich
noch einmal zu dem Hausmeister um. „Sagen Sie, haben
Sie gestern Abend etwas Ungewöhnliches bemerkt oder
jemanden gesehen, der nicht hier im Haus wohnt?"

Herr Brodersen überlegte kurz, dann schüttelte er den
Kopf. „Ich bin vor dem Fernseher eingeschlafen, muss so gegen neun gewesen sein. Da lief so ein langweiliger Film, aber
vernünftiges Fernsehprogramm gibt es ja schon gar nicht
mehr. Na ja, wie auch immer, als ich um halb zwölf aufwach-
te, bin ich nur ins Bett und hab gleich weitergepennt."

Andresen seufzte. „Trotzdem vielen Dank. Von hier an
kommen wir auch allein zurecht."

„Ach so, na gut. Dann gehe ich mal wieder runter. Wenn
irgendwas sein sollte, sagen Sie einfach Bescheid, dann
komme ich nochmal rauf. Ich hoffe, dem Fräulein Bender
geht es gut, sie ist eine so nette junge Dame. Wissen Sie,
neulich …"

„Nochmals vielen Dank, Herr Brodersen", fiel Weichert
ihm ins Wort, „wir müssen dann mal. Auf Wiedersehen."

Alfred Brodersen runzelte die Stirn über diese unhöfli-
che Unterbrechung, doch dann wandte er sich zum Gehen.
„Schon gut, ich wollte ja nur helfen", murmelte er auf dem

Weg nach unten. „Niemand hat mehr Zeit für einen kleinen Schnack. Armes Deutschland! Alles muss immer ruck-zuck gehen. Es ist ein Jammer …"

Weichert rollte mit den Augen. „Ich wette, er ist Witwer und braucht dringend jemanden, mit dem er reden kann", raunte er seinem Kollegen zu.

„Hoffen wir, dass wir im Alter nicht genauso geschwätzig und anstrengend werden", unkte Andresen und stieß die Tür weiter auf. „Frau Bender? Hallo?"

Er lauschte, sah dann zu Weichert und schüttelte den Kopf, als Zeichen dafür, dass keine Geräusche zu hören waren. Dann zog er ein paar blaue Plastikhüllen aus seiner Jackentasche, die sie über ihre Schuhe zogen.

Nacheinander betraten sie die kleine Wohnung. Es war dunkel, in der Luft hing der leichte Geruch von Deo oder Haarspray. Alle Jalousien waren heruntergelassen, die Vorhänge im Schlafzimmer zugezogen. Kaum ein Lichtstrahl drang herein. Weichert sah ins Wohnzimmer, schaltete mit dem Ellenbogen das Licht ein und sah sich um.

„Da ist sie", sagte er tonlos. „Sieht nicht gut aus. Verena hatte also recht mit ihrer Befürchtung."

Andresen trat neben ihn. Nina Bender lag bäuchlings auf dem Teppichboden vor dem kleinen Couchtisch. Ihr Hinterkopf wies eine starke Verletzung auf. Sie trug eine Jogginghose und ein T-Shirt.

„Kaum Blut", bemerkte Andresen. „Das bedeutet, dass der Tod sehr schnell eingetreten sein muss. Es war offenbar ein recht heftiger Schlag."

Lutz Weichert nagte an seiner Unterlippe. „Scheiße", murmelte er und hörte, dass Andresen die Beamten anwies, einen Krankenwagen und die Spurensicherung zu alarmieren.

Sie streiften Einmalhandschuhe über und sahen sich zunächst im unmittelbaren Umfeld der Leiche und schließlich in der restlichen Wohnung um. Es gab zwei etwa gleich große Zimmer, eine schmale Küche, ein kleines, fensterloses Bad und eine winzige Abstellkammer. Die Wohnung war zwar höchstens fünfzig Quadratmeter groß, aber zweckmäßig aufgeteilt und gemütlich eingerichtet.

Weichert betrat das Schlafzimmer. Die Nachttischlampe brannte, das Bett war zerwühlt.

Er schaltete die Deckenleuchte ein und trat näher an das Bett heran. Vorsichtig schlug er die Bettdecke zurück. Auf dem Laken waren Flecken. Auch vereinzelte Haare konnte er erkennen, alle dunkel, aber von unterschiedlicher Länge. Vorsichtig sammelte er sie in separate Plastiktütchen und steckte diese in die Tasche seines himmelblauen Jacketts.

Am Fenster stand ein großer Schreibtisch, übersät mit Aufzeichnungen und aufgeschlagenen Büchern. Weichert trat näher heran und betrachtete die Bücher. *„Deutsche Literaturgeschichte"*, las er, und *„Lexikon der Sprachwissenschaft"*.

Er verließ den Raum und sah sich im Bad um. Schließlich ging er zurück ins Wohnzimmer. Dort war Andresen dabei, Fotoalben durchzublättern.

„Ich tippe auf Totschlag", sagte Weichert. „Sie hatte ganz offensichtlich Herrenbesuch, im Schlafzimmer wimmelt es von verwertbaren Spuren. Und im Abfalleimer im Bad fand ich das hier. Ganz oben, also dürfte es noch nicht allzu lange dort gelegen haben." Er hielt eine durchsichtige Plastiktüte hoch. Darin war ein gebrauchtes Kondom zu erkennen.

Andresen verzog angewidert das Gesicht. „Sie meinen also, der Herrenbesuch hat Frau Bender nach dem Sex erschlagen?"

Weichert hob die Schultern. „Das ist doch naheliegend, oder? Aber, wie gesagt, vermutlich im Affekt. Wenn jemand einen Mord plant, bemüht er sich doch in der Regel, möglichst keine Hinweise auf seine Identität zu hinterlassen. Vielleicht gerieten die beiden nach Vollziehung des Geschlechtsverkehrs in Streit. Der Täter verlor die Beherrschung und schlug Nina Bender nieder."

Andresen klappte das Fotoalbum zu, das er durchgesehen hatte, stellte es zurück und nahm das nächste. „In der Küche fand ich zwei angebrochene Bierflaschen."

„Meinen Sie, der Besucher war dieser ominöse Verfolger, von dem Verena erzählt hat?"

„Das kann ich mir nicht vorstellen. Wenn jemand verfolgt wird, lässt er denjenigen wohl kaum in seine Wohnung, trinkt mit ihm ein Bierchen und geht anschließend mit ihm ins Bett."

„Noch wissen wir nicht, ob der Geschlechtsverkehr einvernehmlich war. Vielleicht wollte sie nur gastfreundlich sein, hat dem Besucher ein Getränk angeboten und sich ein bisschen mit ihm unterhalten. Dann ist er zudringlich geworden, sie war damit nicht einverstanden und er ist durchgedreht."

Andresen schüttelte den Kopf. „Das glaube ich kaum. Sie liegt ja nicht nackt in ihrem Bett, sondern angezogen im Wohnzimmer. Das würde bedeuten, dass sie sich nach der angeblichen Vergewaltigung wieder anzog, ins Wohnzimmer ging und er sie dort dann niederschlug."

Weichert schwieg nachdenklich. „Das klingt etwas unwahrscheinlich, aber nicht unmöglich. Wenn wir Glück haben, helfen uns die Aussagen der Nachbarn weiter."

„Das wäre nicht schlecht." Andresen blätterte nach wie vor in einem Fotoalbum. „Hier sind Bilder von einer Urlaubsreise mit einem Mann. Drei Jahre alt."

Weichert trat näher und warf ebenfalls einen Blick in das Album. *„Dennis und ich, Mallorca 2012 "*, las er. Die Fotos zeigten eine braungebrannte Nina Bender mit geflochtenen Zöpfen, die auf ihren Schultern lagen, und einen sportlichen, attraktiven Mann mit kurzen blonden Haaren und gepflegtem Vollbart. Beide sahen glücklich und sehr verliebt aus.

„Ob sie mit dem noch zusammen ist?", überlegte Weichert.

„Ich glaube nicht", antwortete Andresen. „Auf den aktuelleren Bildern ist er nicht zu sehen." Er wies mit dem Kinn zur Sitzecke hinüber. „Auf dem Couchtisch liegt ihr Smartphone. Schauen Sie doch mal bei den Kontakten nach. Es ist nicht gesichert, ich hab bereits nachgesehen, wann sie zuletzt mit wem gesprochen hat."

Weichert nahm es und öffnete die Kontakte. „Hier ist niemand namens Dennis eingetragen", stellte er eine Minute später fest und verstaute das Telefon in einer weiteren Plastiktüte.

„Der letzte Anruf war von einer Sophie Irgendwas. Gestern Abend so gegen neun. Übrigens könnte ich mir vorstellen, dass dies das Tatwerkzeug ist", sagte Andresen und wies auf die etwa vierzig Zentimeter große Figur eines Panthers in Lauerstellung, der auf einem Sideboard stand.

Weichert ging darauf zu. „Wie kommen Sie darauf?"

„Schauen Sie mal genauer hin. Vielleicht geht Ihnen dann ein Licht auf."

Lutz betrachtete die Figur und nickte. „Ganz offensichtlich war Frau Bender kein Sauberkeitsfanatiker. Es ist anhand der Staubschicht gut zu erkennen, wo die Statue noch vor kurzem gestanden haben muss. Jemand hat sie hochgehoben und wieder abgestellt, aber nicht exakt an dieselbe Stelle."

Andresen grinste. „Gut kombiniert, Watson."

„Haben Sie schon Fotos gemacht?"

„Selbstverständlich. Sie dürfen das Ding anfassen."

Weichert streckte die Hand aus, hob den Panther an und staunte. „Junge, Junge, das Kätzchen hat ein hübsches Gewicht."

„Ich tippe auf Gusseisen. Eine ziemlich wirkungsvolle Waffe."

„Und scheinbar recht beliebt. Im Fall Hoffmann war die Tatwaffe ebenfalls aus Gusseisen."

„Was sagt uns das? Gusseiserne Gegenstände in der Wohnung schaden unter Umständen der Gesundheit", frotzelte Andresen.

Weichert reagierte nicht. Er sah auf die am Boden liegende Nina Bender und die grässliche Verletzung an ihrem Hinterkopf. Dann stellte er den Panther zurück auf die Kommode.

Zwanzig Minuten später trafen die Beamten der Spurensicherung ein, und Weichert zog sich ins Treppenhaus zurück, um Verena anzurufen. Der Notarzt hatte mittlerweile den Tod festgestellt, nun warteten sie auf das Eintreffen des Gerichtsmediziners.

Verena meldete sich bereits nach dem zweiten Klingeln. „Und?", fragte sie aufgeregt. „Geht es ihr gut?"

„Leider nein. Es tut mir leid, aber – sie ist tot, Spätzchen. Wir haben sie auf dem Boden ihres Wohnzimmers gefunden. Jemand hat sie erschlagen."

Am anderen Ende der Leitung herrschte Schweigen.

„Verena? Bist du noch dran?"

„Ja, klar. Entschuldige, ich bin etwas durcheinander." Ihre Stimme klang belegt, als bemühe sie sich, nicht zu weinen. „Bist du dir ganz sicher?"

„Es besteht kein Zweifel. Tut mir leid, dass ich dir nicht mehr sagen kann. Nur soviel: Sie hat nicht gelitten, war sofort tot. Ich weiß wohl, das ist ein schwacher Trost, aber …"

„Nein, ich danke dir. Das ist immerhin etwas. Habt ihr schon einen Verdacht, wer ihr das angetan hat?"

„Bisher nicht. Es gibt ein paar Spuren, die uns vermutlich weiterhelfen. Aber Genaues kann ich dir natürlich nicht sagen."

„Ich weiß. Danke, dass du angerufen hast. Ich melde mich später bei dir. Tschüss!"

„Verena, warte! Bitte sag allen Kursteilnehmern, dass sie bei uns vorbeikommen sollen. Wir müssen sie bitten, auszusagen."

„Ist das wirklich notwendig?"

„Natürlich. Ihr kanntet sie, hattet noch gestern Kontakt zu ihr. Es ist wichtig, also richte das den anderen bitte aus."

Sie seufzte. „Also schön. Heute noch?"

„Am besten ja."

„Gut, ich sag Bescheid. Bis später."

„Ja, bis nachher."

„Hallo, Herr Weichert", dröhnte eine muntere Stimme von den Hausflurwänden, „wir haben uns ja lange nicht mehr gesehen."

Lutz hob den Kopf und sah den Rechtsmediziner die Treppe heraufkommen. „Dr. Schwarzhaupt, wie geht's?"

„Immer viel zu tun." Der Arzt hatte die Etage erreicht und blieb stehen. „Ich hörte, diesmal ist es eine junge Frau?"

Lutz nickte. „Ja. Viel zu jung, wenn Sie mich fragen. Höchstens Mitte zwanzig."

Schwarzhaupt schnalzte mit der Zunge und strich mit Daumen und Zeigefinger seinen Schnauzbart glatt. „Immer wieder schrecklich, sowas", murmelte er. „Na, dann will ich mir die Dame mal ansehen."

„Also, Kalle, was sagst du?", fragte Andresen.

Dr. Karl-Heinz Schwarzhaupt erhob sich. „Der Tod trat ziemlich sicher durch den Schlag auf den Kopf ein. Ich gehe von einem recht schweren Gegenstand aus."

Andresen wies auf den Panther, neben dem nun ein weißes Plastikschild stand. Darauf war die Zahl ‚3' zu sehen.

„Was meinst du, könnte es diese Statue gewesen sein?"

Schwarzhaupt zog ein Taschentuch hervor, breitete es aus und legte es über den Rücken des Panthers. Dann hob er ihn an, prüfte das Gewicht und betrachtete die Figur mit konzentriertem Blick. „Ja, sehr gut möglich. Ich kann zwar mit bloßem Auge keine Spuren erkennen, doch vom Gewicht her könnte es passen."

„Ich gehe davon aus, dass der Täter mögliche Rückstände entfernt hat, bevor er die Waffe zurückgestellt hat", sagte Andresen.

„Das kann sein. Vielleicht habt ihr Glück und die Jungs finden Fingerabdrücke, Blutspuren oder DNA-Rückstände."

„Was kannst du mir zum Todeszeitpunkt sagen?"

Schwarzhaupt stellte den Panther wieder zurück. „Aufgrund der beginnenden Totenstarre, der Körpertemperatur und der Todesflecken würde ich sagen, dass der Exitus gestern am späten Abend eingetreten ist, etwa zwischen zehn Uhr und Mitternacht."

„Das deckt sich mit der Aussage des Nachbarn, dieses Herrn Petersen", warf Weichert ein. „Er hat gesagt, dass er gegen zehn seine Wohnung verlassen hat. Zu dem Zeitpunkt war Nina Benders Besucher noch bei ihr."

„Auf den haben Sie sich eingeschossen, nicht wahr?", bemerkte Andresen.

Weichert rollte mit den Augen. „Ja, ich weiß, sie glauben an den mysteriösen Verfolger. Warten wir es ab. Mit etwas Glück hat der Mörder Spuren auf dem Panther hinterlassen. Sollten diese *nicht* mit denen im Bett und an der

Bierflasche identisch sein, bin ich gern bereit, meinen Verdacht zu überdenken."

****

Verena war aus der Klasse gegangen, als Lutz angerufen hatte. Nun holte sie tief Luft, drängte die aufsteigenden Tränen zurück und öffnete zögernd die Tür. Die anderen sahen ihr stumm und erwartungsvoll entgegen.

„Was ist?", fragte Thomas. „Geht es ihr gut?"

Verena schüttelte den Kopf und sah traurig zu Boden. „Sie ist tot", flüsterte sie.

Niemand sagte etwas.

Thomas ging auf sie zu und legte eine Hand auf ihre Schulter. „Ganz sicher?", fragte er leise.

Sie hob den Kopf, schaute ihn mit großen Augen an und nickte. Ihr war speiübel.

Thomas' Schultern sackten herab, um seinen Mund zuckte es. Er setzte sich auf die Kante des Pults und bedeckte mit beiden Händen sein Gesicht.

Auch die anderen wirkten erschrocken und fassungslos. Sogar Yannick Nehrens hatte den gelangweilten, arroganten Gesichtsausdruck gegen einen halbwegs erschütterten eingetauscht. Jeanette wischte sich immer wieder die Tränen von den Wangen, und auch Gilas Augen glänzten verdächtig. Sie schüttelte immer wieder ungläubig den Kopf. Ruth-Maria hatte die Lippen zu einem schmalen Strich zusammengepresst. Boris und Maik starrten vor sich hin, beide mit unbewegtem Gesicht. Dann hob Maik eine Hand zum Mund und begann, an seinem Daumennagel zu kauen.

Sascha murmelte immer wieder: „Das kann doch nicht sein. Ich glaub das nicht. Das ist doch nicht möglich."

„Wir … wir sollen ins Kommissariat kommen", brachte Verena stockend hervor. „Heute noch. Eine Aussage machen. Weil wir sie doch kannten und … sie gestern noch… gesehen haben."

Nun war es mit ihrer Selbstbeherrschung vorbei. Sie ging auf unsicheren Beinen zu ihrem Platz, ließ sich auf den Stuhl fallen und schluchzte.

Jeanette und Gila waren sogleich bei ihr und versuchten, sie zu trösten. Sascha schob ihr mitleidig einen Kaugummi zu. „Hier, nimm. Das beruhigt."

Verena lächelte gerührt. "Danke."

Thomas kam zu ihr. „Geht's wieder?", fragte er mit erstickter Stimme.

Verena wischte sich über die Augen und nickte. Gila reichte ihr ein Taschentuch, das Verena dankbar annahm.

„Was hat die Polizei gesagt?", fragte Thomas. „Könnte es vielleicht ein Unfall gewesen sein?"

Verena schüttelte den Kopf. „Sie wurde erschlagen, hat Lutz gesagt."

„Unfassbar", murmelte Boris, und Gila nickte ihm zu. „Das ist so furchtbar. Wer kann das nur getan haben?"

Thomas räusperte sich. „Wissen sie schon, wer es war?"

„Das glaube ich kaum. Davon hat Lutz nichts gesagt. Er meinte nur, dass wir alle aussagen sollen."

Thomas sah auf die Uhr. „Dann bringen wir es besser hinter uns. Da ich nicht weiß, wie lange wir dort bleiben müssen, würde ich gern vorher kurz nach Hause fahren und mich um meine Hündin kümmern. Seid ihr einverstanden? Ihr dürft gern hier warten, so dass wir gemeinsam hingehen können, oder euch schon auf den Weg machen."

Sie sahen sich an. Niemand schien Lust zu verspüren, ohne Thomas zur Polizei zu gehen.

„Wir warten", beschloss Sascha und die anderen nickten.

„Alles klar. Ich beeile mich", versprach Thomas, nahm seine Tasche, nickte ihnen mit einem kleinen Lächeln zu und verließ den Raum.

„Wer kann das nur getan haben?", fragte Gila erneut, als die Tür ins Schloss gefallen war. „So eine junge, hübsche, lebensfrohe Frau – ich kann es immer noch nicht fassen."

„Hat außer Verena noch jemand gestern Abend Ninas Post bei Facebook gelesen?", fragte Sascha.

„Was für eine Post?", fragte Gila.

„Sie hat geschrieben, dass sie das Gefühl hätte, jemand würd sie verfolgen", berichtete Sascha. „Seitdem haben wir nichts mehr von ihr gehört. Sie hat auf meinen Kommentar nicht geantwortet, obwohl sie online war."

„Klingt gruselig", sagte Boris und rieb sich die Arme, als würde er frieren. „Aber Thomas hat doch mit ihr gesprochen. Sie war eingeschlafen, und es ging ihr gut, hat er gesagt."

Saschas Miene war finster. „Mag sein. Aber jetzt ist sie tot."

„Du meinst, jemand war hinter ihr her, ist in ihre Wohnung eingedrungen und hat sie umgebracht?", fragte Jeanette entsetzt. „Aber wieso nur? Und wer?"

„Vielleicht ein Psychopath", meinte Yannick und zuckte mit den Achseln. „Die Welt ist doch voll von Verrückten."

„Genau das hab ich ihr geschrieben." Sascha nickte. „Und dass sie lieber ihre Tür abschließen soll."

„Ich wünschte, sie hätte auf dich gehört", sagte Verena leise.

****

Mirja Sommer saß über der alten Hoffmann-Akte, als Andresen und Weichert hereinkamen, ihre Jacken auszogen und schweigend an die Garderobe hängten.

Sie hob den Kopf. „Ist was passiert? Sie sehen aus wie der Hund meiner Oma, wenn ihm jemand den Knochen geklaut hat."

Andresen brummte etwas, ließ sich in seinen Bürosessel fallen und starrte trübsinnig vor sich hin. Weichert stellte sich ans Fenster und sah zum Himmel hinauf. Eilige Wolken zogen vorbei, einige in unschuldigem Weiß, andere in grimmigem Grau.

Opfer und Täter.

„Eine junge Frau ist tot", beantwortete er monoton Mirjas Frage. „Sie war ungefähr in Ihrem Alter. Jemand hat sie feige von hinten erschlagen."

„Ach, du Scheiße", murmelte Mirja betroffen.

„Die Nachbarn haben nichts mitbekommen", fuhr er mit einem leisen Seufzer fort. „Niemand hat einen Streit gehört oder einen Unbekannten das Haus verlassen sehen. Ausgerechnet die Mieterin, die unter dem Opfer wohnt, war gestern Abend nicht zu Hause."

„Gibt es denn Spuren?", wollte Mirja wissen.

Weichert nickte. „Jede Menge DNA-Spuren. Wenn sie von dem Täter stammen, ist er äußerst leichtsinnig gewesen. Oder völlig kopflos." Er schüttelte betrübt den Kopf. „Es ist ein Jammer. Sie war eine hübsche Frau, offensichtlich klug und auch beliebt – und dann so ein scheußliches Ende."

Andresen stand auf und verließ wortlos den Raum.

Weichert sah ihm nach. Natürlich nahm seinen Kollegen ein solcher Vorfall mit. Schließlich hatte er eine Tochter, die nur wenige Jahre jünger war als Nina Bender.

Ständig mit den Abgründen der menschlichen Psyche konfrontiert zu werden, musste bei einem Vater Angst erzeugen und das Bedürfnis wecken, das eigene Kind in Watte zu packen und unter einer Glasglocke vor allem Bösen beschützen zu wollen. Nur leider war das nicht möglich und die Gefahr, sie durch ein Verbrechen zu verlieren, allgegenwärtig. In kaum einem anderen Beruf wurde einem das deutlicher vor Augen geführt als in ihrem.

Weichert seufzte. Auch er machte sich Sorgen. Für den Fall, dass jemand aus Verenas Schreibkurs der Täter war, war sie womöglich ebenfalls in Gefahr. Das schien zwar unwahrscheinlich, doch unmöglich war es nicht.

Er ballte die Fäuste. So schnell wie möglich mussten sie Nina Benders Mörder fassen. Schließlich konnte es sein, dass diese Tat nur der Auftakt einer Serie war, der erste Akt eines Stücks, geschrieben von einem Wahnsinnigen.

Hör auf, du steigerst dich da in etwas hinein, schalt Weichert sich selbst. Doch gleichzeitig beschloss er, Verena so gut er konnte zu beschützen.

Kapitel 7

Um die Mittagszeit tauchten Lutz' Freundin Verena und die anderen Teilnehmer des Autoren-Kurses gemeinsam mit Thomas Kuhl im Kommissariat auf. Lutz Weichert befragte zunächst den Kursleiter. Sie saßen in einem kleinen Besprechungsraum. Ein Tisch, sechs Stühle, ein Bücherregal und eine etwas verkümmerte Grünpflanze – mehr gab es nicht.

Weichert bat Thomas Kuhl, sich zu setzen, ließ sich auf der anderen Seite des Tisches nieder und fragte ihn, ob er damit einverstanden wäre, wenn er das Gespräch aufzeichnete. Kuhl nickte knapp.

Weichert drückte die Aufnahmetaste.

Zunächst nahm er die Personalien auf. Thomas Kuhl wirkte ernst und gefasst. Als Lutz Weichert gerade anfangen wollte, ihn zu dem Tod von Nina Bender zu befragen, kam sein Gegenüber ihm zuvor.

„Hören Sie, ich sag Ihnen lieber gleich, dass ich gestern Abend bei Nina gewesen bin. Vermutlich erzählen Ihnen die anderen, dass ich gesagt hätte, dass ich mit ihr nur telefoniert habe. Das stimmt aber nicht."

„Warum haben Sie ihnen nicht die Wahrheit gesagt?"

„Ich wollte nicht, dass es Gerede gibt. Sie wissen doch, wie sowas ist."

„Und warum sagen Sie es mir?"

„Weil ich will, dass Ninas Mörder möglichst schnell gefasst wird. Lügen würden eine Aufklärung doch nur unnötig verzögern. Oder sehe ich das falsch?"

„Nein, das sehen Sie goldrichtig. Kannten Sie Nina schon länger?"

Thomas schüttelte den Kopf. „Wir haben uns erst vor kurzem kennen gelernt, Anfang letzter Woche, um genau zu sein. Ich suchte einen neuen Mitbewohner und sie war einer der Bewerber. Am Montag tauchte sie dann im Kurs auf. Ein Zufall, der uns beiden gefiel. Nach dem Unterricht habe ich sie nach Hause gefahren, weil wir nur ein paar Minuten entfernt voneinander wohnten. Dabei haben wir uns unterhalten und …" Er lächelte wehmütig. „Na ja, wir verstanden uns eben auf Anhieb sehr gut, hatten viel gemeinsam, einen ähnlichen Humor. Zwischen uns hat es, wie man so schön sagt, gefunkt."

„Also sind sie gestern nach dem Kurs mit zu ihr gegangen", folgerte Weichert, doch Thomas schüttelte den Kopf. „Nein, das stimmt nicht. Ich setzte sie nur bei ihr zu Hause ab und fuhr weiter. Ich habe eine Retriever-Labrador-Hündin, die immer sehnsüchtig darauf wartet, dass ich mit ihr rausgehe. Am Montag ist Nina mitgekommen auf unseren Spaziergang, doch gestern wollte sie an ihrem Text für den Kurs arbeiten. Abgesehen davon – so weit waren wir eigentlich noch gar nicht. Bis gestern Abend lief absolut nichts zwischen uns."

„Ich verstehe. Erzählen Sie mir von gestern Abend."

Thomas lehnte sich zurück. „Als Hexe – das ist meine Hündin – und ich wieder zurückkamen, haben wir etwas gegessen. Anschließend habe ich mich vor den Computer gesetzt. Bei Facebook fiel mir Ninas Bemerkung auf, sie glaube, jemand würde sie verfolgen. Ich schrieb ihr eine persönliche Nachricht, doch sie antwortete nicht, obwohl sie online war. Eine ganze Weile habe ich gewartet, dass sie sich noch meldet. Um mir die Zeit zu vertreiben und weil ich es sowieso noch machen musste, habe ich mich auf den Unterricht für den nächsten Tag vorbereitet. Doch schon nach kurzer Zeit konnte ich mich nicht mehr konzentrieren. Nina rührte sich nicht und meine Sorge um sie nahm von Minute zu Minute zu. Schließlich hab ich mir meine Jacke geschnappt und bin zu ihr gelaufen. Sie wohnte ja, wie gesagt, ganz in meiner Nähe."

„Warum haben Sie nicht einfach bei ihr angerufen?"

Thomas zuckte mit den Schultern. „Daran habe ich gar nicht gedacht."

Lutz Weichert ging nicht näher darauf ein. „Um welche Uhrzeit haben Sie sich auf den Weg gemacht?"

„Lassen Sie mich nachdenken. Ich glaube … ja, so gegen halb zehn. Als ich unten klingelte, reagierte sie nicht. Inzwischen war ich echt besorgt. Also habe ich es bei einem Nachbarn versucht, der mich dann rein gelassen hat. Vor ihrer Wohnungstür drückte ich wiederholt auf die Klingel, klopfte und rief ihren Namen, bis sie endlich die Tür aufmachte. Sie war verschlafen, aber wohlauf. Sie sei auf der Couch eingenickt, erzählte sie mir."

„Hat sie Sie hereingebeten?"

„Anfangs nicht. Sie bedankte sich dafür, dass ich vorbeigekommen war. Ich war schon fast eine Etage tiefer, als sie mich zurückrief und mich fragte, ob ich auf den Schreck etwas trinken wolle."

„Also sind sie mit ihr in die Wohnung gegangen."

„Ja. Wir haben ein Bier getrunken."

Bis hierher deckte sich die Aussage Thomas Kuhls sowohl mit den gefundenen Spuren in der Wohnung als auch mit dem, was der Nachbar berichtet hatte. Weichert machte eine auffordernde Handbewegung. „Was geschah dann?"

Thomas zögerte. „Die Luft zwischen uns knisterte ziemlich stark. Ich sagte ihr, dass ich mir Sorgen gemacht hätte und … kurz darauf küssten wir uns."

„Und weiter?"

Thomas atmete lang aus. „Wie es dann so ist. Eins kam zum anderen und wir landeten kurz darauf in ihrem Schlafzimmer."

„Sie hatten Geschlechtsverkehr?"

„Ja."

„Wann haben Sie Nina Benders Wohnung verlassen?"

„Das muss so gegen elf gewesen sein, vielleicht eine Viertelstunde später. Sie war bereits wieder schläfrig und bat mich zu bleiben, doch ich musste nach Hause."

„Wegen Ihres Hundes?"

„Ja, auch. Außerdem brannte in meiner Wohnung überall Licht, der Computer war an, die Tür nur zugezogen und nicht abgeschlossen … Ich hätte nicht ruhig schlafen können. Also sagte ich ihr, dass wir uns ja schon am nächsten Morgen wiedersehen würden, und bin gegangen."

Es war bereits nach fünfzehn Uhr, als Weichert und Andresen mit den Vernehmungen fertig waren und in ihrem Büro zusammentrafen, um die Aussagen zu besprechen. Mirja Sommer saß auf ihrem Behelfsplatz und blätterte durch Ninas Fotoalben.

„Thomas Kuhl behauptet, dass Nina Bender noch lebte, als er sie gegen elf Uhr verlassen hat", berichtete Weichert und nippte vorsichtig an einem Becher mit heißem Ingwertee.

„Und?", fragte Andresen neugierig. „Glauben Sie ihm?"

Weichert hob die Schultern. „Er war überzeugend. Ein Motiv sehe ich auch nicht, denn einige der anderen Kursteilnehmer sagten aus, dass Nina und dieser Kuhl sich offenbar mochten und während der letzten Tage mehr oder weniger offensichtlich geflirtet haben. Das deckt sich mit seiner Aussage."

Andresen nickte. „Wenn er die Wahrheit sagt, bedeutet das, dass sie noch einmal an dem Abend Besuch gehabt haben muss – von ihrem Mörder."

„Wie sieht es bei Ihren Kandidaten mit den Alibis aus?"

Andresen senkte den Kopf auf seine Notizen. „Löchrig. Boris Franke, ein Astrologe in den Vierzigern, war zu Hause. Zeugen gibt es nicht. Maik Sperling hat bis morgens um eins an seinem Roman geschrieben – jedenfalls behauptet er das. Irgendeine gruselige Horror-Story. Er scheint ein ziemlich verklemmter Typ zu sein. Die Fingernägel sind bis aufs Fleisch abgekaut."

„Ist das dieser große Kerl mit Brille und Bart? Der kam mir gleich etwas merkwürdig vor. Mir fiel auf, dass er Schwierigkeiten damit hat, jemandem ins Gesicht zu sehen."

Andresen nickte. „Ja, das stimmt. Während wir uns unterhalten haben, sah er überall hin, aber sehr selten zu mir. Und wenn, dann nur für Sekundenbruchteile."

„Gibt es Zeugen für sein Alibi?"

„Nein, keine. Übrigens hat nur eine von denen, die ich vernommen habe, ein hieb- und stichfestes Alibi, und zwar Jeanette Reichardt. Sie war mit ihrem Freund auf einer Geburtstagsparty, bis kurz vor Mitternacht. Dann sind sie in die Wohnung ihres Freundes gefahren und schlafen gegangen."

Weichert stellte den Becher ab und sichtete seine Aufzeichnungen. „Bei mir ist es ähnlich. Sascha Wolter wohnt mit einer Freundin zusammen, die aussagen kann, dass er den ganzen Abend zuhause verbracht hat. Yannick Nehrens lebt noch bei seinen Eltern, obwohl er bereits dreißig ist. Ein widerlicher Typ, arrogant bis zum Stehkragen."

„Der Kerl mit dem Käppi? Ein Kotzbrocken", bestätigte Andresen und wandte sich an Mirja. „Sind Sie bitte so nett und holen mir einen Becher Kaffee? Zwei Stück Zucker, keine Milch."

Mirja stand wortlos auf und ging hinaus. Kaum war die Tür hinter ihr zugefallen, sagte Andresen: „Wie Sie wissen, Herr Kollege, habe ich Ihre Freundin vernommen. Ich nehme an, Sie bestätigen ihr Alibi?".

Weichert, der gerade erneut seinen Ingwertee zum Mund führte, hielt mitten in der Bewegung inne. „Ja, natürlich. Sie kam gegen halb acht zu mir, wir haben zusammen das Handballspiel gesehen. Danach zog sie sich ins Schlafzimmer zurück, um noch irgendwas für ihren Kurs zu schreiben. Sie hat die Wohnung definitiv nicht verlassen."

„Nur um ganz sicher zu gehen: Wann sind Sie eingeschlafen und wann wieder aufgewacht?"

Weichert hob eine Augenbraue. „Was soll das? Verena hat doch gar kein Motiv."

„Vermutlich nicht, nein. Ich möchte es trotzdem wissen. Also?"

„Wir sind so um halb elf ins Bett gegangen. Um elf habe ich das letzte Mal auf die Uhr gesehen und bis zum Weckerklingeln um viertel vor sieben tief und fest geschlafen."

„Hätten Sie es gemerkt, wenn Verena zwischen kurz nach elf und Mitternacht den Raum oder die Wohnung verlassen hätte?"

Weichert hob die Schultern, seine Miene wirkte verschlossen. „Ich weiß nicht genau. Aber sie war todmüde und muss ungefähr zur selben Zeit eingeschlafen sein wie ich."

„Zwischen Ihnen beiden ist noch alles in Ordnung?"

Lutz Weicherts Miene wurde finster. Er stand auf und begann, hin und her zu gehen. „Ja, allerdings, es ist alles super. Wir verstehen uns prima und verbringen viel Zeit zusammen. Worauf wollen Sie eigentlich hinaus?"

„Vielleicht setzen Sie sich besser", riet Andresen.

Wachsam ließ Weichert sich auf seinem Bürosessel nieder, ohne seinen Kollegen aus den Augen zu lassen. „Was ist los?"

Andresen lehnte sich zurück und verschränkte locker die Hände im Schoß. „Die Art, wie Verena von diesem Thomas Kuhl sprach, hat mich hellhörig gemacht. Natürlich kennt sie ihn noch nicht lange, das weiß ich, dennoch klang neben der Bewunderung für sein fachliches Können eine gewisse Schwärmerei durch. Sie wissen schon, dieses Aufleuchten der Augen, wenn ein Name fällt, ein eher unbewusstes, fast zärtliches Lächeln …“

Er hielt inne, als er das Gesicht seines Kollegen sah. Es war kalkweiß.

„Sie meinen, Verena ist in diesen Kuhl … verliebt?“, fragte Weichert ungläubig.

Andresen hob die Schultern. „Das weiß ich nicht. Ich teile Ihnen nur meine Eindrücke mit. Dieser Kuhl ist ein verdammt attraktiver Mann, ein echter Frauentyp. Und obwohl sie glaubhaft ausgesagt hat, dass ihr Nina Bender sehr sympathisch war, besteht doch durchaus die Möglichkeit, dass sie auf diese Nebenbuhlerin eifersüchtig war.“

Weichert sprang auf, so plötzlich, dass sein Bürostuhl einen polternden Satz nach hinten machte. „Blödsinn! Verena war diejenige, die sich am meisten von allen anderen um Nina Bender gesorgt hat. Sie hat dafür gesorgt, dass wir nach ihr sehen. Das hätte sie doch kaum getan, wenn sie sie selbst auf dem Gewissen hätte.“

„Ich glaube es auch nicht“, sagte Andresen beruhigend. „Aber wir müssen nun einmal alle Eventualitäten berücksichtigen. Und vielleicht darüber nachdenken, ob Sie in diesem Fall befangen sind.“

Die Tür öffnete sich und Mirja kam herein. Sie reichte Andresen einen Becher. „Zwei Stück Zucker, wie gewünscht“, sagte sie betont höflich und sah verwundert zu Weichert, der so aussah, als wolle er seinen Kollegen erwürgen.

Andresen nahm den Becher und lächelte Mirja dankbar zu. Dann sah er mit ernster Miene zu Weichert. „Wir warten erst einmal ab, bis die Ergebnisse der Spurensicherung vorliegen. Anschließend sehen wir weiter.“

＊＊＊＊

Der Geruch von Heu, Pferden und Leder schlug Lutz Weichert entgegen, als er den Stall betrat. Stroh raschelte, hin
und wieder drang ein Schnauben an sein Ohr.

„Halt still, Tessa", hörte er Verena sagen.

Er ging den Mittelgang zwischen den einzelnen Boxen
entlang, bis er vor der Stute stand, die seiner Freundin so
viel bedeutete, dass sie ihr einen Großteil ihrer Zeit widmete. Beide standen mitten im Gang. Tessa war mit einem
kurzen Seil an einer Box festgebunden und verscheuchte
mit ihrem Schweif die Fliegen, die sich auf ihr niederlas-
sen wollten.

Von Verena sah er nur die Beine und das Hinterteil, da
sie gerade einen von Tessas Hufen auskratzte. Ein leises
Schaben war zu hören und immer wieder fielen kleine Erd-
klumpen auf den verschmutzten Stallboden.

Mit einem ruhigen „Hi" machte Lutz sich bemerkbar.
Verena ließ Tessas Bein los und sah auf, anfangs überrascht, dann strahlte sie. Sie trug ein altes, rotes Sweat-
shirt, eine graue, mit Staub und Pferdehaaren übersäte
Reithose und verdreckte Reitstiefel.

„Lutz? Was machst du denn hier?", fragte sie erfreut.

Er mied ihren Blick. „Hast du kurz Zeit für mich? Ich
müsste mal mit dir reden."

„Das klingt aber ernst." Sie trat auf ihn zu, legte ihm die
Arme um den Hals und gab ihm einen Kuss. Er erwiderte
den Kuss nicht. Stattdessen löste er sich von ihr und trat
einen Schritt zurück.

Irritiert sah sie ihn an. „Was ist denn mit dir?"

Hufgeklapper erklang hinter ihm und wurde lauter.
Plappernd und lachend kamen zwei Reiterinnen mit ihren
Pferden in den Stall, grüßten kurz und unterhielten sich
dann weiter.

Lutz räusperte sich. Es kam ihm vor, als hätte er einen Kloß von der Größe eines Pferdeapfels im Hals. „Können wir irgendwo in Ruhe reden?", fragte er leise.

Verena runzelte verwundert die Stirn, nickte aber. „Sicher. Warte einen Augenblick."

Mit geübten Handgriffen machte sie Tessa los und führte sie in ihre Box, wobei sie beruhigend auf sie einsprach. Dann verschloss sie sorgfältig die Boxentür, nahm Lutz' kalte Hand und ging mit ihm hinaus, über den asphaltierten Vorplatz bis zur Pferdekoppel, auf der sechs Tiere grasten. Davor stand eine schlichte Holzbank ohne Rückenlehne, auf der sich Verena niederließ und die Beine übereinander schlug.

„Also, was gibt es?"

Er setzte sich neben sie und sah auf den ausgetretenen Rasen, während er ihr stockend von Andresen Überlegungen erzählte.

Als er verstummte, holte sie tief Luft. „Ich fasse mal diesen Unsinn zusammen", sagte sie mit mühsam unterdrückter Wut. „Dein verkalkter Kollege glaubt, ich wäre in Thomas Kuhl verknallt, hätte in Nina eine Rivalin gesehen, mich mitten in der Nacht von dir weggeschlichen und sie dann erschlagen? Das ist doch totaler Bullshit! Und du glaubst das?"

„Ich kann mir nicht vorstellen, dass du Nina etwas angetan hast. Aber Andresen hatte den Eindruck, dass du ziemlich stark für diesen Thomas Kuhl schwärmst. Das ist der eigentliche Grund für meine Bauchschmerzen."

„Es stimmt aber nicht", versicherte sie wütend. „Ja, er sieht gut aus, ist ein netter Kerl und ein prima Lehrer, aber mehr doch nicht …"

„Andresen sagte, du hättest verliebt gelächelt und deine Augen hätten regelrecht geleuchtet, wenn sein Name fiel", warf Lutz mit leichtem Vorwurf ein.

Verena verschränkte die Arme vor der Brust. „Lutz, um Himmels willen! Ja, ich mag seine Art und seinen Humor. Der Unterricht bei ihm macht Spaß. Doch das ist alles, ich schwöre es! Wenn er und Nina ein Paar geworden wären, hätte ich mich einfach nur für beide gefreut, aber niemandem das Licht ausgeknipst. Ich liebe nämlich dich und sonst niemanden." Sie sah ihn an. „Du glaubst mir doch, oder etwa nicht?"

Er hob den Kopf und lächelte schief. „Doch, eigentlich schon." Erleichtert legte er Verena einen Arm um die Schulter. Sie sträubte sich noch ein wenig und brummte beleidigt vor sich hin.

„Entschuldige mein Misstrauen", bat er.

„Schon gut." Sie schmiegte sich an ihn und legte ihren Kopf auf seine Schulter. „Ich bin eher wütend auf Andresen. Wenn du mich fragst, braucht dein lieber Kollege dringend mal wieder ein bisschen Privatleben, wenn du weißt, was ich meine. Der Typ muss sich unbedingt etwas entspannen. Er sieht anscheinend schon Gespenster."

Hinter den Birken am Grundstücksrand verschwand die Sonne, die an diesem Nachmittag noch einmal die Erinnerung an den Sommer hervorgerufen hatte. Nun aber wurde es kühl.

Verena fröstelte. „Weißt du, woran mich das alles erinnert?"

„Woran?", fragte er, obwohl er bereits ahnte, worauf sie hinaus wollte.

„An damals, als ich Marius verdächtigt habe, Nikolai umgebracht zu haben. So wie du jetzt mich verdächtigst. Alles sprach gegen Marius und ich glaubte prompt, dass er es tatsächlich getan haben könnte, obwohl ich tief im Inneren wusste, dass er zu so etwas nie im Leben fähig wäre." Nachdenklich hielt sie inne. „Es ist, als räche sich das Schicksal nun für mein schäbiges Verhalten ihm gegenüber."

Lutz drückte sie noch ein wenig enger an sich. Durch den Fall Nikolai Schiller hatte er Verena kennen gelernt. Damals war sie noch mit dem Arzt Marius Schumann zusammen gewesen. Hauptsächlich wegen Verenas Zweifel an dessen Unschuld war die Beziehung in die Brüche gegangen.

Diesen Fehler wollte er, Lutz, nicht machen. „Ich verdächtige dich nicht", betonte er. „Mir ist völlig klar, dass du es nicht warst. Es wäre auch wirklich zu absurd."

Sie sah ihn an. „Ja, allerdings. Und dennoch hast du kurz daran geglaubt, oder nicht?"

„Nein, habe ich nicht", versicherte er ihr und fügte dann leise hinzu: „Ich hatte nur Angst, dass du dich wirklich in einen anderen verliebt hast. Ich meine, dieser Kuhl ist sehr attraktiv, gegen den schneide ich nicht so gut ab."

„Du bist auch attraktiv, mein Lieber. Nur anders. Nicht so offensichtlich wie er." Zärtlich sah sie ihn an, legte ihre nach Pferd duftenden Hände auf seine Wangen und gab ihm einen langen, zärtlichen Kuss – wohl um noch etwaige Restzweifel auszuräumen.

Lutz musste aber einsehen, dass ihr das nicht ganz gelang. Ein Quäntchen Angst hockte noch immer in ihm. Es war, als hätte er einen riesigen festgezurrten Knoten im Bauch.

****

Am Freitagmorgen fuhr Verena mit einem mulmigen Gefühl in die Stadt. Das Gespräch mit Lutz vom Vorabend lag ihr noch im Magen wie eine zu schwere Mahlzeit. Zwischen ihnen schien zwar alles wieder gut zu sein, doch er kam ihr ernster vor als sonst und war häufig mit seinen Gedanken woanders.

Misstraute er ihr immer noch?

In der vergangenen Nacht hatten sie sich geliebt. Lutz war auch dabei anders gewesen als sonst. Wilder und leidenschaftlicher, aber auch irgendwie verbissener, als wolle er ihr und auch sich selbst etwas beweisen oder sich auf diese Art ihrer Zuneigung versichern. Was natürlich Unsinn war. Dennoch war es aufregend und sehr schön gewesen. Aber auch ein wenig merkwürdig.

Wahrscheinlich wäre es ihm am liebsten, vermutete Verena, wenn sie den Schreibkurs nach diesem schrecklichen Ereignis sausen lassen und damit den vermeintlichen Rivalen Thomas Kuhl aus ihrem Leben entfernen würde, doch genau das wollte sie nicht. Auf keinen Fall.

Zum einen war heute ohnehin der letzte Tag. Außerdem machte ihr der Workshop viel Freude und bestärkte sie in dem Wunsch, ernsthaft mit dem Schreiben zu beginnen. Ein weiterer Punkt war, dass ihr viele der Menschen, die sie dort kennen gelernt hatte, inzwischen überaus sympathisch waren. Yannick zwar nicht, und auch Maik war ein etwas merkwürdiger Typ, doch Sascha, Jeanette, Ruth-Maria, Boris, Gila … ja, und auch Thomas mochte sie sehr.

Gerade heute war es ihr wichtig, dort zu sein und gemeinsam mit den anderen an Nina zu denken und um sie zu trauern.

„Dir ist schon klar, dass möglicherweise jemand aus deinem Kurs Ninas Mörder ist?", hatte Lutz beim Frühstück gesagt. „Und wer weiß, vielleicht ist derjenige so gestört, dass er weiter mordet. Durchaus denkbar, dass dein Name der nächste auf der Liste ist."

Bei dem Wort ‚gestört‘ hatte Verena sofort an Yannick denken müssen.

Dennoch erwiderte sie: „Unsinn! Ich glaube nicht, dass es einer von uns war. Nina wurde von irgendwem verfolgt und der hat sie wahrscheinlich auch erschlagen. Das kann fast jeder hier in der Stadt gewesen sein."

Beim Abschied hatte Lutz sie fest in die Arme genommen. „Ich mache mir einfach Sorgen um dich. Bitte sei vorsichtig und pass auf dich auf. Versprich es mir, ja?"

Sie hatte sein Getue als lächerlich abgetan, ihm aber dennoch seine Bitte erfüllt. Und nun war sie unterwegs zum Unterricht, hatte ihren Wagen neben dem von Thomas abgestellt, der wie üblich vor dem Alten Friedhof stand, und sich auf den Weg zum VHS-Gebäude gemacht.

Es nieselte leicht. Obwohl es noch nicht einmal Mitte September war, schien der Sommer sich nun endgültig verabschiedet zu haben. Der Wind war kühl und Verena zog den Reißverschluss ihrer Jacke ganz hoch. Sie konnte sich glücklich schätzen, dass sie Ende Juli für zwei Wochen mit ihren Eltern nach Gran Canaria hatte fliegen können. Der Sommer in Flensburg war mal wieder ein ziemlicher Flop gewesen.

Und Nina würde keinen weiteren erleben. Bei dem Gedanken kämpfte Verena mit den Tränen.

War es tatsächlich denkbar, dass einer von denen, die sie gleich sehen würde, Ninas Mörder war? Sie eiskalt umgebracht hatte?

Thomas gewiss nicht. Er hatte Nina gern gehabt, schien sogar ein wenig verliebt in sie gewesen zu sein.

Auch Sascha strich Verena sofort von der Verdächtigenliste. So unbekümmert und fröhlich wie er war, hätte er auf eine Zurückweisung Ninas vermutlich mit einem Schulterzucken reagiert, sich einen frischen Kaugummi zwischen die Zähne geschoben und ein anderes Mädchen angeflirtet.

Boris war verheiratet und ein viel zu ausgeglichener Mensch, um urplötzlich durchzudrehen und – aus welchem Grund auch immer – eine junge Frau zu erschlagen.

Jeanette und Ruth-Maria schieden für Verena ebenfalls aus. Warum hätten sie Nina umbringen sollen? Die zarte

Jeanette hatte nie den Eindruck gemacht, sie sei auf das Temperament oder die exotische Schönheit Nina Benders so eifersüchtig, dass sie ihr den Tod wünschte. Im Gegenteil, sie schien sie eher bewundert zu haben. Vielleicht war sie auch neidisch gewesen, auf Ninas Selbstbewusstsein und ihre Unabhängigkeit. Doch das waren beileibe keine Mordmotive.

Ruth-Maria stand kurz vor der Rente, es war also unwahrscheinlich, dass sie sich für einen jungen Mann wie Thomas so stark interessierte, dass sie eine jüngere Rivalin brutal aus dem Weg räumte. Der Gedanke war so lächerlich, dass Verena schmunzeln musste.

Und was war mit Maik? Verena überlegte. Er wirkte wie ein gutmütiger, großer Teddybär, der in seiner eigenen verschrobenen Welt lebte und sich nur für Videospiele, Fanfiction und das Schreiben von Horrorgeschichten interessierte. Verena war nicht bekannt, ob er zwischenmenschliche Beziehungen pflegte. Eigentlich war ihr fast nichts von ihm bekannt.

Hatte er je eine Freundin gehabt? Lebte er allein? Zu gern würde Verena in seinen Gedanken lesen, um sich ein Bild von dem wirklichen Maik Sperling machen zu können. Er begegnete jedem im Kurs mit Unsicherheit und Distanz. Nur mit Yannick schien er sich gut zu verstehen.

Ausgerechnet mit Yannick.

Die Möglichkeit, dass er Nina auf dem Gewissen hatte, erschien Verena am wahrscheinlichsten. Yannick war zumindest derjenige, dem sie so eine Tat am ehesten zutrauen würde, so arrogant und selbstverliebt wie er war. Falls er sich Chancen bei Nina ausgerechnet und diese ihm einen Korb gegeben hätte ... Wer konnte schon sagen, wie er auf eine solche Zurückweisung reagieren würde? Gewiss nicht so locker wie Sascha.

Verena erinnerte sich an Yannicks gekränkte und verletzte Miene, als Thomas ihm die Schwachstellen seines Plots aufgezeigt hatte. Das hatte dem von sich so gänzlich überzeugten Yannick ganz und gar nicht gefallen. Er hatte wohl überschwängliches Lob erwartet – und stattdessen deutliche Kritik geerntet. Der Blick, mit dem er Thomas danach bedacht hatte, war beinahe feindselig gewesen, erinnerte sich Verena schaudernd. Sie war sich sicher: Wenn tatsächlich ein Mitglied des Schreibkurses Nina Benders Mörder war, dann konnte das nur Yannick Nehlsen sein.

Die anderen waren schon alle da, als sie den Klassenraum betrat. An der Tafel stand :

Nina Bender
05. Mai 1990–09. September 2015
R.I.P.
Du bleibst für immer ein Teil von uns.

Die gedrückte Stimmung war greifbar. Verena begrüßte die anderen leise, warf Yannick einen kurzen, misstrauischen Blick zu und setzte sich auf ihren Platz.

Thomas räusperte sich. „Da ihr alle gekommen seid, hoffe ich, dass ihr den Kurs nicht aufgrund der schrecklichen Vorkommnisse abbrechen wollt. Bestimmt wäre das auch nicht in Ninas Sinn gewesen. Ich werde sie sehr vermissen, sie war ein liebenswerter und herzlicher Mensch, der viel zu früh und auf grausame Weise aus unserer Mitte gerissen wurde."

Seine Stimme brach. Er machte eine Pause, schloss ein paar Atemzüge lang die Augen und sprach dann mit belegter Stimme weiter. „Es ist furchtbar, was ihr passiert ist. So eine Situation ist auch für mich neu und ungewohnt, das könnt ihr mir glauben. Noch nie habe ich mich so elend und so hilflos gefühlt. Trotz all dem bin ich der Meinung, dass wir weitermachen sollten. Ihr habt für diesen Kurs bezahlt, ihr versprecht euch etwas davon und das sollt ihr auch bekommen. Da der gestrige Unterricht praktisch ausfiel, biete ich euch an, die verlorenen Stunden am kommenden Montag nachzuholen. Seid ihr damit einverstanden?"

Die meisten nickten. Ruth-Maria, Gila und Jeanette überlegten, ob sie sich den Tag für den Kurs freischaufeln konnten, doch schließlich waren alle einverstanden.

„Gut, dann ist das abgemacht", sagte Thomas und setzte sich auf die Kante des Lehrerpultes. Mit einem Mal wirkte er sehr nachdenklich. „Das Ganze kommt mir etwas skurril vor", sagte er, so leise, als würde er mit sich selbst sprechen. „Wir wollen daran arbeiten, spannende Krimis zu schreiben – und stecken plötzlich selbst mitten in einem drin. Ich denke, jeder von uns sollte der Polizei so gut es irgend geht helfen, diese grässliche Tat aufzuklären, damit Ninas viel zu früher Tod auf jeden Fall und schnellstmöglich gesühnt wird. Wir dürfen keinesfalls zulassen, dass der Mörder ungestraft davonkommt."

Für einen Augenblick war es totenstill im Raum. Dann begann Boris, mit den Fingerknöcheln auf die Tischplatte zu klopfen. Erst leise, dann immer lauter. Gila und Sascha fielen ein. Sekunden später machten alle mit, so dass das Klopfen schließlich wie ein wildes Trommeln klang.

Thomas lächelte. Verena konnte sehen, dass er sich bemühte, die aufkommenden Tränen zurückzuhalten. Ihr war ebenfalls zum Heulen zumute. Doch dieses Gefühl des Zusammenhalts gab ihr gleichzeitig ein so unglaubliches Glücksgefühl, dass sie wusste, sie würde diesen Moment niemals vergessen.

****

Die Untersuchungsergebnisse der Spurensicherung und der Obduktion lagen bereits auf seinem Schreibtisch, als Lutz ins Büro kam. Bevor er einen Blick darauf warf, machte er sich jedoch einen Becher Ingwertee. Solcherart gewappnet schlug er zuerst den Bericht des Rechtsmediziners auf.

Die vorläufigen Angaben von Dr. Schwarzhaupt hinsichtlich des Todeszeitpunkts und der Todesursache hatten sich als korrekt herausgestellt. Hier verbarg sich also keine Überraschung. Nina Bender war von hinten mit einem stumpfen, schweren Gegenstand erschlagen worden. Anhand des geringen Blutaustritts stand fest, dass der Tod schnell eingetreten war. Das war nichts Neues, sie hatten diese Tatsache bereits beim Anblick der Leiche festgestellt. Wenn das Herz nicht mehr schlägt, pumpt es kein Blut mehr.

Er blätterte weiter.

Nina hatte vor ihrem Tod Geschlechtsverkehr gehabt. Anzeichen einer Vergewaltigung gab es nicht, der Verkehr war offensichtlich einvernehmlich gewesen. Allerdings waren Hautreste unter ihren Fingernägeln gefunden worden. Das konnten natürlich auch Indizien für einen leidenschaftlichen Geschlechtsakt sein.

Weichert nahm sich nun den kriminaltechnischen Bericht vor. Die Spuren im Bett und auf den Bierflaschen konnten eindeutig Nina Bender und Thomas Kuhl zugeordnet werden. Auf dem Panther waren keine Fingerabdrücke, außer einigen älteren von Nina Bender. Allerdings befanden sich auf der Statue Spuren von Ninas Blut und ihrem Haar sowie etwas Cyanacrylsäure.

Andresen kam herein, unübersehbar schlecht gelaunt. „Morgen", brummte er, entledigte sich seiner Jacke und verschwand gleich wieder, um sich, wie Weichert annahm, einen Kaffee zu holen.

„Wissen Sie, was Cyanacrylsäure ist?", wollte Lutz wissen, als sein Kollege mit einem dampfenden Becher zurückkam.

„Nee." Andresen setzte sich und nippte an seinem Becher.

„Spuren davon wurden auf dem Panther gefunden."

„Und was ist das nun?"

„Keine Ahnung. Ich prüfe es mal nach." Er gab das Wort in eine Suchmaschine ein und wurde wenig später fündig. „Das ist Sekundenkleber", sagte er enttäuscht. „Ich nehme nicht an, dass der Mörder gebastelt hat, bevor er Nina Bender aufsuchte."

„Vielleicht liegen wir mit dem Katzentier als Mordwaffe ja auch falsch."

„Nein, das war schon richtig. Das Labor hat Blut- und Haarspuren daran entdeckt, die eindeutig Nina Bender zugeordnet werden konnten."

„Dann trug der Täter vermutlich Handschuhe."

„Auf jeden Fall ist Thomas Kuhl nach wie vor verdächtig", sagte Weichert. „Er hat Nina Bender als Letzer lebend gesehen."

„Ich verstehe", sagte Andresen nachdenklich, stand auf und ging ans Fenster. „Nina Bender bittet Thomas Kuhl in ihre Wohnung und trinkt ein Bierchen mit ihm. Dann verschwinden die beiden im Schlafzimmer, haben Sex und hinterher gehen sie ins Wohnzimmer, wo er sich Handschuhe anzieht und ihr mit dem Gusseisen-Puma den Schädel einschlägt, bevor er sich gemütlich auf den Weg nach Hause macht, um mit seinem Hund Gassi zu gehen."

Andresen wandte den Blick wieder von der Hafenspitze ab und drehte sich zu seinem Kollegen um, eine Augenbraue sarkastisch angehoben.

Weichert nickte widerstrebend. „Ich gebe zu, das klingt etwas unwahrscheinlich."

„*Etwas!*", schnaubte Andresen. „Ich sag Ihnen, wie es war. Der Mörder war auf Nina Bender fixiert, hat sie beobachtet und verfolgt. Als er mitbekam, dass sie sich mit dem Schreiberling in den Laken wälzte, fasste er einen Plan. Er versteckte sich, bis Kuhl verschwunden war und brachte Nina Bender irgendwie dazu, ihn in ihre Wohnung zu lassen. Dort wartete er den richtigen Moment ab, streifte sich Handschuhe über, schnappte sich das schwere Raubtier und schlug zu."

„Sie muss ihren Mörder gekannt haben. Sonst hätte sie ihn wohl kaum um diese Uhrzeit in ihre Wohnung gelassen."

Andresen nickte nachdenklich. „Es gibt meiner Meinung nach drei Möglichkeiten: Erstens: Nina dachte, Thomas Kuhl kommt zurück und hat die Tür für ihn aufgemacht, völlig arglos, weil sie nicht damit rechnete, dass es jemand anderes sein könnte. Zweitens: Der Täter war ihr sehr vertraut. Drittens: Der Täter war weiblich und deshalb hielt Nina Bender ihn nicht für eine potentielle Bedrohung."

Lutz Weicherts Augen wurden gefährlich schmal. „Spielen Sie wieder auf Verena an? Sie hat es nicht getan!"

„Ich meinte nicht explizit Ihre Freundin", widersprach Andresen gereizt, „sondern irgendeine Frau. Die beste Freundin, eine Nachbarin, eine Kommilitonin … wen auch immer."

„Oder …", spann Weichert den Faden weiter, „jemand, der mitbekommen hat, dass Nina Bender viel Zeit mit Thomas Kuhl verbrachte und auf sie eifersüchtig war. Möglicherweise eine Exfreundin von ihm. Das würde auch erklären, weshalb Nina sich verfolgt gefühlt hat!"

„Oder ein weiblicher Kursteilnehmer, der Nina als Konkurrenz angesehen hat."

Weichert holte Luft, um zu protestieren, doch Andresen wiegelte ab. „Bleiben Sie ruhig! Damit meinte ich nicht

Ihre kleine Freundin, sondern zum Beispiel eine frühere Kursteilnehmerin. Dies war ja nicht der erste Schreibkurs, den Kuhl gegeben hat."

Weicherts Schultern sanken ausatmend nach unten. „Oh, okay. Das wäre durchaus möglich. Wir sollten Herrn Kuhl fragen, ob es eine Frau gibt, die möglicherweise auf Nina Bender eifersüchtig gewesen sein könnte."

Andresen nickte. „Gut. Übernehmen Sie das."

„Was hat Ihnen eigentlich so die Laune verhagelt?", fragte Weichert, während er an seinem Tee nippte.

Andresen stieß einen langen Seufzer aus. „Familiäres Theater. Es ist nicht so leicht, plötzlich mit einer pubertierenden Tochter zusammenzuleben. Mit ihrer Unordnung finde ich mich notgedrungen ab, doch die frechen Sprüche, die sie mir ständig um die Ohren knallt, machen mich wahnsinnig …"

Mirja Sommer, die Praktikantin, kam herein. „Sophie Schubert ist da", verkündete sie.

Andresen sah auf. „Wer ist Sophie Schubert?"

„Eine gute Freundin von Nina Bender. Ich habe ihre Nummer aus dem Handy des Opfers. Sie sagten mir doch, ich solle herausfinden, mit wem Nina Bender regelmäßigen Kontakt hatte."

„Richtig, danke!" Lutz Weichert lächelte Mirja zu. „Dann mal herein mit ihr."

„Darf ich bei dem Gespräch dabei sein?", bat die Praktikantin. „Ich könnte Protokoll führen."

„Von mir aus", brummte Andresen. Mirja strahlte und holte die Zeugin herein.

Sophie Schubert hatte kurze, hellblonde Haare, himmelblaue Augen, von schwarzem Kajal umrahmt, und Sommersprossen, die sogar durch die Schminkschicht zu sehen waren.

Weichert bot der jungen Frau einen Stuhl an. „Danke, dass Sie gekommen sind. Möchten Sie einen Kaffee oder etwas anderes?"

Sie schüttelte den Kopf und setzte sich. „Nein, danke." Unsicher sah sie die Beamten an. „Stimmt das wirklich?", flüsterte sie. „Nina wurde ermordet?"

Andresen setzte sich auf die Kante seines Schreibtischs. „Leider ja. Wir hoffen, Sie können uns bei der Suche nach dem Täter behilflich sein. Wie lange kannten Sie Nina Bender?"

„Seit der fünften Klasse. Wir haben zusammen das Abitur gemacht."

„Wann haben Sie sie das letzte Mal gesehen?"

„Am Wochenende. Wir waren zusammen auf einer Party. Sie war gut drauf." Sophie schluckte. Ihr Kinn zitterte. „Sie war eigentlich meistens gut drauf."

„Hatte sie einen Freund?", fragte Weichert.

Sophie schüttelte den Kopf. „Nein, seit sie sich von Philip getrennt hatte, war sie solo. Das wollte sie auch erstmal bleiben, sagte sie immer. Das Studium hatte bei ihr Vorrang."

„Wer ist dieser Philip?", fragte Andresen.

„Philip Schäfer, ein Kommilitone von Nina. Er hat ihr gut getan, nachdem das mit ihren Eltern passiert war."

„Können Sie das näher erläutern?", bat Weichert. „Was ist mit ihren Eltern?"

„Die sind bei einem Verkehrsunfall ums Leben gekommen. Das muss ungefähr drei Jahre her sein. Nina war am Boden zerstört, ganz logisch, das wär ich auch gewesen. Jedenfalls hat sie zu der Zeit Philip kennen gelernt und er hat sich um sie gekümmert. Dabei haben sie sich ineinander verliebt. Wegen ihm hat sie sich von ihrem damaligen Freund getrennt."

„Wie lange waren Nina und Philip Schäfer ein Paar?", fragte Andresen.

„Ungefähr zwei Jahre, glaube ich."

„Wann und warum ging diese Beziehung auseinander?", wollte Weichert wissen.

Sophie hob die Schultern. „Irgendwann war halt die Luft raus. Das ging ganz friedlich ab, beide meinten, es wäre besser, sich zu trennen. Sie sind immer noch befreundet. Nina erzählte mir ab und zu, dass sie mit Philip telefoniert oder einen Kaffee getrunken hätte. Sie hat sich darüber lustig gemacht, dass das heimlich ablaufen müsste, weil seine neue Freundin ziemlich eifersüchtig sei."

Andresen und Weichert tauschten einen vielsagenden Blick. Das klang interessant.

„Wissen Sie zufällig den Namen dieser Freundin?", fragte Andresen.

Sophie schüttelte den Kopf. „Nein, keine Ahnung."

„Hat Nina Ihnen von Thomas Kuhl erzählt, dem Leiter des Schreibworkshops, an dem sie teilgenommen hat?", fragte Weichert.

„Ja, sie fand ihn echt süß und freute sich schon darauf, bei ihm einzuziehen."

„Sie wollte bei ihm *einziehen*?", fragte Andresen verblüfft. „Sie kannten sich doch erst drei Tage."

Weichert schüttelte den Kopf. „Nein, sie hatten sich kurz vorher bereits getroffen. Thomas Kuhl hat ausgesagt, dass er per Anzeige einen neuen Mitbewohner suchte und Nina sich für das Zimmer interessiert hat."

„Warum haben Sie mir das nicht erzählt?"

„Tut mir leid", sagte Weichert zerknirscht. „Das hab ich vergessen. Aber es steht im Protokoll."

Andresen brummte, dann wandte er sich wieder Sophie Schubert zu. „Wie war Nina so, wenn sie wütend war?", wollte er wissen. „Konnte sie richtig laut werden, mit Gegenständen werfen und Türen zuhauen?"

Sophie lächelte leicht. „Nein, sie wurde eigentlich nicht laut. Sie war eher ein Zischer."

Weichert runzelte irritiert die Stirn. „Ein Zischer?"

„Ja, sie zischte durch die Zähne, wenn es ernst wurde. Ich hab sie nie schreien hören, außer vor Freude oder aus Spaß."

„Also, Nina wollte bei Thomas Kuhl einziehen. Sie war solo und auch nicht auf der Suche nach einer festen Beziehung, stimmt das?"

Die Zeugin nickte. „Eigentlich schon. Sie hat mir jedenfalls nichts davon gesagt, dass sie eine Beziehung mit diesem Thomas wolle. Sie wollte sich auf ihr Studium konzentrieren und keinen Beziehungsstress. Klar hat sie mal herumgeknutscht oder so, am letzten Wochenende auch, doch auf was Ernstes hatte sie keinen Bock."

Andresen horchte auf. „Wissen Sie, mit wem sie auf der Party geknutscht hat?"

„Ja, logisch, mit Kevin Markwart. Er hat die Party geschmissen."

„Dann wissen Sie ja sicher die Adresse von diesem Kevin Markwart. Und vielleicht auch die von Ninas Exfreund Philip."

Andresen sah zu Mirja Sommer, die ihm zunickte und brav die Anschriften notierte, die Sophie nannte.

Kevin Markwart wohnte in einer WG in der Nähe der Uni. Skeptisch bat er die Beamten herein und führte sie in die vor Dreck starrende Küche. Sie sah aus, als hätte die Party am vergangenen Abend und nicht vor mehreren Tagen stattgefunden. Volle Aschenbecher, Unmengen an dreckigem Geschirr und Essensreste drängelten sich auf der kleinen Arbeitsplatte neben der ebenfalls vollgestellten Spüle. Weichert atmete durch den Mund, um seine empfindliche Nase zu schonen, denn der Geruch war bemerkenswert.

„Hab ich was angestellt?", fragte Kevin und griff nach einer Schachtel Zigaretten, die auf dem mit Tellern, Schüsseln, Bechern und Cornflakes-Packungen überfüllten Tisch gelegen hatte. Nina Benders Bekannter trug ein schmuddeliges T-Shirt mit großem ‚Peace'-Zeichen, eine löchrige Jeans und keine Socken. Weichert rümpfte die Nase. Es verwunderte ihn, dass Kevin nicht mit den bloßen Füßen am Boden haften blieb, und hoffte er inständig, dass die vielen klebrigen Flecken nur von Getränkeresten herrührten.

Das Schnappen eines Feuerzeugs ließ ihn seinen Kopf heben. Kevin Markwart zündete sich gerade eine Zigarette an und pustete den Qualm in seine Richtung. Prompt musste Lutz husten.

„Wir sind hier, weil wir hörten, dass Nina Bender am letzten Wochenende auf Ihrer Party war", meldete sich Andresen zu Wort. „Stimmt das?"

„Nina? So 'ne Dunkle?" Kevin zog an der Zigarette und nickte. „Ja, die war hier. Sie und ungefähr zwanzig andere."

„Klingt, als hätten Sie viel Spaß gehabt."

Rauch waberte aus seinem Mund. „Ja, war ziemlich cool. Ist Feiern neuerdings verboten?"

„Ganz und gar nicht, Herr Markwart. Sie hatten auch mit Nina viel Spaß, nicht wahr?"

Er zuckte mit den Achseln. „Wir haben ein bisschen rumgemacht, wenn Sie das meinen. Ich hätte sie ja gern über Nacht hier behalten, aber sie wollte nicht."

„Hat sie gesagt, warum sie daran nicht interessiert war?"

Kevin schnippte die Asche in den Aschenbecher. Ein bisschen fiel daneben. „Ach, sie hat die üblichen Sprüche gebracht. Wir würden uns ja kaum kennen, vielleicht ein anderes Mal und so weiter."

„Wie haben Sie darauf reagiert?"

„Ich hab halt versucht, sie umzustimmen, aber ohne Erfolg. Schließlich sagte sie, sie wolle mal zum Klo. Danach habe ich sie nicht mehr gesehen."

„Wann war das ungefähr?"

„Keine Ahnung, so um drei, glaube ich. Ist was mit ihr?"

„Haben Sie Nina Bender seit der Party noch einmal gesehen?"

Er schüttelte den Kopf mit den kinnlangen, dunkelblonden Haaren. „Nö."

„Wissen Sie, wo sie wohnt?", fragte Weichert, bemüht, nichts anzufassen und nirgendwo gegenzustoßen. Sein Blick fiel auf einen Teller mit Pizzaresten, auf denen mehrere Fliegen gerade ihre eigene Party feierten.

Kevin Markwarts Hand spielte mit der Zigarette. Seine Augen waren auf die Glut gerichtet. „Nee. Warum wollen Sie das denn alles wissen?"

„Weil Nina Bender ermordet wurde", sagte Andresen.

Es quietschte unschön, als Kevin Markwart sich einen Stuhl heranzog und fassungslos darauf fallen ließ. „Ach, du Scheiße!"

Andresen ließ ihn nicht aus den Augen. „So kann man es auch ausdrücken. Wo waren Sie denn vorgestern Abend, so zwischen zehn und Mitternacht?"

Wütend drückte Kevin seine Zigarette aus. „Ey, was soll das? Glauben Sie etwa, ich hätte diese Nina gekillt? Scheiße, ich kannte sie doch kaum!"

„Ich glaube gar nichts", sagte Andresen in beruhigendem Tonfall. „Es handelt sich um eine reine Routinefrage. Also, was haben Sie zur Tatzeit gemacht?"

Kevins Wangenknochen traten hervor, doch er beherrschte sich. „Vorgestern? Das war Mittwoch, oder?"

Andresen nickte.

„Alter, das weiß ich nicht mehr … Oh, jetzt fällt's mir wieder ein: Mirko, mein Mitbewohner, und ich, wir haben ‚Fast & Furios' auf DVD gesehen, den fünften Teil."

„Wo finde ich diesen Mirko?", wollte Andresen wissen.

„Der müsste in seinem Zimmer sein." Kevin fuhr sich durch die ungewaschenen Haare. „Die letzte Tür auf der linken Seite."

Andresen nickte knapp und war wenig später in Mirkos Zimmer verschwunden. Kevin zündete sich eine weitere Zigarette an und begann, hektisch daran zu ziehen. Weicherts Blick wich er aus.

Nach kurzer Zeit kam Andresen zurück. „Das mit dem Film stimmt."

Kevins Gesicht entspannte sich. „Na, sag ich doch."

„Nicht so schnell. Er sagte außerdem, er hätte den Film nicht bis zum Ende gesehen, weil er so gegen zehn auf der Couch eingeschlafen ist." Andresen machte eine kurze Pause und fügte trocken hinzu: „Damit ist Ihr Alibi so sicher wie Ihre Rente."

„Verfluchter Idiot", murmelte Kevin in Richtung seines Mitbewohners und schnippte die überstehende Asche auf den dreckigen Boden. Weichert schüttelte angewidert den Kopf.

„Kurz vor ihrem Tod hat Nina verlauten lassen, dass sie sich verfolgt fühlt", berichtete Andresen im Plauderton. Kevin sagte nichts, sondern zog an seiner Zigarette, als hinge sein Leben davon ab, möglichst viel Nikotin in die Lungen zu bekommen.

Andresen beugte sich vor und stützte die Hände auf seinen Oberschenkeln ab. Sein Gesicht war nun dicht vor dem von Kevin Markwart, der ihn wie hypnotisiert anstarrte.

„Nina Bender hat Sie heißgemacht", erinnerte Andresen und ignorierte den Rauch, der aus Kevins Mund kam. „Sie hat Sie richtig angetörnt, nicht wahr? Und dann, als Sie kurz vor dem Ziel waren, sie schon fast in Ihrem Bett hatten …", Andresen richtete sich wieder auf und zeigte mit ausgestrecktem Arm auf die Tür, „… da ist sie abgehauen. Ohne sich zu verabschieden. Sie hat Sie verarscht, richtig? Und Sie sind sauer geworden."

Andresens Stimme wechselte von aufgebracht zu verständnisvoll. „Ich kann das verstehen, Kevin. Jeder richtige Mann wäre wütend geworden. Sie wollten es ihr heimzahlen, stimmt's? Also haben Sie ihr aufgelauert, sie verfolgt."

Kevin sah Andresen an und schüttelte perplex den Kopf. „Nein, hab ich nicht."

„Sie wollten sie aufsuchen, sie zur Rede stellen. Sich das holen, was sie Ihnen durch ihr Verhalten versprochen hat. Sie schafften es bis in Ihren Hausflur. Doch bevor Sie dazu kamen, sich Nina vorzunehmen, tauchte dieser andere Kerl auf und klingelte bei ihr. Nina Bender nahm ihn mit in ihre Wohnung, vor Ihren Augen! Sie hat *Sie* am ausgestreckten Arm verhungern lassen, nur um kurz darauf mit einem anderen Mann zu schlafen. Sie müssen vor Wut wirklich außer sich gewesen sein."

„Nein, das war ich *nicht*." Kevin warf die heruntergebrannte Zigarette in den Aschenbecher, wo sie weiter vor sich hin qualmte. „Warum sollte ich? Ich hab doch keine Ahnung von Ninas Liebesleben, und es ist mir auch scheißegal. Wahrscheinlich war es der Typ, der bei ihr war, ist doch logisch!"

„Sie haben abgewartet", fuhr Andresen fort, als hätte Kevin gar nichts gesagt. „Sie haben im dunklen Treppenhaus gesessen, bis der Kerl wieder ging. Und dann haben Sie bei Nina geklingelt und sie überredet, Sie hereinzulassen."

Kevin stand abrupt auf. Seine Augen funkelten vor Wut. „Das ist doch totale Kacke! Ich bin nie bei ihr gewesen. Ich weiß doch nicht mal, wo sie wohnt."

„Das hätten Sie ohne Weiteres herausfinden können."

„Sie können mir keinen Mord anhängen! Ich hab nichts getan, verfluchte Scheiße." Der junge Mann schien den Tränen nah zu sein.

Andresen betrachtete ihn aufmerksam. Auch Lutz Weichert bemerkte das verzweifelte Zucken in den Mundwinkeln, die Angst in den Augen.

Andresen nickte. „Nichts für ungut, Herr Markwart. Hier ist meine Karte. Wir brauchen Ihre Aussage fürs Protokoll und erwarten Sie am Montag bei uns auf der Dienststelle." Er wandte sich an Weichert. „Kommen Sie, Herr Kollege."

Weichert folgte Andresen aus der Küche und konnte seine Erleichterung darüber, diese Müllkippe verlassen zu können, nur mit Mühe verbergen.

Noch einmal drehte er sich um. Kevin Markwart starrte ihnen hinterher, als sie zur Haustür gingen und murmelte: „Jetzt kapier ich gar nichts mehr."

Weichert ging es ähnlich. „Sie haben sehr plötzlich Ihre Meinung geändert", sagte er, als sie in Andresens alten Mercedes stiegen und sich auf die weichen Sitze fallen ließen.

Andresen schob den Schlüssel ins Zündschloss. „Er war es nicht."

„Woher wollen Sie das so genau wissen?"

„Menschenkenntnis, Weichert. Oder besser gesagt: Mörderkenntnis. Wenn ich mich irren sollte, lade ich Sie zum Italiener ein."

„Oder in dieses edle Restaurant im „Alten Meierhof". Das soll sehr gut sein. Und nicht gerade billig."

„Seien Sie nicht albern. Mittagstisch im Buena Sera, mehr ist bei meinem Gehalt nicht drin."

Weichert griff nach dem Sicherheitsgurt. „Na ja, besser als nichts."

„Es wird ein Nichts sein, denn der Junge ist unschuldig." Andresen startete den Motor.

„Als nächstes werde ich mir diesen Philip Schäfer vorknöpfen."

Weichert nickte. „Und ich werde das Vergnügen haben, Thomas Kuhl nach Ex-Freundinnen und ehemaligen Schülerinnen zu befragen, die ein Motiv haben könnten."

Kapitel 8

Philip Schäfer war Student. Also gab es, so dachte sich Andresen, eine absolut reelle Chance, ihn am frühen Freitagnachmittag zu Hause anzutreffen. Und er hatte recht.

Der junge Mann wohnte in einem schicken Reihenhaus in Harrislee, einer Gemeinde nördlich von Flensburg und noch näher an Dänemark gelegen, nämlich direkt an der Grenze.

Andresen sah auf das Klingelschild. *Neumeier / Schäfer* stand darauf. Dann betrachtete er das Haus samt gepflegtem Vorgarten. Für einen Studenten – selbst mit Mitbewohner – war so eine Hausscheibe ungewöhnlicher Luxus.

Ein junger Mann in Jeans und hellblauem T-Shirt öffnete. Er war attraktiv genug, um als Model zu arbeiten. Sein dunkles Haar stand vorn etwas hoch, die dunkelblauen Augen wirkten verträumt und waren von langen dunklen Wimpern umrahmt. Die vollen Lippen perfektionierten das schöne Gesicht. Auch Philip Schäfers Körper hatte Modelmaße. Er war groß und so durchtrainiert, dass Andresen automatisch den Bauch einzog.

„Ja?", fragte das Model.

„Herr Philip Schäfer?"

„Das bin ich. Und Sie sind ..."

Andresen zückte seinen Ausweis. „Kriminaloberkommissar Carsten Andresen, Kripo Flensburg. Haben Sie einen Augenblick Zeit für mich?"

Schäfer sah überrascht aus, fing sich jedoch schnell. „Klar, kommen Sie rein."

Der Hausflur war hell, modern und spartanisch, aber stilvoll eingerichtet. Philip Schäfer führte Andresen ins Wohnzimmer. Der große Fernseher, die Möbel, Bilder und Teppiche, alles wirkte ziemlich teuer und beinahe exzentrisch. Eine Wand glänzte in grellem Lila. Es gab merkwürdig geformte Sessel, auf einer mit Strass dekorierten Kommode stand eine futuristisch anmutende Tischlampe, und über dem niedrigen lackierten Couchtisch hing ein Kronleuchter, dessen Glassteinchen im Sonnenlicht funkelten.

Nicht gerade die typische Einrichtung für einen Studenten, dachte Andresen.

„Wohnen Sie allein hier?", war dann auch seine erste Frage.

„Nein, mit meiner Lebensgefährtin. Nehmen Sie Platz. Wie kann ich Ihnen helfen?"

Andresen fiel Sophie Schuberts Aussage ein. Sie hatte die Eifersucht von Philip Schäfers Freundin betont. Ob die Dame wusste, dass ihr Lebensgefährte noch Kontakt zu seiner Exfreundin hatte?

Andresen setzte sich auf die dunkle Ledercouch. Prüfend fuhr er mit der Hand über die Sitzfläche. Es schien tatsächlich echtes Leder zu sein. Woher hatten Schäfer beziehungsweise seine Freundin so viel Geld? Er schüttelte den Gedanken ab. Das ging ihn nichts an. Vielleicht hatten beide ausgesprochen großzügige Eltern.

„Wann haben Sie das letzte Mal mit Nina Bender gesprochen oder sie gesehen?", wollte er wissen.

Philip setzte sich auf eine Sessellehne und sah Andresen verwirrt an. „Nina? Ist was mit ihr?"

„Beantworten Sie einfach meine Frage, Herr Schäfer."

Philip Schäfer nickte, wenn auch etwas unwillig. „Schön. Das letzte Mal hab ich Nina gesehen … Wann war das gleich? Ach ja, vor ein paar Wochen. Ich glaube Mitte Juli. Wir trafen uns zufällig in der Stadt und haben zusammen einen Kaffee getrunken. Warum fragen Sie?"

„Sie haben noch nichts gehört?"

„Gehört? Was denn?"

Andresen machte eine kurze Pause, dann sagte er: „Nina Bender wurde ermordet."

Perplex rutschte der junge Mann von der Sessellehne auf die Sitzfläche. Er wirkte, als hätte jemand die Luft aus ihm heraus gelassen. Seine Schultern sackten nach unten, und er wurde schlagartig blass. Mit großen Augen starrte er Andresen an. „Wie bitte? Nina wurde … Das kann ich nicht glauben. Sie war überall beliebt. Wer sollte denn so etwas tun?"

„Das wissen wir noch nicht, deshalb bin ich hier. Ich hatte gehofft, Sie könnten uns weiterhelfen. Immerhin kannten Sie Nina sehr gut. Wie lange waren Sie mit ihr zusammen?"

Philip räusperte sich. „Ungefähr … knapp zweieinhalb Jahre. Anfang April haben wir Schluss gemacht, es klappte nicht mehr zwischen uns. Aber wir haben uns immer noch gut verstanden", fügte er eilig hinzu, wohl um misstrauischen Fragen zuvorzukommen.

„Wie haben Sie sie kennen gelernt?"

„Während des Studiums. Wir hatten anfangs nicht viel miteinander zu tun, doch dann verunglückten ihre Eltern tödlich. Das hat sie sehr mitgenommen. Ich hatte ein paar Jahre zuvor meinen Bruder durch einen Verkehrsunfall verloren, deshalb konnte ich verstehen, wie es in ihr aussah. Wir haben angefangen, viel miteinander zu reden."

„Ja, davon hörten wir bereits. Sophie Schubert berichtete uns, Sie hätten Nina in dieser schweren Zeit zur Seite gestanden."

Philip nickte. „Sie war wirklich schlecht drauf damals. Wir haben viel Zeit zusammen verbracht und, naja, uns irgendwann ineinander verliebt."

„Zu dem Zeitpunkt hatte sie aber noch einen Freund, nicht wahr?"

„Ja, Dennis. Ich kannte ihn flüchtig, aber ich mochte ihn nicht. Er war extrem eifersüchtig, hat Nina ständig die Hölle heiß gemacht. Auch nachdem Schluss war zwischen den beiden hat er sie nicht in Ruhe gelassen. Nina war ganz verzweifelt damals, sie hat viel geweint."

„Wissen Sie zufällig den Nachnamen von diesem Dennis?", fragte Andresen, doch er erhielt keine Antwort, denn in diesem Moment öffnete sich die Haustür und eine weibliche Stimme, die auf sinnliche Weise das ‚r' rollte, trällerte: „Liebling, ich bin wieder da-ha!"

Philip fluchte leise.

Die Stimme kam näher, begleitet von dem Klackern hoher Absätze auf dem Fliesenboden. „Bis zum nächsten Termin habe ich eine knappe Stunde Zeit. Zieh deine Hose aus, Darling, ich bin scharf wie ein Rasiermesser."

Philips Wangen färbten sich rot, er sprang auf. Seine Augen flackerten, als er Andresen ansah. „Bitte, kein Wort über Nina", flehte er und fuhr sich nervös über sein glatt rasiertes Kinn.

Andresen erhob sich ebenfalls, zog eine Visitenkarte hervor und reichte sie dem panisch zum Wohnungsflur sehenden Philip. „Dann erwarte ich Sie aber kurzfristig bei uns auf der Dienststelle."

„He, mein starker Hengst, wo bist du?"

„Im Wohnzimmer!" Philip stopfte die Karte eilig in die Tasche seiner Jeans.

In der nächsten Sekunde stand eine große, schlanke Frau in der Tür. Sie hatte braunes, sehr kurzes Haar, war vermutlich um die vierzig, was auch die starke Schminke nicht verbergen konnte, und sah verdutzt zu Andresen. Dann wandte sie sich an ihren Freund. „Was ist denn hier los, Darling?"

„Hallo Natalia. Das ist Herr … äh, Andresen. Er wohnt ganz in der Nähe", stotterte Philip.

Andresen musterte die auffälligen Ohrringe, das eng anliegende Kostüm und die waffenähnlichen Fingernägel. Er tippte auf Anwältin oder Immobilienmaklerin.

„Das ist meine Lebensgefährtin, Frau Neumeier", sagte Philip zu Andresen und wandte sich sodann wieder an seine Freundin. „Schatz, Herrn Andresen wurden letzte Nacht die Reifen zerstochen, und er wollte wissen, ob wir etwas mitbekommen haben."

Philip warf einen bittenden Blick zu Andresen. Der bewunderte zwar, wie geschickt Philip log, fühlte sich aber wie in einer billigen Klamotte.

„Ja, genau", sagte er lahm. „Haben Sie vielleicht etwas gesehen? So gegen zehn Uhr?"

„Gestern Abend um zehn?" Natalia Neumeier trat zu Philip, legte einen Arm um seine Taille und sah lächelnd und mit einem Zwinkern zu Andresen. „Da waren wir gerade sehr beschäftigt, wenn Sie verstehen. Tut mir wirklich leid." Sie wandte sich an ihren Freund. „Du musst nicht so schüchtern sein, Phil. Herr Andresen darf ruhig wissen, dass wir zwei weder Nonne noch Priester sind und besseres zu tun haben, als aus dem Fenster zu sehen." Ihre Hand rutschte zu seinem Hinterteil und packte zu.

Das Rot auf Philips Wangen wurde noch eine Nuance dunkler. Andresen bemerkte amüsiert, dass der arme Kerl gar nicht wusste, wo er hinsehen sollte. Er beschloss, die zwei lieber allein zu lassen.

„Na, dann gehe ich mal besser", murmelte er, lächelte Natalia zu und ging an ihr und ihrem Toyboy vorbei in den Hausflur.

Was den Mord an Nina Bender anging, hatte die Aussage von Philip bisher nicht viel Neues ergeben. Andresen hoffte, der junge Mann würde sich schon bald von seiner liebestollen Freundin loseisen können und bei ihm im Büro auftauchen.

„Tut mir leid, dass wir Ihnen nicht helfen können. Ich hoffe, Sie finden die Kerle", sagte Frau Neumeier, als sie ihn zur Tür begleitete.

Andresen sah sie zerstreut an. „Welche Kerle?"

„Na, die Reifenstecher natürlich", antwortete sie. „Ich dachte, wegen denen sind Sie hier."

„Ach so! Ja, natürlich. Vielen Dank, Frau Neumeier. Auf Wiedersehen, Herr Schäfer!"

Philip stand in der Tür zum Wohnzimmer. Von der modelmäßigen Lässigkeit war nicht mehr viel übrig. Auf seiner Stirn glänzten ein paar Schweißtropfen. „Tschüs", krächzte er und sah verlegen zu Boden. Natalia verabschiedete Andresen und schloss lächelnd die Tür.

„Der ist wohl etwas durcheinander", hörte Andresen sie sagen, dann schlug ihre Stimme um und wurde anzüglich. „So, mein Süßer, jetzt bin ich erst recht heiß. Sieh mal, meinen Slip habe ich schon im Auto ausgezogen. Damit wir keine Zeit verlieren …"

Andresen grinste und machte sich gemächlich auf den Weg zu seinem Auto. Er wusste nicht recht, ob er Philip Schäfer bedauern oder beneiden sollte …

****

Durch die Tür zum Klassenraum konnte Weichert die Stimme von Thomas Kuhl hören. Er wünschte der Klasse ein schönes Wochenende und beendete den Unterricht. Stühle wurden gerückt, Weichert hörte eine Frauenstimme lachen. Verena war das nicht.

Da öffnete sich bereits die Tür. Als Erstes kam der riesige Maik Sperling heraus, stutzte kurz, als er den Kommissar erkannte, nickte ihm zu und verschwand im Treppenhaus. Hinter ihm kamen die anderen: die zierliche Dunkelhaarige mit den Locken, der unangenehme Kerl mit der Baseballkappe – wie hieß er noch? Ach ja, Yannick Nehrens –, der kaugummikauende Jeanstyp, die schlanke junge Frau mit dem schüchternen Blick – Jeanette Irgendwas –, die ältere Dame, die auch an diesem Tag wieder wie ein wandelnder Regenbogen aussah, der sanft wirkende Mann im mittleren Alter – und ganz zuletzt seine Verena. Überrascht sah sie Weichert an und fiel ihm gleich darauf um den Hals.

„Hallo Schatz, was machst du denn hier?"

Er gab ihr einen flüchtigen Kuss und sah den anderen nach. Irgendetwas stimmte nicht, er kam nur nicht darauf, was es war. Vielleicht fiel es ihm später ein.

„Ich wollte dich abholen. Aber vorher muss ich noch kurz mit eurem Kursleiter reden." Er ruckte sein Kinn Richtung Klassenraum.

„Darf ich dabei sein?"

„Nee, darfst du nicht. Am besten gehst du schon runter." Er lächelte ihr versöhnlich zu. „Es dauert bestimmt nicht lange."

„Also gut", murrte Verena und ging in Richtung Treppe. „Bis gleich."

Weichert wartete, bis sie um die Ecke verschwunden war. Dann betrat er den Klassenraum. Thomas wischte gerade die Tafel sauber.

„Hallo, Herr Kuhl."

Der Angesprochene wandte verwundert den Kopf. „Hallo, Herr Kommissar. Gibt es Neuigkeiten?"

„Noch nicht. Haben Sie ein paar Minuten Zeit für mich?"

„Wenn es nicht mehr wird …" Thomas legte den Lappen in den Schwammkasten und räumte seine Unterlagen in die alte Ledertasche. „Sie wissen ja, meine Hündin wartet. Wie kann ich Ihnen helfen?"

„Sind Sie eigentlich verheiratet?"

„Verheiratet? Nein, bin ich nicht."

„Geschieden?"

Er schüttelte den Kopf.

„Eine Freundin haben Sie auch nicht?"

Thomas verschränkte die Arme. „Nein, zurzeit nicht. Warum interessiert Sie das?"

„Wann war denn Ihre letzte Beziehung zu einer Frau – ich meine, abgesehen von Nina Bender."

„Im März hat meine damalige Freundin sich von mir getrennt. Seitdem bin ich solo."

„Warum hat sie Schluss gemacht?"

Thomas lächelte, doch seine Augen blieben ernst. „Aus einem ganz simplen Grund: Sie hatte sich in einen anderen verliebt. Sowas soll vorkommen."

„Hat sich vielleicht in der letzten Zeit eine Schülerin zu Ihnen hingezogen gefühlt?"

Thomas starrte ihn an. Er sah irritiert und etwas verärgert aus.

Nun bemerkte Weichert seinen Fauxpas und wiederholte verlegen: „Ich meine – außer Nina Bender."

„Normalerweise fange ich nichts mit meinen Schülern an, Herr Kommissar", sagte Thomas frostig. „Das mit Nina, das war eine Ausnahme. Sie hat mir viel bedeutet, schon nach der kurzen Zeit. Wir schienen irgendwie … seelenverwandt. So etwas ist mir vorher nicht passiert."

„Aber es gab doch sicher schon Schülerinnen, die Sie angeflirtet oder Ihnen eindeutige Angebote gemacht haben. Schließlich sind Sie ein gut aussehender Mann."

Thomas fuhr sich mit beiden Händen über das Gesicht. Er sah erschöpft aus, bemerkte Weichert. „Schon möglich, dass ein oder zwei von ihnen mich eine Weile angehimmelt haben", räumte er ein. „Doch ich bin nie darauf eingegangen. Warum fragen Sie?"

„Aus ermittlungstechnischen Gründen. Haben Sie die Namen dieser Schülerinnen?"

„Glauben Sie etwa, eine ehemalige Schülerin hat Nina umgebracht? Das ist doch totaler Schwachsinn."

„Eifersucht ist ein starkes Motiv, Herr Kuhl. Können Sie mir die Namen geben? Am besten mit Anschrift."

„Hören Sie, dieser Workshop ist der erste seit drei Monaten, den ich leite. Keinen meiner ehemaligen Schüler habe ich seit dem jeweiligen Kursende wiedergesehen. Sie sind bestimmt auf der falschen Fährte."

„Wahrscheinlich haben Sie recht", räumte Weichert ein. „Dennoch möchten wir jeder Spur nachgehen, das verstehen Sie sicher. Es liegt doch auch in Ihrem Interesse, dass Ninas Mörder gefunden wird." Er machte eine Pause und musterte Thomas Kuhl wachsam. „Oder etwa nicht?"

Thomas nickte langsam. „Doch, natürlich." Er seufzte ergeben. „Also gut. Ich rufe Sie an und gebe Ihnen die Namen durch. Allerdings ist mir das Ganze ziemlich unangenehm."

„Wir werden diskret sein, machen Sie sich keine Sorgen." Lutz Weichert wandte sich zur Tür. „Einen schönen Abend noch, Herr Kuhl."

„Ja, danke. Ihnen auch."

Auf der Schwelle drehte Weichert sich noch einmal um. „Ach, eins noch. Sind Sie am Mittwoch, bevor Sie zu Nina Bender gegangen sind, mit Sekundenkleber in Kontakt gekommen?"

Thomas runzelte die Stirn. „Nein. Ich habe nicht mal welchen, glaube ich. Wieso fragen Sie?"

„Nicht so wichtig." Weichert hob die Hand zum Gruß und ließ den Kursleiter verwirrt zurück.

Als er die Treppe im VHS-Gebäude herunterkam, sah er durch die Glastür, dass Verena wie vereinbart draußen auf ihn wartete. Sie saß auf einer der unteren Treppenstufen und war in ihre Unterlagen vertieft.

„So, ich habe jetzt Feierabend", sagte er zufrieden, als er zu ihr stieß. „Gehen wir noch irgendwo einen kleinen Happen essen und fahren dann zu mir?"

Sie räumte ihren Ordner zurück in die Tasche und schüttelte den Kopf. „Tut mir leid, aber ich möchte in den Stall fahren. Tessa hat in den letzten Tagen kaum etwas von mir gehabt. Und da wir am kommenden Montag den ausgefallenen Unterricht nachholen ..." Sie sah hoch und lächelte ihm zu. „Vielleicht morgen?"

Er nickte langsam. „Also gut." Dann hakte er nach. „Der Kurs ist noch nicht zu Ende? Ich dachte, heute wäre der letzte Tag."

„Eigentlich schon. Aber Thomas hat uns angeboten, am Montag noch einmal zu kommen." Sie machte eine Pause. „Nina hätte es so gewollt, sagte Thomas. Schließlich hätten wir für fünf volle Tage bezahlt." Dann stand sie auf und gab Lutz einen Kuss. „Bis morgen, ja?"

Er nickte und kratzte sich an der Nase, als er sah, dass Thomas Kuhls Gestalt hinter der Glastür auftauchte. Das gefiel Lutz gar nicht. Auf keinen Fall wollte er die beiden allein lassen.

„Wo parkst du?", fragte er rasch. „Soll ich dich noch zu deinem Wagen bringen?"

„Das musst du nicht, mein Auto steht oben an der Reepschlägerbahn", antwortete Verena.

Hinter ihr kam Thomas die Treppe hinunter. „Genau wie meins", sagte er und lächelte Weichert beruhigend zu. „Ich kann Verena begleiten."

Lutz sah seine Freundin an. Sie wirkte nervös, ihr Blick wanderte zwischen ihm und dem Kursleiter hin und her. „Mein Wagen steht im Parkhaus der Galerie", sagte Weichert. „Bis dahin könnten wir zusammen gehen."

Verena nickte. „Sicher, warum nicht."

Thomas schlug sich gegen die Stirn. „Ach, verflixt! Ich habe oben noch etwas vergessen, bin gleich zurück." Damit eilte er die Treppe wieder hinauf.

Verena schlang die Arme um Lutz und gab ihm einen zärtlichen Kuss. „Geh ruhig schon los, ich warte hier auf Thomas", sagte sie. „Wir sehen uns ja morgen."

Prompt waren Misstrauen und Eifersucht wieder da. Lutz' Augen wurden schmal.

„Willst du mich loswerden?", fragte er und schob sie von sich. „Damit ihr zwei allein seid?"

Verärgert sah sie ihn an. „Fängst du schon wieder damit an? Ich dachte, du vertraust mir. Wenn du denkst, dass ich dich hintergehe, dann …" Sie holte tief Luft, beendete den Satz jedoch nicht. Stattdessen verschränkte sie die Arme und beobachtete ihn finster. Ein paar Herzschläge lang musterten sie sich gegenseitig, ohne etwas zu sagen.

„Gut, dann gehe ich jetzt", sagte er schließlich kühl. „Will euch ja nicht stören. Viel Spaß mit deinem Hengst." Er drehte sich um und marschierte wütend drauflos.

„Tessa ist eine Stute!", rief Verena ihm nach. „Das weißt du genau."

„*Sie* hab ich ja auch nicht gemeint", gab Lutz bissig zurück. Dann ging er mit großen Schritten die schmale, kopfsteingepflasterte Straße Richtung Südermarkt hinunter, ohne sich noch einmal umzusehen.

****

„Nein, du brauchst nicht schon wieder zu kochen. Wenn ich nach Hause komme, lade ich dich, Desirée und Toni zum Essen ein. Der Chinese in Harrislee ist sehr gut, ich werde uns einen Tisch bestellen. Ach, Antonia war noch nie chinesisch essen? Keine Sorge, dort gibt es ein üppiges Buffet, sie kann sich aussuchen, was sie mag. Ja, Desirée und ich haben uns wieder vertragen. Sie hat hoch und heilig versprochen, das Chaos auf ihr Zimmer zu beschränken."

Es klopfte an der Tür.

„Tut mir leid, ich muss Schluss machen, Dany. Jemand will etwas von mir. Ich komme, sobald ich hier fertig bin. Ja, ich vermisse dich auch. Bis später." Er legte auf. „Herein!"

Die Tür öffnete sich einen Spalt und Philip Schäfers Gesicht erschien.

„Ah, Herr Schäfer!", rief Andresen erfreut. Es war bereits halb sechs, daher hatte er nicht damit gerechnet, dass Nina Benders Ex-Freund noch an diesem Tag auftauchen würde. „Kommen Sie herein. Möchten Sie einen Kaffee?"

Philip nickte lächelnd. „Sehr gern, danke. Mit Milch, wenn es geht. Ohne Zucker."

„Fein. Eine Sekunde." Andresen ging zum Telefon und wählte eine Nummer. Im Nebenzimmer hörte man es klingeln. Dort half Praktikantin Mirja Sommer der Sekretärin Betty beim Schreiben der aufgenommenen Zeugenaussagen.

„Mirja, bringen Sie doch bitte eine Tasse Kaffe bei uns vorbei. Mit Milch. Dankeschön!"

Andresen wies auf den Stuhl vor seinem Schreibtisch. „Setzen Sie sich. Es tut mir leid, ich hatte vorhin wohl einen ungünstigen Moment für meinen Besuch gewählt."

Philips Wangen begannen erneut zu glühen. „Ich weiß, was Sie denken, und Sie haben recht. Natalia lässt mich unentgeltlich bei sich wohnen, dafür bin ich eben für sie da, wenn sie … mich braucht. Als Student muss man sehen, wie man klarkommt. Als ich mich auf dieses Arrangement eingelassen habe, wusste ich noch nicht, dass sie …" Er zögerte und suchte offenbar nach der richtigen Formulierung.

„Dass sie Sie so häufig … brauchen würde?", half Andresen aus.

„Ja", nickte Philip. Er sah erschöpft und ein wenig unglücklich aus. „Es ist auf Dauer doch recht anstrengend.

Aber nun wäre ich dankbar für einen Themawechsel. Was genau wollten Sie von mir wissen, ich meine, wegen Nina."

„Ich hätte gern mehr Informationen über ihren eifersüchtigen Exfreund. Kennen Sie seinen vollständigen Namen und womöglich sogar seine Anschrift?"

Die Tür ging auf und Mirja kam herein, in der Hand einen Becher, aus dem es dampfte. Philip wandte sich zu ihr um. „Hallo", grüßte er freundlich.

Sie starrte ihn an, als säße plötzlich ein Hollywoodstar vor ihr. „Ich, äh, ja, hallo, hier ist Ihr Kaffee." Sie stellte den Becher auf dem Schreibtisch ab und sah Andresen an. „Soll ich vielleicht mitschreiben, fürs Protokoll?"

„Ich dachte, Sie helfen Betty?"

„Oh, die kommt auch ein paar Minuten alleine klar."

„Na dann los, schnappen Sie sich einen Block und setzen Sie sich."

Mirja suchte eilig das Benötigte zusammen und setzte sich so hin, dass sie Philip Schäfer direkt im Blick hatte. Mit leuchtenden Augen lächelte sie ihm zu.

„Wir waren bei Nina Benders Exfreund", erinnerte Andresen den Zeugen.

„Ach ja, richtig." Philip nickte. „Er heißt Dennis, sein Nachname fällt mir gerade nicht ein. Irgendwas häufiges, Petersen, Hansen, Christiansen oder so. Ich glaube, er wohnte drüben in Engelsby, aber ob er dort immer noch lebt, weiß ich nicht. Seit damals habe ich ihn nicht mehr gesehen."

„Hat Nina hin und wieder von ihm gesprochen?"

„Ja, schon. Er hatte wohl ein kaputtes Verhältnis zu seiner Mutter. Sie hat ihn allein aufgezogen, er war ihr Ein und Alles. Sie hat ihn mit ihrer Liebe fast erdrückt, hat Nina mir einmal erzählt. Als er klein war, hat sie offenbar immer davon gesprochen, dass sein Vater die beiden nicht haben wollte, doch er habe dafür seine Strafe bekommen. Der liebe Gott hätte dafür gesorgt, dass er nie wieder jemandem wehtun könne. Nina fand das ganz schön gruselig – und ich auch, um ehrlich zu sein. Darum weiß ich das auch noch so genau."

„Wissen Sie, was Dennis' Mutter damit gemeint hat?"

„Nein. Mehr weiß ich nicht. Aber Nina fand diese Aussage so merkwürdig, dass sie mir davon erzählt hat. Angeblich wusste Dennis nicht, ob sein Vater überhaupt noch lebt. Er hat nie Kontakt zu ihm gehabt. Seiner Mutter ist er jedenfalls mit zunehmendem Alter immer mehr aus dem Weg gegangen. Sie muss wie eine Klette gewesen sein. Ich nehme an, dass ihr Verhalten sein eigenes geprägt hat, schließlich war er Nina gegenüber extrem eifersüchtig und besitzergreifend. Sie litt sehr darunter."

„Wissen Sie, was er beruflich gemacht hat, wo er arbeitete?"

„Wenn ich mich recht erinnere, war er in der Gastronomie tätig. Aber wo und als was genau er gearbeitet hat, kann ich Ihnen nicht sagen. Tut mir leid."

Andresen seufzte enttäuscht. „Trotzdem danke. Wenn Ihnen der Nachname dieses Dennis einfällt, sagen Sie uns bitte umgehend Bescheid. Aber nun zu Ihrem Alibi. Wo waren Sie am Mittwochabend, so zwischen neun Uhr und Mitternacht?"

Philip Schäfers Mund verzog sich zu einem ironischen Lächeln. „Da muss ich nicht lange nachdenken. Ich war zu Hause, wie jeden Abend in dieser Woche. Natalia kann das bezeugen."

„Sie meinen, Sie und ihre Freundin haben …"

„Korrekt. Ich schätze, ich bin gegen halb zwölf eingeschlafen. Und glauben Sie mir, ich war zu der Zeit nicht in der Verfassung, meine Exfreundin aufzusuchen, geschweige denn, sie umzubringen. Mal ganz abgesehen davon, dass es hierfür keinen Grund gab – ich war viel zu erschöpft, um überhaupt irgendwo hinzugehen."

Andresen nickte. „Ich verstehe."

„Bitte sagen Sie Natalia nicht, dass Nina meine Exfreundin war. Sie wissen ja, dass sie etwas älter ist als ich. Das macht ihr manchmal zu schaffen und deshalb empfindet sie jede andere Frau in meiner Umgebung als Bedrohung."

Wenig später war er fort. Mirja ließ sich auf Weicherts leeren Stuhl fallen. „Was für ein Mann", seufzte sie verträumt.

Andresen sah auf. „Er ist vergeben, wie Sie gehört haben."

Mirja schnaubte. „An eine ältere, eifersüchtige Frau. Was will er bloß von so einer?"

„Ein Dach über dem Kopf und ein weiches Bettchen." Andresen grinste.

Sie lehnte sich zurück. „Was soll das heißen?"

„Das heißt, dass er und seine Freundin eine Zweckgemeinschaft bilden. Sie lässt ihn umsonst bei sich wohnen, dafür steht er ihr zur Verfügung, wann immer sie will. Sie wissen schon."

Andresen fuhr seinen Computer herunter und griff nach dem Telefon, um einen Tisch bei dem chinesischen Restaurant zu bestellen.

„Sie meinen, er … prostituiert sich?", fragte Mirja entsetzt.

„Das ist zwar ein bisschen hart formuliert, aber im Großen und Ganzen kommt das wohl hin. So, und nun seien Sie so nett und tippen Sie noch rasch seine Aussage runter. Dann können Sie von mir aus Feierabend machen."

Mirja sah auf ihre gekritzelten Notizen hinab. „Glauben Sie, er ist verliebt in diese Frau?"

„So klang er eigentlich nicht. Warum wollen Sie das wissen?", fragte Andresen, während er auf das Freizeichen im Hörer lauschte.

„Ach, nur so." Mirja stand auf und ging zur Tür.

„Ja, Andresen, guten Abend. Ich hätte gern einen Tisch für heute Abend reserviert. Für vier Personen." Aus den Augenwinkeln beobachtete er, dass Mirja den Block mit ihren Aufzeichnungen von Philip Schäfers Aussage an ihre Brust drückte und mit einem verträumten Lächeln den Raum verließ.

****

Die unterschiedlichsten Gefühle tobten in Lutz, während er zu seinem Wagen ging und nach Hause fuhr. Er war wütend auf Verena, empfand Hassgefühle für Thomas Kuhl, hatte Angst, dass seine Beziehung in die Brüche ging und empfand Scham, weil es eigentlich nicht seine Art war, so verletzend zu sein. Seine letzte Bemerkung war unreif und primitiv gewesen, er wusste es selbst. Verena war schon allein deshalb sicher stinksauer auf ihn.

Er würde sie nachher anrufen und sich entschuldigen, nahm er sich vor. Doch vorher musste er seinen Kollegen über die neuesten Erkenntnisse informieren. An einer roten Ampel zog er sein Handy hervor und wählte die Nummer im Büro. Besetzt.

Die Ampel schaltete auf Grün.

Erst, als er in der Nähe seiner Wohnung eingeparkt hatte, erreichte er Andresen.

„Ich bin es, Weichert. Ich hoffe, ich störe nicht?"

„Natürlich stören Sie, ich wollte gerade gehen. Bin zum Essen verabredet. Also fassen Sie sich bitte kurz."

Er schlug die Autotür zu.

„Tue ich das nicht immer?"

„Dazu sage ich nichts ohne meinen Anwalt. Worum geht es?"

„Mir ist etwas aufgefallen, als ich heute in der Volkshochschule war, um noch einmal mit Thomas Kuhl zu sprechen."

„Ist etwas dabei herausgekommen?"

„Eher nicht. Aber er gibt mir die Adressen von zwei Schülerinnen, die wahrscheinlich in ihn verknallt waren. Seine Exfreundin können wir vernachlässigen, denke ich. Sie hat ihn wegen eines anderen Mannes verlassen. Darauf wollte ich aber nicht hinaus."

„Sondern?"

Weichert trat in den Hausflur und ging auf die Briefkästen zu. „Als der Unterricht zu Ende war, kamen die Schüler aus dem Klassenraum."

„Das ist nicht ungewöhnlich."

„Lassen Sie mich bitte ausreden, Herr Kollege. Dann bin ich auch schneller fertig."

Stille.

„Sind Sie noch dran?"

„Himmel, Weichert, jetzt kommen Sie endlich zum Punkt!"

„Ist ja schon gut. Als die Ältere an mir vorbeiging, die, die immer angezogen ist wie ein farbenblinder Hippie, fiel mir auf, dass ich sie nicht auf dem Kommissariat gesehen habe, als die anderen dort waren." Eine Rechnung, Werbung – nichts Besonderes. Weichert schloss den Briefkasten wieder ab und ging zur Treppe.

„Sie meinen, sie hat sich vor der Vernehmung gedrückt?"

„Den Eindruck habe ich."

„Weil sie etwas zu verbergen hat?"

„Möglicherweise. Einer von uns sollte sie sich mal vornehmen, meinen Sie nicht auch?"

Er schloss die Wohnungstür auf und machte Licht im Flur.

„Da stimme ich Ihnen voll und ganz zu", sagte Andresen. „Und weil Sie so aufmerksam waren, übertrage ich Ihnen diese verantwortungsvolle Aufgabe. Nehmen Sie unsere kleine Praktikantin mit, wenn Sie mögen. Gleich Montag früh."

Lutz legte die Post auf die Kommode im Flur. „Und was machen Sie?"

„Keine Angst, ich werde schon nicht Däumchen drehen. Philip Schäfer war da und hat einige interessante Dinge über Nina Benders ehemaligen Freund Dennis erzählt. Der war offenbar extrem eifersüchtig."

„Wer ist Philip Schäfer?", fragte Lutz, während er sich die Schuhe auszog und sie ordentlich nebeneinander unter die Garderobe stellte.

„Ein weiterer Exfreund unseres Opfers. Er war bis Anfang April mit ihr zusammen. Nun lebt er bei einer gut verdienenden Dame als Sexsklave."

Lutz betrat das Wohnzimmer und ließ sich auf die Couch fallen. „Ist nicht Ihr Ernst!"

Andresen lachte. „Doch, allerdings. Wie auch immer, für die Tatzeit hat er ein Alibi. Ich werde mich also am Montag darum kümmern, mehr über diesen Dennis Sowieso herauszufinden."

„Dann haben wir ja beide was zu tun. Entschuldigen Sie die Störung. Schönen Abend noch."

„Besten Dank. Bis Montag!"

Weichert legte das Telefon zur Seite, verschränkte die Arme im Nacken und legte die bestrumpften Füße auf den Couchtisch. Anfangs waren seine Gedanken noch bei dem Zeugen Philip Schäfer und seiner Gönnerin, doch dann machten die zwei Platz für Verena und diesen schrecklichen Thomas Kuhl. In Lutz' Kopf lief ein Film, in dem seine Freundin und ihr attraktiver Kursleiter die Hauptrollen spielten. Sie fielen übereinander her, im Klassenraum, in Verenas Auto, im Pferdestall …

Lutz' Puls fing an zu rasen. Er setzte sich auf, machte den Fernseher an, um die Bilder zu verscheuchen. Da lief eine Dokusoap über eine Frau, die ihren Freund mit einem anderen betrog. Na klasse! Lutz zappte weiter, bis er die Übertragung eines Fußballspiels fand.

Doch auch das konnte ihn nicht wirklich entspannen.

****

Verenas Laune, die nach Lutz' Eifersuchtsanfall und seiner blöden Bemerkung im Keller gewesen war, hatte sich ein kleines bisschen gebessert, als sie um kurz vor acht – verschwitzt und nach Pferdestall duftend – vor der elterlichen Villa aus ihrem Wagen stieg.

Sie hatte Tessa gegenüber noch immer ein schlechtes Gewissen. Während der vergangenen Woche war sie viel zu selten bei ihr gewesen. Natürlich hatte sie vorher dafür gesorgt, dass sich eines der Mädchen, die im Stall aushalfen, um die Stute kümmerte, sie ritt und ihre Box sauber hielt. Dennoch plagten sie Gewissensbisse. Tessa und sie waren seit vielen Jahren eine Einheit. Noch nie hatte Verena ihr Pferd so vernachlässigt wie in den letzten Tagen. Doch nun hatte sie wieder mehr Zeit und nahm sich fest vor, ihr Versäumnis wieder gutzumachen.

Sie schloss ihren Mini Cooper ab und sah, dass der Jaguar ihres Vaters nicht da war, was wohl hieß, dass er wie so oft länger in der Klinik festgehalten wurde.

Verena atmete tief durch, als sie die Seitentür ansteuerte. Die Stunden mit Tessa hatten ihr gut getan. Genau wie das Gespräch mit Thomas, als er sie nach dem Kurs zu ihrem Wagen begleitet hatte.

Er hatte sofort gemerkt, dass zwischen Lutz und ihr etwas vorgefallen sein musste. Schließlich hatte sie ihm erzählt, dass sie sich gestritten hatten und dass er, Thomas, der Grund dafür gewesen war.

„Dein Freund ist eifersüchtig? Das kann ich ihm nicht verdenken", hatte Thomas gesagt, während sie den Holm entlang bummelten.

„Wie meinst du das?"

„Damit meine ich, dass du eine schöne und charmante Frau bist, du hast Stil und Köpfchen. Er glaubt vermutlich, dass er nicht in deiner Liga spielt, und – wenn du mir meine Offenheit verzeihen willst –, ich finde, damit hat er recht."

Verena lief rot an. „Meinst du wirklich?"

„Aber ja! Du könntest doch wirklich jeden Mann haben. Aber du hast dich in ihn verliebt; einen Beamten mit beziehungsfeindlichen Arbeitszeiten, mittlerem Einkommen und durchschnittlichem Aussehen."

Verena schwieg. So hatte sie Lutz noch nicht gesehen. Als sie sich kennenlernten, waren es seine Unsicherheit und seine rührend tollpatschige Art gewesen, die ihr Herz erobert hatten. Es stimmte, finanziell war er nicht allzu gut gestellt, seine Arbeitszeiten nervten tatsächlich hin und wieder und er sah auch nicht so atemberaubend aus wie … wie zum Beispiel Thomas, aber …

Sie sah ihren Begleiter an. Der erwiderte ihren Blick und lächelte ihr warm zu. „Ist doch ganz klar, dass er anderen Männern gegenüber ein gewisses Misstrauen an den Tag legt", sagte er. „Das täte ich bestimmt auch an seiner Stelle."

„Du?" Verena musste lachen. „Du brauchst nun wirklich keine Minderwertigkeitskomplexe zu haben."

„Na ja", erwiderte Thomas. „Mag sein, dass das Schicksal, was das Optische angeht, zu mir gnädiger war, doch er

hat zumindest ein geregeltes Einkommen und einen hand-
festen Beruf. Ich wurschtele mich so durch mit meiner
Schreiberei und den Kursen."

„Bestimmt hast du bald deinen großen Durchbruch",
sagte Verena überzeugt. „Immerhin hast du schon ein Buch
herausgebracht und Talent hast du sowieso, ich meine ..."
Sie brach ab, denn Thomas war stehen geblieben. Sie drehte sich zu ihm um, stand ihm direkt gegenüber, weniger als
einen Schritt von ihm entfernt. Er sah liebevoll auf sie hinunter und streichelte sacht mit dem Handrücken über ihre
Wange. „Danke, das hast du schön gesagt."

Verena vergaß zu atmen. Ihr Herz schlug plötzlich härter gegen ihren Brustkorb. Bevor sie in irgendeiner Form
reagieren konnte, war der Moment vorbei und sie gingen
weiter. „Allein vom Schreiben zu leben, das wäre mein
Traum", sagte Thomas seufzend. „Ich meine, *gut* zu leben,
ohne dass am Ende des Einkommens noch so viel Monat
übrig ist."

„Die guten Schriftsteller schaffen das", war sie überzeugt. „Und du bist gut."

Er wiegte nachdenklich den Kopf. „Danke. Etwas Glück
braucht man aber auch."

Beim Stadttheater warteten sie darauf, dass die Straße
frei wurde, dann liefen sie über das Kopfsteinpflaster des
Nordergrabens und machten sich daran, die Treppe zum
Museumsberg hinaufzusteigen.

Hier war nicht viel los. Als sie auf halber Strecke waren,
blieb Thomas stehen, stützte die Hände auf dem Geländer
ab und sah schweigend die belebte Rathausstraße hinunter.
Verena stellte sich neben ihn und betrachtete ebenfalls
nachdenklich die Umgebung. Offensichtlich war es alles
andere als einfach, seinen Lebensunterhalt mit dem
Schreiben zu verdienen. Thomas war gut, hatte Talent und
Know-how, sein Roman stand im Buchhandel, doch allzu

viel brachte das wohl nicht ein. So langsam begann sie daran zu zweifeln, dass ihr hochgestochener Wunsch sich so leicht erfüllen ließ, wie sie geglaubt hatte.

„Was meinst du? Wer hat Nina umgebracht?", fragte er plötzlich mit leiser Stimme.

Der abrupte Themawechsel überforderte Verena und der Gedanke an Nina tat weh. Sie war so jung gewesen, so hübsch, so fröhlich …

„Ich … ich weiß es nicht", flüsterte Verena. „Wahrscheinlich jemand, den keiner von uns kennt. Ein Fremder."

Thomas sah sie an. Seine Augen wirkten dunkler als sonst. Als wäre ein Sturm in seiner Iris aufgezogen. „Dein Freund glaubt, ich war es."

Sie wusste nicht, was sie sagen sollte, also blieb sie stumm.

„Glaubst du das auch?", fragte Thomas. Er richtete sich auf und wandte sich ihr zu. Stand ganz dicht vor ihr.

Verena schluckte. „Nein", flüsterte sie. „Ich weiß, dass du es nicht warst. So etwas würdest du niemals tun. Du hattest sie doch gern."

„Ja, das stimmt. Ich hatte sie gern." Sein Blick schweifte wieder in die Ferne.

Verena bemerkte, dass seine Kieferknochen hervortraten. Irgendetwas schien ihn sehr zu beschäftigen. Sie hätte zu gern gewusst, was durch seinen Kopf ging. Doch sie wagte nicht zu fragen, also standen sie wortlos nebeneinander und genossen die Aussicht, bis Thomas seufzte und seine Hände auf Verenas Schultern legte. Lächelnd beugte er sich vor und gab ihr einen Kuss auf die Wange. „Ich danke dir. Wahrscheinlich musste ich nur mal von jemandem hören, dass ich zu so einer Tat nicht fähig wäre." Er sah auf die Uhr. „Nun müssen wir uns aber sputen. Hexe wartet garantiert schon sehnsüchtig auf mich."

Wenige Minuten später verabschiedeten sie sich.

„Übrigens", rief er ihr zu, als sie gerade in ihren Wagen stieg, „dich hab ich auch gern. Also pass bitte auf dich auf!"

Die nächsten Stunden musste sie immer wieder an diese Unterhaltung denken. Während sie nach Hause fuhr und ihre Reitsachen anzog, auch auf dem Weg zum Stall und als sie Tessa sattelte, ein paar Runden in der Halle drehte und ihre Stute anschließend trocken rieb und striegelte, ging ihr pausenlos durch den Kopf, was Thomas gesagt und getan hatte. Wie er sie angesehen und angelächelt hatte.

Verena war völlig durcheinander. Erst der grässliche Streit mit Lutz, dann dieser verwirrende Spaziergang mit Thomas.

Er hatte sie gern, machte sich Sorgen um sie. Er hatte sie sogar geküsst! Verena konnte nicht anders, als glücklich vor sich hin zu lächeln, während sie zurück zur elterlichen Villa fuhr. Sie schloss die Hintertür auf, zog ihre Jacke aus, zerrte sich die Reitstiefel von den Füßen und öffnete die Tür zum Eingangsbereich.

Aus der Küche hörte sie das vergnügte Lachen ihrer Mutter und trat näher. Hatte sie Besuch?

Verena hatte die Küchentür fast erreicht, als Amelie kichernd sagte: „Hör auf, Jesper, du sollst sowas nicht sagen. Doch, natürlich fand ich es auch schön gestern Abend. Sehr schön sogar."

Verena blieb wie angewurzelt stehen.

„Du fehlst mir auch. Morgen Nachmittag? Ich weiß nicht, ich wollte eigentlich in die Stadt fahren, um mir noch ein paar Farben und Utensilien zu besorgen."

Schweigen, dann lachte Amelie leise. „Du als meine Leinwand? Du bist verrückt!" Verenas Mutter machte eine Pause, gluckste vergnügt und sagte dann mit zärtlicher, beinahe sinnlicher Stimme: „Also gut, ich komme. So gegen drei? Ja, ich freue mich auch. Bis morgen."

Verena rührte sich nicht. Sie hörte ihre Mutter vergnügt vor sich hin summen. Dann begann die Kaffeemaschine zu brodeln.

Das Geräusch erweckte Verena aus ihrer Starre. Sie schlich zurück in den Hauswirtschaftsraum, in dem sie ihre Sachen ausgezogen hatte, und schloss leise die Tür, um sie gleich darauf geräuschvoll wieder zu öffnen.

„Mama?", rief sie. „Ich bin wieder da!"

Sekunden später kam ihre Mutter auf sie zu, mit rosa leuchtenden Wangen und nervösem Blick. „Ach, da bist du ja. Ich hab dich gar nicht kommen hören. War es schön im Stall?"

Verena wich ihrem Blick aus. „Ja, danke."

„Möchtest du etwas essen? Vielleicht Spiegeleier auf Toast? Ich bin leider nicht zum Kochen gekommen, aber es ist auch schwer, die ganze Familie an einen Tisch zu bekommen und …"

„Lass nur, ich habe keinen Appetit."

Ihre Mutter sah sie prüfend an. „Ist alles in Ordnung, Schätzchen? Du siehst blass aus."

„Bin nur ein bisschen müde."

„Wie läuft es mit der Schreiberei?"

„Gut."

Amelie legte Verena einen Arm um die Schultern. „Ich finde es toll, dass wir nun beide kreativ tätig sind. Also, ich sage dir, das Malen macht mir unglaublichen Spaß. Es ist, als würde ich erst jetzt richtig anfangen zu leben."

Verena wurde übel. Sie wollte sich gar nicht vorstellen, wie dieses neue Leben genau aussah. „Entschuldige", brachte sie mühsam hervor, „aber ich hab noch zu tun."

Sie entzog sich der mütterlichen Umarmung und eilte die Treppe nach oben. Sie spürte förmlich, dass ihre Mutter ihr besorgt und nachdenklich hinterher sah, doch das war ihr gleich.

In ihrem Zimmer schmiss sie sich aufs Bett, verschränkte die Arme hinter dem Kopf und starrte zur Decke. Hinter ihren Augen sammelten sich Tränen und in ihrem Hals steckte ein Kloß. Dick, grau und Luft abschnürend.

Ihre Gedanken begannen, sich im Kreis zu drehen. So viel war in den letzten Tagen geschehen, stellte ihr bisheriges Leben auf den Kopf.

Die fröhliche, talentierte und hübsche Nina war ermordet worden. Ihr Mörder lief frei herum.

Vielleicht war es jemand den sie kannte. Unter Umständen sogar jemand, den sie mochte.

Lutz glaubte, ausgerechnet der nette, attraktive Thomas hätte Nina erschlagen.

Und eben dieser Thomas hatte sie, Verena, geküsst und ihr Komplimente gemacht. Er hatte sie gern und sie ihn auch. Er schob sich immer mehr in ihre Gedanken, ließ ihr Herz aus dem Rhythmus geraten. Das Herz, das eigentlich Lutz gehörte. Doch Lutz war wütend auf sie. Misstraute ihr. Unterstellte ihr eine Affäre mit Thomas.

Und als wäre all das noch nicht schlimm genug, musste sie erfahren, dass ihre Mutter ihren Vater hinterging. Dass sie ihre Familie zerstörte, weil sie einen dänischen Bildersammler kennengelernt hatte und ,erst jetzt anfing, richtig zu leben'.

Verena verachtete sie dafür. Und dachte dennoch selbst an einen anderen Mann als an Lutz. Zerstörte sie womöglich ebenfalls ihre Beziehung? Hatte sie von ihrer Mutter nicht nur das kreative Talent geerbt?

Und wer war schuld an Ninas Tod?

,Dein Freund glaubt, ich war es', hatte Thomas gesagt.

So absolut unwahrscheinlich es ihr auch schien, so absurd der Gedanke sein mochte, es war dennoch möglich.

Ja, es war durchaus denkbar, das sie sich zu einem Mörder hingezogen fühlte …

Verena fröstelte plötzlich. Sie hatte das Gefühl, ihr Leben, so wie sie es kannte und liebte, war endgültig vorbei. Alles um sie herum schien zu zerbrechen und sie sah sich außerstande, irgendetwas dagegen zu unternehmen. Fühlte sich hilflos wie ein Neugeborenes.

Dieser Gedanke bewirkte, dass der Kloß in ihrer Kehle sich ausdehnte, als versuche er, ihren Hals zu sprengen.

Verena hatte mit der Umschreibung ‚Das Herz wurde ihr schwer‘ nie so recht etwas anfangen können, hatte es meist als pathetisch und übertrieben empfunden, doch jetzt, in diesem Augenblick, ahnte sie zum ersten Mal, was damit gemeint war. Es war ein scheußliches Gefühl. Als stünde sie an einem Abgrund und müsse springen, ohne zu wissen, was sie dort unten erwartete. Oder wie schmerzvoll die Landung sein würde.

Die Tränen bahnten sich nun einen Weg, rollten über ihre Wangen. Sie drehte sich auf den Bauch, vergrub den Kopf in den Armen und begann hemmungslos zu weinen.

****

„Bleibst du hier heute Nacht?", fragte Daniela schläfrig und schmiegte sich in Carsten Andresens Armbeuge. Er drückte sie an sich, lächelte still in sich hinein und nickte. „Gern, wenn es dir recht ist."

„Natürlich ist es das. Warum sollte ich wollen, dass du gehst?"

„Ich weiß nicht. Vielleicht möchtest du nicht, dass Antonia merkt, dass ich hier geschlafen habe."

Daniela kicherte leise. „Ihr zu sagen, dass du zu müde warst, um nach Hause zu gehen, klingt in der Tat nicht plausibel."

„Ich stehe einfach rechtzeitig auf und gehe rüber zu mir", schlug er vor. „So begegnet sie mir nicht und du kommst du nicht in Erklärungsnöte."

„In Ordnung."

Sie schwiegen einige Atemzüge lang. Andresen war müde nach der anstrengenden Woche. Zudem hatte ihn die letzte halbe Stunde, in der sie sich leidenschaftlich geliebt hatten, auf wunderbare Art erschöpft. Er zog Daniela noch enger an sich heran, genoss das Gefühl ihrer Haut an seiner. Sie fühlte sich warm und anschmiegsam an.

„Sag mal, wie kommt ihr eigentlich mit eurem Fall voran?", fragte sie plötzlich. „Ich habe heute in der Zeitung davon gelesen."

Dass sie so plump das Thema wechselte, schien Andresen ein klares Zeichen dafür zu sein, dass sie mit seinem Vorschlag, rechtzeitig vor Antonias Aufwachen in seine Wohnung zurückzugehen, mehr als nur einverstanden war. Vielleicht war es wirklich noch etwas zu früh, um der Kleinen reinen Wein über ihre neue Beziehung einzuschenken.

„Was stand denn in der Zeitung?", fragte er.

„Dass die Leiche einer jungen Studentin gefunden wurde. In ihrer Wohnung. Und dass in ihrem Umfeld ermittelt und ein Raubmord ausgeschlossen wird. Das Motiv sei noch unklar."

Andresen nickte „Das stimmt alles. Sonst noch etwas?"

„Nein, ich glaube das war's. Aber es klang durch, dass es einen Verdächtigen gibt."

„Der Leiter ihres Schreibkurses hat sie zuletzt lebend gesehen", murmelte Andresen und gähnte leise. „Ob er mit der Tat etwas zu tun hat, können wir noch nicht sagen."

„Eine Freundin von mir hat auch mal einen Schreibkurs an der Volkshochschule gemacht", fiel Daniela ein. „Und von ihrem Lehrer hat sie anfangs total geschwärmt. Super-nett sei er gewesen und sehr attraktiv. Sie hat sich mit ihm eingelassen und war hinterher vollständig kuriert. Im Bett sei er ein brutaler Egoist, hat sie erzählt. Selbst, als sie ihn angefleht hat, aufzuhören, weil er ihr so weh tat, hat er weitergemacht. Sie hatte wirklich heftige Schmerzen und ihm war das total egal. Das hat ihr die Augen geöffnet. Den Kurs brach sie sofort ab, sie wollte den Mann nie wiedersehen."

Andresen war mit einem Mal wieder hellwach. „Weißt du zufällig, wie dieser Schreiblehrer hieß?"

„Sie hat es mir erzählt", antwortete Daniela nachdenklich. „Ich weiß noch, dass er einen Nachnamen hatte, über den sie sich anfangs amüsiert hat. Aber er fällt mir nicht mehr ein."

Er wollte und durfte ihr den Namen nicht in den Mund legen, also versuchte er es mit einer Andeutung. „Und dieser Mann ist als Lehrer ziemlich coooool gewesen?"

Daniela stutzte. „So hieß er, genau! Jetzt fällt es mir ein. Sein Nachname war Kuhl."

„Und sein Vorname? Hieß er vielleicht Thomas?"

„Ja, ich glaube schon. Wieso? Ist das etwa …?"

„Möglich. Gibst du mir morgen die Nummer deiner Freundin? Ich würde mich gern einmal mit ihr unterhalten."

„Wenn du willst. Sie war so sauer auf den Typ, dass sie sich bestimmt gern ein bisschen rächen würde." Daniela kuschelte sich wieder in Andresens Arm und gähnte leise. „Aber jetzt sollten wir schlafen."

Er warf einen Blick auf die neonfarbenen Zahlen des Radioweckers. Viertel vor elf.

„Entschuldige, aber ich muss mal eben telefonieren", sagte er bedauernd und schlug die Decke zurück. „Bin gleich wieder da."

„Immer im Dienst, hm?", murmelte sie. „Ich merke schon, als Frau an deiner Seite braucht man ein dickes Fell."

Andresen gab ihr einen Kuss. „Jetzt weißt du, warum meine Ehe gescheitert ist. Hast du ein dickes Fell?"

„Zu deinem Glück: Ja", lächelte sie und gähnte. „Aber überspann den Bogen nicht. Im Übrigen schlafe ich wahrscheinlich, wenn du zurück bist. Gute Nacht."

Im Wohnzimmer griff er nach seinem Smartphone und wählte eine Nummer. Angespannt wartete er. Es klingelte dreimal, viermal … Gleich würde die Mailbox anspringen. Im nächsten Moment aber meldete sich sein Freund endlich.

„Reichlich spät für einen Anruf, mein Lieber. Am liebsten wäre ich gar nicht rangegangen. Ich wollte gerade ins Bett."

„Tut mir leid, Kalle, aber ich brauche eine Auskunft zum Fall Nina Bender."

„Du hast meinen Bericht doch längst bekommen."

„Ich weiß. Doch ich habe neue Erkenntnisse und darum muss ich wissen, ob ihr Schambereich Verletzungen aufwies. Gab es vielleicht Rötungen, Reizungen oder andere Anzeichen von … sagen wir, einer härteren Gangart beim GV?"

Karl-Heinz Schwarzkopf brummte nachdenklich. „Ja, das stimmt schon. Ich habe Spuren von Blutungen gefunden und die Schamlippen waren leicht geschwollen und gereizt. Das kann aber durchaus mal vorkommen, ist also keineswegs ein sicheres Indiz für eine Vergewaltigung. Worauf willst du hinaus?"

„Das erzähle ich dir demnächst bei einem Bierchen in der Hansen's Brauerei. Vielleicht am Sonntag, nach der Sportschau?"

„Ich werde es mir notieren. Das Bierchen geht aber auf deinen Deckel."

„Logisch. Und jetzt darfst du dich wieder hinlegen. Danke, Kalle."

„Gute Nacht, du Verrückter."

Andresen legte das Handy wieder auf den Tisch und starrte vor sich hin. Womöglich hatte Weichert doch recht mit seinem Verdacht gegen den smarten Kursleiter.

Kapitel 9

Verena lag im Bett und wälzte sich unruhig hin und her. Sie träumte, dass Lutz laut brüllend Thomas Kuhl verfolgte und dabei klirrend mit Handschellen wedelte. Sie selbst malte gemeinsam mit ihrer Mutter an einem riesigen Bild, das zwei nackte Männerkörper ohne Gesicht darstellte. Thomas kam angelaufen und verbarg sich schutzsuchend hinter Verena.

„Er will mich verhaften!", rief er und wies auf Lutz. „Hilf mir, Verena! Ich habe nichts getan. Er darf mich nicht mitnehmen."

Lutz tauchte auf und befahl ihr, aus dem Weg zu gehen. „Er muss büßen", sagte er. „Hör auf, ihn zu beschützen, das hat er nicht verdient. Womöglich bringt er dich auch noch um."

Verena fühlte sich hin- und hergerissen. „Er war es nicht!", rief sie verzweifelt. „Thomas würde so etwas nie tun. Das weiß ich genau."

„Natürlich war er es. Geh zur Seite, Verena, sonst muss ich dich wegen Strafvereitelung vorläufig festnehmen."

„Lass nicht zu, dass er mich kriegt, Verena", säuselte Thomas an ihrem Ohr, genau wie die Schlange Kaa aus dem Dschungelbuch, wenn sie sich um Mogli schlängelte. „Du weißt, ich mag dich. Du bist etwas ganz Besonderes. Schön, charmant und talentiert. Wir wären ein tolles Paar. Nur er steht uns im Weg."

Lutz stöhnte entsetzt auf. „Verena, du gehörst zu mir!", rief er und streckte seine Hand nach ihr aus. „Hör nicht auf den Kerl. Er ist nicht gut für dich, glaub mir. Vergiss ihn und komm zu mir."

Ihre Mutter trat zwischen sie und Lutz, stemmte die Hände in die Hüfte und sah Verena streng an. „Du musst dich entscheiden, Verena. Na los, wen nimmst du? Du kannst nicht beide haben. Entscheide dich endlich …"

„Ja, entscheide dich", flüsterte Thomas beschwörend. „Für mich."

„Sag ihm, er soll verschwinden", rief Lutz aufgebracht. „Sag es, Verena! Jetzt!"

„Dein Polizist ist nicht gut genug für dich", mischte sich ihre Mutter ein. „Nimm den hübschen Kerl, mit dem wirst du Spaß haben."

„Hör auf deine Mutter", riet Thomas und lachte. Das Lachen wurde lauter. Es klang hämisch und gemein. Schmerzte in ihren Ohren.

Sie sah sich nach Lutz um, doch der löste sich plötzlich auf, als wäre er eine Schönwetterwolke, die der Sonne zu nah gekommen war. Thomas schlang die Arme um sie, hielt sie fest umklammert. Verena fühlte sich noch mehr wie Mogli und versuchte, sich von Thomas zu lösen, doch er war stärker als sie.

„Lutz! Komm zurück!" Ihre Stimme ging in dem Gelächter von Thomas und ihrer Mutter unter. „Lutz, hilf mir! Hilf mir doch …"

Ein Donnern und Brausen näherte sich. Unzählige Bücher kamen rasch auf sie zu, wie eine gewaltige Welle. Jeden Moment würden sie sie erreichen, sie von den Füßen reißen …

Verena schreckte hoch. Ihr Herz raste, sie war schweißüberströmt. Rasch machte sie ihre Nachttischlampe an, strampelte die Decke weg, die sie zu ersticken drohte, und strich sich das feuchte Haar aus dem Gesicht. Was für ein Horror!

Die Helligkeit verscheuchte den Traum und machte Platz für die Realität. *Die sieht allerdings ähnlich finster aus,* dachte Verena bedrückt und ließ sich zurück in ihr Kissen fallen. Sie versuchte, ruhig zu atmen, wartete darauf, dass ihr Herzschlag sich wieder beruhigte. Was dieser Traum wohl zu bedeuten hatte? Wollte er ihr sagen, dass sie an Lutz festhalten und nicht auf Thomas' Charme hereinfallen sollte? Vermutlich. Und als Verena tief in sich hineinhorchte, wurde ihr bewusst, dass dies auch genau das war, was sie wollte.

Sie musste unbedingt mit Lutz reden. Und mit ihrer Mutter. Das als Erstes.

Nachdem sie diese Vorhaben gefasst hatte, gelang es ihr tatsächlich, wieder einzuschlafen. Gegen neun Uhr erwachte sie, ausgeruhter, als sie es nach diesem Albtraum für möglich gehalten hatte. Sie wusch sich, zog sich an und ging nach unten.

Ihre Mutter war im Wintergarten, wo sie vor einer Staffelei saß. Auf dem Tisch links von ihr stand ein üppiger bunter Blumenstrauß in einer bauchigen Vase. Amelie war damit beschäftigt, den Strauß auf die Leinwand zu bannen. Sie trug dazu einen weißen Kittel, der bereits mit einigen Farbklecksen verziert war. Genauso, fiel Verena mit einem merkwürdigen Gefühl in der Magengegend auf, hatte sie in dem Traum ausgesehen.

Amelies Augen strahlten.

„Sieh mal, wie findest du es bis jetzt? Ich dachte, ich nutze das Morgenlicht, um anzufangen. Ach, Verena, Schätzchen, es macht solchen Spaß, endlich wieder zu malen. Ich habe gar nicht gewusst, wie sehr ich dieses Hobby vermisst habe!"

Verena stellte sich neben ihre Mutter und betrachtete das Bild. Noch war nicht viel zu sehen, da Amelie sich bisher auf den Hintergrund konzentriert hatte, eine verschwommene Fläche in mehreren Grüntönen.

„Schön. Wo ist Papa?"

„In der Klinik natürlich. Es ist bereits nach neun."

Am Abend zuvor hatte Verena ihren Vater auch nur sehr kurz gesehen, als er von der Arbeit nach Hause gekommen war. Während er vor dem Fernseher ein paar belegte Brote verschlang, die Amelie für ihn zubereitet hatte, war Verena bedrückt in ihr Zimmer gegangen. Sie hätte nach dem Telefonat ihrer Mutter mit deren Liebhaber nicht unbefangen mit ihrem Vater reden können und daher behauptet, sie wolle an ihrem Roman weiterschreiben. Obwohl sie sich in der letzten Zeit nur wenig gesehen hatten, war Verena froh, dass er jetzt nicht zu Hause war. So konnte sie sich mit ihrer Mutter ungestört unterhalten.

„Mama, ich muss mit dir reden."

Amelie lächelte und strich sanft über Verenas Wange. „So ernst, Schätzchen? Was ist los?"

„Ich weiß, dass du mit diesem Jesper Sowieso … naja, dass ihr … euch trefft."

„Natürlich treffen wir uns", sagte Amelie verwundert. „Wir müssen doch die Ausstellung planen."

„Und wenn ihr damit fertig seid, geht ihr ins Bett", brach es aus Verena heraus. Niemals hätte sie geglaubt, so etwas einmal zu ihrer Mutter zu sagen.

Amelie lachte. Etwas gekünstelt, fand Verena.

„Wie kommst du nur auf diesen Unsinn? Ich sagte dir doch, zwischen uns ist überhaupt …"

Verena unterbrach sie. „Ich hab gestern euer Telefonat mitbekommen. Und das, was ich gehört habe, war eindeutig."

Amelie fiel die Kinnlade herunter. Fassungslos starrte sie ihre Tochter an. „Du belauschst mich?"

„Nicht absichtlich. Aber ich stand direkt vor der Küche. Hätte ich mir die Finger in die Ohren stecken sollen?"

Amelie ging nicht darauf ein. Ihre Augen flackerten leicht. „Was auch immer du gehört haben willst, wir haben nur … gescherzt."

„Ach, Mama, hör auf! Ich bin nicht blöd. Das war dicht an Telefonsex, was ihr da abgezogen habt! Mit einer Verabredung für die Variante *ohne* Telefon."

Ihre Mutter antwortete nicht. *Ein klares Eingeständnis*, dachte Verena erschüttert. *Sie sagt nichts, und doch gibt sie es zu.*

„Wirst du es Papa sagen?", fragte sie mit dünner Stimme. „Willst du dich von ihm trennen? Was empfindest du überhaupt für diesen Mann?"

„Langsam", mahnte Amelie und räusperte sich. „Ich wollte nicht, dass es überhaupt jemand erfährt, aber: Ja, du hast recht. Jesper und ich …wir … Oh Gott, ich kann das vor dir nicht aussprechen! Du bist meine Tochter!"

„Es ist schlimmer, es zu tun, als es auszusprechen", widersprach Verena tonlos. „Du musst eine Entscheidung treffen. Mama. Entweder beendest du dieses Verhältnis oder du schenkst Papa reinen Wein ein. Er hat es nicht verdient, dass du ihn so hintergehst."

„Ach, Kind, das ist alles nicht so einfach." Amelie stand auf, wollte ihre Tochter in den Arm nehmen, aber Verena wich zurück. „Oh doch, es ist ganz einfach. Entweder unsere Familie – oder dein dänischer Bildersammler. Entscheide dich."

„Dafür brauche ich etwas Zeit, versteh doch! Ich muss mir über meine Gefühle erst noch klar werden …"

Verena starrte ihre Mutter ungläubig an. „Heißt das, dass du tatsächlich darüber nachdenkst, Papa … zu verlassen?" Die Worte kamen Verena kaum über die Lippen, so absurd klangen sie, so irreal erschien ihr die ganze Situation. Ihr Vater war ein wunderbarer Ehemann, der seiner Frau stets jeden geäußerten Wunsch erfüllt hatte. Er war erfolgreich, für sein Alter recht attraktiv und meist ein geduldiger, ausgeglichener Mensch. Dieser Jesper konnte doch unmöglich mit ihm mithalten.

Und dennoch zögerte ihre Mutter, obwohl sie eigentlich sagen müsste: ‚Natürlich denke ich *nicht* darüber nach. Du hast völlig recht, ich werde den Kontakt zu Jesper Wie-auch-immer sofort abbrechen.'

Stattdessen sah sie ihre Tochter an, bat mit Blicken um Vergebung und Verständnis.

Verena blickte kühl zurück. „Da es in diesem Hause üblich geworden ist, Ultimaten auszusprechen, werde ich das nun auch tun", sagte sie kühl. „Dienstagabend. Das ist Zeit genug. Bis dahin machst du Schluss oder du sagst Papa, was los ist. Denn sonst sage ich es ihm."

****

Die Party war stinklangweilig. Mirja kannte kaum jemand von den Leuten, die sich in dieser Zwei-Zimmer-Dachgeschosswohnung tummelten. Die Musikanlage hämmerte bassintensive Songs, die Luft war erfüllt von Gelächter, zotigen Sprüchen und Zigarettenrauch, gemischt mit dem süßlichen Duft von Marihuana, der immer mal wieder in Schwaden aus dem Schlafzimmer kam.

Ihre Freundin Nicky hatte bei einem Trinkspiel schlechte Karten gehabt und klebte jetzt betrunken an den Lippen eines langhaarigen Typen mit schwarzen Rändern unter den Nägeln. Als die schmuddeligen Finger unter Nickys T-Shirt wanderten, hatte Mirja genug. Sie schüttelte sich, nahm ihre Bierflasche und trat hinaus auf den verhältnismäßig großen Balkon. Einige Raucher hielten sich lieber hier auf, was der Luft in der Wohnung zugute kam. Die war allerdings auch so stickig genug.

Sie bahnte sich einen Weg durch die Rauchergruppen, lehnte sich an die Brüstung und sah hinunter. Unter einer Straßenlaterne ging gerade ein Mann mit seinem Hund spazieren und sah kopfschüttelnd zu ihnen hinauf.

Der hat wohl nie eine Party gefeiert, dachte Mirja und hob grüßend die Bierflasche. Er schüttelte noch einmal empört den Kopf und ging weiter, zog den Hund an der Leine hinter sich her, obwohl der lieber sein Bein gehoben hätte.

Arschloch, dachte Mirja.

Sie ließ ihren Blick über die Partygäste schweifen. Niemand hier interessierte sie oder war ihr sympathisch. Das lag vermutlich daran, dass ihr Philip Schäfer nicht aus dem Kopf ging. Sein Lächeln, die langen Wimpern an seinen Augen, die sexy Figur … Kein Wunder, dass die Frau, bei der er wohnte, nicht genug von ihm bekam.

Sie konnte nicht begreifen, warum ein Mann wie Philip Schäfer sich für ein Dach über dem Kopf sexuell ausnutzen ließ. Gab es für ihn denn keine anderen Alternativen? Mirja trank einen Schluck Bier. Natürlich musste es die geben! Er war gesund, jung, wahnsinnig attraktiv. Vielleicht hatte er schlicht keine Lust zu arbeiten. Genoss es sogar, immer wieder mit dieser Frau zu schlafen. Für einen Mann klang diese Vereinbarung im Grunde wie ein paradiesisches Arrangement. Andererseits hatte Andresen auch durchblicken lassen, dass Philip nichts dagegen hätte, wenn seine ‚Geschäftspartnerin‘ – oder wie auch immer man sie nennen sollte – ihn ab und zu in Ruhe ließe …

Ein Mann, der für Sex bezahlte, überlegte Mirja, war ein Freier. Was war eine Frau, die für Sex Wohnraum zur Verfügung stellte? Eine Freierin?

Sie nahm noch einen Schluck und sah auf die Uhr. Es war viertel nach zehn. Vermutlich lag Philip also gerade wieder zwischen den Beinen seiner …. dieser Frau und besorgte es ihr. Obwohl er vermutlich nicht einmal große Lust dazu hatte.

Das Bier war alle. Sie dachte kurz darüber nach, ob sie sich ein weiteres holen sollte, entschied sich dann aber dagegen. Was sollte sie hier? Sie war überhaupt nicht in Partystimmung und konnte deshalb genauso gut nach Hause gehen.

Sie verließ den Balkon, stellte die leere Bierflasche auf einer Kommode ab und tippte Nicky auf die Schulter. Die war noch immer voll im Clinch mit dem Schmuddeltypen, der vor Geilheit bereits glasige Augen hatte. Vielleicht aber auch vom Marihuana. Seine Hand mit den schwarzen Rändern lag auf Nickys Oberschenkel, ziemlich weit vom Knie entfernt.

„Nicky, ich gehe jetzt!", rief Mirja gegen die vielen Stimmen und den Lärm aus der Musikanlage an. „Am besten kommst du mit."

Nicky löste sich von dem Typ und sah sie an. Ihre Lider waren auf Halbmast. „Wieso das denn? Ist doch total geil hier!"

„Ich bin halt müde. Kommst du nun mit oder nicht?"

Nicky tauschte ein Lächeln mit Schmuddel. „Nö, ich bleibe noch."

„Ja, sie bleibt noch hier. Ich pass auf sie auf, keine Sorge", murmelte der Schmuddeltyp, legte eine Hand auf Nickys Wange und drehte so ihren Kopf wieder in seine Richtung. Mirja wurde schlecht, als sie sah, dass er seine Zunge in Nickys Mund schob.

„Schön, dann noch viel Spaß", wünschte sie halbherzig. „Tschüs!"

Nichts wie raus hier.

Als sie auf der Straße stand, atmete sie erst einmal tief durch und genoss die kühle klare Abendluft. Der Himmel war wolkenlos und Mirja konnte die ersten Sterne aufblitzen sehen.

Da aber wohl kein Raumschiff vorbeikommen und sie nach Hause fliegen würde, musste sie darüber nachdenken, wie sie von Harrislee aus bis in die Toosbüystraße kam. Zu Fuß war das eine ganze Ecke. Vielleicht fuhr noch von irgendwo ein Bus.

In dieser Gegend kannte sie sich nicht aus. Wo die nächste Haltestelle war, wusste sie nicht. Ein Taxi aber würde bestimmt zehn Euro kosten, diesen Luxus konnte sie sich nicht leisten.

Ohne genauen Plan ging sie erst einmal los. Die ungefähre Richtung nach Hause ahnte sie zumindest. Früher oder später würde sie schon auf eine Bushaltestelle stoßen.

Hätte sie Nicky gegen ihren Willen mitnehmen müssen? Um sie vor sich selbst – und vor diesem ekligen Kerl – zu schützen? Aus Erfahrung wusste Mirja, dass das verflixt schwierig geworden wäre. Nicky war schon im nüchternen Zustand ein Dickschädel, doch mit ein paar Promille war es praktisch unmöglich, sie zu irgendetwas zu bewegen, das sie nicht wollte.

Nicky war erwachsen, und wer weiß, vielleicht würde sie aus dieser Erfahrung etwas lernen. Zum Beispiel, Trinkspiele zu meiden.

Nach ein paar Minuten fand sich Mirja in einer Gegend mit vielen Einfamilienhäusern wieder. Keine Haltestelle weit und breit. Es waren auch kaum Leute unterwegs. Ein Mann kam ihr entgegen, die Hände in den Hosentaschen, den Kopf gesenkt. Gerade kickte er einen Kieselstein vor sich her. Er schien kein Ziel zu haben, sondern einfach nur spazieren zu gehen. Vielleicht, um frische Luft zu schnappen oder in aller Ruhe nachzudenken.

Hauptsache, er ist kein Triebtäter, dachte Mirja und ließ ihn lieber nicht aus den Augen.

Als er an einer Straßenlaterne vorbei ging, konnte Mirja ihn genauer betrachten. Sie waren nur noch wenige Meter voneinander getrennt. Er hatte dunkle Haare, ein kantiges Gesicht – Mirja hielt verblüfft die Luft an. „Phil..., äh, Herr Schäfer?", fragte sie.

Verwundert hob er den Kopf und blieb stehen. „Ja?"

„Ich bin es. Mirja Sommer. Die Kripo-Praktikantin", erinnerte sie ihn. „Ich habe Ihnen den Kaffee gebracht."

„Ah, ja, ich erinnere mich", sagte er und lächelte. „Hallo, Mirja."

„Hallo."

Eine peinliche Stille trat ein. Bis Philip Schäfer sich räusperte. „Wohnen Sie hier in der Gegend?"

Sie schüttelte den Kopf. „Nein, in Flensburg. Ich suche eine Haltestelle, in der Hoffnung, dass noch ein Bus in die Stadt fährt."

„Ich fürchte, das sieht schlecht aus. Jedenfalls um diese Zeit."

Sie hob die Achseln und lächelte gequält. „Tja, dann muss ich wohl zu Fuß gehen. Einen schönen Abend noch."

„Warten Sie. Wenn Sie möchten, fahre ich Sie nach Hause."

Sie legte den Kopf schräg, als wäre sie nicht sicher, dass sie ihn richtig verstanden hatte. „Wirklich? Das würden Sie tun?"

Er lachte. „Warum denn nicht? Ich habe Zeit und ein vollgetanktes Auto. Außerdem kann ich mich so für den köstlichen Kaffee revanchieren."

Sie strahlte und bemerkte, dass ihr Herz schneller schlug. „Na, danke. Das wäre wirklich spitze."

„Kein Problem. Ich wohne gleich da vorne." Er wies in die Richtung, aus der er gekommen war. „Gehen wir."

Was für ein verrückter Zufall, dachte Mirja glücklich. Es war noch keine halbe Stunde her, dass sie ausführlich an Philip gedacht hatte, und nun stand er nicht nur vor ihr – er würde sie sogar nach Hause fahren!

Das Auto stand an der Straße, vor einem Reihenhaus. Es war ein Mazda MX 5, ein kleiner, zweisitziger Sportflitzer. Philip drückte auf die Fernbedienung am Autoschlüssel und das Blinklicht leuchtete auf. Dann öffnete er für Mirja die Beifahrertür. „Bitte sehr."

Sie lächelte ihn begeistert an. „Vielen Dank."

Sie ließ sich in das Polster sinken. Der Wagen duftete nach Neu.

Philip setzte sich hinters Steuer und startete den Motor. „Wo soll es denn hingehen?"

„Toosbüystraße, bitte."

„Alles klar." Er schaltete das Radio ein und fuhr los. Freddie Mercury sang: „I want to break free". Philip summte leise die Melodie. "Ich liebe den Song", sagte er und sah kurz zu Mirja hinüber.

Sie kannte diese Musik von ihrem Vater, der alle Queen-Alben besaß. Bisher hatte Mirja mit der Musik recht wenig anfangen können, aber dieses Lied gefiel ihr plötzlich auch.

Auf den Straßen war wenig los, sie kamen zügig voran. „Tolles Auto", sagte Mirja. „Ist das tatsächlich Ihres?"

Er sah sie kurz von der Seite an. „Warum fragen Sie? Wem sollte es denn sonst gehören?"

Sie sah betreten auf ihre Hände. „Entschuldigung. Das war bescheuert."

Philip seufzte. „Schon gut, Sie haben ja recht. Der Wagen gehört mir nicht. Das Haus auch nicht, aber das wissen Sie vermutlich schon."

Mirja sagte nichts, schalt sich aber in Gedanken für ihre große Klappe. Vermutlich war er jetzt sauer. Warum hatte sie bloß damit angefangen? Sein Leben ging sie nun wirklich nichts an.

Er räusperte sich. „Hören Sie, es tut mir leid, wenn Sie gestern mitbekommen haben, was zwischen mir und meiner … Ich meine, mir ist das Ganze ziemlich unangenehm."

Sie warf ihm einen kurzen, verlegenen Blick zu und sah wieder nach vorn. „Das muss es nicht. Ich meine, jeder sollte so leben, wie er es für richtig hält, oder?"

„Das stimmt", antwortete er. Es klang nachdenklich.

Sie erreichten Flensburg und Philip fuhr zügig Richtung Waldstraße. Im Radio wurde das Lied von den Kurznachrichten abgelöst.

„Darf ich Sie vielleicht doch etwas fragen? Etwas Persönliches?", erkundigte Mirja sich vorsichtig.

„Natürlich können Sie. Ob ich antworte entscheide ich aber erst, wenn ich die Frage gehört habe."

„Einverstanden. Vielleicht täusche ich mich, aber … Sie machen keinen sehr glücklichen Eindruck. Es würde mich interessieren, warum Sie nichts an Ihrer Situation ändern, wenn sie Ihnen nicht gefällt."

Er sah kurz zu ihr herüber. „Sie werden lachen, genau darüber habe ich nachgedacht, bevor wir zwei uns gerade eben begegnet sind."

Sie staunte. „Tatsächlich?"

„Ja. Es wird etwas Zeit brauchen, ich muss schließlich eine neue Wohnung finden und vor allem einen guten Job, doch ich habe wirklich keine Lust, noch allzu lange bei Natalia zu bleiben. Obwohl sie in vielerlei Hinsicht eine großartige Frau ist."

Mirja schwieg.

„Damit meinte ich nicht ihre Fähigkeiten im Schlafzimmer", fügte Philip hinzu, der Mirjas Schweigen richtig interpretiert hatte. „Sie ist Architektin, sehr erfolgreich und engagiert. Außerdem ist sie großzügig, ehrenamtlich tätig und politisch interessiert. Auf den ersten Blick mag sie oberflächlich erscheinen, doch das ist sie nicht."

„Ich kenne sie ja nicht", wandte Mirja ein. „Doch nach dem, was Sie auf der Dienststelle erzählt haben, ist sie auch unsicher und eifersüchtig. Ich meine, auf jüngere Frauen."

„Das ist sie, richtig. Ich bin froh, dass sie uns zwei jetzt und hier nicht sehen kann. Sie würde mir nämlich eine gewaltige Szene machen." Er verstummte und murmelte dann wie zu sich selbst: „Es wird wirklich Zeit, dass ich da rauskomme."

Mirja fiel etwas ein. „Mein Bruder sucht einen neuen Mitbewohner für seine WG. Soll ich ihn mal fragen, ob Sie sich das Zimmer ansehen können?"

Sie waren in der Toosbüystraße angelangt. „Ich wohne ziemlich weit unten, sie können mich beim Burghof absetzen", fügte sie hinzu.

Die Straße fiel recht steil ab. „Früher musste ich hier immer mit dem Fahrrad rauf", erinnerte sich Philip. „Das war kein Vergnügen, aber ein beinhartes Training. Im wahrsten Sinne des Wortes." Er lachte leise.

Mit keinem Wort ging er auf ihr Angebot ein. Vielleicht ging es ihm nun doch zu schnell. Oder er wollte nicht, dass zwischen ihnen weiterhin irgendeine Art von Kontakt bestand. *Vermutlich ist er froh, wenn ich aussteige und aus seinem Leben verschwinde*, dachte Mirja entmutigt. *Kein Wunder, er muss mich für eine nervige Besserwisserin halten. Hätte ich bloß meine Klappe gehalten!*

Da keine Parklücke zu sehen war, fuhr er weiter und hielt vor der roten Ampel an der Ecke zur Großen Straße. Dann wandte er sich Mirja zu. „Übrigens, danke für das Angebot mit dem WG-Zimmer. Es wäre sehr nett, wenn Sie Ihren Bruder fragen würden."

Mirja fiel ein gewaltiger Stein von vom Herzen. „Das mache ich doch gern", versicherte sie selig. „Wie kann ich Sie erreichen?"

Philip sah auf die Ampel. Noch leuchtete sie rot. Er zog sein Handy aus der Jackentasche. „Geben Sie mir Ihre Nummer, dann rufe ich Sie morgen an."

„Gute Idee." Sie diktierte ihm die Zahlen und er tippte sie in sein Gerät.

Die Ampel sprang auf Gelb und Mirja öffnete die Beifahrertür. „Vielen Dank fürs Mitnehmen, das war total nett. Bis morgen!"

„Gerne, bis dann." Er hob grüßend die Hand und fuhr weiter.

Verträumt sah Mirja ihm hinterher. Sie hätte jubeln können. *Wer hätte gedacht,* überlegte sie, *dass dieser verkorkste Abend so genial endet?*

Gleich morgen früh würde sie ihren Bruder anrufen. Und wenn der schon einen neuen Mitbewohner gefunden hatte, musste er ihn eben wieder rauswerfen. Sie würde es schon irgendwie hinkriegen, dass niemand anderes als Philip dieses Zimmer bekam.

****

Am Sonntag fuhr Verena bereits früh in den Stall. Schon um viertel nach sieben war sie dort und als sie schließlich auf Tessas Rücken saß, den vertrauten Geruch in der Nase, die aufgehende Sonne im Gesicht, Vogelgezwitscher und den beruhigenden Hufschlag ihres Pferdes im Ohr, verspürte sie ein wunderbares Glücksgefühl.

Der ganze Kummer, der sie des Nachts kaum hatte schlafen lassen, schien plötzlich weit weg zu sein, ging unter in dem beseligenden Gefühl der Freiheit.

Verena ritt an solchen Morgen gern nach Holnis. Die Halbinsel nördlich von Glücksburg mit ihren Naturschutzgebieten und dem langgezogenen Strand wurde im Sommer zwar immer stark von Touristen und Einheimischen frequentiert, doch abseits der Saison war es hier relativ ruhig. So auch an diesem Morgen. Die Strandkörbe waren abgesperrt und würden vermutlich bald ins Winterquartier wandern. Ganz in der Nähe war ein Campingplatz, doch die meisten der Urlauber waren abgereist. Schließlich waren die Sommerferien vorüber, die Tage wurden kürzer und kühler. Nur Dauercamper harrten noch immer in ihren Wohnwagen aus. Doch so früh am Morgen lagen die noch in ihren Betten oder schlurften nach einem Becher Instant-Kaffee Richtung Gemeinschaftsdusche.

Verena nutzte die Gelegenheit und trieb Tessa an, indem sie mit der Zunge schnalzte und ihr leicht die Hacken in die Seite drückte. Nach kurzem Traben ging die Stute butterweich über in einen immer schneller werdenden Galopp. Über ihnen kreischte eine Möwe, neben ihnen rauschte das Meer. Es glitzerte in der Morgensonne, als wäre die Wasseroberfläche übersät mit Diamanten.

Verena genoss den kühlen, salzigen Wind. Tessa schien es auch zu gefallen, sie war regelrecht ausgelassen. Einen solchen Ausritt hatten sie lange nicht gemacht.

In der Ferne sah Verena die romanische Kirche von Broager mit ihrem Doppelturm. Sie schmunzelte, weil ihr bei diesem Anblick jedes Mal die Sage einfiel, die mit der Kirche zusammenhing. Ihr Vater hatte ihr als sie klein war oft davon erzählt. Der Ritter von Schloss Broager wollte die Kirche errichten. Vor ihrer Vollendung reiste er jedoch ins Heilige Land und bat seine schwangere Frau, dafür zu sorgen, dass, wenn das Kind ein Junge sei, ein spitzer Turm errichtet werden solle. Bei einem Mädchen sollte der Turm stumpf sein. Als er von seiner Reise zurückkehrte, sah er bereits von weitem zwei spitze Türme in den Himmel ragen. Seine Frau hatte Zwillinge bekommen, zwei gesunde Söhne.

Noch bevor sie die Spitze der Halbinsel erreichten, brachte Verena ihre Stute dazu, umzudrehen. Bis sie auf der Höhe des Campingplatzes waren, ließ sie Tessa leichttraben. Den Rest des Weges legten sie gemächlich im Schritt zurück, erfreuten sich an der schönen Umgebung und der Nähe des anderen. Alle Kümmernisse schien der frische Wind aus Verenas Kopf gepustet zu haben.

Als sie aber in den Stall zurückkehrten, waren die Sorgen wieder da, als hätten sie zwischen den im Stroh scharrenden und leise schnaubenden Pferden auf sie gewartet. Trotzdem fühlte Verena sich ein kleines bisschen besser als vor dem Ausritt. Sie führte die nass geschwitzte Tessa in das Stallgebäude hinein.

„Hallo, Verena!"

Sie sah auf und entdeckte Stella Thiessen, die die Box ihres Hengstes öffnete. „Guten Morgen."

„Hast du dir inzwischen mein Angebot überlegt? Ich wollte dich schon die ganze Woche fragen, hab dich aber nie hier gesehen." Stella redete beruhigend auf ihr Pferd ein und führte es aus der Box. „Patricia würde Bonnie auch gern nehmen", fuhr sie fort, „doch ich habe ihr gesagt, dass ich sie dir zuerst angeboten habe."

Verena band Tessa fest und begann, ihr den Sattel und das Zaumzeug abzunehmen. „Ich weiß, ich hatte kaum Zeit in den letzten Tagen, tut mir leid. Und: Nein, ich werde Bonnie nicht nehmen. Du kannst sie ruhig an Patricia verkaufen."

„Wirklich?", frage Stella überrascht. „Ich dachte, du wolltest sie so gern."

„Das stimmt auch." Verena seufzte. „Es geht aber leider nicht. Ich werde einfach nicht genug Zeit haben, um mich um beide kümmern zu können."

„Wieso denn nicht?"

„Private Gründe", antwortete Verena ausweichend.

Stella musterte sie neugierig, hakte aber nicht nach. „Also gut, dann sage ich Patricia Bescheid. Sie wird sich freuen. Sie ist richtig verliebt in Bonnie."

Verena rieb Tessa trocken, lauschte dabei in sich hinein und war erstaunt. Noch vor einer Woche wäre sie über diese Entwicklung enttäuscht und wütend gewesen, denn auch sie hätte die quirlige und hübsche Bonnie sehr gern gekauft. Doch die Erlebnisse der letzten Tage hatten ihr klar gemacht, dass es nicht bedeutsam war, ob sie eins, zwei oder acht Pferde besaß. Es gab Wichtigeres. Familie, Freunde, einen Beruf, der sie glücklich machte.

Gleich würde sie nach Hause fahren und schreiben, nahm sie sich vor. Mit dem Stallgeruch in der Nase und dem Schnauben der Pferde im Ohr, würde es ihr sicher leicht fallen, an ihrem Reiterhof-Krimi weiterzuarbeiten. Und später würde sie Lutz anrufen. Na ja, vielleicht.

****

Die Hansen's Brauerei war gut besucht. Carsten Andresen und sein alter Freund, der Gerichtsmediziner Karl-Heinz Schwarzhaupt, hatten dennoch einen der bei gutem Wetter begehrten Außentische ergattert und konnten so hinüber zum Hafen sehen. Der Bereich war überdacht und windgeschützt, so dass man vom Frühling bis zum Herbstanfang bei schönem Wetter gut hier sitzen konnte. An diesem Tag war der Himmel leicht bewölkt, es war ein wenig windig, aber trocken. Vor Andresen und Schwarzhaupt standen zwei fast leere Biergläser. Andresen mochte das süffige Hansen's Bier gern, darum hielt er Ausschau nach einem Kellner, um Nachschub zu bestellen, während er Kalle von seinen neuesten Erkenntnissen über Thomas Kuhls Sexualpraktiken berichtete.

„Ich gebe zu, das war ein guter Grund, mich so spät anzurufen", sagte Kalle und leerte sein Glas. „Aber lass das nicht zur Gewohnheit werden."

„Versprochen. Doch nachdem ich erfahren hatte, was Kuhl für ein Typ ist, wollte ich nun einmal gleich Bescheid wissen."

„Wer erzählt dir denn abends um elf von den sexuellen Gepflogenheiten deiner Verdächtigen?", fragte Kalle neugierig.

Nun trank auch Andresen sein Bier aus. „Meine Nachbarin", murmelte er.

„Oh. Hat sie etwa auch mit …"

„Nein, hat sie nicht", fiel Andresen ihm ins Wort, senkte aber sofort wieder seine Stimme. „Eine Freundin von ihr hatte mal was mit Kuhl. Von der hat Daniela erfahren, dass er im Schlafzimmer ziemlich rücksichtslos ist."

„Daniela, hm?" Schwarzhaupts Augen funkelten. „Läuft da was? Erzähl schon."

„Das geht dich nichts an", wehrte Andresen halbherzig ab und hob seine Hand, da gerade ein Kellner in seine Richtung sah.

Nachdem er zwei weitere Bier in Auftrag gegeben hatte, nahm Kalle Schwarzhaupt den Faden wieder auf. „Ich sehe dir doch an der Nasenspitze an, dass du darüber reden willst. Also los, wie ist sie so?"

Andresen seufzte. „Na schön, du Nervensäge. Daniela ist Anfang Vierzig, Sekretärin und ledig. Wir verstehen uns sehr gut."

„In allen Bereichen?", fragte sein Freund zweideutig.

„In absolut jeder Hinsicht. Sie ist eine tolle Frau. Klug, sexy, humorvoll …"

„Dich hat es ja richtig erwischt!" Schwarzhaupt beugte sich vor. „Seit Marianne hast du nicht mehr so von einer Frau geschwärmt."

Andresen neigte leicht den Kopf. „Wirklich?", fragte er skeptisch.

„Das würde ich auf die Bibel schwören."

„Sie hat eine achtjährige Tochter", gab Andresen zu bedenken.

„Und? Stört dich das?"

Er dachte kurz nach. „Nein", sagte er dann, „überhaupt nicht. Die Kleine ist ganz pfiffig."

Ihr Bier kam und Schwarzhaupt hob das Glas. „Auf deine Daniela. Mann, ich freu mich für dich."

Als Andresen müde aber guter Dinge nach Hause kam, war seine Tochter nicht da. Auf dem Küchentisch lag ein Zettel: ‚*Bin bei Daniela*'.

Er machte kehrt und klopfte leise an die Tür der Nachbarwohnung. Daniela öffnete und lächelte ihm zärtlich zu. „Hi. Komm 'rein."

Nachdem sie die Tür hinter ihm geschlossen hatte, legte sie die Arme um seinen Nacken. Andresen genoss ihre Lippen auf seinen und ihren Körper, der sich an ihn presste. Als sie sich von ihm löste, kicherte sie leise. „Weißt du eigentlich, dass ich mich immer auf die Zehenspitzen stellen muss, wenn ich dich küssen will?"

„Wir kaufen einen Fußhocker für dich", flüsterte er und ließ seine Hände begehrlich über ihren Rücken und etwas tiefer wandern.

„Hallo, Papa."

Abrupt ließ er Daniela los. „Hey, Kleines, müsstest du nicht langsam schlafen gehen?", fragte er und fuhr sich verlegen durch seine schüttere Haarpracht. „Morgen ist schließlich Schule."

„Ja, ich merke, dass ich hier nur störe", erwiderte seine Tochter mit breitem Grinsen. „Gute Nacht, ihr beiden."

Und bevor jemand etwas sagen konnte, war sie bereits hinausgeschlüpft.

Daniela nahm Carstens Hand und zog ihn ins Wohnzimmer. Dort ließ sie sich auf die Couch fallen. „Es war ein netter Abend mit ihr. Wir haben den Tatort gesehen und uns über ihre berufliche Zukunft unterhalten."

Carsten setzte sich zu ihr. „Du meinst ihren Wunsch, die Schule zu schmeißen, um die Haare fremder Leute zu waschen?"

„Na, hör mal!" Daniela schüttelte missbilligend den Kopf. „Friseur ist ein toller Beruf. Man kann sich kreativ betätigen, die Kunden sind fast immer zufrieden, wenn sie gehen und Trinkgeld gibt es auch. Was gut ist, denn die Bezahlung ist leider unter aller Sau, um es deutlich auszusprechen."

Entsetzt sah Andresen sie an. „Du hast sie doch hoffentlich nicht noch bestärkt? Sie ist kurz davor, das Abitur zu machen! Damit hat sie doch ganz andere Möglichkeiten, als Haare aufzufegen und sich die Krankheitsgeschichten von Dauerwellen-Omas anzuhören."

„Ich habe ihr erzählt, dass ich mit achtzehn ebenfalls eine Friseurausbildung gemacht habe", antwortete Daniela kühl und verschränkte die Arme.

„Du … du hast … du bist …", stotterte Andresen. „Entschuldige, ich wusste nicht … Oh Mann!" Verlegen kratzte er sich an der Nase und wünschte seine große Klappe zum Teufel.

Daniela biss sich amüsiert auf die Lippe. „Ich habe ihr aber auch gesagt, dass der Job verdammt anstrengend ist und man von den Einkünften nur schwer leben kann. Das war einer der Gründe, weshalb ich den Beruf aufgegeben habe."

Andresen atmete erleichtert aus, schwieg aber.

„Der andere Grund waren gesundheitliche Probleme", fuhr Daniela fort. „Ich hatte Schmerzen am Handgelenk, am Ellenbogen. Außerdem häufig Kopfschmerzen wegen der Chemikalien. Der Beruf an sich machte mir Spaß, doch ich musste einsehen, dass ich ihn nicht bis zur Rente machen kann. Also gab ich ihn auf und wurde Sekretärin."

„Das tut mir leid", sagte er, noch immer zerknirscht.

„Hast du das Desirée erzählt?"

„Natürlich. Allerdings ohne Erfolg."

Er seufzte. „Das hab ich mir gedacht. Es gibt keinen Menschen auf diesem Planeten, der so stur ist wie meine Tochter."

Daniela lachte. „Bleib entspannt, mein Lieber. Ich habe ihr dann einen Vorschlag gemacht, den sie gut fand."

„Nämlich?"

„Ich sagte, sie könne doch während der Herbstferien in dem Salon ein Praktikum machen, um in den Beruf hinein zu schnuppern."

Er starrte Daniela an und sein Mund verzog sich zu einem breiten Lächeln. „Das ist gut. Wieso bin ich nicht darauf gekommen?"

„Das frage ich mich auch", neckte Daniela ihn. „Ist doch naheliegend. Und wenn sie am letzten Tag bedauert, dass das Praktikum schon um ist, dann ist es vielleicht wirklich der richtige Beruf für sie."

„Hast du ihr das auch gesagt?", fragte er ahnungsvoll.

„Logisch. Ich habe aber auch hinzugefügt, dass es durchaus möglich ist, dass sie sich freut, wenn die zwei Wochen um sind. In dem Falle wäre es vielleicht doch besser, sich etwas anderes zu überlegen und auf jeden Fall die Schule zu Ende zu machen."

Andresen legte eine seiner großen Hände auf Danielas Wange und sah sie zärtlich an. „Du bist wunderbar. Wie konnte ich nur so lange ohne dich zurechtkommen?"

„Jetzt bin ich ja da", flüsterte sie.

„Geh bloß nicht mehr weg", murmelte er und zog sie in seine Arme.

****

Lutz Weichert sah auf seine Armbanduhr. Es war zehn nach neun. Er trank einen Schluck Ingwertee und stieß einen leisen, zischenden Ton aus, weil er sich die Zunge verbrannt hatte.

Thomas Kuhl rief an und nannte widerstrebend die Adressen der beiden Schülerinnen, von denen er glaubte, dass sie ihn anziehend gefunden hatten.

„Mir ist das Ganze wirklich sehr unangenehm, Herr Kommissar", machte er nochmals klar.

Lutz legte den Kugelschreiber zur Seite. „Ich weiß. Sollten sich andere Spuren ergeben, werden wir damit warten, die Damen zu kontaktieren. Mit etwas Glück ist es gar nicht notwendig. Dabei fällt mir ein: Könnten Sie mir die Adresse von Frau Ruth-Maria Sturm geben?"

„Ja, die habe ich in meinen Unterlagen. Darf ich fragen, wozu sie ihre Anschrift brauchen?"

„Sie ist am Donnerstag nicht mit Ihnen und den anderen zu uns auf die Dienststelle gekommen. Wir brauchen ihre Aussage."

„Sie war nicht dabei?", wunderte sich Thomas. „Das ist mir überhaupt nicht aufgefallen, aber ich hatte auch wirklich anderes im Kopf an dem Tag."

„Das kann ich mir vorstellen. Also, wie lautet die Adresse?"

Weichert hörte das Rascheln von Papier, dann meldete sich Thomas Kuhl wieder. „Ah, hier ist sie. Angelburger Straße 20. Wie praktisch, sie kann zu Fuß zum Kurs gehen und hat nicht diese nervigen Parkplatzprobleme."

Sollte das eine Anspielung auf die Situation vom Freitag sein? Lutz hatte Mühe, die Bemerkung, die ihm auf der Zunge lag, hinunter zu schlucken. „Danke für die Angaben", brachte er mühsam heraus und sah, dass sein Kollege hereinkam. Andresen zeigte auf den Hörer in Weicherts Hand und machte ein fragendes Gesicht.

Lutz legte eine Hand auf das Mikrofon. „Thomas Kuhl",
antwortete er gedämpft. „Wegen der Adressen seiner ver-
knallten Schülerinnen und …"

„Ah, prächtig!" Andresen nahm dem verdutzten Weichert den Hörer aus der Hand.

„Herr Kuhl? Andresen hier. Sie haben meinem Kollegen
gerade ein paar Anschriften durchgegeben. Ich bräuchte
noch eine weitere, nämlich die Ihrer Exfreundin. Den Namen auch, wenn's geht. Was? Ja, ich weiß, dass sie kein
Motiv haben wird, dennoch, der Vollständigkeit halber …
Sie verstehen schon. Ja, ich schreibe mit." Andresen sah
Weichert auffordernd an. Der zückte seinen Stift und hielt
sich bereit.

„Wiebke Peters, Emil-Nolde-Straße 16. Dankeschön,
Herr Kuhl, einen schönen Tag noch!"

„Was hatte das zu bedeuten?", wollte Weichert von ihm
wissen.

Andresen griff nach dem Zettel mit der Adresse. „Das
erzähle ich Ihnen später. Bis dann."

Damit war er auch schon wieder weg.

Weichert seufzte und sah zu Mirja, die alles interessiert
verfolgt hatte. „Na, dann werde ich mal diese Frau Sturm
aufsuchen. Wollen Sie mitkommen?"

Sie stand sofort auf. „Aber sowas von."

„Gut, beeilen wir uns. Die Dame hat nicht viel Zeit, sie
muss um zehn Uhr schreiben lernen."

Mirja sah ihn irritiert an, sagte aber nichts, sondern
schnappte sich ihre Jacke und folgte ihm hinaus.

Der Hauseingang lag direkt neben einer Damenboutique.
Weichert drückte den Klingelknopf mit der Aufschrift
‚Sturm': Es dauerte eine Weile, doch dann ertönte ein lei-
ses Brummen.

Er stieß die Tür auf und betrat vor Mirja den Hausflur.

Im zweiten Stock stand Ruth-Maria Sturm im Türrahmen, wie üblich in farbenfrohe und weite Gewänder gehüllt. Weichert fragte sich, ob sie so wohl auch auf eine Beerdigung gehen würde. Dann fiel ihm ein, dass er das vermutlich bald herausfinden würde. Nina Benders Beisetzung sollte am nächsten Tag stattfinden.

„Guten Morgen, Frau Sturm. Weichert, Kripo Flensburg. Das ist meine Kollegin Frau Sommer. Haben Sie ein paar Minuten Zeit für uns?"

Ruth-Maria sah alles andere als begeistert aus. „Eigentlich nicht, ich muss mir noch die Haare föhnen, bevor ich zum Kurs gehe. Der fängt um zehn an."

„Ich weiß. Es dauert bestimmt nicht lange", versicherte ihr Weichert.

Widerstrebend ließ sie beide eintreten und führte sie durch einen schmalen Flur ins Wohnzimmer.

In der Wohnung wimmelte es von Kerzen, Traumfängern, Windspielen und getrockneten Blumen. Nicht nur Frau Sturm selbst, auch ihr Zuhause war farbenfroh. Möbel, Vorhänge, Bilder, Teppiche – alles war kunterbunt und nichts passte zueinander.

Auf einer rosafarbenen Anrichte standen ein paar Fotos zwischen merkwürdig anmutenden Masken und Figuren. Mirja trat interessiert näher, während Lutz Weichert sich Ruth-Maria zuwandte. „Sie waren am Donnerstag nicht mit den anderen bei uns im Kommissariat, um eine Aussage zu machen. Darf ich fragen, weshalb nicht?"

„Ich hatte starke Kopfschmerzen und wollte mich gern hinlegen."

„Aber Sie haben niemandem Bescheid gesagt, nicht wahr?"

„Ich wusste nicht, dass ich das muss", antwortete sie kühl. „Mir war nicht gut, ich ging nach Hause. Ist Ihre Frage damit beantwortet?"

„Ja, vielen Dank. Wie war Ihr Verhältnis zu Nina Bender?"

Ruth-Maria Sturm zuckte mit den Schultern. „Sie saß ihm Kurs eine Reihe hinter mir. Wir hatten nicht viel miteinander zu tun."

„Sie haben sich nie unterhalten?"

„Wir haben uns begrüßt und vielleicht ein paar Belanglosigkeiten ausgetauscht. Das war alles."

„Es scheint Sie nicht sehr mitzunehmen, dass eine junge Frau, die Sie wenige Stunden zuvor noch gesehen haben, plötzlich ermordet aufgefunden wird."

„Natürlich bedaure ich diesen Vorfall", erwiderte Ruth-Maria. „Sie war noch sehr jung, es tut mir leid für sie. Aber das ändert nichts an den Tatsachen, nicht wahr?"

„Natürlich nicht. Würden Sie mir bitte sagen, was Sie am Mittwochabend zwischen neun Uhr und Mitternacht getan haben?"

Sie überlegte. „Ich war am Computer und habe an dem Krimi für den Kurs gearbeitet. Von ungefähr viertel nach neun bis kurz vor zwölf. Davor habe ich etwas fern gesehen."

„Kann jemand Ihre Aussage bestätigen?"

„Höchstens Elvis, mein Kater." Mit einem zärtlichen Lächeln sah sie zu der knallroten Couch hinüber, auf der ein schwarz-weißer Kater lag und schlief.

„Sie haben mit niemandem in der fraglichen Zeit gesprochen, persönlich oder telefonisch?", hakte Weichert nach.

„Nein, ich fürchte nicht." Sie lächelte zynisch. „Bin ich jetzt verdächtig, Herr Kommissar?"

„Wenn ja, dann stehen Sie ziemlich weit unten auf der Liste", beruhigte er sie. „Haben Sie vielleicht einen Verdacht, wer Nina Bender aus dem Weg geräumt haben könnte?"

Sie überlegte. „Da fällt mir nur unser Kursleiter ein. Er hatte etwas für sie übrig, würde ich sagen. Möglicherweise hat sie ihn abgewiesen und er verlor die Beherrschung."

„Eine interessante Theorie", murmelte Weichert und nickte ihr zu. „Halten Sie ihn denn für jemanden, der leicht die Beherrschung verliert?"

Sie hob die Schultern. „Den Eindruck macht er eigentlich nicht. Doch man kann den Menschen nur vor die Stirn schauen, nicht wahr?"

„Da haben Sie allerdings recht. Beweise dafür sehen wir oft genug." Lutz lächelte. „Tja, das war es fürs erste. Wir wollen Sie nicht länger aufhalten. Kommen Sie doch bitte im Laufe des Tages zu uns in die Dienststelle, damit wir ihre Aussage zu Protokoll nehmen können."

„Natürlich." Ruth-Maria ging vor in den Flur und öffnete die Haustür. „Tut mir leid, dass ich nicht mehr sagen kann, Herr Kommissar."

Weichert und Mirja gingen an ihr vorbei. „Viel Spaß bei dem Kurs", wünschte er. „Auf Wiedersehen."

Mirja war kaum über die Schwelle getreten, da fiel die Tür hinter ihr bereits ins Schloss.

„Junge, die hat es aber eilig gehabt, uns loszuwerden", meinte sie grinsend.

„Wenn Sie mich fragen, die Dame hat nicht mehr alle Räucherstäbchen beisammen", brummte Weichert. „Katzen, Traumfänger, Walla-Walla-Gewänder … Bestimmt hat sie eine Glaskugel, die ihr die Zukunft verrät."

Mirja grinste. „Sie klingen wie Kommissar Andresen."

„Tatsächlich?"

„Und ob."

Bis zum Auto, das Weichert in der Tiefgarage der Galerie-Passage geparkt hatte, schwiegen sie. Doch als Mirja sich anschnallte, murmelte sie: „Dieser Typ auf den Fotos … der kam mir irgendwie bekannt vor."

„Welcher Typ auf welchen Fotos?"

„Die Bilder auf der Kommode. Haben Sie die nicht gesehen? Da waren Fotos von ihr, von ihrem Kater und von einem jungen Mann."

Weichert schüttelte den Kopf und schnallte sich ebenfalls an. „Hab ich nicht drauf geachtet", gab er zu. „Und den Mann haben Sie schon irgendwo gesehen?"

„Ich glaube, ja. Aber noch fällt mir nicht ein, wo das war."

„Vielleicht in einer Disco? Oder auf einer Party?"

Mirja schürzte nachdenklich die Lippen. „Hm, keine Ahnung. Na, vielleicht komme ich noch drauf."

„Und wenn nicht, ist es wahrscheinlich auch nicht schlimm", tröstete Weichert und startete den Motor.

Kapitel 10

Danielas Freundin Simone bestätigte tatsächlich, dass sie Thomas Kuhl kenne und vor etwa einem Jahr mit ihm Geschlechtsverkehr gehabt hatte. Ein schauerliches Erlebnis, sagte sie aus. Er sei ausgesprochen grob und selbstsüchtig gewesen.

„Wie genau äußerte sich dieses Verhalten", fragte Andresen und nippte an dem starken Kaffee, den sie ihm angeboten hatte.

Simone Lange wurde rot. „Ich bin nicht stolz darauf, dass ich mich von ihm habe einwickeln lassen", begann sie mit leiser Stimme, „aber er war anfangs so nett – und abgesehen davon sieht er auch noch toll aus. Na ja, wir waren nach dem Kurs etwas trinken, er flirtete mit mir, lud mich zu sich ein und ich dachte noch, ich hätte das große Los gezogen." Sie seufzte vernehmlich.

„Und dann? Was geschah, als sie in seiner Wohnung ankamen?"

„Er kam recht schnell zur Sache." Als sie weitersprach, hielt sie den Blick gesenkt. „Wissen Sie, er ist vom Schicksal ziemlich gut ausgestattet worden. Das war – jedenfalls anfangs – durchaus ein prickelndes Erlebnis. Aber dann wurde er sehr rücksichtslos. Als ich ihn bat, vorsichtiger zu sein, hat er gar nicht reagiert."

Simone biss sich auf die Unterlippe, und ihr Kinn begann zu zittern. „Es war furchtbar. Ich fühlte mich irgendwie … vergewaltigt."

Wiebke Peters, Thomas Kuhls Exfreundin, lebte allein in einer geschmackvoll eingerichteten Zwei-Zimmer-Wohnung. Sie bat Andresen verwundert, aber freundlich herein und führte ihn ins Wohnzimmer, wo er es sich auf einer Kreuzung aus Stuhl und Sessel bequem machte, die zweifellos aus einem großen schwedischen Möbelhaus stammte. Den angebotenen Kaffee lehnte er dankend ab. Das kräftige Gebräu von Danielas Freundin hatte seinen Herzschlag bereits ausreichend beschleunigt. „Hätten Sie vielleicht ein Glas Wasser für mich?"

„Selters oder Leitungswasser?"

„Ganz egal, mir ist beides recht."

Sie holte ein Glas aus ihrem Küchenschrank, während er sich umsah. Sie schien ein ordentlicher Mensch zu sein, es blitzte sauber und nirgendwo stand etwas herum. Die dekorative Obstschale war gefüllt mit rot glänzenden Äpfeln, Kiwis und frischen Bananen.

„Also, wie kann ich Ihnen helfen?", fragte Wiebke Peters, als sie einen Untersetzer aus einer Schublade nahm. Sie legte ihn vor Andresen ab und stellte ein Glas mit Mineralwasser darauf.

Dann setzte sie sich ihm gegenüber an den kleinen Küchentisch und lehnte sich neugierig vor.

Andresen nahm das Getränk und musterte Kuhls Exfreundin. Sie war vermutlich Ende Zwanzig, das dunkelblonde Haar hatte sie zu einem Pferdeschwanz gebunden. Die grauen Augen standen etwas eng beieinander, die Lippen waren hellrot geschminkt.

Das kalte, sprudelnde Wasser lief wohltuend Andresens Kehle hinab.

„Sie waren mit Thomas Kuhl befreundet?", begann er.

Ihre Schultern strafften sich. „Ja. Warum?"

„Wie lange waren Sie ein Paar?"

„Nur ungefähr vier Monate. Was ist mit Thomas?"

Er antwortete nicht. „Warum ist Ihre Beziehung gescheitert?"

Sie zögerte. „Wir hatten – wie heißt es so schön? – unüberbrückbare Differenzen."

„In welcher Hinsicht?"

„Ganz allgemein."

Er stellte das Glas wieder auf den Untersetzer. „Machten sich diese Differenzen vielleicht besonders im Schlafzimmer bemerkbar?", fragte er vorsichtig.

Ihre Augen wurden schmal, sie lehnte sich zurück. „Wie bitte?"

„Entschuldigen Sie meine Direktheit, aber es ist wichtig."

Wiebke Peters verschränkte die Arme und musterte ihn kühl. „Glauben Sie wirklich, ich würde darüber mit Ihnen reden? Ich kenne Sie doch gar nicht."

Andresen beugte sich vor und sah sie eindringlich an. „Hören Sie, Herr Kuhl ist in einen Mordfall verwickelt und Ihre Aussage könnte maßgeblich zur Aufklärung des Verbrechens beitragen. Also bitte, erzählen Sie mir, weshalb Sie sich von ihm getrennt haben."

****

„Ich sage es nur ungern, aber so langsam glaube ich, Sie hatten recht", sagte Andresen, als er das Büro betrat.

Weichert sah auf. „Und womit hatte ich diesmal recht?", fragte er und grinste.

„Überschätzen Sie sich mal nicht", riet Andresen, beantwortete aber seine Frage. „Thomas Kuhl. Es spricht nun doch einiges dafür, dass er Nina Bender ermordet hat."

Lutz Weichert lächelte zufrieden, lehnte sich in seinem Bürostuhl zurück und verschränkte die schlaksigen Hände im Schoß. „Ich höre."

Andresen ließ sich in seinen Stuhl fallen. „Ich habe mich gerade mit zwei Frauen unterhalten, die mit Thomas Kuhl geschlafen haben. Offensichtlich geht der Schreiblehrer Ihrer Freundin mit seinen Gespielinnen nicht gerade zimperlich um. Eine der Frauen hat ausgesagt, dass sie es nur deshalb vier Monate mit Kuhl ausgehalten hat, weil sie hoffnungslos verliebt war und seine grobe Art anfangs aufregend fand. Das gab sich aber rasch und schließlich machte sie, dass sie weg kam. Die andere hatte bereits nach einer Nacht genug von ihm und litt tagelang unter starken Schmerzen."

„Mir hat Kuhl gesagt, seine Exfreundin hätte sich in einen anderen Mann verliebt und ihn deswegen verlassen." Weichert nippte an seinem Tee. „Glauben Sie, er ist mit Nina Bender ebenso umgesprungen?"

Andresen nickte. „Ich habe bei Kalle Schwarzhaupt nachgehakt. Sie hatte tatsächlich leichte Verletzungen und Blutspuren im Intimbereich. Ich gehe deshalb davon aus, dass sie ihm nach dem Geschlechtsverkehr heftige Vorwürfe gemacht hat. Es kam zum Streit, und er verlor die Beherrschung."

„Das klingt plausibel", sagte Weichert nachdenklich. „Aber wären dann nicht seine Fingerabdrücke auf der Mordwaffe?"

„Vielleicht hat er sie abgewischt."

„Und alle anderen Spuren hat er da gelassen? Die Fingerabdrücke am Bierglas, die Schamhaare und Spermaspuren im Bett ..."

Andresen schnalzte mit der Zunge. „Ich weiß, dass ist ein wunder Punkt. Auch, dass kein Nachbar einen Streit gehört haben will, passt nicht zu meiner Theorie. Trotzdem sollten wir uns noch einmal mit diesem ‚kuhlen' Thomas unterhalten." Andresen stand auf, um sich einen Kaffee zu holen. An der Tür drehte er sich noch einmal um. „Ist eigentlich bei der Vernehmung dieser Frau Wind, oder wie sie heißt, etwas herausgekommen?"

„Dicht dran, Herr Kollege. Die Dame heißt Ruth-Maria Sturm. Sie hat ausgesagt, es ging ihr nicht gut, deshalb sei sie am Donnerstag nicht mit auf die Dienststelle gekommen. Ein Alibi für die Tatzeit hat sie nicht, ein Motiv konnte ich allerdings auch nicht erkennen. Sie tippt auch auf Thomas Kuhl als unseren Täter.“

****

„Jeder von euch hat bestimmt schon mal gehört, dass ein junger, talentierter Autor ein bemerkenswertes Manuskript aus dem Ärmel geschüttelt hat, das ihm die Verlage nur so aus den Händen rissen und das wenig später die Bestsellerlisten eroberte“, sagte Thomas. Wie so oft saß er auf der Kante des Lehrerpultes, in der Rechten hielt er ein Stück Kreide. „Vergesst das bitte. Es ist totaler Blödsinn, ein Ammenmärchen. Jeder berühmte Autor hat vor seinem ersten Buch – egal, ob es erfolgreich wurde oder nicht – klein angefangen, hat das Handwerk gelernt, so wie ihr jetzt auch, und Texte geschrieben, die er am liebsten ungeschehen machen würde.“

„Du auch?“, fragte Sascha.

Thomas lachte. „Na klar. Warum sollte ausgerechnet ich die Ausnahme von der Regel sein? Nein, glaubt mir, ohne ständiges Dazulernen und Trainieren werden eure Texte bestenfalls Durchschnitt. Wenn überhaupt. Und ihr wollt sie doch irgendwann als gedruckte Exemplare in Händen halten, nicht wahr?“

Alle nickten, außer Yannick, der sich wie üblich auf seinem Platz lümmelte und mit den Augen rollte, als gelte all dies nicht für ihn – das Ausnahmetalent.

„Die Suche nach einem Verlag gestaltete sich sogar für J.K. Rowling schwierig“, erzählte Thomas gerade. „Es dauerte lange, bis endlich ein Verlag Interesse an ihrem Harry Potter-Manuskript zeigte. Das beweist ganz deutlich: Ein angehender Autor braucht fünf Dinge: Talent, Lernbereitschaft, Ausdauer, ein dickes Fell und ganz viel Glück. Und er muss wissen, was ihn in der Verlagswelt da draußen erwartet. Neben den großen Verlagen, die jeder kennt, gibt es auch unzählige kleine sowie ein paar schwarze Schafe, von denen ich euch später gern mehr erzähle, wenn ihr wollt."

In diesem Moment brummte es vernehmlich in Thomas' Lederaktentasche. Er zog sein Smartphone hervor, sah aufs Display und runzelte die Stirn.

„Entschuldigt mich für einen Moment", murmelte er und verließ den Raum. Im Korridor nahm er das Gespräch an. „Kuhl."

„Kriminalkommissar Weichert. Entschuldigen Sie die Störung, doch ich muss Sie bitten, heute Mittag bei uns auf der Dienststelle vorbeizuschauen."

„Das passt mir ehrlich gesagt gar nicht", wandte Thomas ein. „Meine Hündin wartet auf mich, ich muss mittags nach Hause und mit ihr rausgehen."

„Bringen Sie sie mit", schlug Lutz vor.

„Aber was wollen Sie denn noch von mir? Ich habe Ihnen doch alles gesagt."

„Es ist wichtig, Herr Kuhl. Alles weitere erfahren Sie dann hier. Wir erwarten Sie um halb zwei."

Damit war die Verbindung unterbrochen. Thomas fluchte leise, dann zählte er, um sich zu beruhigen, langsam bis zehn und ging zurück in den Klassenraum.

Um ein Uhr begann die Mittagspause und die Kursteilnehmer verließen einzeln oder in Gruppen den Raum. Thomas folgte ihnen. Als Verena mit Sascha, Boris, Ruth-Maria, Jeanette und Gila den Weg Richtung Südermarkt ansteuerte, rief Thomas sie zurück.

„Verena, kann ich dich kurz sprechen?"

Überrascht drehte sie sich zu ihm um. „Ja, sicher." Sie wandte sich an die anderen. „Geht schon vor, ich komme gleich nach."

Thomas ging ihr entgegen. Als die anderen außer Hörweite waren, berichtete er, dass er noch einmal vernommen werden sollte.

„Weißt du etwas darüber?", fragte er. „Ich habe keine Ahnung, was dein Freund und sein Kollege noch von mir wollen."

Verena schüttelte den Kopf. „Tut mir leid, ich weiß gar nichts. Lutz erzählt mir fast nie Einzelheiten über laufende Fälle. Außerdem habe ich ihn nicht mehr gesprochen, nachdem wir uns am Freitag hier getrennt hatten."

„Geht es dir gut?", Thomas musterte Verena genau. Sie schien nervös, kaute auf ihrer Unterlippe herum und vermied es, ihn anzusehen.

„Es ist alles okay", murmelte sie. „Und mach dir keine Sorgen, bestimmt ist es nur irgendeine Formalität. Lutz ist sehr penibel, was das angeht."

„Hoffentlich hast du recht."

Sie nickte. „Bestimmt. Ich gehe dann mal. Bis später." Damit eilte sie den anderen hinterher.

Andresen sah missbilligend auf seine Armbanduhr, als Thomas Kuhl auftauchte.

„Entschuldigung, wenn Sie warten mussten, aber das Zeitfenster war ziemlich eng", sagte Kuhl knapp. „Also, was gibt es? Um halb drei muss ich wieder in der Klasse sein."

„Setzen Sie sich." Andresen wies auf einen Stuhl. Dann hielt er Hexe seine Hand hin und ließ sie daran schnuppern.

„Es geht noch einmal um den Abend, an dem Nina Bender starb", begann Lutz Weichert. „Sie haben ausgesagt, dass Nina schläfrig war, als Sie gehen wollten, und Sie gebeten hat, zu bleiben. Ist das richtig?"

„Ja, das stimmt." Thomas Kuhl sah unruhig von Weichert zu Andresen und wieder zurück. „Warum fragen Sie?"

„Weil wir erfahren haben, dass Sie nicht gerade sanft umgehen mit den Frauen, die Sie ins Bett bekommen", antwortete Andresen unwirsch. „Im Gegenteil. Das war auch der Grund, warum Ihre Freundin sich von Ihnen getrennt hat."

Thomas sagte nichts.

„Wir haben die Aussagen von zwei Frauen", fügte Weichert hinzu, „die unabhängig voneinander angegeben haben, dass Sie ihnen während des Geschlechtsaktes erhebliche Schmerzen zugefügt haben."

Thomas schwieg.

„Sind Sie auch mit Nina so umgegangen?", wollte Weichert wissen. „Haben Sie ihr ebenfalls während des Geschlechtsverkehrs Schmerzen zugefügt?"

„Nein, habe ich nicht", knurrte Thomas. „Und Wiebke mochte es, wenn ich sie hart anfasste. Sie hat sich in einen anderen verliebt, deshalb hat sie mich verlassen."

„Das stimmt nicht, und das wissen Sie auch", polterte Andresen. „Dieser ‚andere‘ war ein platonischer Freund, der ihr geraten hat, Sie sausen zu lassen, bevor Sie sie ernsthaft verletzen. Sie war unglücklich, hatte sogar Angst vor Ihnen."

Thomas verschränkte die Arme vor der Brust und hob das Kinn. „Das ist völlig übertrieben."

„Simone Lange sieht das anders. Nachdem Sie mit ihr intim waren, hat sie den Kurs abgebrochen, an dem sie teilgenommen hat. Weil sie mit Ihnen nichts mehr zu tun haben wollte."

Er hob gleichgültig die Schultern. „Sie sah gut aus, das war aber auch alles. Ich war nicht traurig darüber, dass sie nicht mehr zum Kurs kam."

Andresen starrte ihn ungläubig an. „Ist das alles, was Sie dazu zu sagen haben? Tatsache ist, dass Sie auf brutale sexuelle Praktiken stehen und diese ausleben, auch wenn Ihre jeweilige Partnerin damit nicht einverstanden ist."

„Nina habe ich nicht weh getan", behauptete Thomas stur. „Es hat uns beiden gefallen."

„Ach wirklich? Ich habe mich mit dem Gerichtsmediziner unterhalten", eröffnete ihm Andresen. „Nina Benders Genitalien wiesen eindeutige Gewaltspuren auf."

Er erhob sich und stellte seine knapp zwei Meter direkt vor Thomas auf, der unsicher zu ihm hinaufsah. Hexe bellte nervös.

Andresen warf einen kurzen Blick zu der Hündin, die daraufhin noch ein Winseln von sich gab und schließlich verstummte. Dann fixierte er wieder Thomas, der Hexe beruhigend über den Kopf streichelte.

„Sagen Sie endlich die Wahrheit, Herr Kuhl. Sie sind mit Nina Bender genauso grob umgegangen wie mit Ihrer Exfreundin, mit Simone Lange, und wer weiß mit wie vielen anderen Frauen noch. Doch Nina war kein schüchternes Mäuschen. Sie hat Sie zur Rede gestellt und Sie aufgefordert zu verschwinden. Da sind Sie wütend geworden und haben zugeschlagen!"

„Das ist nicht wahr!", rief Thomas. Er spürte seine Handflächen feucht werden. „Ich habe sie nicht getötet. Ja, okay, mag sein, dass ich etwas vorsichtiger hätte sein können. Aber viele Frauen stehen doch drauf, wenn man ihnen sagt, wo es langgeht."

Er verstummte und sah sich nach Bestätigung um, doch die blieb aus. Nichts weiter als kalte Verachtung schlug ihm entgegen.

Lutz Weichert atmete tief durch. „Schildern Sie uns noch einmal den Abend, bitte. Aber diesmal so, wie er sich tatsächlich abgespielt hat."

„Bis auf das Ende habe ich Ihnen neulich schon die Wahrheit gesagt", beteuerte Thomas. „Wir tranken etwas, küssten uns und landeten im Bett. Sie hat mir sogar noch das Kondom übergestreift. Dann … lief alles ein bisschen

aus dem Ruder, ja. Sie wollte, dass ich aufhöre, aber ich ...
ich konnte nicht. Es war bereits mehrere Wochen her, seit
ich das letzte Mal Sex hatte, verstehen Sie? Also hielt ich
sie fest und machte weiter. Als ich fertig war, rollte ich von
ihr runter, und sie fing sofort an, auf mich einzuschlagen.
Sie war regelrecht hysterisch."

„Hat sie dabei etwas gesagt?", fragte Andresen.

Thomas nickte bedrückt. „Dreckskerl, Perverser, Arschloch ... So in der Preislage. Ich solle machen, dass ich
wegkomme."

Lutz Weichert musterte angewidert den Mann vor sich.
„Was geschah dann?"

„Sie zog sich an und sagte, ich könne vergessen, dass sie
bei mir einziehen würde. Auch zu dem Kurs wolle sie nicht
mehr kommen. ‚Ich will dich nie mehr sehen', hat sie gesagt. Während ich mich anzog, hat sie immer wieder auf
mich eingeschlagen."

„Und da sind Sie nicht wütend geworden?", fragte Andresen. Es klang ungläubig. „Haben Sie sich nicht gewehrt?"

Thomas schüttelte den Kopf. „Ich weiß, Sie glauben mir
nicht, aber eigentlich bin ich kein gewalttätiger Mensch.
Nur beim Sex mag ich es etwas härter. Ich habe nichts
mehr gesagt, hab mich nur schnell angezogen und bin nach
Hause."

„Sie haben recht", sagte Weichert mit müder Stimme.
„Ich glaube Ihnen nicht. Sie misshandeln Nina Bender, sie
schlägt und beschimpft Sie – und am nächsten Tag ist sie
tot. Ein etwas merkwürdiger Zufall, finden Sie nicht?"

Thomas schluckte, ihm wurde heiß vor Angst. „Ich war
es nicht", wiederholte er und hörte selbst, wie flehend es
klang.

„Was meinen Sie, wie oft wir diesen Satz schon gehört
haben", seufzte Kommissar Andresen und tauschte einen
Blick mit seinem Kollegen. Der wandte sich an Thomas.

„Aufgrund der vorliegenden Erkenntnisse liegt gegen Sie ein hinreichender Tatverdacht vor. Daher müssen wir Sie vorläufig festnehmen."

****

Verena stand mit Jeannette, Gila und Sascha am Fenster des Klassenraums und spähte nach draußen. Es war bereits viertel vor drei und von Thomas war nichts zu sehen.

„Er ist doch sonst immer überpünktlich", bemerkte Gila.

Verena ging zurück zu ihrem Platz, holte ihr Smartphone aus der Tasche und verzog sich in die hinterste Ecke. Dann wählte sie die Büronummer von Lutz.

Nach dreimaligem Klingeln meldete er sich.

„Ich bin es", sagte sie leise. „Thomas hat mir erzählt, dass er noch einmal zu euch kommen sollte und er ist noch immer nicht zurück. Weißt du, wo er steckt? Wir warten alle auf ihn."

Ruth-Maria, die in der Nähe saß, sah auf.

„Das kann nicht sein", flüsterte Verena entsetzt. „Lutz, ihr irrt euch bestimmt, er würde niemals … Ja, ich weiß, dass du mir nichts sagen darfst, aber … Ok, bis später."

Ihre Beine fühlten sich an wie Babybrei, als sie den Arm mit dem Telefon senkte und sich auf den nächstbesten Stuhl fallen ließ.

„Was ist los?", fragte Ruth-Maria gespannt.

Auch die anderen traten nun näher. Gila stellte sich neben Verena und legte ihr eine Hand auf die Schultern. „Verena, was ist passiert?"

Verena hob den Kopf und sah Gila mit unbewegter Miene an. „Thomas. Er … kommt heute nicht mehr."

„Und wieso nicht?", fragte Yannick verärgert. „Hätte ich das früher gewusst, dann –"

„Sie haben ihn verhaftet", sagte Verena mit belegter Stimme. „Sie halten ihn für Ninas Mörder."

Atemlose Stille, nur ein leises Knistern erfüllte den Raum. Sascha wickelte ein frisches Kaugummi aus, nahm das alte aus dem Mund, verstaute es in der Verpackung des neuen und schob sich dann den frischen Streifen in den Mund.

Gila hatte die Augen weit aufgerissen und starrte Verena ungläubig an. Jeannette war käseweiß geworden. Ruth-Maria blinzelte und biss sich auf die Unterlippe.

„Ich glaube das nicht", sagte Boris.

Maik kaute an seinem Daumennagel.

„Du glaubst doch nur, was dir die Sterne sagen", erwiderte Yannick boshaft. „Hier geht es um Tatsachen, nicht um Hokuspokus."

„Also, ich denke schon, dass Thomas es gewesen sein könnte", ließ sich Ruth-Maria vernehmen. „Er war eindeutig verliebt in sie. Vielleicht hat sie ihn abgewiesen und das konnte er nicht ertragen."

„Unsinn", widersprach Sascha sofort. „Sie war doch in ihn genauso verknallt. Nein, ich glaube es auch nicht."

Verena räusperte sich. Ihre Finger spielten mit dem Anhänger ihrer Kette. „Es gibt aber angeblich neue Erkenntnisse, die eindeutig auf Thomas hinweisen."

Jeannette zuckte mit den Schultern. „Dann wird es wohl doch stimmen. Die Polizei weiß immerhin mehr als wir."

„Aber vielleicht weiß sie nicht alles." Sascha grinste schief. „Wir sind doch angehende Krimiautoren. Möglicherweise finden wir den Mörder und beweisen so Thomas' Unschuld."

Yannick grinste zynisch und klopfte ihm auf die Schultern. „Na, dann mal los, Sherlock Holmes."

****

Lutz Weichert war noch keine drei Minuten zu Hause, als es wie wild an seiner Tür klingelte, laut und unangenehm. Eilig öffnete er und prompt verstummte das nervtötende Geräusch. Vor ihm stand seine Freundin und funkelte ihn wütend an.

„Wie konntest du nur?", fragte Verena, als sie an ihm vorbei in die Wohnung stürmte. „Thomas hätte Nina doch niemals etwas angetan. Das ist völlig absurd! Er ist ein netter, hilfsbereiter Mensch und kein kaltblütiger Killer."

„Wenn du dich da nur nicht irrst." Lutz schloss die Tür. „Euer Schreibgott ist nicht so perfekt, wie du glaubst."

„Was, zum Teufel, meinst du damit?"

„Vielleicht gehen wir besser ins Wohnzimmer. Es muss ja nicht sein, dass die ganze Nachbarschaft uns zuhört."

Widerstrebend ging Verena vor, setzte sich aber nicht wie üblich auf die Couch, sondern blieb stehen und verschränkte angriffslustig die Arme. „Also: Was hast du mit deiner Bemerkung eben gemeint?"

„Du weißt ganz genau, dass ich dir keine Einzelheiten –"

„Ja, ja, ich weiß!" Sie musterte ihn mit schmalen Augen. „Hast du das getan, weil du auf ihn eifersüchtig bist?"

Er hätte beinahe laut aufgelacht. „Sag mal, spinnst du? Hältst du mich wirklich für so unprofessionell? Nur damit du es weißt: DAS ist absurd, nicht die Tatsache, dass dein cooler Thomas vermutlich Nina Bender auf dem Gewissen hat."

„Ha!" Sie hob ihren gestreckten Zeigefinger in die Luft. „Du vermutest es nur. Ich habe es gewusst!"

Er seufzte entnervt. „Es gibt Indizien, die eindeutig darauf hinweisen, dass er –"

„Aber Beweise hast du nicht, oder?"

„Verena, hör auf! Ich mache meinen Job und will nicht, dass du dich da einmischst."

„Und ich will nur verhindern, dass du einen Riesenfehler machst."

„Woher willst du so genau wissen, dass Kuhl es nicht war, hm? Ist er automatisch unschuldig, weil er gut aussieht und euch vorspielt, er wäre ein netter Kerl? Wie naiv bist du eigentlich?!"

„Schrei mich nicht an!" In Verenas Gesicht zuckte es. „Es gibt Dinge, die weiß man eben. Nicht aus schlauen Büchern, sondern aus einem Bauchgefühl heraus. Du bist da allerdings eine Ausnahme, du hast doch kein bisschen Menschenkenntnis."

„Aber du, ja?" Er schnaubte. „Du bist nichts weiter als eine verwöhnte Arzttochter, die alles immer nur in den Allerwertesten geschoben bekam."

„Das ist nicht wahr, ich –"

„Natürlich ist das wahr! Man erwirbt keine Menschenkenntnis, wenn man sich Klatschzeitungen durchliest oder Soap Operas glotzt. Deinen Gaul verstehst du vielleicht, aber das ist auch alles! Vom wirklichen Leben weißt du doch nicht mehr als von deiner Schreiberei – also so gut wie nichts! Dieser Schriftsteller-Quatsch ist ohnehin nur eine Laune von dir. Ich wette, dein Interesse daran verpufft so schnell, wie es gekommen ist."

Verenas Kinn begann zu zittern, ihre Augen glitzerten verdächtig. Schon taten Lutz seine harten Worte leid. Doch bevor er etwas sagen konnte, war sie an ihm vorbei gerauscht. Sekunden später krachte die Tür ins Schloss.

****

Nina Benders nächster Verwandter war ihr Onkel aus Niebüll. Er hatte, wie Lutz wusste, mit Hilfe eines Bestattungsunternehmens die Beisetzung organisiert, nachdem die Leiche von der Gerichtsmedizin freigegeben worden war.

Der Gottesdienst fand in der Kapelle am Friedenshügel statt. Unzählige Kerzen im und um den kuppelförmigen Altarraum, dessen Wände in einem edlen Rotton gehalten waren, verbreiteten eine würdevolle Atmosphäre. Weichert schätzte, dass ungefähr hundertfünfzig Trauergäste hier Platz finden konnten. An diesem Tag waren es deutlich weniger. Seine Augen wanderten von einer Reihe zur nächsten, doch nirgendwo konnte er Verena entdecken.

Ganz vorn saßen Ninas Onkel und seine Familie. Dahinter Ninas Freundin Sophie Schubert, die Teilnehmer des Schreib-Workshops sowie einige Nachbarn – Lutz erkannte den Mieter Petersen aus der Wohnung neben Nina und den Hausmeister Herrn Brodersen.

Unmittelbar vor Weichert, Andresen und Mirja Sommer saßen noch einige jüngere Leute, vermutlich Freunde oder Kommilitonen von Nina, die leise miteinander tuschelten.

Weichert sah auf die Uhr. In zehn Minuten würde der Gottesdienst beginnen. Wie er Verena kannte, würde sie in letzter Sekunde in die Kapelle gehuscht kommen.

Fünf Minuten später kam sie durch die Tür. Als sie ihn bemerkte, versteinerte sich ihr Gesicht und sofort sah sie wieder weg. Lutz seufzte. Er konnte ihr ansehen, dass er sie ernsthaft verletzt hatte. Ihre Augen waren vom Weinen verquollen, ihre Lippen zusammengepresst, die Mundwinkel hingen tief. Er sah ihr nach, als sie zu ihren Schreibkollegen ging und sich auf den letzten noch freien Platz in der Reihe setzte.

Glocken erklangen und der Pastor ging zwischen den Trauergästen gemessenen Schrittes auf den Altarraum zu, wo Ninas mit roten Rosen geschmückter Sarg stand.

Als der Pastor gerade die Trauergemeinde begrüßte, betrat Philip Schäfer die Kirche.

Mit einem entschuldigenden Blick setzte er sich zu ihnen in die letzte Reihe, direkt neben Mirja. Andresen und Weichert begrüßte er mit einem kurzen Nicken, Mirja schenkte er ein scheues Lächeln. Dann wandte er den Blick nach vorn.

Mirjas Augen leuchteten selig auf und Weichert glaubte zu sehen, dass ihre Wangen etwas Farbe bekommen hatten.

Nach dem Gottesdienst und der Beisetzung wurden alle Trauernden in die Gaststätte „Ambiente" in der nahe gelegenen Westerallee gebeten. Es gab belegte Brote und Brokkoli-Cremesuppe mit Baguette.

Andresen ließ es sich schmecken und stieß hinterher diskret auf, was ihm einen strengen Blick von Lutz Weichert einbrachte.

Andresen rollte mit den Augen. „Leiser ging es nicht, Sie Schöngeist", grummelte er. „Sehr lecker übrigens, die Suppe. Sollten Sie auch einmal probieren. Sonst fallen Sie mir endgültig vom Fleisch."

„Danke, ich habe keinen Appetit." Weichert sah zu Verena hinüber, die zwischen Jeanette Reichardt und Sascha Wolter saß und ihren Freund, wie Andresen bemerkte, vollständig ignorierte.

„Sagen Sie, Herr Kollege", wandte er sich mit leiser Stimme an Weichert, denn er wollte nicht, dass Mirja und Philip Schäfer, die sich neben ihm angeregt unterhielten, etwas mitbekamen, „kriselt es gerade zwischen Ihnen und Ihrer kleinen Freundin?"

„Wie kommen Sie denn darauf?", knurrte Lutz und hob ein Glas mit Cola an die Lippen.

„Nun, vielleicht weil sie Sie keines Blickes würdigt und Sie eine Scheiß-Stimmung an den Tag legen."

„Wieder einmal bewundere ich Ihre Kombinationsgabe", erwiderte Weichert zynisch und starrte in sein Glas.

Andresen, gut gesättigt und entsprechend leutselig gestimmt, stand auf. „Dann lasse ich Sie mal allein Trübsal blasen."

„Wo wollen Sie denn hin?"

Andresen wies unauffällig zu dem großen Tisch, an dem die angehenden Autoren saßen.

„Dorthin."

Alarmiert richtete Weichert sich auf. „Sie wollen doch nicht …?"

„Ihre Beziehungsprobleme interessieren mich nicht", unterbrach Andresen. „Ich will mich mit den anderen unterhalten."

„Ach so." Beruhigt sackte Weichert wieder in sich zusammen.

Andresen steuerte den Autoren-Tisch an. „Darf ich mich kurz zu Ihnen setzen", fragte er und ignorierte Verenas gerunzelte Stirn geflissentlich.

„Aber natürlich", sagte Gila. Die anderen nickten zustimmend.

Er zog sich einen Stuhl heran und quetschte sich zwischen Yannick Nehrens und Ruth-Maria Sturm.

„Erzählen Sie uns, warum Thomas in U-Haft sitzt?", fragte Boris.

„Nun, weil gegen ihn dringender Tatverdacht besteht", antwortete Andresen ausweichend. Kuhl war morgens vor dem Haftrichter erschienen und dieser hatte die Untersuchungshaft angeordnet. Immerhin ging es um Mord und die vorliegenden Beweismittel sprachen eine deutliche Sprache. Abgesehen davon hatte Kuhl keine engen sozialen Bindungen, weshalb der Haftrichter davon ausging, dass eventuell Fluchtgefahr bestand. Der Pflichtverteidiger, der Thomas Kuhl vertrat, hatte versucht, diese Entscheidung zu verhindern, war jedoch gescheitert.

Andresen schob die Gedanken an den Haftprüfungstermin zur Seite und konzentrierte sich auf die Gegenwart. „Worüber unterhalten sich denn zukünftige Bestseller-Autoren so?", fragte er und zwinkerte Verena zu, die ihm einen giftigen Blick zuwarf.

„Was ist denn eigentlich mit seinem Hund?", fragte Jeannette besorgt. „Kümmert sich jemand um ihn?"

„Der wurde vorübergehend ins Tierheim gebracht", antwortete Andresen kurz angebunden und sah auffordernd Sascha Wolter an, der so ausgesehen hatte, als wolle er etwas sagen, bevor Jeannette ihn unterbrochen hatte.

„Wir sprachen gerade von Spurensicherung, da können Sie uns bestimmt einiges erzählen", meinte Sascha und grinste.

„Schon möglich. Wenn Sie Fragen haben, fragen Sie ruhig."

„Gerne. Wir haben über das Thema Fingerabdrücke diskutiert. Wissen Sie, wie man verhindern kann, welche zu hinterlassen?"

„Nun, entweder, indem man Handschuhe trägt, oder indem man sie anschließend von allen Gegenständen abwischt, die man berührt hat", antwortete Andresen.

„Es gibt noch eine dritte Möglichkeit", berichtete Sascha aufgeregt. „Nämlich wenn man eine dünne Schicht Sekundenkleber auf die Fingerkuppen aufträgt. Ich finde das total interessant. Ist das bei einem Ihrer Fälle schon mal vorgekommen?"

Andresens Herzschlag beschleunigte sich. War das der Grund, weshalb Spuren von Cyanacrylsäure auf der Mordwaffe gewesen waren?

„Das ist in der Tat sehr interessant", sagte er und fixierte Sascha. „Bisher hatten wir noch keinen solchen Fall. Woher wissen Sie davon?"

Sascha wies auf Yannick Nehrens. „Er hat uns gerade davon erzählt. Für meinen Roman werde ich mir das auf jeden Fall merken."

„He, das habe ich für mein Werk recherchiert." Yannick sah Sascha finster an. „Mach dich gefälligst selber schlau und klau mir nicht meine Ideen."

Andresen musterte Yannick aufmerksam. „Erzählen Sie mal", forderte er den jungen Mann mit den Strubbelhaaren auf. „Wo haben Sie das her? Und wie genau funktioniert das?"

Yannick zögerte, doch dann holte er Luft und gab widerstrebend Auskunft. „Im Internet habe ich nachgelesen, dass jemand den Trick beim Beantragen eines Reisepasses ausprobiert hat. Es hat perfekt geklappt. Damit es nicht auffällt, dass nur die bestrichenen Fingerkuppen ein bisschen glänzen, kann man seine Hände mit Vaseline einreiben. Mit Aceton oder Nagellackentferner geht der Kleber wieder ab."

Andresen nickte nachdenklich. „Herr Nehrens, ich würde gern unter vier Augen mit Ihnen sprechen. Das Wetter ist heute doch gar nicht so schlecht. Wir können uns draußen unterhalten. Kommen Sie bitte mit?"

Während Yannick und er auf die Tür zugingen, warf Andresen seinem Kollegen einen auffordernden Blick zu. Weichert verstand, erhob sich sofort und folgte ihm.

Das Restaurant hatte leider keinen Extra-Raum, der Raucherpavillon war von Ninas Onkel, ihrem Nachbarn Petersen und einer jungen Frau belegt, so dass die Kommissare Yannick Nehrens an das hintere Ende des Parkplatzes geführt hatten. Hier waren sie unter sich und damit sicher vor eventuellen Zuhörern. Mit wenigen Worten setzte Andresen seinen Kollegen ins Bild.

„Es ist doch ein seltsamer Zufall, dass Sie von diesem Trick wissen", sagte er nun argwöhnisch zu Nehrens, „denn auf der Mordwaffe sind Spuren von Sekundenkleber aber keine Fingerabdrücke gefunden wurden. Erklären Sie uns das, Herr Nehrens."

Der schnappte nach Luft und musste das Gehörte offenbar erst einmal verdauen. Dann schien ihm aufzugehen, was Andresen damit sagen wollte.

„Sie glauben doch nicht …? Ich habe Nina nicht umgebracht!" Er wirkte hilflos, von seiner sonst an den Tag gelegten Arroganz war nichts mehr zu sehen. „Ich schwöre es! Sie sagten doch, Thomas war es. Diesen Trick mit dem Kleber kenne ich erst seit ein paar Tagen. Als Nina getötet wurde, hatte ich noch keine Ahnung davon. Ehrlich!"

Andresen schnaubte ungläubig und musterte ihn von oben herab.

„Hören Sie", sagte Yannick mit rauer Stimme, „jeder kann diesen verfluchten Trick im Internet nachlesen. Jeder Gauner, jeder Polizist und ja, auch jeder Krimiautor kann das ohne Schwierigkeiten herausfinden! Denn nur in dieser Eigenschaft habe ich nach den Informationen gesucht. Ich wollte sie für meinen Roman, nicht für mich."

„Wenn wir jetzt mit einem Durchsuchungsbeschluss bei Ihnen zu Hause auftauchen, werden wir also weder Sekundenkleber noch Aceton oder Vaseline finden?", fragte Andresen lauernd.

„Das weiß ich nicht!", rief Yannick erregt. „Ich wohne bei meinen Eltern. Die haben einen Keller und hinter der Garage eine Werkstatt. Gut möglich, dass dort sowas herumsteht. Das gibt es doch wohl in den meisten Haushalten, oder?" Sein Gesicht verschloss sich. „Das beweist überhaupt nichts!"

„Geben Sie doch zu, dass Sie Nina Bender verfolgt haben! Dass Sie bei ihr geklingelt haben, nachdem Thomas Kuhl ihre Wohnung verlassen hatte."

„Er war bei ihr?" Yannick sah von Andresen zu Weichert und wieder zurück. „Uns hat er gesagt, er hätte nur mit ihr telefoniert. Er war also an dem Abend nachweislich da? Deshalb wurde er festgenommen?"

Andresen antwortete nicht.

„Was wollen Sie denn von mir, wenn er es getan hat?"

„Es besteht Tatverdacht", stellte Andresen klar. „Hundertprozentig erwiesen ist seine Schuld noch nicht. Also halten wir nach wie vor Augen und Ohren offen."

„Sie wissen aber, dass ich zur Tatzeit zu Hause war. Meine Eltern haben das bestätigt."

Er hatte recht. Herr und Frau Nehrens hatten ausgesagt, dass Yannick am frühen Abend nach Hause gekommen und bis zum nächsten Tag geblieben war. Die ganze Nacht hätte sein Golf auf dem Grundstück geparkt.

Andresen seufzte und machte eine auffordernde Handbewegung. „Herr Nehrens, Sie können wieder zu den anderen gehen."

Die Erleichterung war ihm anzusehen. Dennoch nickte er den beiden Kommissaren nur kühl zu und ging zurück ins Restaurant.

„Ich könnte kotzen, wenn ich den Kerl sehe", stieß Andresen hervor.

„Geht mir genauso. Aber es klingt logisch, was er sagt." Weichert seufzte. „Ich gehe nach wie vor davon aus, dass Kuhl der Täter ist."

„Ich weiß, alles deutet darauf hin", stimmte Andresen zu. „Aber dennoch frage ich mich eins: Seine Fingerabdrücke sind auf der Bierflasche, der Küchenarbeitsplatte, auf Türklinken und der Nachttischlampe. Er hat munter überall Spuren hinterlassen, sogar im Bett des Opfers, ohne sich Gedanken darüber zu machen. Demnach hatte er keinen Sekundenkleber an den Händen. Er wird wohl kaum nach ihrem Liebesspiel in Nina Benders Beisein das Zeug auf seine Fingerkuppen geschmiert und sie dann getötet haben. Und selbst wenn ihm das gelungen wäre, zum Beispiel allein im Bad, würde er dann nicht auch alle anderen Spuren verwischen?"

„Was, wenn der Sekundenkleber doch auf andere Weise auf die Mordwaffe gekommen ist", gab Weichert zu bedenken.

„Dann wären die Fingerabdrücke von Kuhl darauf, wenn er der Mörder ist. Sind sie aber nicht. Wenn er Nina erschlagen und die Abdrücke von dem Panther entfernt hat, warum sorgt er dann nicht dafür, dass seine Anwesenheit am Tatort nicht nachgewiesen werden kann?"

Weichert zuckte ratlos mit den Schultern. „Ich weiß es auch nicht."

„Sehen Sie? Und genau das ist es, was mich an seiner Schuld zweifeln lässt."

Frustriert und wütend fuhr Verena zurück nach Glücksburg. Lutz war recht früh mit Andresen und dieser Praktikantin aus dem Restaurant verschwunden. Ohne sich von ihr zu verabschieden und natürlich auch, ohne sich zu entschuldigen. Ihre Wut auf ihn wuchs noch an. War sie ihm so gleichgültig? Warum nur verhielt er sich so gemein? Sie konnte doch nichts dafür, dass sie privilegiert aufgewachsen war und ihre Eltern ihr fast jeden Wunsch von den Augen abgelesen hatten. Es war einfach nur ungerecht, dass er ihr ihre Herkunft zum Vorwurf machte.

Bei dem Gedanken daran, dass sie und Lutz offenbar nicht länger ein Paar waren, kamen ihr erneut die Tränen, dabei hatte sie in den letzten Stunden wahrlich genug geheult.

Rasch dachte sie an etwas anderes. Zum Beispiel an den merkwürdigen Vorfall mit Yannick. Wieso hatten Lutz und sein Kollege ihn mit nach draußen genommen? Als Yannick zurück gekommen war, hatte er wieder sein arrogantes Grinsen drauf gehabt und nur erwähnt, dass die Kommissare wohl inzwischen jeden verdächtigen würden.

Bei dieser Bemerkung hatte ihr Herz schneller geschlagen, denn das konnte nur bedeuten, dass Thomas vielleicht doch unschuldig war.

Sie parkte ihren Mini-Cooper neben dem Jaguar ihres Vaters und stieg aus. Ihre Mutter war offenbar nicht zu Hause, deren schwarzer VW Touareg war nicht zu sehen. Vermutlich war sie bei ihrem Lover.

Verena hatte Bauchschmerzen, wenn sie daran dachte. Ihr Vater tat ihr unendlich leid.

Sie trat durch die Seitentür ins Haus und hörte seine Stimme aus dem Wohnzimmer.

„Ich bin gerade erst nach Hause gekommen. Nein, ich denke nicht. Es war ein anstrengender Tag, wie du weißt. Wir sehen uns ja morgen."

Verena trat an die Wohnzimmertür und winkte ihrem Vater zu. Der sah überrascht auf, winkte zurück und sprach dann weiter. „Ich sehe, gerade ist meine Tochter gekommen. Wir reden morgen weiter, ja? Okay, Tschüs!" Er trennte die Verbindung. „Hallo, Kleines! Wir haben uns ja lange nicht mehr gesehen."

Verena trat auf ihn zu und ließ sich umarmen. „Tja, wir sind halt beide schwer beschäftigt", murmelte sie an seiner Brust.

Er seufzte. „Wohl wahr."

„Wie geht es dir?", fragte sie, als sie sich von ihm gelöst hatte.

„Sehr gut. Ein bisschen müde, aber das ist alles. Und du? Wie läuft deine Schriftstellerkarriere?"

„Bis zu einer Karriere ist es noch ein weiter Weg", gab sie zu. „Aber ich habe in der letzten Woche viel gelernt."

Harald Christen lächelte liebevoll auf sie herab. „Lass uns essen gehen. In Solitüde? Dann erzählst du mir alles von deinem Kurs. Deine Mutter hat angerufen und gesagt, sie käme erst später nach Hause. Sie ist bei diesem Galeristen und bespricht mit ihm ihre geplante Ausstellung." Er grinste. „Wer hätte gedacht, dass sie tatsächlich wieder den Pinsel schwingen würde?"

Verena lächelte halbherzig. „Tja, also ich bestimmt nicht."

„Na, komm. Fährst du? Ich könnte gut ein Glas Rotwein vertragen."

Eine gute Viertelstunde später führte ein Kellner sie zu einem Fensterplatz. „Das Übliche?", fragte er.

Harald Christen nickte. „Für mich schon. Was ist mit dir, Kleines?"

Verena nickte dem Kellner zu. „Gern, danke."

Als sie wieder allein waren, verschränkte Harald abwartend die Hände und beugte sich leicht vor. „So, nun erzähl mal."

Verena holte tief Luft und begann zu berichten. Von den ersten Unterrichtstagen, an denen sie so viel Neues erfahren hatte. Von ihren Mitschülern und von Thomas. Dann erzählte sie von dem Mord an Nina, Thomas' Verhaftung und dem Streit mit Lutz. Die Gespräche mit ihrer Mutter erwähnte Verena jedoch nicht.

Zwischendurch wurden die Getränke gebracht. Harald hörte schweigend zu und trank seinen Wein.

„Das war aber eine turbulente Woche", fasste er zusammen. „Von diesem Mord habe ich in der Zeitung gelesen. Wie schrecklich muss das für dich gewesen sein, Kleines." Er legte seine Hand auf ihre.

Verena schluckte und drängte die Tränen zurück, die sich in ihren Augen sammelten. „Ja, das war alles ganz schön heftig."

„Glaubst du, du und dein Polizist, ihr vertragt euch wieder?"

Sie hob die Schultern. „Keine Ahnung."

„Und diese Mordsache … furchtbar. Was meinst du, wer das getan hat? In der Zeitung stand auch, dass alles auf euren Lehrer hindeutet."

„Ich glaube nicht, dass er es war. Thomas ist nett und klug und mochte Nina sehr gern. Warum sollte er sie umbringen?"

„Nun, dein Freund wird schon einen guten Grund gehabt haben, ihn zu verhaften", mutmaßte Harald.

„Er war einfach eifersüchtig auf ihn", stieß Verena hervor. „Thomas und ich verstehen uns gut. Er ist ein attraktiver Mann und wir haben dasselbe Hobby. Das gefiel Lutz nicht."

„Eifersucht ist aber kein Grund für eine Festnahme", erwiderte ihr Vater. „Da muss noch mehr dahinter stecken. Aber jetzt mal etwas anderes: Ist es dir wirklich ernst damit, diese Schreiberei weiter zu verfolgen?"

Verena hob ihr Glas mit Mineralwasser. „Auf jeden Fall. Thomas konnte uns wertvolle Tipps geben. Er hat auch gute Kontakte zu einem Agenten und hat angeboten, mir zu helfen und …" Sie brach ab, als ihr klar wurde, dass sie mit Thomas' Hilfe vorerst wohl nicht rechnen konnte. Der hatte wirklich ganz andere Sorgen.

Ihr Vater grüßte ein paar Leute, die am Nebentisch Platz nahmen.

Verena trank einen Schluck und als sie sah, dass sie wieder die ungeteilte Aufmerksamkeit ihres Vaters hatte, sagte sie: „Das Schreiben macht mir großen Spaß, Papa. Es ist ein bisschen wie … eine Sucht. Und obwohl ich momentan wirklich den Kopf voll habe mit all dem Mist der Realität, freue ich mich schon jetzt darauf, weiter an meinem Krimi zu arbeiten."

„Wahrscheinlich sogar deshalb, *weil* dein Kopf voll ist mit dem Real-Mist." Harald lächelte. „Man könnte es als Flucht bezeichnen, doch ich bevorzuge das Wort Ablenkung."

Sie lächelte. „Ja, ich auch. Weißt du, Schreiben ist ein bisschen wie Gott spielen. Ich meine, ich bestimme einfach alles, angefangen beim Wetter bis zu dem, was meine Figuren tun, wie sie aussehen, sogar wie sie denken."

„Das klingt in der Tat reizvoll. Und ich freue mich über die Leidenschaft, die gerade in deinen Augen funkelt. Es scheint dir wirklich etwas zu bedeuten."

Verena nickte glücklich. „Das tut es."

„Darf ich mal etwas von dir lesen?"

Das Essen kam. Harald hatte ein Steak mit Nudelauflauf bestellt und Verena Scampi in Tomatensauce.

„Gerne, ich gebe dir bei Gelegenheit eine Kurzgeschichte von mir – sobald ich sie überarbeitet habe", stellte Verena in Aussicht und nahm ihr Besteck zur Hand. „Thomas erkennt so toll die Schwachpunkte in einem Text und ich hab gemerkt, dass die Geschichten besser werden, wenn ich sie mit Hilfe seiner Tipps überarbeite."

„Na, dann bin ich aber mal gespannt", sagte Harald und schob sich eine Nudel in den Mund.

Während sie aßen, überlegte Verena, ob sie ihrem Vater von der Affäre seiner Frau berichten sollte. Sie fand es schrecklich, dass sie selbst davon wusste, er jedoch keine Ahnung hatte. Gerade jetzt betrog Amelie vermutlich ihren Mann. Bei dem Gedanken verging Verena der Appetit. Dennoch beschloss sie, nichts zu sagen. Ihre Mutter hatte noch ein paar Stunden, um ihrem Mann reinen Wein einzuschenken oder sich von ihrem Geliebten zu trennen. Verena hoffte inständig, dass sie sich für die zweite Möglichkeit entschied.

Als sie zurückkamen, stand Amelies Wagen auf seinem üblichen Platz. Sie begrüßte Verena und ihren Mann ernst und bat Verena dann mit einem bedeutungsvollen Blick, in ihr Zimmer zu gehen. Verena schluckte, presste die Lippen zusammen und ging gehorsam die Treppe hinauf. Um sich abzulenken beschloss sie, weiter an ihrem Krimi zu arbeiten. Ob es ihr gelingen würde, sich darauf zu konzentrieren, wusste sie nicht, doch sie wollte es versuchen.

Es konnte nichts schaden, für eine Weile in der Welt zu verschwinden, die sie selbst geschaffen hatte.

Sie setzte sich an ihr Notebook und öffnete die Datei mit ihrem Manuskript.

Wo war sie stehengeblieben? Ach ja. Der Reitlehrer Marc Nissen und seine in ihn verliebte Schülerin waren ganz allein im Stall. Zwischen ihnen knisterte es heftig. Gemeinsam striegelten sie eines der Schulpferde. Der Reitlehrer kam immer näher an das Mädchen heran, lobte ihre Fortschritte während des Unterrichts und machte ihr ein Kompliment über ihre Figur.

Verenas Finger legten sich auf die Tasten und schrieben die Szene weiter.

„Diese Reithose steht dir ausgezeichnet", lächelte Marc und gab ihr spielerisch einen Klaps auf den Po. Sara schnappte nach Luft und sah ihn ungläubig an.

„Du bist das hübscheste Mädchen, das ich je in so sexy Hosen gesehen habe", sprach er weiter und seine Augen glänzten.

„Danke, Herr Nissen", flüsterte sie, und eine feine Röte überzog ihre Wangen.

„Sag Marc zu mir, wenn wir allein sind." Er nahm ihr den Striegel ab. „Ich glaube, hier sind wir fertig. Komm mit."

Sie verließen die Box. Er reichte ihr die Bürsten und verschloss sorgfältig die Tür. Sie verstaute derweil die Striegel in dem Metallschrank. Als sie sich umdrehte, stand Marc dicht vor ihr und sah sie schweigend an. Ihre Augen versanken ineinander. Er beugte sich vor. Sara hielt die Luft an, als seine Lippen sich auf ihre pressten und er sie

innig und voller Leidenschaft küsste. Selig schlang sie die
Arme um seine Taille, presste sich an ihn und stöhnte leise
auf, als seine Hand von ihrem Rücken weiter nach unten
glitt ... "

Verena hielt erschrocken inne, als ihr bewusst wurde,
dass die Personen, über die sie gerade schrieb, in ihrem
Kopf wie sie selbst und wie Thomas Kuhl aussahen. Die
Verbindung war dieselbe – Lehrer und Schülerin.

Gleichzeitig wurde ihr klar, dass eine Situation wie die
zwischen dem Reitlehrer und dem jungen Mädchen niemals zwischen Thomas und ihr geschehen würde. Sie liebte Lutz und niemanden sonst.

Doch gab es für sie zwei noch eine Zukunft?

Es klopfte leise, dann erschien der Kopf ihrer Mutter im
Türspalt. Verena erschrak, als sie Amelie ansah. Ihre Augen waren rot geweint, sie war blass und wirkte schmaler
als sonst.

„Verena, Schätzchen, kommst du bitte nach unten?",
fragte sie mit dünner Stimme.

„Ich? Aber wieso – das geht doch nur euch zwei an."

Amelie schüttelte den Kopf. „Es gibt einiges zu besprechen und da solltest du dabei sein."

Kapitel 11

Als Mirja das Büro betrat, saßen die beiden Kommissare schweigend an ihren Schreibtischen und lasen hochkonzentriert in irgendwelchen Schriftstücken.

„Guten Morgen!", wünschte sie fröhlich.

Weichert brummte etwas und hob nicht einmal den Kopf. Doch Carsten Andresen sah von seinen Unterlagen auf. „Moin. Sie sind ja gut gelaunt."

Mirja lächelte still vor sich hin. Nachdem sie und Philip sich während des Leichenschmauses ausführlich unterhalten hatten, hatte er abends noch einmal bei ihr angerufen, während seine Lebensgefährtin ein ausgiebiges Schaumbad nahm. Es sähe gut aus mit dem WG-Zimmer, berichtete er. Er habe es sich noch am Nachmittag angesehen und sei angenehm überrascht gewesen. Mit ihrem Bruder habe er sich auch gut verstanden.

Bei dem Gedanken an Philips Stimme verspürte Mirja noch immer ein kribbelndes Glücksgefühl. Sie setzte sich an ihren provisorischen Schreibtisch. „Ich habe übrigens eine Nachricht für Sie", sagte sie beiläufig. „Der Nachname von Nina Benders Exfreund ist Hoffmann."

Lutz Weichert sah nun doch auf. „Wie bitte?"

„Dieser Dennis, der früher mal mit Nina Bender zusammen war, heißt mit Nachnamen Hoffmann", wiederholte Mirja geduldig.

„Das ist der von den Urlaubsbildern", ergänzte Andresen und legte seine flache Hand auf die Fotoalben am Rande seines Schreibtischs.

„Ach so, der." Weichert nickte. „Ich lass den Namen mal durch die Datenbank laufen."

„Woher haben Sie die Information?", wollte Andresen von Mirja wissen.

„Philip Schäfer hat es mir erzählt", antwortete sie wie nebenbei. „Er hat mich gebeten, es Ihnen auszurichten."

„Hat er Ihnen das während der Beerdigung erzählt?", fragte Weichert verwundert. „Dann hätte er es uns auch direkt sagen können."

„Nein, er sagte es mir gestern Abend. Am Telefon."

Andresen hob vielsagend eine Augenbraue. „Nachtigall, ick hör dir trapsen."

Mirja wurde rot. Um ihre Verlegenheit zu überspielen zeigte sie auf die Urlaubsalben von Nina Bender. „Darf ich mir die Bilder noch einmal ansehen? Ich würde gern was überprüfen."

Andresen nickte. „Sicher. Aber vielleicht bringen Sie mir vorher einen Kaffee."

„Und mir einen –"

„Einen Ingwertee, ich weiß." Mirja seufzte und stand auf. „Bin gleich wieder da."

„Ich habe vier Personen mit dem Namen Dennis Hoffmann gefunden", berichtete Weichert, als Mirja zur Tür ging. „Zwei von ihnen sind allerdings zu jung, um in Frage zu kommen und einer ist zu alt. Der vierte sitzt in der JVA Nürnberg, seit zwei Jahren." Er seufzte. „Das war also nichts."

„Tut mir leid", sagte Mirja. „Ich hatte gehofft, das bringt uns weiter."

Andresen trommelte mit den Fingern auf der Schreibtischplatte. „Was ist mit dem Kaffee?"

„Ich gehe ja schon."

Als Mirja zurückkam, verteilte sie die Becher und nahm dann die Fotoalben mit an ihren Schreibtisch. Aufmerksam blätterte sie sie durch.

Plötzlich rief sie triumphierend: „Ha! Ich habe es geahnt!"

„Was haben Sie geahnt?", fragte Weichert.

„In der Wohnung von Frau Sturm standen doch Bilder eines Mannes, der mir bekannt vorkam, wissen Sie noch?

Das hat mir die ganze Zeit keine Ruhe gelassen. Und jetzt weiß ich endlich wieder, wo ich ihn schon einmal gesehen habe. Das war hier, auf diesen Urlaubsfotos!"

Andresen stand auf und kam zu Mirja herüber. „Sind Sie sicher?"

Sie nickte. „Hundertprozentig. Auf den anderen Fotos hatte er keinen Bart und wirkte viel ernster, aber diese schmalen Augen, die leicht geschwungene Nase, der Wirbel in den Haaren … Doch, ich bin mir sicher." Sie sah zu Andresen hoch. „Ich habe mich mal eine Zeitlang mit dem Zeichnen von Porträts beschäftigt. Da achtet man auf solche Dinge."

Er lächelte anerkennend. „Gut gemacht, Frau Sommer."

„Danke", strahlte sie. Dies war das erste Lob von ihm.

Weichert kam nun auch und fummelte ein Foto von Dennis Hoffmann aus dem Album. „Dann sollten wir Frau Sturm noch einmal einen Besuch abstatten, finde ich."

Mirja klappte das Album zu. „Ich kann es kaum erwarten."

„Ich glaube es nicht." Weichert schüttelte missbilligend den Kopf. „Ist das wirklich Ihr Ernst?"

Mirja sah ihn bittend an. „Es dauert doch nur eine Sekunde."

Er rollte mit den Augen. „Also, von mir aus. Wenn es unbedingt sein muss …"

„Danke!" Sie trat an den Verkaufsstand der Bäckerei. „Ein Brötchen mit Fleischsalat, bitte."

„Zum Mitnehmen?"

„Eigentlich wollte ich es gleich essen."

„Soll mir recht sein. Einssiebzig."

Genüsslich biss Mirja wenig später in ihr Frühstück. Nach dem Aufstehen hatte sie noch keinen Hunger gehabt, aber bei dem Anblick der appetitlich belegten Brötchen hatte sich ihr Magen sehr energisch zu Wort gemeldet.

„Ich hoffe, Sie sind fertig, bis wir bei Frau Sturm sind", murrte Weichert.

Mit der Fingerspitze schob Mirja etwas ausgebüxten Fleischsalat in ihren leicht geöffneten Mund. „Wieso sind Sie eigentlich so schlecht gelaunt?", fragte sie kauend.

„Bin ich nicht."

„Erzählen Sie das mal Ihrem Gesicht. Hatten Sie auch noch kein Frühstück?"

„Statt mich mit Fragen zu löchern, konzentrieren Sie sich lieber auf ihren Imbiss."

Sie hielt ihm das angebissene Brötchen hin. „Wollen Sie mal abbeißen?"

Er antwortete nicht, sondern steigerte das Tempo und bog an der Ecke zur Angelburger Straße links ab. Mirja eilte kauend hinterher.

Ruth-Maria Sturm schien nicht gerade erfreut, sie wiederzusehen. „Sie schon wieder?", fragte sie säuerlich. „Ich habe Ihnen doch schon alles gesagt."

Weichert lächelte freundlich. „Wir würden trotzdem gern für einen Augenblick hereinkommen."

„Und wieso?"

„Nun, aufgrund neuer ermittlungstechnischer Erkenntnisse müssen wir einen Lichtbildvergleich vornehmen."

„Einen was?"

Mirja hörte kaum hin. Ihre Gedanken waren bei den Mayonnaisespuren an ihren Händen. Vielleicht hätte sie doch lieber Käse oder Salami statt Fleischsalat nehmen sollen …

„Einen Lichtbildvergleich", wiederholte Weichert ungeduldig. „Lassen Sie uns bitte eintreten."

Frau Sturm hob eine Augenbraue, seufzte dann langanhaltend und bat ihre Besucher mit einer resignierenden Handbewegung herein. „Also schön, kommen Sie."

„Entschuldigen Sie, dürfte ich mir wohl eben die Hände waschen?", bat Mirja verlegen, kaum dass sie die Wohnung betreten hatten. Weicherts vorwurfsvollem Blick wich sie geflissentlich aus.

Ruth-Maria Sturm wies auf eine Tür und führte Weichert dann weiter ins Wohnzimmer.

Als Mirja zurückkam, sah sie Weichert an der Kommode stehen und die dort befindlichen Aufnahmen mit dem Urlaubsfoto vergleichen. Frau Sturm stand mit verschränkten Armen und finsterer Miene neben der Tür und beobachtete ihn.

Mirja trat an seine Seite. „Sehen Sie?", flüsterte sie. „Er ist es. Auf diesen Fotos hat er ein Kinngrübchen, das ist auf dem Urlaubsbild vom Bart bedeckt. Aber alles andere ist identisch."

Ruth-Maria trat näher. „Was tuscheln Sie denn da?", fragte sie argwöhnisch. „Und überhaupt: Würden Sie mir bitte erklären, was das soll?"

„Wer ist der Mann auf diesen Bildern?", fragte Weichert.

Sie trat näher und strich mit den rot lackierten Fingerspitzen über ein Foto, das in einem silbernen Rahmen steckte. Ein Lächeln umspielte ihre Lippen. „Das ist mein Sohn."

Mirja und Weichert tauschten einen Blick. Der Exfreund von Nina hieß doch angeblich Hoffmann, und nicht Sturm.

Lutz Weichert hielt Ruth-Maria das Foto aus dem Album hin. „Und hier, auf diesem Bild, das ist er doch auch, oder?"

Aufmerksam betrachtete sie den Schnappschuss, auf dem ihr Sohn fröhlich lachend an einem Strand saß.

Ruth-Marias Augen weiteten sich. „Wo haben Sie das her?"

„Frau Sturm, sagen Sie mir den Namen ihres Sohnes."

Sie zögerte einen Augenblick. Dann nahm sie Weichert das Foto ab. „Er heißt Dennis. Dennis Benedikt Hoffmann. Und nun frage ich noch einmal: Woher haben sie das Bild?"

„Aus Nina Benders Wohnung. Er war vor einigen Jahren mit ihr liiert. Haben Sie das nicht gewusst?"

Ruth-Maria schüttelte den Kopf. „Nein, ich hatte keine Ahnung. Dennis hat mir seine Freundinnen nie vorgestellt. Seit seiner Pubertät war unsere Beziehung … ein bisschen schwierig."

„Warum hat ihr Sohn einen anderen Nachnamen als Sie?", wollte Mirja wissen.

Ruth-Maria wandte sich ab, trat ans Fenster und sah hinaus. „Dennis Vater ist seit vielen Jahren tot. Ich habe meinen Sohn allein aufgezogen. Er war das Wichtigste in meinem Leben. Alles habe ich für ihn getan. Alles. Aber als Dennis neunzehn war, verließ er mich." Für einen Moment schwieg sie. Dann drehte sie sich um, ein verbittertes Lächeln im Gesicht. „So ist das, nicht wahr? Kinder werden erwachsen und lassen einen allein. Wie dem auch sei, einige Zeit später habe ich noch einmal geheiratet. Mein Mann starb nur knapp zwei Jahre nach unserer Hochzeit an einem Herzinfarkt."

„Das tut mir leid." Weichert steckte das Urlaubsfoto wieder ein. „Wo können wir Ihren Sohn finden?"

Sie hob das Kinn und sah ihn herausfordernd an. „In einer Gastwirtschaft in Palma de Mallorca. Dort lebt er seit über zwei Jahren." Sie senkte die Stimme, ihre Augen füllten sich mit Tränen. „Und genauso lange habe ich ihn nicht mehr gesehen."

****

Bis nach Mitternacht hatten sie zu dritt zusammengesessen. Es waren reichlich Tränen geflossen. Noch immer war

Verena erschüttert darüber, dass sie nicht gemerkt hatte, wie es tatsächlich um die Ehe ihrer Eltern stand.

Nach einer unruhigen Nacht, in der sich Verena hin und her gewälzt hatte, war sie bereits im Morgengrauen zu Tessa gefahren. Sie brauchte etwas Trost und niemandem gelang es besser, ihre Laune zu heben, als ihrer Stute. Alles was sie quälte verlor ein wenig an Bedeutung, wenn sie im knirschenden Ledersattel saß und Tessas Hufschlägen und ihrem Schnauben lauschte.

Als sie gegen Mittag aus dem Stall kam, ging es ihr ein wenig besser. Tessas beruhigende Gegenwart, die Bewegung an der frischen Luft und der typische Stallduft hatten auch diesmal geholfen. Es war niemand zu Hause. Im Augenblick war Verena das ganz recht.

Sie ging nach oben, duschte, zog sich frische Sachen an und setzte sich an ihren Laptop, um die angefangene Liebesszene vom Vorabend weiterzuschreiben. Doch schon knapp zehn Minuten später schaute ihre Mutter herein – wie am Abend zuvor. Nun sah sie jedoch wieder besser aus. Ihre Gesichtsfarbe war normal und sie lächelte sogar.

„Hallo, Schätzchen. Was machst du da?"

„Morgen, Mama. Ich schreibe weiter an meinem Krimi. Im Augenblick ist es allerdings mehr ein Liebesroman." Sie lachte verlegen.

„Das kenne ich", lächelte Amelie. „Meine Bilder führen auch hin und wieder ein Eigenleben und sehen am Ende ganz anders aus, als ich es eigentlich geplant hatte."

Sie schwiegen beide.

„Möchtest du mit mir einen Kaffee trinken?", fragte Amelie schließlich. Es war offensichtlich, dass sie Gesellschaft brauchte. Verena lächelte. „Ja, gerne."

Sie setzten sich in den Wintergarten. Amelie hatte ihn ein wenig umgestellt, so dass sich nun Platz fand für eine Staffelei und einen Tisch mit Arbeitsutensilien.

„Was soll das werden?", fragte Verena und wies auf ein angefangenes Bild, das auf der Staffelei darauf wartete, beendet zu werden.

„Eine Sommerwiese", antwortete Amelie und trank einen Schluck Kaffee. „Aber vielleicht ist es nachher ein Schrottplatz, auf dem ein paar Löwenzahnblüten blühen. Oder ein Strand, mit Muscheln, Meer und einem Sonnenschirm. Das ist das, was ich eben meinte und auch, was am meisten Spaß macht; ich lasse mich oft selbst überraschen."

Sie stellte die Tasse ab und sah hinaus in den Garten.

Der Herbst war nun nicht mehr zu leugnen, die Blätter fielen im Dutzend von den Bäumen und leuchteten in wunderbaren kräftigen Farben. Am Himmel zog laut schnatternd ein Schwarm Gänse vorüber, vermutlich auf dem Weg nach Süden. Verena seufzte. Der Sommer war ebenso vorbei wie die Ehe ihrer Eltern.

„Ich kann es immer noch nicht glauben, dass ihr zwei euch trennen werdet", begann sie und rührte ihren Kaffee um.

„Ach, Kind." Amelie griff über den Tisch nach der Hand ihrer Tochter und drückte sie. „Hast du denn letzte Nacht einigermaßen gut schlafen können?"

Verena schüttelte den Kopf. „Mir ging zu viel durch den Kopf. Ich hatte das Gefühl, euch beide gar nicht mehr richtig zu kennen. Als wärt ihr zwei Fremde, die auf mich einreden."

„Das liegt vielleicht daran, dass du uns immer als Eltern wahrgenommen hast, weniger als Ehepaar", vermutete Amelie. „Doch wir sind nun einmal nicht nur Mama und Papa, sondern auch Harald und Amelie." Sie machte eine kurze Pause. „Im Laufe der letzten Jahre ist unsere Ehe allerdings zur Gewohnheit geworden. Und inzwischen haben wir beide eingesehen, dass wir damit nicht mehr glücklich sind."

Sie senkte den Blick und lehnte sich zurück. „Deinem Vater ist das, wie sich herausgestellt hat, noch um einiges früher klar geworden als mir."

„Unglaublich, dass du so ruhig sein kannst, obwohl er dich so lange hintergangen hat." Verena hob ihren Becher zum Mund. Ihre Mutter trank lieber aus den filigranen Porzellantassen mit dem zarten Blütenmuster. Ihr selbst war ein rustikaler Becher mit Pferdemotiv lieber.

„Anfangs war ich alles andere als ruhig, glaub mir", gestand Amelie. „Ich war tief verletzt und so wütend, dass ich ihm beinahe meinen Schuh an den Kopf geworfen hätte."

Verena sah sie ungläubig an. „Ehrlich?"

„Und ob. Aber nachdem ich mich beruhigt hatte, wurde mir klar, dass er nur deshalb nichts gesagt hatte, weil er mir nicht wehtun wollte. Und schließlich bin ich nicht viel besser als er." Sie sah ihre Tochter bittend an. „Wir sind beide nur Menschen, mit Sehnsüchten und Fehlern, also versuch bitte, nicht allzu enttäuscht oder wütend zu sein."

„Ich gebe mir Mühe. Aber ich finde es schrecklich, dass alles auseinanderzubrechen scheint."

Amelie nickte langsam. „Das kann ich verstehen. Doch du bist erwachsen. Eigentlich solltest du längst dein eigenes Leben führen."

„Jetzt klingst du wie Papa", erwiderte Verena mit leichtem Vorwurf.

Ihre Mutter lächelte. „Mag sein. Wie auch immer, dein Vater und ich hatten gestern Abend, nachdem du ins Bett gegangen warst, noch ein wirklich gutes Gespräch, das uns beide außerordentlich erleichtert hat. Er wird sich eine Wohnung in der Nähe der Klinik nehmen und wir bleiben Freunde. Ich denke, wir haben die beste Lösung für alle Beteiligten gefunden."

„Und du wusstest wirklich nicht, dass er seit Monaten ein Verhältnis mit dieser Oberärztin hat?"

„Natürlich habe ich gemerkt, dass er noch mehr Zeit als sonst in der Klinik verbrachte. Doch zu dem Zeitpunkt hatten wir uns bereits so sehr auseinander gelebt, dass ich mir darüber nicht viele Gedanken gemacht habe. Es war mir gleichgültig, ob er hier war oder nicht. Das war eigentlich bereits ein eindeutiges Zeichen dafür, dass zwischen uns etwas nicht mehr stimmte. Und in dieser Situation war ich natürlich für Jespers Schmeicheleien besonders anfällig."

Ein verträumter Ausdruck erschien auf ihrem Gesicht, während sie an ihrem Kaffee nippte.

Der Gedanke an den dänischen Galeristen, der ihre Mutter so jung und glücklich aussehen ließ, behagte Verena nicht besonders.

„Ist das eigentlich etwas Ernstes zwischen euch?", fragte sie neugierig.

„Keine Ahnung. Zumindest ist es schön mit uns. Wie lange das anhält, wer kann das schon sagen?" Es klirrte leise, als Amelie die Tasse auf dem Unterteller abstellte.

„Was bedeutet das? Liebst du ihn? Oder ist er einfach nur … für dein Vergnügen?"

„Ob ich ihn liebe? Nein, ich denke, so weit würde ich nicht gehen. Wir haben Spaß zusammen, haben gemeinsame Interessen und verstehen uns ausgezeichnet. Die Zeiten, in denen ich mich Hals über Kopf verliebte, sind vermutlich vorbei. Aber ich empfinde viel für ihn und er würde mir fehlen, wenn er nicht mehr in meinem Leben wäre. Ihm geht es wohl ähnlich. Auch er hat gestern ein langes Gespräch mit seiner Frau geführt und ihr bei der Gelegenheit alles gesagt. Noch in der Nacht ist er ausgezogen und wohnt jetzt bei einem Freund."

Verena erschrak. „Wird er hier einziehen?"

„Das glaube ich nicht. Er sucht sich eine Wohnung. Wenn wir irgendwann zusammenleben, dann sicher nicht hier. Dieses Haus birgt zu viele Erinnerungen. An deinen

Vater, an dich, an unsere gemeinsame Zeit, die ja im Großen und Ganzen sehr schön war. Ich denke, wenn du ausziehst, werden wir das Haus verkaufen. Für mich allein ist es nun wirklich zu groß."

„Das Haus verkaufen?" Verena starrte ihre Mutter entsetzt an. Dies war der Ort, an dem sie aufgewachsen war. Hier war ihre Basis, hier fühlte sie sich zu Hause. Sie kannte jeden Quadratzentimeter, der Garten war angefüllt mit Kindheitserinnerungen, hauptsächlich mit schönen, aber auch einigen traurigen. Wie die an ihren Kater Felix, der gestorben und in einer Ecke des Gartens begraben war. Neun war Verena damals gewesen. Sie hatte tagelang geheult.

Schön dagegen waren ihre Geburtstagspartys gewesen. Schatzsuchen, Lagerfeuer mit Stockbrot, Übernachtungen im Zelt …

Der Gedanke, dass hier jemand anderes einzog und sie nie wieder an den Ort ihrer Kindheit zurückkehren konnte, hatte etwas Schreckliches.

„Nun mach nicht so ein Gesicht", bat ihre Mutter. „Noch ist es ja nicht soweit. Und wer weiß, vielleicht kannst du ja mit deinem Polizisten hier einziehen und selbst eine Familie gründen. Das Haus ist fast abbezahlt. Wir könnten es euch bis dahin für einen relativ günstigen Mietpreis überlassen und später auf euch überschreiben."

Verena schluckte. „Das wird wohl nichts. Ich fürchte, wir sind nicht mehr zusammen."

Amelie ergriff erneut Verenas Hand. „Was ist passiert?"

Mit wenigen Worten berichtete Verena von den letzten Tagen. Ihre Mutter sah sie fassungslos an. „Du hast ihn ernsthaft beschuldigt, diesen Thomas verhaftet zu haben, weil er *eifersüchtig* auf ihn war?"

Peinlich berührt entzog Verena Amelie ihre Hand. „Schon. Aber natürlich weiß ich, dass er es nicht aus dem Grund getan hat. Viel schlimmer war, was er mir alles an den Kopf geworfen hat. Er sagte, ich sei naiv, verwöhnt und oberflächlich."

„Das hat er bestimmt nicht so gemeint."

„Doch, das glaube ich schon."

Amelie sah wieder in den Garten hinaus. „Wir sind nicht ganz unschuldig daran, dass du manchmal diesen Eindruck vermittelst", sagte sie leise. „Es hat deinem Vater und auch mir immer viel Freude gemacht, dich zu verwöhnen. Du hast es sehr gut gehabt, musstest nie für irgendetwas kämpfen oder dir viele Gedanken machen. Lutz hatte sicher eine andere Kindheit."

„Das ist noch kein Grund, mich zu beleidigen", schmollte Verena. „Ich kann schließlich nichts dafür."

„Ihr wart doch eine ganze Zeit zusammen", erinnerte Amelie sie sanft. „Er kennt dich so lange, all deine Eigenheiten und deine Schwächen. Und dennoch liebt er dich, nicht wahr?"

Aus schmalen Augen fixierte Verena ihre Mutter. „Das klingt, als müsste ich ihm dafür einen Orden verleihen. Bin ich denn so ein schrecklicher Mensch?"

Amelie lachte auf. „Aber nein, im Gegenteil. Du bist ein wunderbarer Mensch. Aber auch du bist nicht perfekt und machst hin und wieder Fehler. Genau wie wir alle. Eine wichtige Lektion im Leben ist es, zu seinen Fehlern zu stehen und sie auch zugeben zu können."

„Also muss *ich* mich bei Lutz entschuldigen?", fragte Verena empört. „Er hat *mich* beleidigt, nicht umgekehrt."

„Ich bin sicher, er wird sich für seine Äußerungen entschuldigen, wenn du ihn für dein Verhalten um Verzeihung bittest."

„Was hab ich denn so Schlimmes gemacht?"

„Schlimm war es vermutlich gar nicht", beruhigte Amelie sie. „Du hast wohl seine Gefühle verletzt, indem du ihm unterstellt hast, dass er aus privaten Gründen gehandelt hat, und nicht aus Professionalität. Vielleicht hast du ihn auch ein bisschen provoziert, indem du von diesem Thomas geschwärmt hast."

Verena wollte protestieren, doch Amelie hob eine Hand. „Bleib ruhig, Kleines, ich kenne dich. Manches machst du nicht bewusst, aber dennoch tust du es. Vielleicht denkst du einfach mal in Ruhe über alles nach und ziehst in Erwägung, dass dein Verhalten einiges zu dieser Situation zwischen euch beigetragen hat."

Nachdenklich leerte Verena ihren Kaffeebecher und ließ die Szene vor der Volkshochschule noch einmal an ihrem inneren Auge vorbeiziehen. An dem Tag hatte sie wirklich nicht viel Feingefühl bewiesen.

Vielleicht sollte sie Lutz tatsächlich anrufen. *Der Klügere gibt nach*, dachte sie. *Wäre doch schön, wenn das zur Abwechslung mal ich wäre. Aber vorher soll er ruhig noch ein bisschen schmoren …*

****

Andresen sah von seinen Unterlagen auf, als Weichert und Mirja Sommer zurückkamen. Mit wenigen Worten berichtete Lutz Weichert, was sie erfahren hatten und klemmte sich dann ans Telefon. Nach fünf Minuten hatte er erfahren, was er wissen wollte.

„Dennis Benedikt Hoffmann hat Mallorca nicht verlassen, seit er sich dort niedergelassen hat", verkündete er das Ergebnis seiner Recherche. „Zumindest nicht mit dem Flugzeug."

„Sie meinen, wir können ihn schon wieder von der Liste streichen?", fragte Andresen.

„Ich denke schon. Er war zur Tatzeit nicht im Land und hatte soweit wir wissen gar keinen Kontakt mehr zu seiner Exfreundin Nina Bender. Die beiden sind seit Jahren getrennt. Ich halte es für äußerst unwahrscheinlich, dass er als Täter in Frage kommt."

„Äußerst unwahrscheinlich reicht mir nicht", stellte Andresen fest. „Wir könnten ihn zumindest eine Aussage machen lassen."

„Wie das?", fragte Mirja neugierig. „Fliegen Sie hin? Dann komme ich mit."

Andresen lachte leise. „Ich muss Sie leider enttäuschen, das geht bürokratischer vonstatten. Ich rufe bei der mallorquinischen Polizei an und übersende dann einen Fragenkatalog an die entsprechende Dienststelle. Die Kollegen vernehmen den Herrn und schicken uns die beantworteten Fragen."

„Sie wollen dort anrufen? Können Sie denn Spanisch?"

„Nur ein wenig. Was ist mit Ihnen?"

Sie hob bedauernd die Schultern. „Ich beherrsche lediglich ein paar Brocken Französisch. Das wird kaum helfen, tut mir leid."

Andresen atmete tief durch und wühlte in seinem Kopf nach den paar Vokabeln, die ihm geläufig waren. Dann suchte er die Nummer der zuständigen Polizei-Dienststelle in Palma de Mallorca heraus und wählte die Nummer. Während er darauf wartete, dass jemand abnahm, bemerkte er, dass Mirjas Augen gespannt auf ihn gerichtet waren. Sie wirkte, als warte sie auf den Auftritt eines Comedian. Andresen warf ihr einen grimmigen Blick zu. „Haben Sie nichts Besseres zu tun, als ... Buenos dias, Señor! Como estar Usted? Bueno, gracias. Soy el Commissario Andresen de Policia Flensburgo, Alemania. Hay una pregunta importante. Buscemos un Señor Dennis Benedikt Hoffmann ... Oh, Sie sprechen Deutsch? Un poquito? Das ist ja wunderbar. Also, folgendes ..."

Weichert und Mirja tauschten einen überraschten Blick. „Wussten Sie, dass er so gut spanisch sprechen kann?", flüsterte Mirja.

Weichert schüttelte den Kopf. „Ich hatte keine Ahnung. Er ist halt immer wieder für eine Überraschung gut."

„Muy bien. Ich schicke Ihnen den Fragenkatalog zu, per Email, okay? Was? Oh, ähm, el Catalogue de Preguntas. Sie fahren zu ihm? Ah, ein Kollege. Spricht er auch deutsch? Noch besser als Sie? Kaum zu glauben! Gracias, Señor, adiós." Erschöpft legte Andresen auf.

„Das war beeindruckend", sagte Weichert.

„Fantastico", ergänzte Mirja grinsend.

Andresen nahm die Lobesworte huldvoll entgegen. „Muchas gracias. Aber jetzt an die Arbeit. Herr Kollege, Sie helfen mir, eine Liste mit den Fragen aufzustellen, die die mallorquinischen Kollegen Herrn Hoffmann stellen sollen und Sie …" Er zeigte auf Mirja. „ …Sie bringen mir noch einen Kaffee, und dann gehen Sie nach nebenan zu Betty und versuchen im Internet herauszufinden, wie man vermeiden kann, Fingerabdrücke zu hinterlassen."

„Was? Aber wieso …?"

„Tun Sie es einfach", verlangte Andresen. „Ich habe meine Gründe. Aber nicht den Kaffee vergessen, wenn's geht."

Mirja ging gehorsam hinaus und Weichert sah seinen Kollegen irritiert an. „Was soll dieser Auftrag?"

„Ich will wissen, ob Yannick Nehrens die Wahrheit gesagt hat darüber, wie einfach es ist, auf diesen Sekundenkleber-Trick zu kommen. Frau Sommer ist, soviel ich weiß, über die Rolle des Klebers in diesem Fall nicht informiert. Ich nutze diese Unwissenheit aus." Er grinste. „Außerdem ist sie so eine Weile beschäftigt."

Es dauerte nicht lange, bis Mirja das Ergebnis ihrer Suche präsentierte. „Also, die meisten Tipps gab es zum Vermeiden von Fingerabdrücken auf Touchscreens wie bei Smartphones oder Tablets. Interessant war aber etwas anderes. Ich fand einen Hinweis darauf, wie man bei der Beantragung von Reisepässen, wo Abdrücke genommen werden, eben das verhindern kann. Das geht mit Sekundenkleber."

Weichert und Andresen sahen sich an. Yannick Nehrens hatte also recht gehabt.

Mirja setzte sich auf ihren Platz und sah auf ihren Zettel. „Man beschmiert die Fingerkuppen ganz dünn mit dem Kleber, am besten mit einem Wattestäbchen. Man sollte das möglichst nicht zu früh tun, sonst geht er zum Teil wieder ab, bevor die Abdrücke genommen werden. Damit die glänzenden Kuppen nicht auffallen, hat jemand den Tipp gegeben, die Hände mit Vaseline einzureiben. Und um den Kleber wieder abzukriegen, kann man Aceton oder Nagellackentferner verwenden."

„Das ist exakt das, was Nehrens gesagt hat", bemerkte Weichert.

Mirja hob überrascht die Augenbrauen. „Ach, Sie wussten das alles schon? Warum habe ich dann danach suchen müssen?"

„Wir wollten wissen, wie schnell man diese Infos im Netz finden kann", sagte Andresen. „Sie haben uns sehr geholfen, danke."

„Sekundenkleber, Nagellackentferner …" Mirja hatte die Stirn nachdenklich in Falten gelegt. „Irgendwo hab ich diese Sachen gesehen."

****

Philip Schäfer hatte den Vormittag über gelernt. Nun zog er sich seine Laufschuhe an, trat vor die Tür und holte tief Luft. Es war ein richtig schöner Spätsommertag; windstill, warm und sonnig. Philip wärmte sich ein bisschen auf, dann lief er los, Richtung Bürgerpark. Eine Runde zu laufen und frische Luft in den Kopf zu bekommen, das war jetzt genau das Richtige.

Seine Beziehung zu Natalia war angespannt. Sie spürte wohl, dass er sich innerlich von ihr gelöst hatte und das gefiel ihr gar nicht. Noch hatte er ihr nichts davon gesagt, dass er vermutlich bald ausziehen würde. Mirjas Bruder Aron war sympathisch und das Zimmer geräumig und ruhig gelegen. Aron wollte nur noch eine Bestätigung, dass Philip die Miete zahlen konnte. Doch dazu brauchte er einen Job.

Seit gestern wartete er sehnsüchtig auf den Anruf eines Freundes, der im Lager eines Grenzhandelsmarktes arbeitete. Es sei gut möglich, dass dort noch jemand gebraucht werde, hatte er gesagt. Und die Bezahlung sei ganz in Ordnung.

Als Philip das Harrisleer Bürgerhaus und damit fast den Ortskern erreicht hatte, verkündete ihm ein dezentes Klingeln im Kopfhörer, dass jemand anrief. Hoffentlich war es nicht Natalia! Er wurde langsamer und schaute auf sein iPhone. Aufgeregt nahm er das Gespräch an.

„Hey Leon."

„Hi. Gute News, Alter. Du kannst morgen schon anfangen, wenn du willst. Die suchen hier dringend Hilfe, weil zwei Leute gekündigt haben."

Philip blieb nun endgültig stehen. Ihm fiel ein Stein vom Herzen. „Echt. Das ist ja geil! Wann soll ich da sein?"

„Geht's um zwei?"

„Klar. Danke, Mann! Bis morgen."

„Ciao, Alter."

Philips Puls war zwar vom Laufen ohnehin nicht auf einem normalen Level, doch nun rauschte das Blut noch schneller durch seine Venen. Zumindest fühlte es sich so an, denn sein Herz raste wie Natalia nachts auf einer Autobahn.

Er lehnte sich an eine niedrige Mauer, rief bei Aron an und teilte ihm die gute Neuigkeit mit.

„Na, dann schaff deinen Krempel her, wann immer du willst. Das Zimmer ist ja frei", war dessen erfreute Reaktion. „Bis um fünf bin ich zu Hause. Schaffst du es bis dahin?"

„Auf jeden Fall. Danke!" Philip verabschiedete sich und lief den Weg zurück, den er gekommen war. Wie schnell auf einmal alles ging! Nun musste er Natalia reinen Wein einschenken. Bei dem Gedanken daran war ihm alles andere als wohl. Da dachte er doch lieber an Mirja. Sie war so ganz anders als Natalia. Jung und unbeschwert. Das Wichtigste aber war: Sie reduzierte ihn nicht auf seinen Lendenbereich, sondern interessierte sich für ihn selbst, als Mensch. Erst, als er sie kennen gelernt hatte, war ihm aufgefallen, wie sehr er das an Natalias Seite vermisst hatte.

Der Mazda stand nicht vor der Tür, also blieb ihm noch etwas Zeit, um die richtigen Worte zu finden. Erst einmal musste er unter die Dusche.

Er war gerade dabei, sich die Haare trocken zu rubbeln, als die Tür aufging und Natalia hereinkam.

„Hallo Darling, ich dachte, wir könnten vor dem Mittagessen noch ein bisschen Spaß haben." Sie lächelte breit. „Deine Vorspeise ist da."

Erschrocken ließ er das Handtuch sinken und bedeckte seine Scham. „Kannst du nicht anklopfen?"

„Das ist mein Haus, ich muss hier nirgendwo anklopfen." Sie trat näher und öffnete die ersten paar Knöpfe ihrer Bluse. „Ganz schön warm hier drin."

„Natalia, ich muss dir …"

Ihre Hand griff nach dem Frottiertuch. Mit einem Ruck riss sie es weg und ließ es auf den Boden fallen.

Nackt und verärgert stand er vor ihr. „Was soll das?"

„Vorspeise, wie gesagt." Sie machte einen Schritt auf ihn zu. „Immer, wenn ich dich nackt sehe, werde ich richtig scharf." Ihre Finger schlossen sich um sein Glied und er schnappte nach Luft, als sie begann, ihn zu stimulieren.

„Bitte, Natalia, hör auf. Ich …"

Sie kam noch näher an ihn heran, presste ihre Brüste an seinen nackten Oberkörper, küsste ihn und schob spielerisch ihre Zunge in seinen Mund, während ihre Hand sich langsam auf und ab bewegte.

Philip atmete schneller, doch dann schob er sie energisch von sich. „Natalia, hör auf! Ich will das nicht mehr."

Sie lachte. „Was redest du da für einen Unsinn? Natürlich willst du." Sie sah auf seinen Penis, schnalzte kurz mit der Zunge und ging langsam in die Knie. „Du brauchst wohl noch etwas mehr Anregung. Gib mir eine Minute."

Eilig trat er einen Schritt nach hinten und verhinderte so, dass sie sein Glied in den Mund nahm. Sie sah verärgert zu ihm auf. „Was ist denn in letzter Zeit los mit dir?"

„Ich werde ausziehen", stieß er hervor, bückte sich nach dem Handtuch und wickelte es sich um die Taille. „Ich … ich verlasse dich. Es ist vorbei."

In Sekundenschnelle wurde ihr Gesicht hart wie Granit, was, wie er erstaunt feststellte, ihr schönes Antlitz erschreckend veränderte. Sie sah beinahe hässlich aus mit den schmalen, finster blickenden Augen, der geblähten Nase und den zusammengepressten Lippen.

Sie erhob sich wieder und stemmte die Arme in die Seiten. „Wo willst du denn hin, hm?", fauchte sie. „Du brauchst mich, Phil. Ohne mich und mein Geld kommst du doch überhaupt nicht klar."

„Oh doch. Ich hab nämlich einen Job", verkündete er mit Triumph in der Stimme.

Ungläubig starrte sie ihn an. „Wie bitte? Was für einen Job?"

„Das geht dich nichts an." Mutig geworden fuhr er fort. „Ein Zimmer habe ich übrigens auch. Noch heute werde ich hier verschwinden."

In Natalias Gesicht arbeitete es. Ihre Wangenknochen traten unheilverkündend hervor.

Philip schluckte. Er wusste, wie unberechenbar seine Freundin sein konnte. Und die Tatsache, dass er praktisch nackt vor ihr stand, war nicht gerade hilfreich. Da blieb nur noch eins: Versuchen, sich möglichst würdevoll aus der Affäre zu ziehen.

„Jetzt entschuldige mich bitte", sagte er mit leicht zittriger Stimme. „Ich möchte mich anziehen und anschließend packen." Mit weichen Knien, aber bemüht festem Schritt ging er auf die Badezimmertür zu, doch Natalia war schneller. Sie knallte die Tür zu, schloss sie ab und steckte sich mit einem gemeinen Grinsen den Schlüssel in den BH. „Augenblick, mein Lieber. Eins will ich noch wissen. Steckt eine andere Frau dahinter?"

Sein Zögern währte zu lange.

„Du hinterhältiger Schuft", zischte sie. „Nicht nur, dass du hinter meinem Rücken eine neue Wohnung suchst, du bescheißt mich auch noch."

Er hob beschwörend eine Hand. „Ich habe dich nie betrogen."

Natalia schnaubte. „Ich glaube dir kein Wort. Wer ist sie?"

„Du kennst sie nicht." Nun wurde auch Philip wütend. „Jetzt gib mir den Schlüssel. Du verhältst dich kindisch."

Natalia wich zurück. „Hol ihn dir doch."

„Wenn du glaubst, dass ich dir noch einmal an deine Titten gehe, hast du dich getäuscht", knurrte er. Er hatte endgültig die Nase voll davon, wie Natalia ihn behandelte. Wie ein Spielzeug, mit dem sie machen konnte, was sie wollte. Es brodelte in ihm. Jetzt war der richtige Zeitpunkt, um sich zu rächen.

„Nur dass du es weißt: Die Frau, in die ich mich verliebt habe, ist wesentlich jünger als du. Sie hat keine Krähenfüße und keine Orangenhaut, ihre ist straff und glatt, nicht weich und schwabbelig wie deine."

Philip sah, wie sehr seine Worte Natalia verletzten, und das tat ihm gut. Es war ein unglaubliches Gefühl, sich endlich für alle Demütigungen der letzten Monate zu rächen. „Sie hat feste Schenkel und pralle, geile Brüste", behauptete er in provozierendem Tonfall. „Außerdem ist sie viel besser im Bett als du und …"

Weiter kam er nicht. Natalia stieß einen hysterischen Schrei aus und stürzte sich auf ihn. Wie gefährliche Krallen kamen ihre Hände auf sein Gesicht zu. Philip packte ihre Handgelenke, bevor ihre spitzen Fingernägel seine Wangen in Fetzen reißen konnten.

„Hör auf damit!", brüllte er.

„Hör du auf, du verdammter Scheißkerl", kreischte sie und rammte ihm ihr Knie zwischen die Beine. Das Handtuch löste sich von seiner Taille. Philip blieb die Luft weg. Er krümmte sich zusammen, seine Hände legten sich automatisch auf die schmerzende Stelle. Er öffnete den Mund wie zu einem Schrei, doch nur ein gurgelnder Laut verließ seine Kehle. Seine Knie gaben nach, er stürzte, registrierte noch, dass der Rand der Badewanne auf ihn zuzurasen schien.

Dann durchzuckte ihn ein weiterer heftiger Schmerz und um ihn wurde es schwarz.

****

Verena setzte ihre Sonnenbrille auf, als sie das Schuhgeschäft gegenüber des größten Flensburger Kaufhauses verließ. Auch hier hatte sie noch nicht das richtige Paar Schuhe gefunden. Der schönste Moment beim Kaufen neuer Fußbekleidung war der, wenn man ein Paar sah und wusste: Die oder keine! Noch wartete Verena auf diesen Augenblick. Vielleicht sollte sie in dem Laden schräg gegenüber einen Versuch starten. Große rote Prozentzeichen in den Schaufenstern lockten die Kunden mit günstigen Preisen. Bisher hatte Verena dort noch nie etwas gefunden, aber man konnte ja nie wissen.

Sie überquerte den Holm, betrat den Laden und begann, zwischen vielen anderen Kaufwilligen in den Regalen zu stöbern. Ihre Hand griff nach einem Paar Sandalen mit niedlichen Fransen. Hm, die waren gar nicht mal schlecht. Ihre Augen scannten die Kartons im Regal. Natürlich – in ihrer Größe war dieser Schuh nicht da. Sie seufzte.

„Verena?"

Sie drehte sich um. Vor ihr saß auf einem würfelförmigen Hocker Ruth-Maria Sturm. Um sie herum lagen mehrere Sommerschuhe in verschiedenen Farben. Auch Ruth-Marias Outfit war wie üblich so bunt wie die Malerpalette von Verenas Mutter.

„Hi!", freute sie sich. „Brauchst du auch neue Treter?"

„Allerdings. Ich wollte mich für Mallorca eindecken, bevor hier nur noch Winterschuhe stehen."

„Gute Idee."

Ruth-Maria begann, die herumliegenden Schuhe einzusammeln. „Was meinst du, gehen wir irgendwo einen Kaffee trinken?"

„Und vielleicht eine Kleinigkeit essen", nickte Verena. „So langsam habe ich Hunger. Ich renne schon seit zwei Stunden erfolglos durch die Läden."

„Bei dem Wetter könnte man gut an der frischen Luft sitzen", überlegte Ruth-Maria. Gleich darauf hellte sich ihr Gesicht auf. „Was hältst du davon, wenn wir uns etwas besorgen und es dann bei mir essen? Ich habe eine kleine, aber sonnige Dachterrasse und eine Flasche Prosecco im Kühlschrank. Außerdem würde ich gern deine Meinung hören zu einer Kurzgeschichte, die ich geschrieben habe.

Ich möchte sie zu einem Wettbewerb einreichen, bin aber noch ein bisschen unsicher."

„Das hört sich gut an", stimmte Verena zu und grinste. „Ein sonniger Liegestuhl zum Füße hochlegen – das sind ja geradezu paradiesische Aussichten."

„Prima, dann ist das abgemacht. Ich gehe nur rasch meine neuen Schühchen bezahlen."

Zwanzig Minuten später betraten sie Ruth-Marias Wohnung.

„Geh schon mal durch", schlug diese vor. „Ich hasse es, aus Pappschachteln zu essen und hole uns Teller, Besteck und natürlich etwas zu trinken."

„Soll ich dir helfen?"

„Nein, nicht nötig. Ich bin gleich wieder da."

Verena sah Ruth-Maria nach, ging dann ins Wohnzimmer und sah sich um. Die Einrichtung passte zu Ruth-Maria wie die berühmte Faust aufs Auge.

Auf einer Anrichte standen einige Fotos. Verena ging darauf zu und sah sie sich an. Der junge, gut aussehende Mann mit dem ernsten Gesicht war vermutlich Ruth-Marias Sohn. Sie hatten dieselbe Augenfarbe und sein Mund ähnelte dem seiner Mutter. Aber warum wirkte er so verschlossen?

„So, da bin ich wieder. Sei so nett und mach bitte die Terrassentür auf, ja?"

Verena wandte den Kopf. Hinter ihr stand Ruth-Maria mit einem gefüllten Tablett in den Händen.

Wenig später hatten sie es sich gemütlich gemacht und schlemmten Frühlingsrollen und Reis mit Hühnchen und Gemüse in einer pikanten Sauce.

„Das ist doch dein Sohn drinnen auf den Fotos, oder?", fragte Verena zwischen zwei Bissen.

„Ja, das ist Dennis." Ruth-Maria spießte etwas Hühnchen auf ihre Gabel. „Er lebt seit ein paar Jahren auf Mallorca. Zu der Zeit, als die Bilder gemacht wurden, war er in dieser grässlichen Abnabelungsphase, in der einem die Eltern nur noch auf die Nerven gehen. Aber jetzt ist unser Verhältnis wieder großartig. Deshalb fliege ich ja bald zu ihm. Ich freue mich schon so sehr darauf."

Verena nickte. „Das kann ich mir vorstellen. Ich wünschte, wir hätten hier oben genauso oft schönes Wetter."

„Das Wetter ist mir gar nicht so wichtig. Ich möchte nur endlich wieder bei meinem Dennis sein. Er braucht mich auch, das weiß ich genau." Sie lachte. „Er würde es allerdings nie zugeben."

„Vielleicht, wenn du bei ihm angekommen bist."

„Mag sein. Und wenn nicht, habe ich immer noch die Mittelmeersonne."

„Hier auf deiner Terrasse kann man es auch aushalten, nur der Meerblick fehlt." Sie zwinkerte Ruth-Maria zu, dann tranken beide einen kleinen Schluck von dem kühlen Prosecco.

Sie unterhielten sich über den Schreibkurs und die anderen Teilnehmer, lästerten ein bisschen über Yannick und Maik und kamen schließlich auf den Mord an Nina und auf Thomas' Verhaftung zu sprechen.

„Ich glaube nach wie vor nicht, dass er es war", sagte Verena im Brustton der Überzeugung. „Sowas würde er nie tun. Außerdem hatte er Nina doch gern."

„Trotzdem glaube ich, dass er sie erschlagen hat", widersprach Ruth-Maria. „Wahrscheinlich ist er zudringlich geworden und ausgerastet, als sie ihn abwies."

Verena schüttelte den Kopf. „Tut mir leid, doch das kann ich mir nicht vorstellen. Warum hätte sie ihn abweisen sollen? Sie mochte ihn auch, das weiß ich genau. Sie hat es mir selbst gesagt."

„Gewöhn dich lieber an den Gedanken, dass er nicht so ein anständiger Kerl ist, wie du glaubst", riet Ruth-Maria.

„Ich bin in meinem Leben schon mehreren Männern dieser Sorte begegnet. Nach außen hin die Traummänner schlechthin, aber hinter der Stirn ticken sie ganz anders. Ich hab mal von einem ähnlichen Fall gelesen, ein total sympathischer Mann, von allen geschätzt, aber dann fand man seine Frau tot auf dem Teppichboden im Wohnzimmer. Von hinten erschlagen. Genau wie bei Nina." Ruth-Maria wischte sich mit einer Serviette den Mund ab. „Bist du fertig? Prima, dann räume ich den Kram hier weg und hole meine Kurzgeschichte, ja?"

Verena machte Anstalten, sich zu erheben. „Ich helfe dir."

„Unsinn! Bleib du nur sitzen und genieße die Sonne. Ich bin gleich zurück."

Ruth-Maria räumte die Pappschachteln und die Teller zusammen. Als sie in der Wohnung verschwunden war, grübelte Verena über das nach, was Ruth-Maria gerade gesagt hatte. Etwas daran hatte in ihrem Kopf eine kleine Alarmglocke klingeln lassen. Doch was? Sie rief sich die Sätze Ruth-Marias in Erinnerung – einen nach dem anderen – und dann wusste sie, was es war.

Ihr wurde abwechselnd heiß und kalt. Vielleicht lag sie falsch, doch wenn nicht …

Hastig zog sie ihr Smartphone hervor und öffnete mit ungeduldigen Fingern das Internet. Hoffentlich sagte Google ihr, dass sie sich irrte.

Ruth-Maria kehrte zurück, in der Hand ein paar bedruckte Papierseiten. „Ich bin wirklich gespannt auf deine Meinung. Besonders interessiert mich, was du zu …"

„Ich muss dich etwas fragen", unterbrach Verena sie. „Woher weißt du, dass Nina in ihrem Wohnzimmer von hinten erschlagen wurde? Und das sie auf dem Teppich lag?"

Ruth-Maria zuckte mit den Schultern. „Aus der Zeitung, woher sonst?"

„Da stand es aber nicht. Ich habe sämtliche Artikel gerade noch einmal überflogen."

„Na, dann hat dein Freund es wahrscheinlich erwähnt", sagte Ruth-Maria leichthin, doch Verena bemerkte das nervöse Flackern in ihren Augen. Sie hob ihr Kinn. „Das glaube ich nicht." Sie wusste, dass manche Informationen nicht herausgegeben wurden, schon gar nicht von Lutz, und spürte instinktiv, dass die Details, die Ruth-Maria genannt hatte, dazugehörten.

Die runzelte unwillig die Stirn. „Worauf willst du eigentlich hinaus?"

Verena holte tief Luft und nahm ihren ganzen Mut zusammen. „Das kannst du doch eigentlich nur wissen, wenn du dort warst."

Ruth-Marias Lippen waren plötzlich ein einziger dünner Strich. Ihre hellen grünen Augen blitzten gefährlich und Verena ahnte, dass sie gerade einen großen Fehler begangen hatte.

„Du glaubst, ich hätte Nina umgebracht?", fragte Ruth-Maria verärgert. „Warum hätte ich das tun sollen?"

Verena schüttelte ratlos den Kopf. „Ich habe keine Ahnung. Gab es einen Grund?"

Ruth-Maria setzte sich wieder auf ihren Platz, sah einen Augenblick lang ins Leere und wandte sich dann wieder Verena zu.

„Ja, es gab einen", gab sie zu und atmete tief durch. Dann schlug sie die Beine übereinander und fixierte Verena mit finsterem Blick. „Willst du wirklich wissen, warum ich Nina töten musste?"

Kapitel 12

„Darling, es tut mir so leid", flüsterte Natalia. Sie saß neben dem Krankenbett, in dem Philip lag. Er würdigte sie keines Blickes.

Die Platzwunde an seiner Schläfe war inzwischen genäht worden. Wegen des Verdachts auf Gehirnerschütterung hatten die Ärzte ihm geraten, zumindest eine Nacht in der Klinik zu bleiben.

Nun lag er in einem Zwei-Bett-Zimmer der Diako, zusammen mit einem Rentner namens Klaus-Uwe, der ununterbrochen geredet hatte, ehe Natalia aufgetaucht war, in den Händen eine Tasche, gefüllt mit Pyjama, Morgenmantel, Hausschuhen, Toilettenartikeln – und seinem Handy. Das war wichtig, er musste Aron Bescheid sagen, dass er heute nicht mehr würde kommen können.

„Ich wollte dir doch nicht wehtun", wisperte Natalia dicht an seinem Ohr. „Es war ein Unfall, das weißt du."

„Verschwinde", brachte er mühsam hervor.

„Darling, ich verstehe ja, dass du sauer bist, aber du musst mir schon die Gelegenheit geben, dich um Verzeihung zu bitten, findest du nicht?" Sie sah hinüber zu Klaus-Uwe.

Vermutlich warf sie ihm einen Blick zu, der ihm sagte, er solle sie beide allein lassen.

Prompt räusperte sich Klaus-Uwe unbehaglich und richtete sich auf. „Ich … ich geh denn mal raus, eine schmöken", murmelte er.

„Das musst du nicht", widersprach Philip. „Bleib ruhig hier."

„Nee, lass man, ich wollte sowieso gerade an die frische Luft." Mühsam und im Sitzen zog Klaus-Uwe sich seinen Morgenmantel über den verschlissenen Schlafanzug, schlüpfte mit dem gesunden Fuß in einen Pantoffel und griff nach den Krücken neben dem Bett. Er war eine Steintreppe hinuntergestürzt, wie Philip inzwischen wusste. Seinen Kopf zierte ein Verband, ein Fuß war in Gips und das unrasierte, etwas verlebte Gesicht sah reichlich lädiert aus.

Als Klaus-Uwe humpelnd den Raum verlassen hatte, räusperte sich Natalia.

„Ich habe einen Fehler gemacht und das tut mir leid. Aber das ist nur passiert, weil du eine Menge gemeiner Dinge gesagt hast, Darling." Sie setzte ein schmollendes Gesicht auf, was so albern aussah, dass Philip gegen seinen Willen lächeln musste.

„Natalia, ich …"

Sie winkte ab und strahlte ihn an. „Schon gut, Darling, ich verzeihe dir, so wie du mir verzeihst. Alles ist wieder gut, ja? Morgen kommst du nach Hause, ich pflege dich gesund und dann vergessen wir diese ganze dumme Sache."

Er starrte sie an, als hätte sie Suaheli gesprochen. „Ist das dein Ernst?"

„Aber natürlich! Ich kann ja verstehen, dass … dass du schwach geworden bist bei dieser kleinen Schlampe. Natürlich darf so etwas nicht mehr vorkommen. Das hier gehört von nun an wieder nur mir, verstanden?" Sie legte ihre Hand auf die Bettdecke. Dorthin, wo sich sein Unterleib befand. Philip hielt die Luft an.

„Aber ich habe eine Überraschung für dich, die dir sicher gefallen wird. Heute Vormittag habe ich mir ein neues Auto gekauft, einen BMW. Du, mein Schatz, bekommst den Mazda. Ich schenke ihn dir. Was sagst du jetzt?" Ihre Hand strich über die Decke.

„Nimm deine Finger da weg", presste er hervor.

Überrascht gehorchte sie. „Was ist denn? Freust du dich gar nicht?"

„Ich will dein Auto nicht, Natalia. Und dich auch nicht. Es war mein Ernst, ich ziehe aus. Sobald ich hier raus bin, packe ich meine Sachen und verschwinde."

„Aber ..."

„Und nenn Mirja nie wieder eine Schlampe. Sie behandelt mich wenigstens wie ein Mensch, nicht wie ein Stück Fleisch, dass sie sich nehmen kann, wann immer ihr danach zumute ist."

Natalia stand auf, fixierte ihn mit funkelnden Augen und zischte: „Ist das der Dank für all das, was ich für dich getan habe?"

Er lachte bitter auf. „Ich muss dir dankbar sein, meinst du? Glaub mir, für alles, was ich von dir bekommen habe, hab ich gründlich bezahlt. Doch nun ist Schluss damit. Und jetzt sei so gut und lass mich endlich allein."

Sie sah auf ihn herab. Hass funkelte in ihren Augen. „Ich wünsche dir, dass du eines Tages genauso abserviert wirst, wie du mich heute abservierst", zischte sie. Dann schnappte sie sich ihre Handtasche und verließ wutentbrannt den Raum.

Erleichtert nahm Philip sein Telefon zur Hand. Der Akku war fast leer, er musste sich beeilen. Klaus-Uwe kam zurück und musterte ihn neugierig.

„Dascha echt 'ne krasse Braut, die du da abgeschüttelt hast", nuschelte er. „Die ist nicht ohne."

„Du kannst sie gern haben", murmelte Philip und hielt sich das Telefon ans Ohr.

„Nee, lass man. Wenn ich mir dich so ansehe, lass ich da lieber die Finger von."

„Besser für dich, glaub mir. Mirja? Hi, hier ist Philip. Ich dachte nur, es interessiert dich vielleicht, dass ich mich endgültig von Natalia getrennt habe. Nein, ich bin nicht mehr dort. Wo? In der Diako. Keine Sorge, nichts Schlimmes, eigentlich hab ich nur einen kräftigen Brummschädel. Doch, natürlich kannst du kommen. Wie das passiert ist? Ein blöder Sturz, ich erzähle es dir später. Ich liege im dritten Stock, Zimmer …" Er sah ratlos zu seinem Bettnachbarn.

„Neun", half Klaus-Uwe aus.

„Zimmer neun. Du, mein Akku ist gleich leer, könntest du deinem Bruder sagen, dass ich erst morgen bei ihm einziehen kann? Danke. Bis später. Ja, ich freue mich auch. Tschüss."

Er beendete das Gespräch und lächelte vor sich hin.

„Haueha, schon die Nächste am Start?" Klaus-Uwes Stimme war voller Respekt und Bewunderung. „Früher fuhr ich auch gerne mal zweigleisig. Ach ja, nochmal jung sein …"

Philip verschränkte lächelnd die Arme hinter seinem verbundenen Kopf. „Ich fahre nicht zweigleisig. Ich habe einfach eine Weiche gestellt und die Richtung geändert. Und diesmal ist es die richtige."

„Woher willste das denn wissen?"

Er zuckte mit den Achseln. „Das spür ich irgendwie."

„Na denn." Klaus-Uwe griff nach der Fernbedienung. „Lust auf Proll-TV?", fragte er grinsend.

Philip antwortete nicht. Er hatte das Gefühl, endlich wieder richtig durchatmen zu können. Als hätte er einen sechzig Kilo schweren Ballast abgeschüttelt, der seinen Brustkorb umklammert hatte.

****

Mirja steckte ihr Handy zurück in die Handtasche und lächelte glücklich vor sich hin.

„Die Email der spanischen Kollegen ist da", rief Andresen.

„Das ging schneller, als ich dachte", wunderte sich Weichert.

„Und dabei gelten unsere südländischen Kollegen als gemütlich und träge." Andresen drückte eine Taste und wenig später spuckte der Drucker den ausgefüllten Fragenkatalog aus. „Wahrscheinlich hat der Deutsch sprechende Beamte alemannische Gene in sich."

Mirja hatte kaum zugehört. Ihre Wangen fühlten sich an, als würden sie brennen.

„Was ist passiert?", fragte Weichert und musterte sie neugierig. „Sie sehen aus als ob, naja, irgendwie…"

„Wie ein Honigkuchenpferd auf Speed", vervollständigte Andresen das Gestotter seines Kollegen.

„Das war Philip", berichtete sie verlegen. „Er hat sich von seiner Freundin getrennt, und ich soll ihn im Krankenhaus besuchen."

Andresen runzelte die Stirn. „Philip Schäfer liegt im Krankenhaus? Was ist passiert?"

„Das weiß ich noch nicht genau, es ist aber nichts Ernstes", antwortete Mirja. „Er sagte, er sei gestürzt und habe einen kräftigen Brummschädel." Sie versuchte, dass glückliche Grinsen aus ihrem Gesicht zu bekommen und sich wieder auf den Fall zu konzentrieren, doch so richtig wollte es ihr nicht gelingen, also biss sie sich von innen auf die Wangen und ging zu Andresen hinüber, um über seine Schulter hinweg den Ausdruck zu lesen.

Name:	Dennis Benedikt Hoffmann
Geburtsdatum:	18. August 1987
Adresse:	Paseo Maritimo 68, Palma
de Mallorca	
Familienstand:	Verheiratet seit 17. Mai 2015
Beruf:	Gastronom
Vorstrafenregister:	Nein
Letzter Aufenthalt	
in Deutschland:	September 2012

Aufenthaltsort am	
09. September 2015:	Palma de Mallorca
Beziehung zu Nina Bender:	Ex-Freundin, kein Kontakt seit 2012
Kontakte in Deutschland:	Keine
Lebenslauf:	Aufgewachsen in Flensburg. Nach dem Realschulabschluss Ausbildung als Koch im Hotel des Nordens, Harrislee. Danach fest angestellt von 2007 bis 2012. Anschließend Wohnortwechsel. Seit September 2012 wohnhaft in Palma de Mallorca, Spanien.

Andresen griff zum Telefonhörer.

„Was haben Sie vor?", fragte Weichert, nahm seinen leeren Becher in die Hand und stand auf.

Währenddessen tippte Andresen auf dem Tastenfeld des Telefons eine Nummer ein. „Das sind mir zu wenig Infos. Ich rufe Hoffmann direkt an und unterhalte mich mit ihm, während Sie sich einen frischen Müffel-Tee holen. Auskunft? Ich hätte gern eine Telefonnummer im Ausland." Er nannte die Adresse und den Namen. „Ja, ich möchte direkt verbunden werden. Danke."

Mirja sah Weichert nach, als er den Raum verließ, doch mit den Gedanken war sie woanders. Philip wollte sie sehen! Ungeduldig sah sie auf die Uhr. Sie konnte es nicht erwarten, endlich hier zu verschwinden und in die Klinik zu fahren.

Weichert kam zurück, setzte sich, hob den Becher an die Lippen – und verbrannte sich die Zunge. „Au, verflucht!", schimpfte er, und bewegte die Hand mit dem vollen Becher so hektisch, dass der Tee auf seine Hände tropfte.

„Tut es sehr weh?", fragte Mirja mitfühlend.

„Geht schon, danke." Stirnrunzelnd stand er auf. „Ich gehe mir mal die Hände waschen. Meine Finger sind ganz klebrig." Er steuerte die Tür an und drückte mit dem Ellenbogen die Klinke nach unten.

Mirja blinzelte, dann sprang sie wie elektrisiert auf. „Jetzt weiß ich es wieder!"

„Was wissen Sie? Dass man heißen Tee vorsichtig trinken sollte?", fragte er gereizt.

„Das ist mir schon lange bekannt", antwortete sie mit einem frechen Grinsen und fing sich prompt einen strafenden Blick ein.

„Tschuldigung. Nein, ich meine, ich weiß wieder, wo ich diese Sachen gesehen habe. Das war als wir bei Frau Sturm waren. Ich hab mir doch in ihrem Bad die Hände gewaschen, weil meine Finger voll waren mit Fleischsalat. Und da sah ich durch den Spiegel ein Regal, darin standen ein Tiegel mit Vaseline und daneben Nagellack und Nagellackentferner."

„Frau Sturm ist ein Nagellackfan", warf Weichert ein und bewegte unbehaglich seine klebrigen Finger. „Ihre roten Nägel hab ich noch genau vor Augen. Bis gleich."

„Warten Sie! Merkwürdig war etwas anderes."

Weichert hielt inne. „Nämlich?"

„Das alles befand sich neben einem Plastikbehälter mit Wattestäbchen. Der war durchsichtig und zwischen den hellgelben Stäbchen war noch eine andere Farbe. Ich hab den Deckel abgemacht und nachgesehen. In dem Behälter steckte eine rote Tube Sekundenkleber. Ich dachte noch, dass das ein ziemlich seltsamer Aufbewahrungsort ist."

Weichert holte tief Luft. „Haben Sie eventuell Lust auf ein Brötchen mit Fleischsalat?"

Mirja grinste. „Schon möglich."

„Fein. Ich bin gleich zurück, und dann statten wir der Dame noch einen Besuch ab."

****

Ganz langsam kroch eine Gänsehaut Verenas Arme hinauf. Ihr Herz hämmerte gegen ihren Brustkorb und in ihrem Magen schien auf einmal ein schweres Gewicht zu liegen.

„Ja", flüsterte sie und räusperte sich unbehaglich. „Sag mir, warum du es getan hast."

Ruth-Maria zögerte, als suche sie nach den richtigen Worten. Dann legte sie die Blätter mit ihrer Kurzgeschichte auf den Tisch und lehnte sich zurück.

„Also schön. Ich muss sagen, auf eine Art bin ich froh darüber, dass du mein Geheimnis herausgefunden hast, denn seit ein paar Tagen habe ich das Gefühl, dass ich bald ersticke, wenn ich nicht endlich darüber reden kann. Und dich mag ich gern, Verena. Ich vertraue dir."

„Dann erzähl es mir", flüsterte Verena, bemüht, sich ihre Erschütterung nicht anmerken zu lasen. „Ich höre dir zu."

„Es war wegen Dennis", begann Ruth-Maria. In ihre Augen trat ein Glanz, eine Mischung aus hingebungsvoller Liebe und unsagbarer Enttäuschung. „Ich habe es für ihn getan. Vor einigen Jahren war er mit einer Nina liiert. Sie hat ihn abserviert, ihm das Herz gebrochen. Er ist damals in ein tiefes Loch gefallen. Er trank viel zu viel, sprach nicht mit mir, weinte nur noch und ließ sich gehen. Es war furchtbar für mich, ihn so zu sehen. Hilfe wollte er von mir nicht annehmen. Schließlich ging er mit einem Freund nach Mallorca."

Sie sah auf. „Wegen Nina habe ich meinen Sohn verloren. Ich kannte sie nicht, aber ich habe sie gehasst. Zwei Jahre lang hat mich dieses Gefühl fast aufgefressen. Um mich abzulenken und um ein zweites Standbein zu haben, beschloss ich, mich stärker auf mein Hobby, das Schreiben, zu konzentrieren. Deshalb meldete ich mich für Thomas' Schreibkurs an."

Verena nickte langsam. „Hast du gleich gemerkt, dass Nina die Frau war, die deinem Sohn so weh getan hat?"

„Nein. Er hat sie mir nie vorgestellt, ich wusste lediglich ihren Vornamen. Aber in unserem Mittagsrestaurant erzählte Nina von einem Urlaub auf Mallorca mit ihrem damaligen Freund Dennis. Ich wusste, dass mein Sohn mit seiner Freundin dort gewesen war, zumindest das hatte er mir berichtet. Von da an ahnte ich, dass sie es war. Mit geschickten Fragen bekam ich heraus, dass ich richtig lag. Das war am vergangenen Mittwoch. Wir unterhielten uns vor Unterrichtsbeginn mit Boris über Sternzeichen, analysierten unsere Eltern, Freunde oder Geschwister anhand ihrer Tierkreiszeichen. Irgendwann fragte ich Nina nach dem Geburtsdatum ihres Exfreundes Dennis und sie nannte den Tag, an dem mein Sohn geboren worden war. Sogar die Uhrzeit wusste sie, denn Dennis erwähnt immer gern und mit einem vielsagenden Zwinkern, dass er um sechs Uhr sechs das Licht der Welt erblickte. "

Ganz kurz lächelte Ruth-Maria verklärt, doch dann verhärteten sich ihre Züge. „Nina lachte, als sie uns das erzählte. Sie lachte meinen Sohn aus! In mir brodelte es. Erst hat sie ihn seelisch zerstört, war der Grund, weshalb er das Land verließ und zu guter Letzt machte sich auch noch lustig über ihn."

Verena wollte schon einwenden, dass Ruth-Maria sich das gewiss nur eingebildet hatte, doch dann sagte sie sich, es sei sicher besser, zu schweigen.

„Ich beschloss, ihr nach dem Unterricht zu folgen", fuhr Ruth-Maria fort. „Zufällig bekam ich mit, dass Thomas ihr anbot, sie nach Hause zu fahren. Er erwähnte sogar freundlicherweise, wo sein Wagen stand. Also holte ich in der Mittagspause mein Auto und parkte es in der Nähe von seinem."

Verena ging ein Licht auf. „Du bist an dem Tag gleich nach dem Essen weggegangen, weil du etwas zu erledigen hattest, das weiß ich noch."

„Du scheinst recht aufmerksam zu sein. Im Gegensatz zu Thomas und Nina. Die beiden bekamen überhaupt nicht mit, dass ich ihnen zum Parkplatz folgte. Und erst recht nicht, dass ich ihnen wenig später hinterher fuhr. Er setzte sie vor ihrem Haus ab und verabschiedete sich. Da ich nun ihre Adresse wusste, kehrte ich um. Zu Hause zog ich mich um, packte ein paar Sachen ein und fuhr zurück. Ich kam in dem Moment an, als Nina gerade das Haus verließ, um einkaufen zu gehen. Also suchte ich rasch eine Parklücke und folgte ihr zu Fuß zum Supermarkt in der Waldstraße."

„Du warst es! Wegen dir fühlte sie sich verfolgt", rief Verena verblüfft. „Darauf wäre ich im Leben nicht gekommen."

Ruth-Maria lächelte kühl, ging aber nicht weiter darauf ein. „Nachdem sie wieder in ihrem Haus verschwunden war, wartete ich auf eine passende Gelegenheit, um ebenfalls hinein zu gelangen. Die Tür war ja abgeschlossen und ich wollte lieber nicht bei einem der Nachbarn klingeln, um keine Aufmerksamkeit zu erregen. Es dauerte eine Ewigkeit, doch irgendwann, als es schon dämmerte, kam ein Pärchen heraus. Die zwei plauderten angeregt und nahmen mich gar nicht zur Kenntnis. Bevor die Tür zufiel, war ich hindurch geschlüpft und stieg dann in den zweiten Stock hinauf. Als ich gerade bei Nina klingeln und sie zur Rede stellen wollte, hörte ich, dass es in mehreren Wohnungen klingelte, auch bei Nina. Es summte, die Haustür wurde aufgestoßen und jemand stürmte die Stufen herauf. So schnell ich konnte stieg ich eine Treppe höher und verhielt mich leise. Es war Thomas. Er wirkte aufgeregt, hielt vor Ninas Tür, klingelte, klopfte und rief ihren Namen, bis sie endlich öffnete. Angeblich wollte er sich davon überzeugen, dass es ihr gut ging, nachdem sie diese bescheuerte Nachricht im Internet veröffentlicht hatte. Ich glaube ja, dass sie es darauf angelegt hat, dass er genau so reagiert. Sie war ein durchtriebenes Biest."

Verena sagte nichts dazu. „Was passierte dann?", fragte sie angespannt.

„Die zwei verschwanden in ihrer Wohnung." Ruth-Maria zog eine angewiderte Grimasse. „Anfangs tat sie noch so, als würde sie zögern, ihn hereinzulassen, doch das war nur Show, damit er sich wie ein Eroberer fühlen konnte. Sie hat ihn spinnengleich in ihr Netz gelockt und er blieb darin kleben, dieser naive Trottel."

Sie schüttelte voller Unverständnis den Kopf, nahm ihr Proseccoglas und leerte es. Dann fuhr sie fort. „Es dauerte gar nicht lange, bis ich eindeutige Geräusche hörte, du weißt schon. Diese kleine Nutte kannte ihn gerade ein paar Tage und schon zerrte sie ihn in ihr Bett."

Verena starrte sie an. „Du konntest alles hören?"

„Allerdings, es war ja ansonsten recht ruhig. Ich hörte sein Stöhnen, ihre wollüstigen Schreie und das gleichmäßige Krachen ihres Bettes gegen die Wand. Es war ebenso eindeutig wie widerlich."

„Warum bist du geblieben?", fragte Verena und versuchte, die Bilder aus ihrem Kopf zu verscheuchen, die Ruth-Maria wachgerufen hatte.

Die zuckte mit den Achseln. „Ich weiß es nicht genau. Es war mir immer noch wichtig, sie zur Rede zu stellen. Wahrscheinlich sogar noch wichtiger als vorher, denn ich mochte Thomas und hasste Nina dafür, dass sie nun auch ihn unglücklich machen wollte. Bald hörte ich ihre Stimmen. Es klang, als würden sie streiten. Nicht laut, aber der

Tonfall war scharf. Kurze Zeit später öffnete sich die Tür und Thomas kam heraus. Er wirkte wie versteinert. Ich sah es nur wegen des Lichts, das aus der Wohnung kam, bevor die Tür ins Schloss fiel. Das Treppenhauslicht ließ er aus. Er rannte nach unten und war Sekunden später verschwunden. Das war mein Moment. Ich klingelte bei Nina."

Verena hielt die Luft an und lauschte Ruth-Maria, die bereitwillig erzählte, was dann geschah.

Sie ließ kein Detail aus. Verena spürte Übelkeit in sich aufsteigen.

„Ich musste es einfach tun", schloss Ruth-Maria. „Dieses Flittchen sollte dafür bezahlen, was sie Dennis angetan hat, das verstehst du doch, nicht wahr? Und nebenbei habe ich Thomas vor einem ähnlichen Schicksal bewahrt. Als ich durch die Wohnung ging und sah, dass er überall Spuren hinterlassen hatte, wurde mir klar, dass er sehr bald in großen Schwierigkeiten stecken würde. Natürlich habe ich das nicht gewollt. Es wäre mir anders lieber gewesen, ich mag Thomas gern, wie gesagt. Doch mir hat es natürlich geholfen."

Verena schwieg. Sie musste etwas unternehmen. Lutz, sie musste ihn informieren. Doch wie sollte sie das anstellen?

„Ich ... ich verstehe, dass du so handeln musstest", flüsterte sie. „Ja, ich verstehe dich gut. Danke, dass du es mir erzählt hast."

„Das muss aber unter uns bleiben", sagte Ruth-Maria, ihre Augen funkelten verschwörerisch. „Kein Wort zu deinem Polizistenfreund, verstanden?"

„Mach dir darüber keine Sorgen, er ist nicht mehr mein Freund", beruhigte Verena sie und nahm nach kurzem Zögern die Kurzgeschichte vom Tisch. Ihre Hände zitterten. „Ich sage nichts, versprochen. Und nun lese ich mir mal deinen Text durch, ja?"

Ruth-Maria strahlte. „Prima. Ich lasse dich allein, damit du dich besser konzentrieren kannst. Bis gleich!"

Verena nickte und nachdem Ruth-Maria die Terrasse verlassen hatte, tat sie so, als würde sie sich in die Geschichte vertiefen. Sie saß mit dem Rücken zur Glastür, konnte also nicht sehen, ob Ruth-Maria sie im Auge hatte oder nicht. Ein paar Minuten lang versuchte Verena tatsächlich, sich auf den Text zu konzentrieren, doch es wollte ihr nicht gelingen. Ständig schob sich die Szene vor ihre Augen, die sich in Ninas Wohnung abgespielt hatte. Der Moment, in dem diese sympathische junge Frau das Opfer einer Verrückten wurde.

Verena schwitzte entsetzlich und ihr Herz schlug so laut, dass es in ihren Ohren gellte. Die Frau, die sich irgendwo hinter ihr befand, war eine skrupellose Mörderin.

Sie musste unbedingt versuchen, Lutz zu erreichen.

Nachdem sie im Internet wegen der Zeitungsartikel geforscht hatte, hatte sie ihr Handy leider wieder in ihre Handtasche gesteckt. Die lag auf einem Plastikstuhl, etwa zwei Meter entfernt. Sie wünschte, sie hätte das Telefon noch bei sich. Dann könnte sie Lutz unbemerkt eine Nachricht schicken, denn die Rückenlehne ihrer Liege würde verhindern, dass Ruth-Maria davon etwas mitbekam.

Angestrengt grübelte Verena darüber nach, wie sie die Tasche holen könnte, ohne dass Ruth-Maria Verdacht schöpfte. Leider fiel ihr nichts Sinnvolles ein.

Mit zitternden Händen griff sie nach ihrem Sektglas und trank es leer. Das Zeug schmeckte scheußlich, nachdem es eine ganze Weile in der Sonne gestanden hatte. Ein Glas kaltes Wasser wäre jetzt viel besser.

Das war es! Endlich hatte sie die rettende Idee. Sie stand auf und trat an die geschlossene Terrassentür. Ihre Ahnung hatte sie nicht getrogen. Ruth-Maria saß zwar auf ihrer Couch, doch es sah so aus, als hätte sie die Terrasse und damit auch ihren Gast die ganze Zeit im Blick gehabt.

Verena schob die Tür auf und steckte den Kopf in das angenehm kühle Zimmer. „Hast du vielleicht ein Glas Wasser für mich?", bat sie.

Ruth-Maria erhob sich. „Natürlich. Geh raus und lies weiter, ich bringe es dir gleich."

„Danke!" Verena beobachtete, wie Ruth-Maria das Wohnzimmer Richtung Küche verließ. Sofort flitzte sie zu ihrer Tasche, fummelte mit bebenden Händen nach ihrem Telefon und ließ sich schwer atmend aber erleichtert auf die Liege fallen. Doch wohin jetzt mit dem Handy? Sie trug eine helle Bluse, darunter würde es sich deutlich abzeichnen. Ihre Hose war eng und hatte keine Taschen.

Die Terrassentür öffnete sich.

Verena legte das Telefon auf die Sitzfläche unter ihren Schenkeln und betete still, dass jetzt niemand anrief, denn sie hatte in ihrer Panik vergessen, den Ton auszuschalten.

„Ich hab dir Eiswürfel hineingetan. So bleibt es etwas länger kühl."

Mit zitternder Hand nahm Verena das Glas entgegen. „Das wird mir gut tun bei der Wärme. Danke."

Ruth-Maria sah sie abwartend an, also trank sie einen großen Schluck, beugte sich vor, um das Glas auf dem Tisch abzustellen, und ergriff wieder die Papiere. „Dann lese ich mal weiter, okay?"

„Warum liegt dein Handy da?" Ruth-Maria deutete auf den Platz zwischen Verenas Beinen und musterte sie misstrauisch.

Verena unterdrückte einen Fluch. Warum hatte sie nicht besser aufgepasst? Sie hatte die Oberschenkel nicht fest genug zusammen gepresst.

„Oh, äh, das ist nur, falls meine Mutter mich erreichen will", schwindelte sie. „Wir sind nämlich nachher verabredet."

Ruth-Marias Augen begannen, wieder gefährlich zu funkeln. „Du lügst! Du willst deinen Bullenfreund anrufen."

„Nein, wirklich nicht! Ich …"

Ruth-Maria packte Verenas Arm und zerrte sie von der Liege. Die Papierseiten flatterten zu Boden.

„Du kommst jetzt mit rein. Ich lass mir von dir nicht meine Pläne kaputt machen. Wenn du mein Geheimnis verrätst, kann ich nicht zu meinem Sohn. Und das darf nicht passieren, er wartet auf mich." Sie stieß sie unsanft in Richtung Wohnzimmer.

„Ich verrate nichts, ich schwöre es dir", sagte Verena mit weinerlicher Stimme. Ob jemand in der Nähe war und Zeuge dieser Szene wurde? Sie musste versuchen, Aufmerksamkeit zu erregen. Womöglich alarmierte dann jemand die Polizei. Sie holte tief Luft. „Hil-!"

Ein kräftiger Stoß in den Rücken verhinderte, dass sie ihren Hilferuf vollenden konnte. Sie stolperte über die Schwelle ins Innere der Wohnung. Ruth-Maria schloss energisch die Terrassentür. „Mach dir keine Hoffnungen, es hört dich keiner. Die Wohnung über mir ist zurzeit nicht vermietet, und ansonsten sind in der unmittelbaren Nähe hauptsächlich Lagerräume."

Ruth-Marias Finger umklammerten Verenas Oberarm wie eiserne Krallen. „Was mache ich jetzt mit dir, hm?"

Die Türglocke ertönte und ließ Verena und auch Ruth-Maria erschrocken zusammenfahren. Die Ältere schien zu überlegen, dann ergriff sie einen schmalen Brieföffner, der auf ihrem Schreibtisch gelegen hatte, bohrte die Spitze in Verenas Rücken und zischte: „Wenn du auch nur ein Wort sagst, stoße ich zu. Ich schwöre es beim Leben meines Sohnes."

****

Unverrichteter Dinge kamen Mirja und Weichert zurück ins Büro.

„Sie war nicht zu Hause", informierte er Andresen. „Wir versuchen es später noch einmal."

Sein Kollege schnalzte mit der Zunge. „Das ist schlecht. Wollen Sie hören, was ich inzwischen herausgefunden habe?"

Weichert ließ sich auf seinen Bürostuhl fallen und machte eine auffordernde Handbewegung. „Schießen Sie los."

„Ich habe mit Dennis Hoffmann telefoniert", begann Andresen. „Der bestätigte, dass Nina Bender ihn für Philip Schäfer verlassen hat. Er habe sehr darunter gelitten, sagte er, sei depressiv geworden und habe seinen Kummer in Alkohol ertränkt. Schließlich sei er nach Mallorca gegangen, um Abstand zu gewinnen. Dort arbeitet er seit zwei Jahren als Koch. Inzwischen geht es ihm wieder gut, er hat geheiratet und wird bald Vater. Den Kontakt zu seiner Mutter hat er abgebrochen. Sie kennt seine Adresse und schreibt ihm regelmäßig, doch er antwortet nie."

„Warum nicht?", fragte Weichert.

„Er will mit ihr nichts mehr zu tun haben. Seine Kindheit muss grauenvoll gewesen sein. Seine Mutter hat ihm kaum Luft zum Atmen gelassen. Über jede Minute, die er allein verbrachte, hat sie ihn ausgefragt. Er musste bei ihr im Bett schlafen, bis er mit dreizehn darauf bestand, in seinem eigenen Zimmer schlafen zu dürfen."

„Hat sie ihn etwa …?"

„Missbraucht? Nein, davon hat er nichts gesagt. Hart war für ihn in erster Linie, dass er aus ihr nichts über seinen Vater herausbekommen hat. Sie hat nicht einmal seinen Namen verraten."

„Wieso denn nicht?", wollte Mirja wissen.

Andresen sah sie an. „Sein Vater habe ihr damals das Herz gebrochen, sie beide im Stich gelassen und seine gerechte Strafe dafür erhalten. Das war im Grunde alles, was sie je über ihn gesagt hat. Dennis erfuhr nicht einmal, ob oder wo er lebt."

„Und was hat das alles mit dem Mord an Nina Bender zu tun?", fragte Mirja irritiert.

„Dazu komme ich gleich." Andresen stand auf, ging zum Fenster hinüber und lehnte sich mit dem Rücken gegen die Fensterbank. „Dennis' Mutter hat alle Mädchen, die er kennen gelernt hat, schlecht gemacht. Wenn er ihr eine Freundin vorstellte, hat sie die Mädchen beleidigt und auf peinlichste Art ausgefragt. Irgendwann brachte er daher natürlich keine Freundin mehr mit nach Hause. So bald wie möglich zog er aus. Als er sich in Nina verliebte, erwähnte er seiner Mutter gegenüber zwar ihren Namen und erzählte, dass er mit ihr in den Urlaub gefahren ist, doch mehr nicht. Kurz nach dem Urlaub verunglückten Ninas Eltern. Sie lernte Philip kennen und bald darauf ging die Beziehung zu Dennis in die Brüche. Er hat seiner Mutter erzählt, dass Nina ihn wegen eines anderen verlassen hat, woraufhin die sie als Flittchen und Schlimmeres beschimpfte und behauptete, dass Menschen, die einem anderen das Herz brechen, von Grund auf schlecht sind und bestraft gehören."

„Klingt derbe nach Selbstjustiz", bemerkte Weichert.

„Das finde ich auch. Mir ist übrigens noch ein Gedanke gekommen. Ich habe mir ihren alten Fall noch einmal angesehen, denn das Opfer hieß doch auch Hoffmann, richtig? Genau wie Dennis."

„Ja, Alexander Hoffmann. Das ist allerdings ein ziemlich verbreiteter Nachname."

„Stimmt. Doch Alexander ist ebenso wie Nina mit einem gusseisernen Gegenstand erschlagen worden. Ich weiß, das Alibi der Exfrau war damals schwammig, obendrein fehlte das Motiv, da sich beide offenbar einvernehmlich getrennt und keinerlei Kontakt mehr zueinander hatten."

„Stimmt. Was hat das mit Dennis Hoffmann und Frau Sturm zu tun?", fragte Weichert. „Worauf wollen Sie hinaus?"

Andresen wartete noch ein paar Sekunden, dann verkündete er stolz: „Die Exfrau von Alexander Hoffmann hieß Ruth-Maria. Zum Zeitpunkt des Mordes – im Januar 1987 – war Frau Sturm schwanger mit ihrem Sohn Dennis. Dem sie immer wieder sagte, dass sein Vater ihr das Herz gebrochen und dafür die gerechte Strafe bekommen hat."

Schweigen. Mirja rieb sich die Oberarme, als wäre ihr plötzlich kalt geworden.

„Sie wollte es offenbar noch einmal mit ihrem Exmann versuchen", sagte Andresen, stieß sich von der Fensterbank ab und ging zurück zu seinem Schreibtisch. „Dann wurde sie von ihm schwanger. Hoffmann muss anders reagiert haben, als sie es sich vorgestellt hat. Er wollte keinen Neuanfang mit ihr. Sie konnte die Zurückweisung nicht ertragen und hat ihn deshalb umgebracht."

Andresen lehnte sich triumphierend zurück.

Lutz Weichert räusperte sich. „Aber warum sollte sie Nina getötet haben?"

„Aus Rache. Nina Bender hat Dennis das Herz gebrochen. So wie Alexander es mit ihr getan hat. Sie ist eine Übermutter. Für ihren Sohn würde sie alles tun."

Weichert lehnte sich nachdenklich zurück. Mit ernster Miene sah er aus dem Fenster, wo eilig grauweiße Wolken vorbeizogen. Das schöne Wetter hatte sich verabschiedet.

„Das klingt alles sehr plausibel", stimmte er zu. „Ich kann mir aber nicht vorstellen, dass sie beide Morde zugeben wird. Wir haben nichts in der Hand außer einer Tube Sekundenkleber und die labbrige Aussage, dass Dennis'

Vater seine Strafe bekommen hat. Das reicht keinesfalls für einen Haftbefehl. Wir brauchen Beweise. Dafür, dass sie tatsächlich ihren Exmann auf dem Gewissen hat, und dafür, dass sie bei Nina in der Wohnung war – nach Thomas Kuhl."

Andresen nickte nachdenklich. „Zunächst einmal sollten wir uns mit ihr unterhalten. Vielleicht gesteht sie, wenn wir ihr sagen, was wir gegen sie vorbringen können." Er sah auf die Uhr. Es war fast drei. „Gehen wir."

„Kann ich mitkommen?", fragte Mirja bittend.

Doch Andresen schüttelte den Kopf. „Bleiben Sie besser hier. Ich halte die Dame inzwischen für unberechenbar. Das Risiko möchte ich nicht eingehen."

Enttäuscht blieb Mirja zurück.

****

Verena wagte nicht zu atmen. Ihr Herz raste. Sie hatte panische Angst, irgendetwas falsch zu machen und biss sich auf die Unterlippe, um das Wimmern, das aus ihrer Kehle kriechen wollte, zu unterdrücken. Ruth-Maria führte sie in den Flur und von dort ins fensterlose Bad. Den Brieföffner an Verenas unteren Rücken haltend schloss Ruth-Maria die Tür hinter sich und schaltete das Licht ein. Dann drehte sie den Schlüssel herum und zog mit der freien Hand einen Frotteegürtel aus den Schlaufen ihres Bademantels, der an einem Haken nahe der Dusche hing.

„Sobald ich sicher in Palma angekommen bin, werde ich die Polizei anrufen und ihr sagen, wo du bist. Aber nur, wenn du jetzt keinen Unsinn machst. Ansonsten könnte ich vergessen, dort anzurufen. Dann kannst du hier verrecken. Hast du verstanden?"

Verena nickte. Sprechen konnte sie nicht.

„Hände auf den Rücken."

Sie gehorchte. „Wie lange wird es denn dauern, bis du auf Mallorca bist?", fragte sie ängstlich und spürte den weichen Stoff des Gürtels an ihren Händen.

„Keine Ahnung. Wenn du Glück hast, lande ich noch heute Abend."

Ihre nächsten Worte waren nur schwer zu verstehen. Verena glaubte, die Worte ‚oder morgen früh' erkannt zu haben. Offenbar hatte Ruth-Maria, um beide Hände benutzen zu können, den Brieföffner zwischen ihre Zähne geschoben.

Sie war also nicht länger bewaffnet! Verenas Puls begann zu rasen. Dies war womöglich die einzige Möglichkeit, die sich ihr bieten würde, um irgendwie hier rauszukommen.

Sie spannte ihren Körper an, aktivierte instinktiv die Bauchmuskeln und atmete tief ein. Hinter ihr verknotete Ruth-Maria mit einem kräftigen Ruck den Gürtel um Verenas Handgelenke.

Jetzt oder nie!

Ausatmend drehte sie sich auf dem Absatz herum, hob das rechte Knie an und rammte es Ruth-Maria so fest sie konnte in den Unterleib. Die stöhnte laut auf. Der Brieföffner fiel aus ihrem Mund und landete klirrend auf dem Fliesenboden. Ruth-Maria krümmte sich, würgte und schwankte ein wenig, blieb aber zu Verenas Entsetzen stehen. Mit einer Hand umklammerte sie den Rand des Waschbeckens, die andere lag auf ihrem Unterleib.

Mit schmerzverzerrtem Gesicht funkelte sie Verena an. „Du kleines Miststück", keuchte sie wütend. „Das wirst du büßen." Dann holte sie aus.

Ihre Faust krachte auf Verenas Wange. Sie brüllte vor Schmerz, wollte sich abstützen, doch die gefesselten Hände ließen das nicht zu. Sie verlor das Gleichgewicht und stürzte zu Boden. Ihre rechte Körperhälfte knallte hart auf die Fliesen.

„Du verräterisches, hinterhältiges Biest", zischte es über ihr, dann landete mit Wucht ein Fuß in ihrem Magen. Ihr blieb die Luft weg. Ein weiterer Tritt traf sie in die Nieren und ließ sie aufschreien.

„Bitte …", keuchte Verena und versuchte, sich umzudrehen. Doch es tat zu weh. Sie verzog das Gesicht. „Es … tut mir leid. Bitte … hör auf."

Ruth-Maria schien sie nicht zu hören. Wie von Sinnen trat sie wieder und wieder auf Verena ein. Traf ihr Schienbein, den Magen, die Hüfte, ihr Gesicht.

Es tat so weh. Verena konnte nicht mehr schreien und auch nichts mehr sehen, Tränen nahmen ihr die Sicht. Das Atmen wurde zur Tortur. Wieder sah sie Ruth-Marias Fuß auf sich zukommen. Dann durchzuckte sie ein heftiger Schmerz. Um sie herum wurde es schwarz und alle Geräusche, die sie noch hörte, verschmolzen zu einem hohen, pfeifenden Ton.

****

Mirja behielt den Becher mit heißem Milchkaffee, den sie hochkonzentriert zum Büro trug, im Auge, denn er war verflixt voll geraten. In der anderen Hand hielt sie zudem einen kleinen Teller mit einem Donut, der so lecker aussah, dass ihr bereits das Wasser im Mund zusammenlief. Wenn sie schon allein hier ausharren musste, würde sie es sich zumindest gut gehen lassen, hatte sie beschlossen.

Vorsichtig setzte sie einen Fuß vor den anderen und wich entgegen kommenden Kollegen weiträumig aus.

Als ihr unversehens jemand in den Weg trat, erschrak sie und stoppte abrupt, sodass der Donut um ein Haar vom Teller gerutscht wäre und zudem etwas heißer Kaffee auf ihre Hand schwappte.

„Aua! So eine Sch…!" Sie hob den Kopf und funkelte den Typ an, der für ihre verbrannten Finger verantwortlich war. Er hatte dunkles, verstrubbeltes Haar, auf dem ein Baseball-Cap saß. Die hochmütige Miene, die er zur Schau trug, kam ihr bekannt vor.

„Sollte das etwa witzig sein?", fauchte sie.

„Sorry", kam es lapidar zurück. „Ich komme wegen des Falls Nina Bender."

„Die zuständigen Kommissare sind gerade nicht da."

„Ich könnte etwas warten. Zeit genug hab ich."

Mirja unterdrückte ein Seufzen. „Ihr Name?"

„Yannick Nehrens."

Sie erinnerte sich. Er war der Kerl aus dem Schreibkurs, der nach der Beerdigung von Nina von dem Trick mit dem Sekundenkleber erzählt hatte. Was wollte er wohl? Mit einer unwirschen Kopfbewegung bedeutete Mirja ihm, dass er ihr folgen solle. Vor der geschlossenen Bürotür blieb sie stehen und sah ihn abwartend an.

„Was ist?"

„Wir sind da und die Tür ist zu. Sie haben zwei freie Hände, ich nicht. Also …"

„Was hätten Sie denn gemacht, wenn ich jetzt nicht hier wäre?"

„Den Ellenbogen benutzt, natürlich. Machen Sie endlich die Tür auf oder ist das eine zu komplizierte Herausforderung für Sie?"

Er grinste sie derart frech an, während er die Klinke nach unten drückte, dass Mirja ihm wahnsinnig gern den Milchkaffee in sein arrogantes Gesicht geschleudert hätte. Was für ein unsympathischer Kerl! Wortlos ging sie an ihm vorbei.

Er folgte ihr und schloss die Tür.

„Setzen Sie sich", sagte sie kühl. „Ich schätze, es dauert noch eine Weile, bis die beiden zurück sind."

Yannick Nehrens ließ sich auf dem Besucherstuhl vor Kommissar Andresens Schreibtisch nieder, streckte die Beine lang aus, verschränkte die Arme und beobachtete Mirja.

Sie setzte sich auf ihren Platz, zog eine Mini-Packung feuchte Tücher aus ihrer Handtasche und warf Yannick Nehrens einen unfreundlichen Blick zu, während sie ihre Finger vom Kaffee befreite.

„Sie waren auch auf der Beerdigung. Ich hab Sie dort gesehen", sagte Yannick.

„Hat Ihr Besuch heute etwas mit Ihrer Aussage an dem Tag zu tun?" Hungrig biss Mirja in den Donut. Er hatte eine Schokoladenglasur. Das war jetzt genau das Richtige. Nervennahrung. Nach der Enttäuschung, hier bleiben zu müssen, und der Aufregung vor dem Besuch bei Philip im Krankenhaus war das unerwartete Auftauchen von Nehrens das Letzte, was Mirja gebrauchen konnte.

„Sie meinen diese Klebergeschichte?" Er schüttelte den Kopf. „Nein. Es geht um Ruth-Maria Sturm."

Sie horchte auf. „Was ist mit Frau Sturm?"

„Ich schätze, *sie* hat Nina umgebracht."

Verdattert vergaß Mirja zu kauen. „Und wie kommen Sie zu dieser Annahme?", fragte sie mit vollem Mund.

„Spätestens seit der Beerdigung habe ich Ruth-Maria in Verdacht. Ihre Kollegen hatten zwar Thomas verhaftet, aber gleichzeitig meinten sie, *ich* hätte Nina umgebracht."

„Ja, ich weiß."

„Genau. Aber der Tipp mit dem Sekundenkleber, der kam ursprünglich von Ruth-Maria."

Mirja musterte ihn argwöhnisch. „Soviel ich weiß, sagten Sie, Sie hätten das recherchiert."

„Das stimmt auch, die Einzelheiten hab ich selbst rausgefunden. Aber am zweiten Kurstag – vor dem Unterricht, als noch nicht alle da waren – kamen Ruth-Maria, Maik und ich auf das Thema Fingerabdrücke. Da hat sie uns erzählt, dass Sekundenkleber verhindert, dass man welche hinterlässt. Ich fand das interessant und habe mich deshalb informiert und intensiv damit beschäftigt. Ausprobiert habe ich es auch, es funktioniert wirklich."

„Warum haben Sie, als Sie vernommen wurden, nicht erzählt, dass der Tipp von Frau Sturm kam?"

Nehrens zuckte mit den Achseln. „Keine Ahnung. Hab nicht dran gedacht. Jedenfalls wurde mir in dem Moment, als man mich verdächtigte, klar, dass Thomas' Festnahme wohl nur eine Art Verzweiflungsakt war und der wahre Täter noch frei herumläuft."

Mirja schwieg, war aber froh, dass Andresen das nicht gehört hatte. Er wäre vermutlich etwas ausfallend geworden.

„Wissen Sie, schon vor Ninas Tod hab ich gemerkt, dass Ruth-Maria mit ihr irgendein Problem hat", fuhr Yannick nachdenklich fort. „Sie hat sie oft so giftig angesehen. So ... hasserfüllt und verachtend. Und heute sah ich sie – also Ruth-Maria, nicht Nina, das geht ja gar nicht – zufällig in der Stadt. Ich bin ihr hinterher. Zum einen, weil ich noch etwas Zeit hatte vor meinem Termin beim Augenarzt, zum anderen, weil ich dachte, ich könnte die Erfahrungen so einer Observierung für meinen Krimi gut gebrauchen."

„Und? Haben Sie etwas herausgefunden?"

Yannick Nehrens seufzte und schüttelte den Kopf. „Leider nein. Es war langweilig. Dann war es Zeit für mich, ich musste los. Ich bekam gerade noch mit, dass sie Verena traf. Die zwei kamen gemeinsam aus einem Schuhgeschäft."

Mirja richtete sich überrascht auf. „Verena Christen? Die Freundin von Kommissar Weichert?"

„Ja, genau. Bis zum Südermarkt bin ich den beiden noch hinterher, es lag auf dem Weg. Sie sind dann in die

310

Angelburger Straße abgebogen. Na ja, im Wartezimmer hab ich beschlossen, zu Ihnen zu kommen, um Ihnen meinen Verdacht Ruth-Maria betreffend mitzuteilen. Ich dachte mir, es wäre vielleicht wichtig für Sie, es zu wissen."

„Wann hat Frau Sturm Verena getroffen?"

„Um fünf vor zwölf. Da musste ich nämlich los, deshalb weiß ich es so genau."

„Fünf vor zwölf", wiederholte Mirja unbehaglich und sah zur Uhr. Jetzt war es nach drei. Sie griff nach dem Telefonhörer.

Andresen und Weichert hielten im Parkverbot. Sie stiegen aus, steuerten schnellen Schrittes die Boutique an, die schräg gegenüber von der Einkaufspassage „Galerie" lag und hielten vor der Tür neben dem Eingang des Modeladens an. Andresen drückte auf die Klingel, aber niemand öffnete.

„Vielleicht ist sie noch gar nicht wieder zu Hause", sagte Lutz Weichert.

Andresen ging in die Boutique nebenan. Als er zurück kam, war er in Begleitung einer kleinen, stark geschminkten Endvierzigerin mit knallrotem Brillengestell und blondem Dutt.

„Ich kenne die Kripo nur aus dem Fernsehen", zwitscherte sie aufgeregt. „Was ist denn passiert? Wollen Sie zu Frau Sturm?"

„Schließen Sie bitte einfach die Tür auf", sagte Andresen knapp.

Sie steckte einen Schlüssel ins Schloss. „Die Kommissare vom ‚Tatort' sind netter", bemerkte sie schnippisch. „Jedenfalls die meisten."

„Wer weiß, vielleicht haben Sie Glück und irgendwann kommt einer von denen mal hier vorbei."

Weichert mischte sich ein. „Haben Sie auch einen Schlüssel für die Wohnungen im Haus?"

„Nein, natürlich nicht. Warum sollte ich?"

Die Tür sprang auf und Weichert eilte an ihr vorbei ins Treppenhaus, dicht gefolgt von Andresen. Vor der Wohnungstür im zweiten Stock hielten sie an und Andresen drückte gleich mehrfach auf die Klingel. Nichts geschah.

„Und was jetzt?", fragte Weichert.

„Ich rufe die Feuerwehr, damit sie das Schloss aufbrechen."

Weichert sah sich die Tür genauer an. „Schaffen wir das nicht alleine?"

„Möglicherweise. Ich möchte nur nicht mehr kaputt machen, als unbedingt nötig. Die Profis sind da geschickter als wir." Er holte sein Handy hervor, wählte die Nummer der Feuerwehr Flensburg und bat darum, jemanden zu schicken.

Kaum hatte er die Verbindung wieder getrennt, da begann das Telefon zu singen. *Wir sind die Flensburg-Handewitt, wir sind die Hölle Nord*, dröhnte blechern eine Männerstimme.

Lutz Weichert rollte mit den Augen. „Ich mag zwar die Mannschaft, doch dieser Klingelton macht mich wahnsinnig."

Andresen zog grinsend sein Handy hervor und meldete sich. Dann hörte er nur zu und warf seinem Kollegen einen ernsten Blick zu. „Sorgen Sie dafür, dass er dableibt, bis wir zurück sind und nehmen Sie seine Aussage zu Protokoll", ordnete er an. „Ich melde mich wieder. Danke für den Anruf."

„Was ist denn?", fragte Weichert, während er noch einmal auf die Klingel drückte. „War das Mirja?"

„Ja. Yannick Nehrens sitzt in unserem Büro. Er glaubt auch, dass Frau Sturm Nina Bender erschlagen hat. Außerdem ..."

„Außerdem – was?"

„Er hat beobachtet, dass sie in Begleitung war. Heute Mittag und ganz hier in der Nähe."

Weichert sah Andresen auffordernd an. „Und in wessen Begleitung? Sie behaupten doch immer, dass *ich* derjenige bin, dem man die Würmer einzeln aus der Nase ziehen muss. Nun sagen Sie schon!"

Andresen holte tief Luft. „Sie war in Verenas Begleitung. Nehrens hat gesehen, dass beide in die Angelburger Straße abbogen."

Weichert sah seinen Kollegen ungläubig an. In seinem Magen schien sich ein Knoten zu bilden. „Verena? Aber … wieso? Hat er noch etwas gesagt?"

„Nur, dass er den Tipp mit dem Sekundenkleber von Frau Sturm hatte. Und dass sie Nina Bender hasste. Das will er an ihren Blicken gesehen haben."

Weichert fummelte sein Handy aus der Innentasche seines Sakkos und wählte Verenas Nummer. Schließlich ließ er es sinken und sagte tonlos: „Mailbox."

„Die Männer von der Feuerwehr sind bestimmt gleich hier", sagte Andresen beruhigend.

Als Lutz klar wurde, was sein Kollege mit seiner Bemerkung andeutete, schien der Knoten in seinem Bauch noch fester zu werden. Andresen ging davon aus, dass Verena hier war. Und da sie weder die Tür öffnete noch antwortete, war sie möglicherweise verletzt. Oder Schlimmeres.

Lutz wurde übel vor Angst. Er drehte sich zur Tür und begann mit den Fäusten dagegen zu hämmern. „Verena! Bist du da drin? Hörst du mich?!"

Doch niemand antwortete.

Keine fünf Minuten später polterten Schritte die Treppe herauf. Zwei Männer in Feuerwehr-Uniform erreichten den Treppenabsatz. Einer von beiden trug einen kleinen

Koffer und hatte ein sommersprossiges, junges Gesicht, der andere war älter und fast einen Kopf kleiner als sein Kollege. Sein Gesicht zierte ein altmodischer Schnauzbart

„Da sind Sie ja endlich", sagte Weichert und wies auf die Tür vor ihm. „Wir brauchen unverzüglich Zutritt zu dieser Wohnung. Gefahr im Verzug."

„Alles klar. Gib mir den Zieh-Fix", sagte der Ältere zu seinem Kollegen, der ihm den Werkzeugkoffer reichte.

Weichert versuchte erneut, Verena telefonisch zu erreichen. Erfolglos. Die Angst um sie schnürte ihm die Luft ab. Ungeduldig trat er von einem Fuß auf den anderen, während er die Feuerwehrmänner in Gedanken anschrie, sie sollten sich gefälligst beeilen.

Der Schnauzbartträger nahm einen Akkuschrauber zur Hand und kniete sich vor das Schloss. Zuerst drehte er eine Schraube in das Zylinderschloss und nahm von seinem Kollegen eine Art Metallplatte mit zwei schwarzen Aufsätzen entgegen. Diese Platte befestigte er an der Schraube und brach wenig später den Zylinder heraus. Der ganze Vorgang dauerte weniger als zwei Minuten, dennoch hatte Weichert das Gefühl, eine kleine Ewigkeit gewartet zu haben.

Zu lange?

Die Tür öffnete sich einen Spalt und Weichert zog seine Dienstwaffe, während die Feuerwehrmänner ihre Sachen einpackten und nach einem knappen ‚Danke!' von Andresen wieder die Treppe hinunter polterten.

Die Waffen im Anschlag betraten Andresen und Weichert die Wohnung. Es war nichts zu hören, der schmale Flur war leer. Aus Wohnzimmer und Küchenfenster drang etwas Licht herein. Andresen wandte sich zur Küche. Hier war niemand. Neben der Spüle lag der Korken einer Sektflasche und das Stanniolpapier, das ihn umhüllt hatte.

„Ich sehe im Wohnzimmer nach", flüsterte er. Weichert nickte und nahm sich das Schlafzimmer vor.

„Hier ist keiner. Und bei Ihnen?", hörte er Andresen rufen.

„Der Kleiderschrank ist offen und es ist kaum noch etwas drin. Frau Sturm ist offenbar geflüchtet." Lutz Weichert suchte seinen Kollegen und fand ihn vor der Terrassentür. „Wir müssen sie zur Fahndung ausrufen."

„Eine sehr spontane Reise", mutmaßte Andresen, „denn unmittelbar vorher hat sie Besuch gehabt, so wie es aussieht." Er wies nach draußen, wo Sektgläser und Liegestuhlauflagen zu sehen waren.

Weichert starrte durch die Terrassentür. „Sie meinen … Verena?" Es klang wie ein Krächzen.

Andresen sah ihn besorgt an. „Ich fürchte, wir müssen davon ausgehen."

Weichert öffnete die Tür und trat nach draußen. Wenig später kam er zurück – mit einer Handtasche. „Die gehört ihr", brachte er mühsam hervor. „Ich bin sicher. Sie hat sie im Frühling auf Sylt gekauft. Mehr als dreihundert Euro hat sie gekostet. Ich kann mir kaum vorstellen, dass sie sie hier vergessen hat."

Er öffnete die Tasche und zog ein Smartphone hervor. „Kein Wunder, dass sie nicht rangegangen ist. Sie kann aber eigentlich nicht weit sein. Ohne ihre Tasche und ihr iPhone geht sie nirgendwo hin."

Andresen drehte sich um. „Ich sehe mal im Bad nach."

Weichert schlug sich gegen die Stirn. „Das Bad, natürlich! Warten Sie, ich komme mit."

Die Tür war verschlossen. Andresen drückte die Klinke nach unten. Ohne Erfolg. „Kein Schlüssel", bemerkte er.

Weichert bummerte gegen das Holz. „Verena!? Hörst du mich? Bist du da drin?"

Keine Antwort. Seine Mundwinkel zucken. „Wir müssen die Tür aufbrechen.“

„Lassen Sie mich das machen.“ Andresen, der nicht nur mehr Gewicht, sondern auch das wesentlich breitere Kreuz hatte, ging zwei Schritte nach hinten, um Schwung zu holen. Mehr Platz gab es nicht, er stieß bereits an die gegenüber liegende Wand.

Er visierte die Tür an und holte tief Luft.

„Warten Sie!“, rief Weichert. „Wir wissen nicht, wie groß das Bad ist. Was, wenn sie direkt hinter der Tür liegt und Sie auf sie stürzen? Womöglich ist sie verletzt oder …“ Er brach ab und fügte mit rauer Stimme hinzu: „Wir könnten es noch schlimmer machen, als es ist. Lassen Sie uns lieber nach dem Schlüssel suchen.“

Andresen zögerte, doch dann nickte er. „Also gut. Ich suche hier. Schauen Sie in der Küche nach.“

Weichert nickte. Was, wenn sie den Schlüssel nicht oder zu spät fanden? Die Angst um Verena, die Ungewissheit, was mit ihr passiert war, machte ihn wahnsinnig. Er biss sich auf die Unterlippe und riss die nächstbeste Schublade auf.

Kapitel 13

„So, das wär's." Yannick Nehrens setzte schwungvoll sein Autogramm unter das Protokoll, das Mirja gerade geschrieben und ausgedruckt hatte. Er legte den Kugelschreiber zur Seite, stützte den Ellenbogen auf Andresens Schreibtisch, hinter dem Mirja saß, und schenkte ihr ein breites Lächeln. „Wann haben Sie Feierabend?"

„Um fünf. Warum?"

Er zwinkerte ihr zu. „Ich dachte, wir könnten dann zusammen etwas trinken gehen und uns besser kennenlernen."

Um ein Haar hätte sie laut aufgelacht, doch sie riss sich zusammen. „Das ist sehr nett, doch ich habe bereits etwas vor. Tut mir leid."

„Schade." Er stand auf, lüftete sein Käppi und fuhr sich durch das dunkle, fettig aussehende Wuschelhaar. „Vielleicht ein anderes Mal? Sie gefallen mir, ich denke, wir könnten zusammen viel Spaß haben."

Mirja schluckte eine verärgerte Antwort hinunter. *Was für ein degeneriertes Arschloch,* dachte sie. *Der hält sich offenbar für unwiderstehlich.*

Ein Teil von ihr wünschte nichts sehnlicher, als das er verschwand, trotzdem lehnte sie sich nun zurück und sah ihn an.

„Wie kommen Sie auf die Idee?", fragte sie neugierig.

Umständlich setzte er sich sein Käppi wieder auf. „Nun, ich glaube, wir würden uns prima ergänzen", fing er an. „Sie sind Polizistin, ich bin ein aufstrebender Krimiautor. Außerdem …" Er setzte wieder sein Grinsen auf, „sind Sie eine attraktive Frau und ich bin ein ganzer Mann. Ich könnte Sie in jeder Hinsicht zufriedenstellen."

Er grinste anzüglich und starrte ihr unverhohlen auf die Brust. „In absolut jeder Hinsicht."

„Okay, das reicht." Mirja lehnte sich vor, stützte die Unterarme auf dem Schreibtisch ab und schüttelte den Kopf. „Ich werde mich nicht mit Ihnen treffen, niemals, und wenn Sie der letzte Mann auf der Erde wären. Sie sind arrogant, überheblich und so ungepflegt, dass es mich schüttelt. Ob Sie es glauben oder nicht, Sie sind alles andere als ein unwiderstehlicher Mann. Im Gegenteil, ich finde Sie hochgradig widerlich. Jemand, der so von sich überzeugt ist, wirkt übrigens – falls Ihnen das neu sein sollte – einfach nur unsympathisch und abstoßend. Und jetzt wäre ich Ihnen dankbar, wenn Sie hier verschwinden und mich nie wieder ansprechen."

Damit stand sie auf, ging zur Tür und öffnete sie weit. „Na los, hauen Sie ab!"

Mit offenem Mund starrte er sie an. „Was bildest du dir eigentlich ein?"

„Die Frage sollten Sie sich selbst mal stellen", erwiderte sie kühl. „Abgesehen davon kann ich mich nicht erinnern, Ihnen das Du angeboten zu haben. Und jetzt raus hier, bevor ich ein paar Kollegen rufe, die Sie vor die Tür setzen."

In seinem Gesicht arbeitete es. Dann stand er auf und ging auf sie zu. Direkt vor ihr blieb er stehen. „Mit so einer prüden Tussi will ich sowieso nichts zu tun haben", behauptete er mit giftigem Blick.

„Na, dann ist ja alles gut." Sie wies nach draußen in den Flur. „Verschwinden Sie."

„Blöde Fotze", knurrte er und ging.

Aufatmend knallte sie die Tür hinter ihm zu.

Sechs Schubladen gab es in der bunten Kommode neben der Garderobe. Als Andresen die dritte ergebnislos durchwühlt hatte, ließ ein Geräusch im Treppenhaus ihn aufblicken. In der offenen Tür stand Ruth-Maria Sturm, die Augen aufgerissen und einen Ausdruck des Entsetzens im Gesicht. Langsam stellte sie die Transportbox mit ihrem Kater auf dem Boden ab.

Andresen richtete sich auf und ging ihr vorsichtig entgegen. „Frau Sturm! Gut, dass Sie da sind. Wir hätten da noch ein paar Fragen an –"

Sie ließ ihr Gepäck fallen und eilte die Treppe nach unten.

„Scheiße!" Andresen rannte hinterher. Als er im Erdgeschoss ankam, stürzte sie gerade auf die Haustür zu.

„Frau Sturm! Bleiben Sie stehen!"

Die Tür war bereits halb offen. Er musste sich beeilen.

Als Ruth-Maria Sturm gerade hindurch schlüpfen wollte, bekam er einen Zipfel ihrer weiten roten Jacke zu fassen.

„Hiergeblieben!", brüllte er. Mit einem kräftigen Ruck riss er sie zurück. Die Tür fiel zu. Ruth-Maria wankte kurz, drehte sich dann herum und versetzte Andresen einen Stoß vor die Brust. Der Angriff war mehr überraschend als kräftig. Er taumelte dennoch nach hinten, verlor das Gleichgewicht und fiel zu Boden.

Sie sah triumphierend auf ihn hinab. „Sie können mich nicht davon abhalten, meinen Sohn wiederzusehen. Leben Sie wohl, Herr Kommissar." Entschlossen öffnete sie die Tür.

„Stehenbleiben!" Während Andresen sich noch aufrappelte, stürmte plötzlich Weichert an ihm vorbei und erreichte Ruth-Maria, als sie gerade die Schwelle übertreten wollte. Er zog sie an der Schulter zurück und stieß sie hart gegen die Korridorwand. Ihr erschrockener Schrei hallte durch den Hausflur.

Er packte ihre Oberarme. „Wo ist der Schlüssel fürs Bad?!"

Ihre Augen funkelten provozierend. „Keine Ahnung."

„Der Schlüssel!" Sein Gesicht näherte sich ihrem. „Sagen Sie es mir, oder ich vergesse mich."

Andresen trat neben ihn und legte ihm besänftigend eine Hand auf die Schulter. Sein Blick ruhte jedoch auf Ruth-Maria. „Frau Sturm, es ist vorbei. Wegen des Verdachts, Alexander Hoffmann und Nina Bender ermordet zu haben, nehme ich Sie vorläufig fest. Wollen Sie wirklich, dass ein weiterer Name auf die Liste kommt?"

Mit verbissener Miene versuchte Ruth-Maria, Weicherts Griff zu entkommen, doch schließlich schien sie zu begreifen, dass es zwecklos war. Ihre Schultern sackten resigniert nach unten. „Im Schlafzimmer. Nachttischschublade", murmelte sie kaum hörbar und senkte den Kopf.

Weichert drehte sie grob herum und legte ihr Handschellen an. „Bleiben Sie bei ihr", ordnete er an. „Ich sehe nach Verena."

Finster musterte er die Rentnerin, die mit gesenktem Kopf vor ihm stand. „Und Gnade Ihnen Gott, wenn es ihr nicht gut geht."

Andresen sah ihm nach. Lutz Weichert hatte sich verändert. So resolut und entschlossen hatte er ihn noch nie erlebt. Was die Sorge um einen geliebten Menschen nicht so alles vermochte.

****

Ganz langsam lichtete sich der Nebel. Ein Geräusch, das sie kannte, aber nicht zuordnen konnte, drang an Verenas Ohren. Ein scheußliches Quietschen war es, das einen heftigen Schmerz durch ihren Kopf jagte. Sie verzog das Gesicht und stöhnte leise auf. Auch das hatte wehgetan.

„Verena? Liebling, hörst du mich?"

Sie kniff die Augen zusammen und blinzelte vorsichtig. Lutz saß neben ihr, hielt ihre Hand und lächelte erleichtert. Rutschte näher.

Schon wieder dieser grässliche Ton. Jetzt wusste sie, was es war; das schräge Quietschen von dünnen Stuhlbeinen auf Linoleum.

Seine streichelnde Hand auf ihrer Wange. „Wie fühlst du dich?"

Sie horchte in sich hinein, fuhr sich mit der Zunge über die Lippen. „Wie durch den Wolf gedreht", wisperte sie mit rauer Stimme. Dann ließ sie ihren Blick durch den Raum wandern. Lieblos hingehängte Bilder, schlammbraune Vorhänge, gestärktes weißes Bettzeug. In ihrem rechten Handrücken steckte eine Kanüle.

Ein Krankenhauszimmer.

Allmählich kehrte die Erinnerung zurück. An Angst, Panik und Schmerzen. An Ruth-Marias Fuß, der immer wieder auf sie eintrat.

„Was ist passiert?", fragte sie. „Ist Ruth-Maria …"

„Wir haben sie." Lutz drückte ihre linke Hand. „Alles ist gut. Und du bist bald wieder gesund. Sie hat dich zwar ganz schön traktiert, aber bis auf eine Gehirnerschütterung, eine Platzwunde und ein paar Prellungen bist du okay."

Verena räusperte sich. „Sie hat Nina umgebracht."

Lutz nickte. „Ich weiß. Und ihren Exmann, vor fast dreißig Jahren. Glücklicherweise verjährt Mord nicht. Dazu kommen Freiheitsberaubung und Körperverletzung." Er atmete tief durch und streichelte noch einmal Verenas Wange. „Sie wird eine alte Frau sein, wenn sie aus der Haft entlassen wird."

„Ja, wahrscheinlich. Gefängnis statt Mittelmeersonne. Sie hat es verdient."

„Ihr Sohn wollte übrigens gar nicht, dass sie zu ihm auf die Insel kommt", sagte Lutz. „Er hasst sie und wird froh sein, dass dieser Kelch an ihm vorbeigegangen ist."

„Das klingt reichlich gefühllos. Immerhin ist sie seine Mutter."

Lutz hob die Achseln. „Sie hat es in der Hand gehabt, eine gesunde Beziehung zu ihrem Sohn zu entwickeln, und hat es gründlich vermasselt." Er beugte sich näher zu ihr. „Aber genug davon. Ich möchte lieber über uns reden."

Verena sah ihn an, bemerkte das leichte Zucken in seinen Mundwinkeln, das ihr sagte, wie angespannt er plötzlich war. Auch sie war nervös. Würde er Schluss machen? Hatte er genug von ihr?

„Hab ich womöglich auch etwas vermasselt?", fragte er leise. „Es tut mir leid, wenn ich dich verletzt habe. Ich war einfach wütend und ..."

„Schon gut." Sie lächelte. „Du hattest allen Grund, sauer zu sein. Ich habe mich wirklich idiotisch und kindisch verhalten. Es tut mir leid."

In seinen blauen Augen leuchtete etwas auf, sein Gesicht begann zu strahlen. „Du meinst ... soll das heißen, das wir ..."

Sie nickte. „Ich liebe dich. Und ich möchte dich nicht verlieren."

Er beugte sich vor und gab ihr einen Kuss, sanft und zärtlich. Dann lächelte er sie liebevoll an und drückte ihre Hand. „Dito."

Eine Träne der Erleichterung löste sich aus Verenas Augenwinkel und rollte ihre Wange herab.

****

Vor Ruth-Maria stand ein großes Glas Wasser, noch unberührt. Sie hatte keinen Durst. Der Raum, in dem sie mit den Kommissaren saß, war nicht sehr groß und lieblos eingerichtet. Ein Tisch, auf dem ein Aufnahmegerät stand, drei Stühle und dieser Spiegel, den sie aus Krimis kannte. Ob jemand dahinter stand und zuhörte?

„Wann haben Sie beschlossen, Nina Bender zu töten?", fragte der ältere der beiden Polizisten. Sie sah zu ihm. Hauptkommissar Andresen. Ein großer Mann mit riesigen Händen. Es wunderte Ruth-Maria noch immer, wie es ihr gelungen war, ihn zu Fall zu bringen. Angst und Wut mussten ihr die Kraft dazu gegeben haben. Nachtragend schien er nicht zu sein. Er wirkte ernst, aber nicht unfreundlich. Im Gegensatz zu Kommissar Weichert. Der musterte sie mit deutlichem Widerwillen. Auf ihre Frage, wie es Verena ging, hatte er sie wütend angesehen und nichts gesagt.

„Sie ist im Krankenhaus", erfuhr sie wenig später von Andresen. „Es geht ihr nicht besonders gut, aber sie kommt wieder in Ordnung."

Gerade hatte er sie doch etwas gefragt. Richtig, wann sie den Plan gefasst habe, Nina zu bestrafen. Ruth-Maria räusperte sich. „Als ich bei Recherchen auf die Sache mit dem Sekundenkleber stieß, war der Gedanke das erste Mal da", antwortete sie nun wahrheitsgemäß. „Bald merkte ich, dass Thomas Interesse an ihr hatte. Von da an wurde die Idee konkreter. Sie flirtete ungeniert mit ihm, und er fiel auf ihr Wimperngeklimper herein wie ein Schuljunge."

Sie beugte sich vor. „Ich musste ihn doch vor dieser Hexe beschützen. Es war schon schlimm genug, dass sie Dennis das Herz gebrochen hatte."

„Thomas Kuhl ist ein erwachsener Mann", warf Weichert ein. Seine Stimme war so frostig wie ein Januartag mit scharfem Ostwind. „Er ist also alt genug, seine Entscheidungen selbst zu treffen und mit den daraus erwachsenden Konsequenzen zu leben."

„Unfug!", fuhr Ruth-Maria auf. „Er war doch wie paralysiert von ihr. Wenn der Jagdtrieb einsetzt, schaltet sich in den Gehirnen der Männer der Schutzmechanismus aus.

Die Geschichte ist voller Beispiele für die Theorie. Denken Sie nur an Cäsar und Cleopatra."

„Lassen Sie uns in diesem Jahrhundert bleiben", schlug Andresen vor. „Was geschah am neunten September, nachdem der Kurs zu Ende war?"

Ruth-Maria holte tief Luft und konzentrierte sich. „Thomas wollte Nina wieder nach Hause fahren. Ich folgte den beiden. Nachdem Thomas sie bei ihrer Wohnung abgesetzt hatte, bin ich nach Hause gefahren. Ich hatte mich entschlossen, Nina aufzusuchen und zur Rede zu stellen."

„Warum sind Sie dann nach Hause gefahren?"

„Um Vorbereitungen zu treffen."

„Was für Vorbereitungen?", hakte Andresen nach.

„Zunächst einmal wollte ich mich umziehen. Schließlich ist meine äußere Erscheinung in der Regel etwas auffällig. Außerdem packte ich den Sekundenkleber, Wattestäbchen und Vaseline ein."

Andresen nickte. „Was haben Sie dann getan?"

„Nachdem ich wieder in der Flurstraße angekommen war, sah ich Nina aus dem Haus kommen. Sie ging einkaufen und ich bin zu Fuß hinter ihr her. Im Supermarkt sah sie sich immer wieder um, als spüre sie, dass jemand sie im Visier hatte. Sie sah mich zwar manchmal zwischen anderen Kunden stehen, erkannte mich aber in der ungewohnten Kleidung nicht."

„Also hatte sie recht mit ihrer Befürchtung, jemand habe sie verfolgt", murmelte Weichert.

„Zu der Zeit war es doch vermutlich nicht später als sechs oder sieben", warf Andresen ein. „Warum sind Sie nicht gleich zu ihr gegangen, als sie nach dem Einkaufen wieder in ihrer Wohnung war?"

Ruth-Maria schüttelte den Kopf. „Es war einfach zu viel los. Nachbarn von Nina kamen oder gingen, saßen auf dem Balkon oder schauten aus dem Fenster. Ich wollte

nicht gesehen werden. Also wartete ich im Auto ab, aß die
Snacks, die ich im Supermarkt gekauft hatte, und hörte
Radio, bis es ruhiger wurde. Als es dunkel wurde, präparierte ich meine Fingerkuppen, wartete eine günstige Gelegenheit ab und schlüpfte ins Haus."

„Doch dann tauchte Thomas Kuhl auf, bevor Sie Ihren
Plan ausführen konnten, richtig?"

Ruth-Maria seufzte. „Ja, leider. Ich bin eine Treppe weiter nach oben gegangen und habe mich ganz still verhalten. Wenig später hörte ich, dass es in der Wohnung so
richtig zur Sache ging."

„Sie meinen, es waren Geräusche zu hören, die auf
sexuelle Aktivitäten zwischen Nina Bender und Thomas
Kuhl hindeuteten?", fragte Weichert.

Sie musterte ihn mit einem angedeuteten Lächeln.
„Hübsch, wie Sie das formulieren. Ja, die zwei haben eindeutig Matratzen-Tango getanzt."

„Hatten Sie das Gefühl, dass der Geschlechtsverkehr
einvernehmlich stattfand?", fragte Andresen und klang dabei äußerst interessiert.

„Natürlich war er das", antwortete Ruth-Maria verärgert.
„Sie hatte es doch darauf angelegt, ihn in ihr Bett zu zerren."

„Sie hatten also nicht das Gefühl, dass es, sagen wir
mal, etwas zu heftig zuging?"

„Was wollen Sie damit andeuten?", fragte sie verwirrt.
„Ich hörte beide stöhnen, hörte Nina ,Oh Gott!' schreien
und …" Sie brach ab.

„Und was?", fragte Andresen gespannt.

„Wenn ich genau darüber nachdenke; nach einiger Zeit
hörte ich nur noch ihn. Von ihr kam nichts mehr, bis sie
anfingen zu streiten."

„Wie stritten sie sich?", fragte Andresen mit schmalen
Augen. „Haben Sie sich angebrüllt? Konnten Sie hören,
worum es ging?"

Ruth-Maria schüttelte den Kopf. „Nein, da muss ich Sie enttäuschen. Ich merkte lediglich, dass Nina stinksauer war. Sie waren nicht laut, doch der Tonfall war eindeutig scharf und fast aggressiv. Das hat mich schon gewundert, eigentlich ist in solchen Situationen die Stimmung meist eine andere."

Sie sah, dass die Kommissare einen Blick tauschten und sich fast unmerklich zunickten.

„Was hat das zu bedeuten?", fragte sie neugierig.

„Das ist nicht so wichtig", wiegelte Andresen ab.

An seiner Miene konnte sie erkennen, dass es zwecklos sein würde zu insistieren.

„Warum sind Sie überhaupt geblieben?", wollte er wissen. „Sie mussten doch davon ausgehen, dass Thomas Kuhl die Nacht dort verbringen und damit Ihre Pläne durchkreuzen würde."

„Die Möglichkeit bestand natürlich", antwortete Ruth-Maria. „Ich habe mir einfach ein Zeitlimit gesetzt. Spätestens um halb zwölf würde ich unverrichteter Dinge abziehen und es ein anderes Mal versuchen. Doch dann hörte ich den Streit und um kurz nach elf öffnete sich die Tür. Thomas kam heraus und machte, dass er weg kam."

„Und Sie klopften wenig später an die Tür?"

Ruth-Maria nickte.

Sie sah die Szene wieder vor sich, glaubte gar, Ninas gereizt klingende Stimme zu hören …

„Was willst du noch? Verschwinde!"

„Ich bin es, Nina. Ruth-Maria, aus dem Schreibkurs."

Die Tür öffnete sich einen Spalt und zeigte einen Teil von Ninas Gesicht. Es war gerötet, ob vom Sex oder von dem Streit mit Thomas war nicht auszumachen.

„Du?", fragte sie und starrte ihre Besucherin fassungslos an. „Um diese Zeit? Woher weißt du überhaupt, dass ich hier wohne?"

„Darf ich kurz reinkommen?" Ruth-Maria wartete keine Antwort ab, sondern drängte sich an Nina vorbei in die Wohnung und schloss die Tür. „Ich war heute hier in der Gegend und habe dich gesehen, als du nach Hause gekommen bist. Mit deinen Einkaufstüten."

„Oh, verstehe. Aber … was willst du hier? Ich meine, jetzt?"

„Ich möchte mich ein bisschen mit dir unterhalten." Sie musterte ihr Gegenüber, sah die schlabbrige Hose, Ninas erhitztes Gesicht, das ungekämmte, offene Haar, das lächerliche Snoopy-T-Shirt. „Über Dennis."

Zufrieden sah sie, dass Nina das Blut ins Gesicht schoss, doch bevor diese etwas erwidern konnte, sprach sie weiter. „Dennis ist mein Sohn. Du hast ihn wegen eines anderen Mannes verlassen und ihn damit zerstört. Wegen dir kleinen Schlampe ist er ins Ausland gezogen und hat mich allein gelassen." Sie ging auf Nina zu. „Du hast alles kaputt gemacht. Alles!"

Nina wich zurück bis ins Wohnzimmer. Sie war unsicher auf den Beinen, es sah fast aus, als litte sie unter Schmerzen.

„Das tut mir schrecklich leid, wirklich", versicherte sie. „Ich hatte keine Ahnung, dass Dennis dein Sohn ist. Ehrlich, ich wollte ihn nicht verletzen, ich hatte ihn doch gern, es ging nur einfach nicht mehr mit uns. Vielleicht können wir morgen darüber reden. Nach dem Kurs? Ich lade dich auf einen Kaffee ein und wir klären das."

Sie war ihr gefolgt und sah sich in dem kleinen, gemütlichen Raum um. „Ich möchte lieber jetzt darüber reden. Ihr habt es übrigens ganz schön laut getrieben eben, du und Thomas."

Nina erstarrte. „Du … du hast uns gehört?"

„Klar und deutlich. Du bist wirklich eine kleine Nutte. Gehst mit einem Mann ins Bett, den du kaum kennst. Willst du auch ihm das Herz brechen, so wie meinem Sohn?"

Nina schwieg, schüttelte lediglich leicht den Kopf.

Auf einer Anrichte entdeckte Ruth-Maria die Figur eines sich anschleichenden Pumas. Sie nahm sie in die Hand. „Hoppla, das Kätzchen ist ganz schön schwer. Ich mag Raubkatzen." Sie trat näher auf Nina zu, die weiter zurückwich. „Sie sind elegant und gefährlich zugleich. Wie du. Aber dich kann ich nicht ausstehen!"

Dann sah sie an Nina vorbei und deutete mit entsetzter Miene zum Fenster. „Ach, du Scheiße, was ist das denn?"

Als Nina sich erschrocken umwandte, holte Ruth-Maria aus und ließ den Puma auf den dunklen Schädel niedersausen. Es knackte unschön.

Aus Ninas Mund kam ein gurgelnder Laut. Ihre Beine gaben unter ihr nach, sie stürzte zu Boden und rührte sich nicht mehr … Genau wie Alexander damals.

In dem kleinen, karg eingerichteten Raum sagte niemand etwas. Das Aufnahmegerät surrte leise, sonst war nichts zu hören. Ruth-Maria trank einen Schluck Wasser.

„Erzählen Sie uns von Alexander Hoffmann", bat Andresen mit rauer Stimme. „Was ist damals passiert?"

Der Schmerz in der Brust war noch immer da, wenn sie an ihn dachte.

„Wir haben uns Mitte der Achtziger kennengelernt und kurz darauf geheiratet", berichtete sie leise. „Doch zwei Jahre später war alles wieder vorbei. Im Sommer 1986 ließen wir uns scheiden. Es hat einfach nicht funktioniert, wir waren zu verschieden, haben uns ständig gestritten. Ein halbes Jahr lang hörte ich nichts von ihm, dann trafen wir uns zufällig auf einer Weihnachtsfeier."

Sie sah ihn wieder vor sich. Groß, elegant, mit diesem unwiderstehlichen Lächeln. Als sich ihre Blicke trafen, hatte sich ihr Herzschlag beschleunigt. Die gegenseitige Anziehungskraft war noch immer da gewesen.

Kommissar Andresen räusperte sich. „Sie trafen sich also wieder", sagte er auffordernd.

Ruth-Maria nickte. „Ja. Er sah großartig aus und ich merkte, dass ich trotz allem noch immer etwas für ihn empfand. Ihm schien es ähnlich zu gehen. Wir tranken, lachten und landeten schließlich gemeinsam in unserer alten Wohnung – und im Bett. Von dem Tag an trafen wir uns regelmäßig. Es war schön, aber wir sprachen nie davon, es noch einmal miteinander zu versuchen. Wir wollten lieber genießen, was wir hatten. In aller Heimlichkeit, niemand wusste, dass wir wieder Kontakt hatten. Nach ein paar Wochen aber stellte ich fest, dass ich trotz Spirale schwanger war. Ich dachte, das sei Schicksal, ein Zeichen des Himmels, dass wir es noch einmal miteinander versuchen sollten. Also ging ich nach der Arbeit zu ihm und berichtete ihm bei einem Schluck Wein überglücklich, dass ich sein Kind erwartete. Natürlich nippte ich nur an dem Glas, ich wollte ja meinem Kind nicht schaden."

„Wie hat er auf diese Eröffnung reagiert?", fragte Andresen.

„Er verlangte von mir, das Baby abzutreiben", presste Ruth-Maria hervor und spürte, dass ihre Hände zitterten. Die Wut von damals schnürte ihr noch immer die Kehle ab.

Kommissar Weichert ergriff das Wort. „Was geschah dann?"

Sie verknotete die Hände im Schoß. „Wir standen im Wohnzimmer. Alexander teilte mir mit, dass er das Kind nicht wolle und keine Zukunft für uns sehe. Wir sollten besser wieder getrennte Wege gehen. Zudem würde er sich schon seit Monaten mit einer Kollegin treffen. Er ... denke darüber nach, sie zu heiraten."

Die Erinnerung an diesen Moment ließ den Hass auf Alexander, der so lange geschlummert hatte, wieder aufleben. Ruth-Maria hatte das Gefühl, einen glühend heißen Klumpen im Magen zu haben. Genau wie an jenem Tag. Es war ein höllischer Schmerz, so brutal, dass er ihr die Tränen in die Augen trieb.

Sie holte tief Luft, atmete mehrmals ein und aus, bis sie sich beruhigt hatte. Dann fuhr sie mit erstickter Stimme fort. „Er sagte noch, dass er mir für die Abtreibung Geld überweisen würde und machte mir anschließend ebenso kalt wie unmissverständlich klar, dass unsere Beziehung am Ende sei. Dann ging er zu seinem Schrank und schenkte sich einen Cognac ein. Dabei schwärmte er mir von seiner Kollegin vor. Sie sei viel attraktiver als ich, wüsste genau, wie man ihn glücklich macht. Sie hätte mehr Verstand, mehr Humor und so weiter."

Sie verstummte, durchlebte diesen erniedrigenden Moment noch einmal, doch bevor einer der Kommissare etwas sagen konnte, fuhr sie verbittert fort. „Dann fing er an, von ihren Qualitäten im Schlafzimmer zu reden. Er wurde richtig widerlich, geradezu obszön. Dabei schlürfte er genüsslich seinen Cognac." Sie stockte erneut.

„Das muss sehr schmerzhaft gewesen sein", sagte Andresen. Er klang verständnisvoll.

Sie nickte. „Ja. Es tat schrecklich weh, ihn so reden zu hören. Ich fühlte mich gedemütigt und benutzt. Und ich wurde wütend. So wütend wie noch nie zuvor in meinem Leben. Er hatte mich nicht nur belogen und betrogen, er verlangte auch, dass ich mein Kind aus mir heraus schaben lasse, wie man einen alten Kaugummi von der Unterseite einer Tischplatte kratzt. Und zu guter Letzt beleidigte er mich mit einem so großen Vergnügen, so provozierend, dass ich begann, ihn abgrundtief zu hassen."

Ihre Hände ballten sich zu Fäusten. „Er war ein gewissenloses Monster, das es nicht verdiente, weiterzuleben."

„Was geschah dann?", fragte Andresen ruhig.

Sie musste ein paarmal tief durchatmen, bevor sie weitersprechen konnte.

„Im Wohnzimmerschank stand noch immer der Kerzenhalter von früher", sagte sie schließlich. „Es war ein Hochzeitsgeschenk gewesen, aber sehr schwer und so hässlich, dass ich ihn gern daließ, als ich auszog. Ich sah zu Alexander, der mir den Rücken zuwandte, um sich noch einen Cognac einzuschenken."

„Trugen Sie Handschuhe?", fragte Weichert.

Sie blinzelte verwirrt. „Ja, es war schließlich Winter und ziemlich kalt draußen. Als ich in Alexanders Wohnung ankam, war ich zu aufgeregt, um daran zu denken, sie auszuziehen." Sie runzelte die Stirn. „Und dann nahm unser Gespräch eine zu schnelle Wendung."

„Erzählen Sie weiter", bat Andresen. „Ihr Exmann drehte Ihnen den Rücken zu. Was geschah dann?"

Sie hob die Schultern. „Ich muss fast unbewusst nach dem Kerzenständer gegriffen haben. Ehe ich wusste, was ich tat, krachte er auf Alexanders Hinterkopf."

Sie brach ab, sah die Szene wieder vor sich. „Als ich ihn am Boden liegen sah, so still und leblos, dachte ich nur: Jetzt kann er mir nicht mehr wehtun. Und unserem Kind auch nicht. Niemandem mehr. Nie wieder."

Mit regloser Miene setzte sie sich aufrecht hin, trank einen weiteren Schluck Wasser und stellte dann das Glas ab. „So, nun wissen Sie alles. Und jetzt muss ich sicher ins Gefängnis, nicht wahr?"

Weichert nickte. „Davon können Sie getrost ausgehen."

Ihr Kinn begann zu zittern.

„Eins würde mich noch interessieren", sagte Andresen. „Warum sind Sie in Ihre Wohnung zurückgekommen, nachdem Sie Verena im Bad eingesperrt hatten?"

Sie hob die Achseln. „Es hätte noch eine knappe Stunde gedauert, bis ein Zug nach Hamburg gefahren wäre. Da habe ich beschlossen, das Auto zu nehmen. Ich wollte nur den Autoschlüssel holen und Elvis noch einmal füttern und aufs Katzenklo lassen." Sie machte eine Pause, Tränen glitzerten in ihren Augenwinkeln. „Was wird denn jetzt aus meinem Kater?"

„Ich kümmere mich darum, dass er ein gutes Zuhause bekommt", versprach Andresen.

Sie nickte dankbar. „Er wird mir fehlen. Ach, und würden Sie bitte meinen Sohn informieren? Vielleicht … kommt er mich ja besuchen."

****

„Wie heißt er denn?", fragte Philip.

„Elvis", antwortete Mirja und streichelte die schnurrende Katze auf ihrem Schoß. Sie saß neben Philip auf seinem Bett in der Wohnung, die er sich seit kurzem mit Mirjas Bruder Aron und dessen Kumpel Niklas teilte.

„Wie verstehst du dich denn mit deinen neuen Mitbewohnern?", fragte Mirja.

„Prima. Die beiden sind total in Ordnung." Philip musterte das Tier. Das glänzende schwarze Fell hatte durchaus Ähnlichkeit mit der gegelten Haartolle des King of Rock 'n' Roll.

„Ich würde ihn ja nehmen", versicherte Mirja, „doch wir haben einen Hund, der mit Elvis bestimmt nicht einverstanden wäre."

„Glaubst du denn, Aron und Niklas sind einverstanden, dass er hierbleibt?"

„Sie haben zumindest nichts dagegen. Aron ist ein großer Tierfreund und Niklas ist es egal."

„Zumindest ist fast immer jemand hier", sagte Philip nachdenklich und hielt Elvis seine Hand vor die Nase. Der Kater schnupperte daran und fuhr mit seiner rauen Zunge über Philips Finger. Er zuckte kurz zusammen und lachte dann. „Ich hätte nie gedacht, dass ich so etwas einmal sagen würde, aber: Elvis schleckt mich ab."

Mirja lachte. „Was für eine Ehre!"

„Also, von mir aus kann er bleiben." Philip kraulte Elvis' Nacken. „Aber dann brauchen wir noch ein paar Sachen, oder? Futternapf, Katzentoilette und sowas."

„Wird mitgeliefert." Mirja klang stolz. „Frau Sturm war damit einverstanden, dass wir die Sachen aus ihrer Wohnung holen. Sie ist ja froh, dass sich jemand um ihren Liebling kümmert. Und Katzenfutter und Streu habe ich besorgt."

„Danke. Das war ja sehr vorausschauend von dir."

„Ja, ich weiß."

Sie grinsten sich an.

Unvermittelt sprang Elvis von Mirjas Schoß herunter und begann, das Zimmer in Augenschein zu nehmen. Er schnupperte an Philips Schuhen, spazierte unter den Schreibtisch und sprang dann auf die Fensterbank, um interessiert auf die Straße hinunter zu sehen.

„Witzig. Als hätte er kapiert, dass er von nun an hier wohnt", sagte Philip und sah zu Mirja. Sie erwiderte seinen Blick ohne zu lächeln. Schaute ihm einfach nur tief in die Augen.

Sein Herz schlug plötzlich heftiger gegen seinen Brustkorb. Es war soweit.

Seine Hand tastete nach ihrer, die auf der Bettdecke lag. Drückte sie. „Du bist wunderbar", flüsterte er. Dann beugte er sich zu ihr und küsste sie.

Sie legte ihre Arme um seinen Nacken, seufzte leise. Er zog sie näher an sich heran. Strich über ihren Rücken und spürte, dass ihre Brüste sich an ihn pressten. Sein Puls beschleunigte sich, er genoss das Gefühl, dass diese Berührung in ihm auslöste. Doch als Mirjas Hand sich auf seinen

Oberschenkel legte, erstarrte er. Vorsichtig löste er sich von ihr und bemerkte ihren verwunderten Blick.

„Was ist? Stimmt etwas nicht?"

Er räusperte sich. „Nein, es ist alles okay, aber …"

„Aber was?" Sie legte den Kopf schräg und sah ihn abwartend an. Über ihrer Nasenwurzel bildete sich eine kleine Falte.

Ein paar Wimpernschläge lang zögerte er. Dann fragte er leise: „Hast du etwas dagegen, wenn wir es langsam angehen lassen? Ich bin sozusagen monatelang mit einem Porsche auf der Überholspur gefahren. Jetzt hätte ich nichts gegen eine gemütliche Fahrt auf der Landstraße in einem Fiat 500."

Die Falte zwischen ihren Augen verschwand. "Das ist mein Lieblingsauto", sagte sie lächelnd.

****

Verena war etwas mulmig zumute, als sie und Lutz auf den Eingang des italienischen Restaurants „Odore del Mare" zusteuerten. Das edle Lokal bot neben feinster maritimer Küche auch einen atemberaubenden Ausblick auf die Förde. Verena war bereits hin und wieder mit ihren Eltern hier gewesen. Doch dieser Abend würde sich von den bisherigen stark unterscheiden.

„Ist schon toll, was sie aus dem ehemaligen Marinestützpunkt gemacht haben", sagte Lutz, während er sich umsah.

Die Promenade wurde auf einer Seite von der Förde, exklusiven Wasserhäusern und unzähligen Segelbooten gesäumt, auf der anderen von ehemaligen Marinegebäuden im norddeutschen Backstein-Neogotik-Stil.

„Weißt du eigentlich, was der Name Sonwik bedeutet?", wollte Lutz wissen.

Verena schüttelte den Kopf. „Nein", antwortete sie ohne großes Interesse. „Keine Ahnung."

„Das nordfriesische Wort ‚Son' bedeutet natürlich Sonne. ‚Wik' heißt soviel wie Bucht. Sonwik bedeutet also Sonnenbucht. Passt doch prima, nicht wahr?"

„Ja, ganz toll."

Lutz blieb stehen, und da er Verena an der Hand hielt, ging auch sie nicht weiter. „Was ist los mit dir?", fragte er.

Sie seufzte. „Was glaubst du wohl? Ich habe ein komisches Gefühl bei dieser … Verabredung."

Lutz nahm nun auch noch ihre zweite Hand, so dass sie sich gegenüberstanden. „Okay, das kann ich verstehen. Aber wenn deine Eltern so entspannt mit der Situation umgehen können, schaffst du es vielleicht auch. Verena, deine Eltern sind erwachsen und haben Entscheidungen getroffen. Aber das ändert nichts an ihren Gefühlen für dich. Du wirst immer ihre geliebte, einzige Tochter bleiben. Doch sie haben das Recht, ihr Leben so zu führen, wie sie es wollen. Es wird Zeit für dich, loszulassen."

Misstrauisch musterte sie ihn. „Wieso habe ich das Gefühl, dass du mich gerade auf den Arm nimmst?"

Er grinste. „Okay, ein bisschen tue ich das, entschuldige. Aber genau genommen meinte ich jedes Wort ernst. Bleib locker, mein Schatz. Du schaffst das. Ich bin ja bei dir."

Sie holte tief Luft. „Schön, bringen wir es hinter uns."

„So ist es brav."

Sie hatten das Restaurant erreicht und Lutz hielt seiner Freundin die Tür auf. „Nach Ihnen, gnädige Frau."

Verena trat ein und sah sich um. Ihren Vater sah sie als erstes. Er saß mit einer dunkelhaarigen hübschen Frau, die ein gutes Stück jünger war als er, rechts an einem Sechsertisch, direkt am Fenster mit Ausblick aufs Meer. Dann entdeckte sie ihre Mutter. Sie saß gegenüber der Dunkelhaarigen, neben sich den Mann, den Verena schon einmal mit ihr gesehen hatte. Die zwei lächelten sich verliebt an.

Mit steifen Schritten trat sie auf den Tisch zu. Sie spürte Lutz' beruhigende Nähe hinter sich.

„Ah, da seid ihr ja!", rief ihr Vater erfreut und stand auf. Auch die anderen erhoben sich von ihren Stühlen und sahen ihr und Lutz entgegen.

Verena begrüßte ihre Eltern mit einem Kuss auf die Wange, während Lutz ihre Jacken an die Garderobe hängte.

„Schätzchen, das ist Dr. Stefanie Madsen", stellte Harald Christen seine Begleitung vor.

„Es freut mich sehr, Sie kennen zu lernen." Frau Dr. Madsen reichte Verena die Hand. Es war ihr anzumerken, dass auch ihr dieses Zusammentreffen etwas unangenehm war.

„Danke, gleichfalls", brachte Verena hervor und wies dann auf Lutz, der nun wieder neben ihr stand. „Das ist Lutz Weichert, mein Freund."

„Guten Abend", wünschte er und schüttelte der Ärztin und Verenas Vater die Hand.

„Sie sind genauso eine Schönheit wie Ihre Mutter", meldete sich nun der Mann neben Amelie Christen zu Wort. Er sah Verena mit strahlenden Augen an, nahm ihre Hand und führte sie galant zu seinen Lippen, ohne die Haut jedoch zu berühren. „Jesper Jörgensen. Es ist mir eine Ehre und ein großes Vergnügen."

Verena öffnete den Mund, doch sie brachte keinen Ton hervor. Jesper Jörgensen sprach mit dänischem Akzent, was seinen Komplimenten einen amüsanten Anstrich verlieh. Zum Lachen war ihr allerdings nicht wirklich zumute.

Amelie reichte Lutz die Hand und lächelte ihm freundlich zu. „Hallo, Herr Weichert."

„Setzt euch!", ordnete Harald Christen in leutseligem Ton an. „Was möchtet ihr trinken? Wir haben bereits bestellt."

Verena ließ sich auf den Stuhl neben ihrer Mutter sinken, Lutz nahm ihr gegenüber neben Frau Dr. Madsen Platz. „Ich hätte gern ein großes Bier", sagte er zu dem in der Nähe stehenden Kellner.

„Einen Weißwein, bitte", krächzte Verena. „Mit Eis."

Das Getränk stand kaum vor ihr, als sie bereits einen großen Zug nahm. Irgendwie würde sie diesen Abend schon überstehen. Lutz zwinkerte ihr unauffällig zu und gleich ging es ihr ein bisschen besser. Ihr wurde richtig warm ums Herz vor Glück, ihn wiederzuhaben. Solange er an ihrer Seite war, konnte ihr nichts passieren.

****

„Im Badezimmer liegt noch diverser Krempel von dir", erinnerte Carsten Andresen seine Tochter, während er den Frühstückstisch abräumte.

„Ich weiß. Hol ich gleich."

Desirée war in ihrem Zimmer und packte. Jeden Moment würde Marianne kommen und sie abholen. Die gemeinsame Vater-Tochter-Zeit war damit vorbei.

Andresen seufzte wehmütig. Sie würde ihm fehlen. Nicht unbedingt ihr Hang zum Chaos, das sie nach wie vor gern verbreitete. Auch auf die pubertär-zickigen Sprüche konnte er verzichten. Doch es war schön gewesen, dass jemand da war, wenn er von der Arbeit nach Hause kam. Ein paarmal hatte sie sogar Abendbrot vorbereitet, den Tisch gedeckt und hinterher wieder aufgeräumt. An anderen Abenden hatten sie sich gemeinsam eine Kleinigkeit zubereitet oder vor dem Fernseher chinesisches oder griechisches Essen aus dem Restaurant gegessen. Genau wie er mochte Desirée gern Actionfilme und Quizsendungen. Und während der Werbepausen hatten sie sich unterhalten. Er wusste inzwischen, dass sie noch immer ihrem Exfreund hinterher trauerte, der zwei Monate zuvor wegen einer anderen mit ihr Schluss gemacht hatte. Das war mit ein Grund gewesen, weshalb ihre Noten so in den Keller gerauscht waren.

Wenn seine Tochter wieder bei ihrer Mutter war, würde er die gemütlichen Abende und die freundschaftlichen Unterhaltungen mit ihr sicher vermissen. Andererseits hatte er dann mehr Zeit für Daniela.

Bei dem Gedanken lächelte er. Sie hatte wirklich viel Geduld bewiesen, war für Desirée so etwas wie eine Freundin geworden, und er freute sich sehr darauf, in der nächsten Zeit die Beziehung mit ihr zu vertiefen.

Es klingelte. Andresen schloss den Geschirrspüler, sah sich mit prüfendem Blick in der Küche um und war zufrieden. Dann ging er zur Tür. „Desirée, deine Mutter ist da!"

„Ja-ha! Komme gleich!"

Er öffnete die Tür. Marianne war tiefbraun und trug ein türkisfarbenes T-Shirt zu ihrer Jeans, das die Bräune noch unterstrich. „Hallo Carsten."

Lächelnd sah er sie an. „Willkommen in good old Germany, komm rein."

Sie trat näher und er schloss die Tür hinter ihr. „Du siehst toll aus", sagte er. „Wie das Klischee einer erholten Urlauberin."

„Danke. Wir hatten ein Riesenglück mit dem Wetter."

„Und amüsiert hast du dich auch?"

Sie nickte. „Es war wunderbar. Hast du einen Kaffee für mich?"

„Klar. Komm mit in die Küche."

Marianne hatte sich kaum gesetzt, als Desirée hereinstürmte. „Mama!", rief sie strahlend und umarmte ihre

Mutter. „Du siehst ja geil aus. Deine Haare sind sogar noch heller als sonst."

„Danke", lachte Marianne, wurde aber gleich darauf wieder ernst. Mit großen Augen betrachtete sie ihre Tochter. „Aber was hast du denn mit *deinen* Haaren gemacht?"

Desirée hob die Schultern. „Gefärbt."

Obwohl seine Tochter sich gleichgültig gab, merkte Andresen, als er zwei Tassen auf dem Tisch abstellte, dass sie die Reaktion ihrer Mutter fürchtete. Die legte den Kopf schräg, musterte Desirée genau und lächelte dann. „Steht dir eigentlich ganz gut."

Erleichterung machte sich im Gesicht ihrer Tochter breit. „Danke. Finde ich auch. Hast du es schön gehabt?"

„Ja, sehr. Und du?"

Desirée und Andresen wechselten einen Blick. „Wir hatten eine ziemlich coole Zeit", sagte sie. „Es war nicht so schlimm, wie ich befürchtet hab."

Er versetzte ihr einen liebevollen Klaps auf den Hinterkopf. „Freche Göre."

Sie grinste.

„Hast du inzwischen deine Sachen aus dem Bad geräumt?", erkundigte er sich, als er ein Milchkännchen zwischen die Tassen stellte.

Sie schlug sich die Hand vor den Mund. „Ups, erwischt! Mache ich jetzt. Dann bin ich auch fertig mit Packen." Sie verschwand Richtung Badezimmer und Andresen schenkte Kaffee ein und setzte sich zu Marianne.

„Also, es lief ganz gut, ja?", vergewisserte sie sich nochmals.

„Doch, es hat Spaß gemacht. Wir hatten zwar ein paar Anlaufschwierigkeiten, aber inzwischen sind wir ein gutes Team."

„Das freut mich."

„In der Schule klappt es jetzt auch besser", erzählte er. „Daniela hatte die Idee, dass Desirée in den Herbstferien ein Praktikum in dem Friseursalon machen könne und ich habe mein Einverständnis angeboten, wenn ich merke, dass sie sich, was die Schule angeht, mehr Mühe gibt. Seitdem ist sie richtig ehrgeizig geworden."

Er hob die Tasse an die Lippen und nippte. Aus den Augenwinkeln bemerkte er, dass Mariannes Mundwinkel zuckten.

„Das ist klasse", brachte sie mit einem gequälten Lächeln hervor und rührte etwas Milch in ihren Kaffee. „Wie es aussieht, braucht ihr mich gar nicht."

Er stellte die Tasse ab, so dass es leise klirrte. „Red keinen Quatsch", sagte er barsch. „Niemand ist wichtiger für Desirée als du. Ihr seid euch manchmal ein bisschen zu ähnlich und rasselt aneinander, doch deinen Platz könnte ich niemals einnehmen. Du hast doch gesehen, wie sie sich gefreut hat, dass du wieder da bist."

„Du meinst, sie freut sich auf Zuhause? Auf mich?"

„Aber natürlich!"

„Stimmt", ließ sich Desirée vernehmen, die vor der Küchentür ihren Koffer abstellte. „Mein Zimmer zu Hause ist größer und schöner, Mama kocht viel besser als du und sie ist viel öfter da."

Andresen schluckte. Diese Kritik traf ihn hart. Doch bevor er dazu etwas sagen konnte, zeigte seine Tochter ein entwaffnendes Grinsen. „Aber ich komme gern mal wieder, wenn du willst, Papa. Ich fand es nämlich trotzdem ziemlich cool bei dir."

****

Verena war wie üblich spät dran. Sie hatte in der Nähe keinen Parkplatz gefunden und den Wagen schließlich im

Parkhaus in der Roten Straße abstellen müssen. Nun eilte sie an den kleinen Läden und Hofeingängen vorbei, für die diese kleine Straße bekannt war.

Jeanette hatte einen Tisch im „Roten Hof" reserviert.

„Dort war ich neulich mal mit einer alten Schulfreundin", hatte sie am Telefon gesagt. „War superlecker."

Endlich hatte Verena den Eingang zum Roten Hof erreicht. Sie durchquerte den überdachten Durchgang und ging so zügig, wie es eben mit halbhohen Absätzen auf Kopfsteinpflaster möglich war, auf den Eingang zu. Im Sommer konnte man auch draußen sitzen, doch dafür war es heute zu ungemütlich. Es war kühl, der Himmel trug sein derzeit favorisiertes Grau und es nieselte. Mit gesenktem Kopf schob Verena die Tür auf. Gleich links entdeckte sie die Gruppe. Sascha und Gila studierten die Speisekarte, Jeannette und Boris unterbrachen ihr Gespräch und sahen ihr entgegen. Sogar Maik war gekommen. Yannick hatten sie nicht Bescheid gesagt. Niemandem war daran gelegen, dass er kam.

Thomas fehlte. Ob er später kam?

Sie trat auf den Tisch zu und begrüßte die anderen. Nachdem sie ihre Jacke aufgehängt hatte, setzte sie sich auf den freien Platz zwischen Sascha und Jeannette.

„Na, Kleine, alles fit im Schritt?", fragte Sascha grinsend. Wie üblich steckte ein Kaugummi zwischen seinen Zähnen. „Hast du die ganze Aufregung gut überstanden?"

„Danke, mir geht's prächtig. Ein paar blaue Flecken habe ich noch, doch die verschwinden auch wieder."

Verena sah sich um. Die anderen hatten bereits Getränke vor sich stehen. Sie winkte einer Kellnerin und bestellte eine Weinschorle.

„Wollen Sie auch schon etwas zu essen bestellen?", fragte die Serviererin.

„Gern, ich hab einen Bärenhunger", sagte Verena. Auch die anderen nickten. Einzig Gila schien noch unschlüssig zu sein. „Fangt schon mal an", bat sie und blätterte weiter durch die Karte. Nachdem die anderen bestellt hatten, hatte auch sie sich entschieden; sie nahm einen Salat.

Kaum war die Bedienung verschwunden, beugte sich Gila mit leuchtenden Augen vor. „Nun erzähl, was passiert ist", forderte sie Verena auf. „Ich hab zwar schon einiges in der Zeitung gelesen, aber jetzt will ich jede Kleinigkeit wissen."

„Ja, ich auch", stimmte Jeannette mit ein.

Verena lehnte sich zurück und betrachtete die neugierigen Gesichter um sich herum. Sie holte tief Luft und begann zu berichten. Von dem zufälligen Zusammentreffen mit Ruth-Maria im Schuhgeschäft, dem chinesischen Essen auf der Dachterrasse und von dem Augenblick, in dem sie erfuhr, dass sie mit Ninas Mörderin in der Sonne saß.

„Oh Gott, ich wäre glatt gestorben vor Angst", behauptete Jeanette mit geweiteten Augen.

„Mir war auch alles andere als wohl dabei", gab Verena zu. Dann erzählte sie, wie ihr Plan, Lutz zu informieren, scheiterte, Ruth-Maria sie erbost ins Bad bugsiert und sie schließlich nach Verenas misslungenem Fluchtversuch krankenhausreif geprügelt hatte. „Das war furchtbar, ich war fest davon überzeugt, sie würde mich nun auch umbringen." Bei der Erinnerung an die Szene im Badezimmer kroch eine Gänsehaut ihre Arme hinauf.

„Wie schrecklich!", hauchte Gila. „Du Arme."

„Sie hatte mehr Kraft, als ich ihr zugetraut hätte", fuhr Verena fort. „Es tat höllisch weh. Plötzlich wurde mir schwarz vor Augen – dann war ich weg."

„Wut verleiht viel Kraft", sagte Jeanette mit rauer Stimme und räusperte sich, als die anderen sie anblickten. „Was geschah dann?", fragte sie Verena.

Die Weinschorle kam. Verena bedankte sich und trank einen Schluck. Dann sprach sie weiter.

„Ich wachte erst in der Klinik wieder auf. Aber Lutz erzählte mir, dass Ruth-Maria auftauchte, als er und sein Kollege gerade ihre Wohnung durchsuchten. Sie konnten sie überwältigen. Inzwischen hat sie alles gestanden. Auch, dass sie vor dreißig Jahren ihren Exmann ermordet hat. Sie hat all das für ihren Sohn getan, der jedoch von ihr überhaupt nichts mehr wissen will. Eigentlich tragisch. Ich bin sicher, sie ist ein bisschen verrückt."

„Unfassbar. Tagelang war eine durchgeknallte Mörderin unter uns." Gila wirkte fast versteinert. „Wahrscheinlich ist sie psychotisch oder schizophren."

Die anderen sahen sich verblüfft an. Sascha schlug Gila freundschaftlich auf die Schulter. „Hey, das war ja völlig richtig!"

Sie blinzelte verdutzt, sah die grinsenden Gesichter um sich herum und fing an zu kichern. „Auch ein blindes Huhn trinkt mal einen Korn. Sagt mein Mann immer."

Sascha lachte laut auf und die anderen stimmten ein. In diesem Moment näherten sich zwei Kellnerinnen mit dem Essen.

„Sie sind ja gut drauf", bemerkte eine von ihnen vergnügt. „Wer bekommt das Hühnchen in Nusspanade?"

„Ich", sagte Verena und wischte sich die Lachtränen aus den Augen.

Wenig später hatte jeder einen gut gefüllten Teller vor sich stehen. „Ich liebe Süßkartoffel-Pommes", sagte Sascha und schob sich ein knusprig-heißes Stäbchen in den Mund. „Hammerlecker!"

Während sie aßen, sprachen sie von ihrem Lieblingshobby, dem Schreiben. Boris war mit seinem astronomisch angehauchten Manuskript halb fertig, Maik hatte sich vom

Genre Krimi verabschiedet und sich stattdessen endgültig auf Horror festgelegt.

„Das wär nichts für mich", sagte Gila überzeugt. „Aber Krimi war mir auch zu kompliziert. Ich mag es lieber unblutig und harmonisch. Im Augenblick schreibe ich eine Kindergeschichte für eine Weihnachts-Anthologie. Mal sehen, ob sie genommen wird."

„Wie geht es mit deinem Reiterhof-Krimi voran?", erkundigte sich Sascha bei Verena.

Sie schluckte ihr Hühnchen hinunter und spülte mit einem Schluck Weinschorle nach. „Ganz gut, in den letzten paar Tagen habe ich etwa dreißig Seiten geschafft." Sie sah zu Jeannette. „Und was ist mit deinem Paris-Krimi?"

„Kommt auch gut voran", antwortete sie lächelnd. „Seit ich mich von meinem Freund getrennt habe, hab ich zum Schreiben viel mehr Zeit."

„Du hast Schluss gemacht?", fragte Verena überrascht. „Wieso denn das?"

Die zarte junge Frau neben ihr zuckte kurz mit den Schultern. „Er hat mich geschlagen. Einmal zu oft. Ich wollte das nicht länger mitmachen."

Gila legte ihre Hand auf Jeanettes Unterarm. „Das war sehr stark und sehr mutig von dir", sagte sie leise.

Jeanette sah auf. „Die Zeit mit euch hat mir die Augen geöffnet. Ihr habt mir klar gemacht, dass ich etwas wert bin. Dass ich etwas kann. Er hat mir dieses Gefühl nie vermittelt. Im Gegenteil. Bis ich den Schreibkurs anfing, war ich fest davon überzeugt, nutz- und wertlos zu sein. Wenn meine Eltern mir den Kurs nicht zum Geburtstag geschenkt hätten … " Sie sah verlegen von einem zum anderen.

Verena wusste nicht, was sie sagen sollte – und damit war sie offenbar nicht allein. Selbst Sascha blieb stumm. Ein paar Herzschläge lang aßen sie schweigend.

„Ich freue mich für dich", sagte Gila schließlich und lächelte Jeanette zu. „Du hast die richtige Entscheidung getroffen und kannst stolz auf dich sein."

„Danke, Gila." Jeanette sah verlegen auf ihren Teller.

„Ja, das finde ich auch", schloss sich Sascha an und hob sein Glas. „Auf Jeanette und ihre Entscheidung."

Sie prosteten sich zu. Jeanettes Augen leuchteten, wie sie es sonst nur dann taten, wenn sie von Paris sprach.

„Was ist eigentlich mit Thomas?", fragte Verena an Boris gewandt, der dieses Treffen organisiert hatte. „Kommt er auch noch?"

Boris schüttelte den Kopf. „Er sagte, er hätte keine Zeit. Irgendwie klang er merkwürdig, so ernst und fast deprimiert. Vielleicht noch Nachwirkungen von der U-Haft."

„Oder er hat ein schlechtes Gewissen", meinte Gila und spießte ein Stückchen Tomate auf. „Immerhin hat er uns angelogen, als er sagte, er hätte nur mit Nina telefoniert."

„Also, das nehme ich ihm nicht übel", meinte Sascha. „Ging uns doch nun wirklich nichts an, dass Nina und er sich getroffen haben."

„Wartet, da war noch was", fiel Boris ein. „Er sagte, er wäre ab morgen für ein paar Wochen nicht in der Stadt. Aus gesundheitlichen Gründen. Die letzten Wochen hätten ihm klargemacht, dass er etwas ändern müsse. Ich habe keine Ahnung, was er damit meinte und wollte auch nicht nachhaken. Hab ihm nur gute Besserung gewünscht. Ich soll euch aber grüßen."

„Glaubt ihr, es ist was Ernstes?", rätselte Verena.

Jeanette sah besorgt aus. „Hoffentlich nicht."

„Ich glaube, ich weiß, was es ist", ließ sich Maik plötzlich vernehmen.

Die anderen sahen ihn erstaunt an und prompt zog er den Kopf ein. Es schien, als ob er auf seinem Stuhl zusammenschrumpfen würde.

„Wie meinst du das?" Sascha blickte von seiner Currywurst hoch. „Erzähl schon!"

Maik räusperte sich verlegen. „Mein Freund hat eine Schwester. Wiebke heißt die. Sie erzählte meinem Freund, dass die Polizei sie vernommen hat, weil sie mit Thomas mal zusammen war. Die wollten wissen, ob sie sich von ihm getrennt hat, weil …" Er brach ab.

„Weil was?", fragte Gila neugierig.

„Naja, er war wohl ziemlich grob im Schlafzimmer", berichtete Maik, die Augen auf sein Besteck gerichtet, das über dem Teller schwebte. Seine Fingernägel waren noch immer sehr weit heruntergekaut, bemerkte Verena.

„Was soll das heißen?", wollte Gila wissen. „Hat er Nina geschlagen?"

„Das nicht, aber beim Sex soll er ziemlich brutal vorgegangen sein. Weil die Polizei das herausgefunden hatte, glaubte sie vermutlich, dass Thomas Nina umgebracht hat."

Verena sackte das Kinn nach unten. Ungläubig starrte sie Maik an. Nun ergaben Lutz' Andeutungen während ihres Streits endlich einen Sinn.

Euer Schreibgott ist nicht so perfekt, wie du glaubst, hörte sie ihn wieder sagen.

Ihre Wangen glühten, als sie darüber nachdachte, dass sie Lutz mit Thomas eifersüchtig gemacht hatte. Er musste durch die Hölle gegangen sein aus Sorge um sie. Und sie hatte ihn mit Vorwürfen überhäuft.

Verena biss sich auf die Unterlippe und schämte sich.

„Das ist ja ein Ding", murmelte Gila. „Niemals hätte ich das von Thomas gedacht. Er ist doch immer so nett gewesen."

„Tja, man kann einem Menschen immer nur vor die Stirn gucken", seufzte Sascha, bevor er sich ein weiteres Kartoffelstäbchen einverleibte. Dann sah er Maik an.

„Wenn du sagst, dein Freund, meinst du dann einen Kumpel oder …?"

Maik holte tief Luft und nickte. „Damit meine ich meinen Freund. Ich bin schwul."

Sascha nickte. „Alles klar. Entschuldige."

„Schon gut."

„Warum hast du mit Yannick eigentlich so viel Zeit verbracht?", wollte Verena wissen. „Der Typ ist doch schrecklich."

Maik nickte. „Stimmt. Allerdings kennt er meinen Freund, fand also schnell heraus, dass ich schwul bin. Dämlicherweise hab ich mal erwähnt, dass ich Thomas ziemlich heiß finde. Als Nina dann gefunden und Thomas verdächtigt wurde, hat Yannick wie nebenbei erwähnt, dass die Polizei es sicher interessant fände, dass ich in unseren Kursleiter verknallt bin." Maik lief rot an und atmete tief durch. „Das war total übertrieben, ich hab nur ein bisschen für ihn geschwärmt. Aber ich hatte schon etwas Panik, dass Yannick meinem Freund davon erzählt – oder sogar der Kripo einen Tipp gibt und ich verdächtigt werde, sie aus Eifersucht umgebracht zu haben."

„Das würde ich dem Kerl glatt zutrauen", murmelte Boris.

„Du hattest also Angst, er würde dich bei der Polizei dezimieren, wenn du nichts mehr mit ihm zu tun haben willst?", fasste Gila zusammen.

Verena biss sich auf die Unterlippe, Jeanette begann zu kichern und Sascha prustete los.

Boris und Maik grinsten breit.

Gila bemerkte den Heiterkeitsausbruch, seufzte und schüttelte resignierend den Kopf. „Ach herrje! Hab ich schon wieder was Falsches gesagt?"

„Ja", lachte Sascha, „aber keine Angst, wir werden dich deshalb nicht bei der Fremdwörterpolizei *denunzieren*."

Verena legte Gila tröstend eine Hand auf den Arm. „Mach dir nichts draus. Immerhin sorgst du damit regelmäßig für gute Stimmung."

„Ja, und vielleicht lässt sich dieses Talent eines Tages auch literarisch verwerten", fügte Sascha fröhlich hinzu.

„Also, wenn ich irgendwann von jemandem schreibe, der ständig Blödsinn von sich gibt", erwiderte Gila trocken, „dann trägt er auf jeden Fall Jeans, hat eine große Klappe und kaut pausenlos Kaugummi."

Sascha schob seinen leeren Teller zur Seite und holte seine Wrigley's-Packung aus der Innentasche seiner Jeansjacke. „Klingt nach einem tollen Typen", meinte er und schob sich einen frischen Spearmint-Streifen zwischen die Zähne.

****

Verena wartete vor der Wohnungstür, ein kleines Päckchen in der Hand, und trat ungeduldig von einem Fuß auf den anderen. „Nun komm endlich. Wir sind sowieso schon spät dran."

Lutz schlüpfte in seine Slipper. „Bin ja schon fertig."

Verena schüttelte schmunzelnd den Kopf. Lutz brauchte im Bad länger als sie.

Ihr Blick fiel auf das neue Schild neben der Tür. *Verena Christen & Lutz Weichert* stand darauf. Wie immer, wenn sie es ansah, verspürte sie ein Glücksgefühl. Es war eine gute Entscheidung gewesen, zusammenzuziehen. Seit Januar wohnte sie nun bei Lutz. Im Februar hatten ihre Mutter und ihr dänischer Galerist eine hübsche und sehr helle Dachwohnung in Engelsby bezogen, und seit zwei Wochen lebte ihr Vater mit seiner Freundin in der Glücksburger Villa. Sie zu verkaufen hätte ihm Bauchschmerzen verursacht, hatte er gesagt.

Verena war froh darüber. Es war zwar merkwürdig, dass ihr Vater nun mit einer anderen Frau dort wohnte, doch das war auf jeden Fall besser, als wenn jemand völlig Fremdes dort eingezogen wäre. Und Stefanie Madsen war viel netter, als sie gedacht hatte. Richtig sympathisch. Sie verstand, dass ihr Vater sich in sie verliebt hatte.

Sie stiegen in Verenas Mini ein.

„Wer hätte gedacht, dass noch die Sonne herauskommt", sagte Lutz mit einem Blick aus dem Seitenfenster, als sie Richtung Innenstadt fuhren. „Es sieht schon richtig nach Frühling aus."

„Kann ja auch Zeit werden. Immerhin ist bald April." Sie wies auf eine Verkehrsinsel. „Krokusse! Bald kommen noch die Osterglocken dazu. Diese Jahreszeit liebe ich besonders."

„Ich auch", stimmte Lutz zu. „Bei meinem lieben Kollegen ist übrigens auch der Frühling ausgebrochen. Heute trug er doch tatsächlich einen Verlobungsring, stell dir vor!"

Verena musste lachen. „Andresen? Das scheint ja tatsächlich ernst zu sein mit seiner Nachbarin."

„Ja, er macht sogar fast immer pünktlich Feierabend. Dienstags besuchen die beiden gemeinsam einen Kochkurs. Währenddessen passt seine Tochter auf ihre Tochter auf."

„Pachtworkfamilien wo man hinsieht", bemerkte Verena mit einem leisen Seufzen.

Knapp zwanzig Minuten später erreichten sie Glücksburg und stiegen wenig später vor der Villa aus. Die Abendsonne ließ das weiße Gebäude hell leuchten. Auch hier blühten Krokusse in Lila und Gelb.

Verena nahm das Päckchen vom Rücksitz, dann stiegen sie die wenigen Stufen nach oben und Lutz drückte seinen Zeigefinger auf die Klingel. Durch den schmalen Glaseinsatz sahen sie Harald Christen auf sich zukommen. Schwungvoll öffnete er die Tür. „Da seid ihr ja!"

„Herzlichen Glückwunsch, Papa", sagte Verena, trat näher und drückte ihrem Vater einen Kuss auf die Wange. Er sah gut aus, stellte sie fest. In den letzten Wochen hatten sie sich nicht sehr häufig gesehen, waren beide sehr beschäftigt gewesen, doch das gemeinsame Leben mit Stefanie schien ihm gut zu tun. Seine Augen funkelten, er wirkte fröhlich und agil. „Danke, mein Schatz."

„Auch von mir die allerherzlichsten Glückwünsche." Lutz reichte Harald Christen die Hand.

„Vielen Dank. Kommt rein, ihr zwei."

„Sind Mama und Jesper auch schon da?", wollte Verena wissen.

„Seit zehn Minuten ungefähr." Harald ging vor, nahm ihnen die Jacken ab und führte sie dann nach rechts in den

Wohnbereich. Auf dem Tisch im Wintergarten war ein Buffet aufgebaut worden. Amelie Christen, Jesper Jörgensen, Stefanie Madsen und zwei weitere Paare hatten es sich in der Sofa-Ecke bequem gemacht.

Verena reichte ihrem Vater das liebevoll eingepackte Päckchen. „Für dich. Alles Gute."

„Danke. Setzt euch doch."

Verena ignorierte die Aufforderung und wartete gespannt darauf, dass er das Geschenk öffnete.

Er bemerkte ihren Blick. „Soll ich es jetzt aufmachen?"

„Ja, bitte."

„Also gut." Er löste die Schleife und die Klebestreifen und hielt wenig später ein Buch in der Hand, auf dem ein Briefumschlag befestigt war.

„Sieh mal in die Inhaltsangabe", bat Verena und ergriff nervös Lutz' Hand. Er lächelte ihr aufmunternd zu.

„Das sind verschiedene Krimi-Kurzgeschichten", stellte Harald Christen fest und überflog wie gewünscht die Titel. Plötzlich stutzte er. „,Der Tote am Strand' von … Verena Christen", las er. Als er seine Tochter ansah, strahlte er. „Ein Krimi von dir? Das ist ja toll! Ich gratuliere dir, mein Schatz!"

Aus der Sofaecke kamen begeisterte Rufe. Alle standen auf und kamen näher, gratulierten Verena zu diesem Erfolg und wollten einen Blick in das Buch werfen. Verena wurden die Knie weich vor Stolz und Glück.

„Sehen Sie mal in den Umschlag", bat Lutz Verenas Vater.

Es war ein Email-Ausdruck. Ein Verlag teilte mit, dass ihm die Leseprobe zu dem Kriminalroman „Mord auf dem Reiterhof" gut gefallen habe, und erbat die Zusendung des gesamten Manuskripts.

„Ich bin überwältigt", sagte Harald Christen mit erstickter Stimme. „Du hast es tatsächlich geschafft."

„Naja, noch steht ja nicht fest, dass sie es wirklich nehmen", gab Verena zu bedenken. „Aber zumindest stehen die Chancen nicht schlecht. Es ist ein relativ kleiner Verlag, aber absolut seriös."

„Du hast wirklich recht gehabt." Harald nickte seiner Tochter anerkennend zu. „Das Schreiben scheint tatsächlich dein Ding zu sein."

Verena strahlte. „Ja, das ist es. Danke, dass du mir ermöglicht hast, meinen Traum zu verwirklichen."

„Darauf trinken wir." Amelie reichte Verena, Lutz und Harald jeweils ein Sektglas und dann stießen sie alle auf Haralds Geburtstag und Verenas Erfolg an.

Anschließend eröffnete Stefanie das Buffet.

„Lasst es euch schmecken", sagte Harald gut gelaunt.

Während die Gäste sich hungrig auf das Essen stürzten, beugte er sich vor und flüsterte Verena ins Ohr: „Kriege ich die vereinbarte Widmung?"

Sie grinste. „Logisch. Versprochen ist schließlich versprochen."

ENDE